O LIVRO ESSENCIAL DA
MITOLOGIA

The Age of Fable (1855)

Tradução	*Márcia Men*
Preparação	*Guilherme Summa*
Revisão	*Rafael Bisoffi*
	Juliana Roeder
Arte	*Francine C. Silva*
Ilustração e capa	*Marcela Lois*
Projeto gráfico e diagramação	*Renato Klisman • @rkeditorial*
Impressão	*COAN Gráfica*

Dados Internacionais de Catalogação na Publicação (CIP)
Angélica Ilacqua CRB-8/7057

B951L   Bulfinch, Thomas
O livro essencial da mitologia / Thomas Bulfinch ; tradução de Marcia Men. –– São Paulo : Excelsior, 2023.
400 p.

Bibliografia
ISBN 978-65-87435-97-8
Título original: *The Age of Fable*

1. Mitologia 2. Mitologia grega 3. Mitologia egípcia 4. Mitologia nórdica I. Título II. Men, Marcia

22-5093   CDD 292.13

THOMAS BULFINCH

◆

O LIVRO ESSENCIAL DA
MITOLOGIA

AS INCRÍVEIS HISTÓRIAS
DOS DEUSES E HERÓIS

◆ *A Era das Fábulas* ◆

EXCELSIOR
BOOK ONE

São Paulo
2023

PREFÁCIO DO AUTOR

SE NENHUM OUTRO CONHECIMENTO merece ser chamado de útil senão aquele que ajuda a aumentar nossas posses ou elevar nosso *status* na sociedade, então, a Mitologia não pode reivindicar essa nomenclatura. Mas se aquilo que tende a nos deixar mais felizes e melhores pode ser chamado de útil, então reivindicamos essa classificação para o tema de nossa obra. Pois a Mitologia é a serva da literatura; e a literatura é uma das melhores aliadas da virtude e da promoção da felicidade.

Sem conhecimento de mitologia, muito da elegante literatura de nossa própria língua não pode ser compreendida e apreciada. Quando Byron chama Roma de "Níobe das nações", ou fala de Veneza: "Parece uma Cibele do mar recém-saída do Oceano", ele evoca, no indivíduo que está familiarizado com o assunto, imagens mais vívidas do que a pena poderia proporcionar, mas que passam batidas para o leitor que não tem intimidade com a mitologia. Milton é pródigo em alusões similares. O breve poema "Comus" contém mais de trinta delas, e a ode "Hino à Natividade", metade disso. Elas estão profusamente espalhadas por todo *Paraíso Perdido*. Este é um dos motivos pelo qual ouvimos com frequência pessoas, nem de longe iletradas, dizerem que não conseguem gostar de Milton. Entretanto, se essas pessoas acrescentassem a seus conhecimentos mais sólidos os fáceis aprendizados deste pequeno livro, muito da poesia de Milton que lhes parecia "desagradável e confusa" seria então "musical como a lira de Apolo". Nossas citações, tiradas de mais de vinte e cinco poetas, de Spenser a Longfellow, demonstrarão o quanto tem sido generalizada a prática de tomar emprestadas ilustrações da mitologia.

Os escritores de prosa também usufruem das mesmas fontes de ilustração, elegantes e sugestivas. Dificilmente se lê um exemplar das revistas *Edinburgh* ou *Quarterly Review* sem encontrar exemplos. No artigo sobre Milton escrito por Macaulay, por exemplo, foram vinte ocorrências.

Mas como a mitologia pode ser ensinada a alguém que não a aprendeu por meio das línguas da Grécia e de Roma? Dedicar estudo a um tipo de aprendizado totalmente relacionado a falsas maravilhas e fés obsoletas não deve ser esperado do leitor geral numa era pragmática como esta. O tempo, mesmo o dos jovens, é disputado por tantas ciências dos fatos e das coisas, que pouco dele pode ser poupado para estabelecer tratados sobre uma ciência de mera fantasia.

Será, porém, que o conhecimento necessário do assunto não poderia ser adquirido lendo os poetas antigos em traduções? Nós respondemos: a área é extensa demais para um curso preparatório; ademais, essas mesmas traduções requerem algum conhecimento prévio do assunto para torná-las inteligíveis. Quem tem dúvidas, leia a primeira página da *Eneida* e veja o que consegue entender de "o ódio de Juno", "decreto das Parcas", "julgamento de Páris" e as "honras de Ganímedes", sem este conhecimento.

Há quem argumente que as respostas a tais questões podem ser encontradas nas notas, ou numa consulta aos dicionários clássicos. Nós respondemos: a interrupção da leitura por qualquer um dos dois processos é tão irritante, que a maioria dos leitores prefere deixar que uma alusão passe incompreendida a se submeter a este processo. E mais, tais fontes nos dão apenas os fatos simples, sem nada do charme da narrativa original; e o que é um mito poético, quando despido de sua poesia? A história de Cêix e Alcíone, que ocupa um capítulo em nosso livro, preenche apenas oito linhas no melhor Dicionário Clássico (o Smith); o mesmo se pode dizer de várias outras.

Nosso trabalho é uma tentativa de resolver esse problema, contando as histórias da mitologia de forma a torná-las uma fonte de diversão. Empenhamo-nos em contá-las corretamente, segundo autoridades antigas, de modo que, quando o leitor encontrar referências a elas, não o faça sem reconhecê-las. Assim, esperamos ensinar a mitologia não como uma forma de estudo, mas como um descanso dos estudos; conferir à nossa obra o charme de um livro de histórias, contudo, através delas, compartilhar um conhecimento de um importante ramo da educação.

A maioria das lendas clássicas em *A incrível história dos deuses e heróis* são derivadas de Ovídio e Virgílio. Elas não são traduzidas literalmente, pois, na opinião deste autor, a poesia traduzida em prosa literal é uma leitura nada atraente. Algumas delas também não estão em versos, já que, além de outras razões, é de nosso entendimento que traduzir fielmente, com todos os desafios de rima e métrica, é impossível. Procuramos contar as histórias em prosa, preservando toda a poesia que reside nos pensamentos e é inseparável da linguagem em si, omitindo aquelas amplificações contraindicadas ao formato alterado.

Os contos da mitologia nórdica são extraídos, em alguma medida, sintetizados, do *Antiguidades do Norte*, de Mallet. Esses capítulos, como aqueles dedicados às mitologias oriental e egípcia, pareceram necessários para complementar o assunto, embora acreditemos que esses tópicos não sejam normalmente apresentados no mesmo volume das fábulas clássicas.

Esperamos que as citações poéticas introduzidas com tanta liberdade atendam a diversos propósitos valiosos. Sua função é fixar na memória o fato principal de cada história, auxiliar a compreender a pronúncia correta dos nomes próprios e enriquecer a memória com muitas pérolas da poesia, algumas delas figurando entre as mais citadas ou aludidas em outras obras ou em discussões literárias.

Tendo escolhido como nossa província a mitologia conectada à literatura, empenhamo-nos em não omitir nada que o leitor de literatura elegante tenha probabilidade de encontrar ocasião para uso. As histórias e trechos de histórias que são ofensivas ao bom gosto e à elevação moral não foram incluídas. Mas tais histórias não são comentadas amiúde, e, caso sejam, o leitor inglês não precisa se sentir mortificado ao confessar sua ignorância a respeito delas.

Nosso trabalho não se destina aos estudiosos, nem aos teólogos, nem aos filósofos, mas sim ao leitor de literatura inglesa, de qualquer gênero, que deseje compreender as alusões feitas com tanta frequência por palestrantes, professores, ensaístas e poetas, e aquelas que ocorrem durante conversas eruditas.

Em *A incrível história dos deuses e heróis*, o organizador se esforçou para compartilhar os prazeres do aprendizado clássico com o leitor inglês, apresentando as histórias da mitologia pagã de uma forma adaptada ao gosto moderno. Em *O rei Artur e seus cavaleiros* e *O Mabinogion*, foi feita uma tentativa de tratar da mesma forma as histórias da segunda "era das fábulas", a era que testemunhou a aurora de diversos Estados da Europa moderna.

Acredita-se que esta apresentação de uma literatura que, durante muitos séculos, dominou a imaginação de nossos ancestrais, não deixará de trazer benefícios ao leitor, além do divertimento que pode proporcionar. Os contos, apesar de não serem confiáveis em sua veracidade, são dignos de todo crédito como retrato de costumes; e se começa a acreditar que os costumes e modos de pensar de uma época são uma parte de sua história mais importante do que os conflitos de seus povos, que geralmente não levam a resultado algum. Além disso, a literatura de aventuras é rica de material poético, ao qual poetas modernos frequentemente recorrem. Os poetas italianos Dante e Ariosto, os ingleses Spenser, Scott e Tennyson, e os nossos Longfellow e Lowell são exemplos disso.

Essas lendas estão tão conectadas umas às outras, tão consistentemente adaptadas a um grupo de personagens fortemente individualizados como Artur, Lancelote e seus companheiros, e tão acesas pelas chamas da imaginação e inventividade, que parecem também adaptadas aos propósitos dos poetas como as lendas das mitologias grega e romana. E se é esperado de todo jovem bem-educado conhecer a lenda do velocino de ouro, por que a procura pelo Santo Graal é menos merecedora de seu conhecimento? E se uma alusão ao escudo de Aquiles não deve passar despercebida, por que isso deveria ocorrer com Excalibur, a famosa espada de Artur?

> "Sobre o bravo Arthur que, à luz divina restaurado,
> E com aquela espada sobrenatural ao seu lado,
> A qual inda brande pra guerra futura ganhar,
> Elevará a fama deste país acima da estrela polar."
> — Tradução de Guilherme Summa. [1]

É uma recomendação adicional de nosso assunto, que tende a comemorar em nossa mente a ideia da fonte de onde brotamos. Temos direito a todo nosso quinhão de glórias e lembranças da terra de nossos ancestrais, desde os tempos de colonização. As associações que surgem desta fonte devem ser cheias de boas influências; entre as quais, não menos valioso é o prazer crescente que tal associação proporciona ao viajante americano quando ele visita a Inglaterra, e coloca seus pés em qualquer uma de suas renomadas localidades.

As lendas de Carlos Magno e seus amigos são necessárias para completar o assunto.

---

[1] William Wordsworth (poema: "Artegal and Elidure").

Em uma era onde a escuridão intelectual encobria a Europa ocidental, uma constelação de brilhantes escritores surgiu na Itália. Destes, Pulci (nascido em 1432), Boiardo (1434) e Ariosto (1474) pegaram como tema as fábulas românticas que, por séculos, foram transmitidas através das canções dos bardos e lendas de cronistas reclusos. Eles organizaram estas fábulas, adornaram com enfeites fantásticos, ampliaram-nas com invenções próprias e as entregaram à imortalidade. Pode-se dizer com segurança que, enquanto a civilização existir, essas produções conservarão seu lugar entre as criações mais celebradas do gênio humano.

Em *A incrível história dos deuses e heróis*, *Rei Arthur e seus Cavaleiros* e *O Mabinogion*, o objetivo é fornecer ao leitor moderno o conhecimento necessário das fábulas das literaturas clássica e medieval para que as citações que se vê nos livros e nas discussões literárias façam sentido. O *Lendas de Carlos Magno* tem a mesma intenção. Como a primeira porção da obra, ele aspira a um caráter superior ao de mera diversão. Afirma ser útil apresentar a seus leitores a produção dos grandes poetas da Itália. Algum conhecimento destes é esperado de todo jovem bem-educado.

Lendo essas histórias de aventuras, não podemos deixar de observar como as invenções primitivas foram usadas, várias vezes, por gerações consecutivas de fabulistas. As sereias de Ulisses são os protótipos das sereias de Orlando, e a personagem de Circe reaparece em Alcina. As fontes do Amor e Ódio podem ser rastreadas até a história de Cupido e Psiquê; e efeitos similares, produzidos por uma poção mágica, aparece no conto de Tristão e Isolda e, se você substituir a poção por uma flor, na peça *Sonhos de uma Noite de Verão*, de Shakespeare. Existem várias ocorrências do mesmo tipo que o leitor vai reconhecer sem nossa assistência.

As fontes de onde extraímos estas histórias são, primeiramente, os poetas italianos citados antes; depois, o *Romances de Cavalaria* do Conde de Tressan; por último, certa coleção germânica de contos populares. Alguns capítulos foram emprestados das traduções que Leigh Hunt fez dos poetas italianos. Pareceu desnecessário refazer o que ele fez tão bem; ainda assim, por outro lado, essas histórias não poderiam ser omitidas da série sem deixá-la incompleta.

Thomas Bulfinch

Sumário

CAPÍTULO UM

INTRODUÇÃO

As religiões da Grécia e da Roma antigas estão extintas. As assim chamadas divindades do Olimpo não têm um único adorador entre os homens de hoje. Elas pertencem agora não à esfera da teologia, mas às da literatura e da estética. Ali, ainda mantêm seu lugar, e continuarão a mantê-lo, pois têm vínculos fortes demais com as melhores produções de poesia e arte, tanto antigas quanto modernas, para serem relegadas ao esquecimento.

Nosso propósito é contar as antigas histórias relacionadas a elas que chegaram até nós, e que são aludidas por poetas modernos, ensaístas e oradores. Os nossos leitores poderão, assim, a um só tempo, divertir-se com as mais encantadoras ficções que a fantasia já criou, e tomar conhecimento de informação indispensável a todo aquele desejoso de usufruir da literatura elegante de sua própria época. Para compreender tais histórias, será necessário que nos familiarizemos com as ideias da estrutura do universo que outrora prevalecia entre os gregos — o povo de quem os romanos e outras nações através deles receberam sua ciência e religião.

Os gregos acreditavam que a terra era plana e circular e que seu próprio país ocupava o meio dela, sendo o ponto central, ou o Monte Olimpo, a morada dos deuses, ou Delfos, tão famosa por seu oráculo.

O disco circular terrestre era atravessado de oeste a leste e dividido em duas partes iguais pelo *Mar*, como chamavam o Mediterrâneo, e sua continuação, o Euxino, os únicos mares que conheciam.

Ao redor da terra, corria o *Rio Oceano*, seu curso sendo do sul para norte no lado oeste, e em direção contrária, no lado leste. Fluía em uma corrente constante e regular, sem ser afligido por tempestades nem tormentas. O mar e todos os rios da terra recebiam dele as suas águas.

A porção norte da terra era supostamente habitada por uma ditosa raça chamada de hiperbóreos, que vivia em felicidade e primavera eternas para além das altas montanhas de cujas cavernas sopravam as penetrantes rajadas do vento norte, que enregelavam o povo da Hélade (Grécia). Seu país era inacessível por terra ou mar. Não conheciam doença ou velhice, tampouco labuta e guerra. Moore nos brindou com o "Canto de um hiperbóreo", que começa assim:

> "Venho de uma terra em que refulge um sol forte,
> Banhando de ouro a natureza florida
> Onde jazem dormentes os ventos do norte
> E as trombetas da guerra jamais são ouvidas."

Na parte sul da terra, junto à corrente do Oceano, vivia um povo feliz e virtuoso como os hiperbóreos. Eram chamados de etíopes. Os deuses os favoreciam de tal modo que costumavam, às vezes, deixar sua olímpica morada e tomar parte de seus sacrifícios e banquetes.

Na borda ocidental da terra, às margens da corrente do Oceano, havia um venturoso lugar chamado Campos Elíseos, para onde os mortais favorecidos pelos deuses eram transportados sem provar a morte, a fim de desfrutar de uma imortalidade de bem-aventurança. Essa feliz região também era chamada de "Campos Afortunados" e de "Ilhas dos Abençoados".

Vemos, assim, que os antigos gregos sabiam pouco de qualquer povo real a não ser aqueles a leste e ao sul de seu próprio país, ou perto da costa do Mediterrâneo. Sua imaginação, entretanto, povoou a porção ocidental deste mar com gigantes, monstros e feiticeiras; enquanto colocava ao redor do disco da terra, que eles provavelmente não consideravam de grande largura, nações que desfrutavam do favor peculiar dos deuses, e eram abençoadas com ventura e longevidade.

Supunham que a Aurora, o Sol e a Lua surgiam do Oceano, do lado leste, e cruzavam os ares, iluminando deuses e homens. As estrelas, exceto aquelas que formam o Grande Carro ou Ursa Maior, e outras próximas a elas, também se levantavam da corrente do Oceano e nela afundavam. Ali, o deus-sol embarcava em uma nau alada, que o transportava pela parte norte da terra, de volta ao seu lugar de ascensão no leste. Milton alude a isso em seu "Comus":

> "Agora o áureo carro do dia
> Seu eixo de ouro puro alivia
> Na íngreme e atlântica corrente
> Do oblíquo Sol o raio ascendente
> Projeta-se contra o pólo em penumbra
> Rumando a outra meta que vislumbra
> A própria câmara que jaz no leste."
> — Tradução de Guilherme Summa.

A morada dos deuses ficava no cume do Monte Olimpo, na Tessália. Um portão de nuvens, guardado pelas deusas chamadas Estações, abria-se para permitir a passagem dos Celestiais para a Terra, e para recebê-los em seu retorno. Os deuses tinham suas habitações separadas; mas todos, quando convocados, dirigiam-se ao palácio de Júpiter, assim como aquelas divindades cuja residência habitual era a terra, as águas ou o mundo subterrâneo. Era também no grande salão do palácio do rei do Olimpo que os deuses se banqueteavam todos os dias com ambrosia e néctar, sua comida e bebida, sendo esta última servida pela adorável deusa Hebe. Ali, eles conversavam sobre os assuntos do céu e da terra; e enquanto bebiam seu néctar, Febo, o deus da música, deliciava a todos com as melodias de sua lira, acompanhado pelo canto das Musas. Quando o sol se punha, os deuses se retiravam para dormir em suas respectivas moradas. Os versos seguintes da *Odisseia* mostrarão como Homero concebia o Olimpo:

"Assim dizendo, Minerva, a deusa dos olhos azuis,
Subiu até o Olimpo, a morada egrégia
E eterna dos deuses, que as tempestades jamais perturbam
Nem a chuva encharca, ou neve invade, mas a calma
Imensidão sem nuvens brilha num límpido dia.
Ali, os divinos habitantes se alegram
Para todo sempre."

As túnicas e demais partes do vestuário das deusas eram tecidas por Minerva e as Graças, e tudo de natureza mais sólida era confeccionado com diversos metais. Vulcano era o arquiteto, ferreiro, armeiro, construtor de carruagens e artista de todos os trabalhos no Olimpo. Ele construiu com bronze as habitações dos deuses; fabricou para eles os sapatos de ouro com que pisavam o ar ou a água e se moviam de um lugar para outro com a velocidade do vento, ou mesmo do pensamento. Ele também ferrou com bronze os corcéis celestes, que puxavam as carruagens dos deuses através do ar, ou ao longo da superfície do mar. Ele era capaz de dar às suas obras movimento próprio de modo que os tripés (cadeiras e mesas) pudessem se mover sozinhos para dentro e para fora do salão celestial. Ele até dotou de inteligência as criadas douradas que criou para servi-lo.

Júpiter ou Jove (Zeus),[2] embora seja chamado de pai dos deuses e homens, tem ele próprio um início. Saturno (Cronos) era seu pai, e Reia (Ops), sua mãe. Saturno e Reia eram da raça dos Titãs, os filhos da Terra e do Céu, nascidos do Caos, do qual daremos mais detalhes no próximo capítulo.

Existe outra cosmogonia, ou relato da criação, na qual Terra, Érebo e Amor foram os primeiros seres. Amor (Eros) emergiu do ovo da Noite, que flutuava no Caos. Com suas flechas e tocha, ele perfurou e vivificou todas as coisas, produzindo vida e alegria.

Saturno e Reia não eram os únicos Titãs. Existiam outros, cujos nomes eram Oceano, Hipérion, Jápeto e Ofíon — do sexo masculino; e Têmis, Mnemósine, Eurínome — do sexo feminino. Eram os deuses primordiais, cujo domínio foi depois; transferido para outros. Saturno deu lugar a Júpiter; Oceano, a Netuno; Hipérion, a Apolo. Hipérion era o pai do Sol, da Lua e

---

2   Os nomes entre parênteses são os equivalentes gregos, os outros são os nomes romanos ou latinos.

da Aurora. Ele é, portanto, o deus-sol original e é pintado com o esplendor e a beleza que depois foram outorgados a Apolo.

"Os cachos de Hipérion, a face do próprio Jove"[3]

Ofíon e Eurínome governaram o Olimpo até serem depostos por Saturno e Reia. Milton faz alusão a eles em *Paraíso Perdido*. Ele diz que os pagãos pareciam ter algum conhecimento da tentação e queda dos homens.

"E contavam como a serpente, a quem chamavam
Ofíon, com Eurínome, (rematada Eva, talvez), haviam antes governado
O Olimpo, sendo depois expulsos por Saturno."

As representações dadas a Saturno não são muito coerentes; por um lado, seu reinado é tido como a era dourada da inocência e da pureza e, por outro, ele é descrito como um monstro que devora seus filhos.[4] Júpiter, contudo, escapou desse destino, e, quando cresceu, se casou com Métis (Prudência), que administrou uma poção a Saturno que o fez expelir sua prole. Júpiter, com seus irmãos e irmãs, rebela-se agora contra seu pai, Saturno, e os irmãos dele, os Titãs; derrotando-os, aprisiona alguns deles no Tártaro, ao passo que inflige castigos a outros. Atlas foi condenado a carregar os céus em seus ombros.

Na deposição de Saturno, Júpiter, com seus irmãos, Netuno (Poseidon) e Plutão (Hades), dividiu seus domínios. A porção de Júpiter foi os céus, a de Netuno, os oceanos, e a de Plutão, o reino dos mortos. A terra e o Olimpo eram propriedade comum. Júpiter tornou-se o soberano dos deuses e dos homens. O raio era sua arma, e ele carregava um escudo chamado Égide, feito para ele por Vulcano. A águia era sua ave favorita e carregava seus raios.

Juno (Hera) era a esposa de Júpiter e rainha dos deuses. Íris, a deusa do arco-íris, era sua auxiliar e mensageira. O pavão era sua ave favorita.

Vulcano (Hefesto), o artista celestial, era filho de Júpiter e Juno. Ele nasceu coxo e sua mãe ficou tão desapontada ao vê-lo que o lançou para fora

---

3   *Hamlet*, William Shakespeare.

4   Essa inconsistência surge pelo fato de Saturno dos romanos ser considerado a mesma divindade grega Cronos (Tempo), do qual, visto que põe fim a todas as coisas que tiveram um princípio, pode-se dizer que devora sua própria cria.

dos céus. Outros relatos contam que Júpiter o expulsou por ficar ao lado de sua mãe em uma discussão entre o casal. Vulcano se tornar coxo, segundo esta versão, seria consequência de sua queda. Ele caiu por um dia inteiro e, por fim, aterrissou na ilha de Lemnos, que se tornou, desde então, consagrada a ele. Milton alude a esta história no Canto I de *Paraíso Perdido*:

"(...) E que a cair esteve
De um dia estivo pelo inteiro espaço.
Té que ao sol posto, despenhado a prumo
Como vagante estrela, em Lemnos pára."
— Tradução de António José de Lima Leitão.

Marte (Ares), o deus da guerra, era filho de Júpiter e Juno.

Febo (Apolo), o deus da arquearia, profecia e música, era filho de Júpiter e Latona e irmão de Diana (Ártemis). Ele era o deus do sol, assim como Diana, sua irmã, era deusa da lua.

Vênus (Afrodite), a deusa do amor e da beleza, era filha de Júpiter e Dione. Outros dizem que Vênus surgiu das espumas do mar. Zéfiro a levou ao longo das ondas até a ilha de Chipre, onde foi recebida e vestida pelas Estações e então levada à assembleia dos deuses. Todos ficaram encantados com sua beleza, e cada um exigiu que se tornasse sua esposa. Júpiter a entregou a Vulcano em gratidão pelos serviços prestados forjando seus raios. Assim, a mais bela das deusas se tornou a esposa do mais desfavorecido dos deuses. Vênus tinha um cinturão bordado chamado Cestus, que tinha o poder de inspirar amor. Seus pássaros favoritos eram os cisnes e as pombas, e as plantas consagradas a ela eram a rosa e a murta.

Cupido (Eros), o deus do amor, era filho de Vênus e seu companheiro constante; empunhando seu arco, acertava as flechas do desejo nos corações tanto dos deuses como dos homens. Havia uma divindade chamada Anteros, que era, às vezes, representado como o vingador dos amores não correspondidos e, noutras vezes, como o símbolo da afeição recíproca. Sobre ele é contada a seguinte lenda:

Vênus, reclamando com Têmis que seu filho, Eros, continuava sempre criança, escutou que isso acontecia por ele ser solitário e que, se tivesse um irmão, cresceria a passos largos. Anteros nasceu logo depois e Eros, de imediato, passou a ganhar rapidamente tamanho e força.

Minerva (Palas, Atena), a deusa da sabedoria, era filha de Júpiter, sem uma mãe, no entanto. Ela irrompeu de sua cabeça completamente armada. Sua ave favorita era a coruja, e sua planta consagrada, a oliveira.

Byron, em "A peregrinação de Childe Harold", alude assim ao nascimento de Minerva:

> "Poderiam os tiranos não serem senão por tiranos conquistados?
> E a Liberdade não encontrar nenhum campeão,
> Nenhum filho, tal como a Columbia viu surgir, quando dela imaculada
> E armada de Palas brotou a visão?
> Ou será que tais mentes se nutrem no meio do mato somente,
> No coração das selvas antigas, em meio aos rugidos brutais
> De cataratas, onde a mãe Natureza contempla o infante
> Washington com um sorriso maternal? Não existem mais na terra tais sementes
> Em suas entranhas, ou na Europa esses litorais?"
> — Canto IV, Estrofe 96.

Mercúrio (Hermes) era filho de Júpiter e Maia. Era deus do comércio, da luta livre e outros exercícios ginásticos, e até mesmo dos ladrões e tudo que, em suma, requeria habilidade e destreza. Ele era o mensageiro de Júpiter e usava um elmo e sandálias aladas. Levava em sua mão um bastão entrelaçado com duas serpentes, chamado caduceu.

Dizem que Mercúrio inventou a lira. Ele encontrou, um dia, um cágado, do qual tirou o casco, no qual fez buracos nas extremidades opostas e passou cordas de linho por eles, completando o instrumento. As cordas eram nove, em honra das nove musas. Mercúrio deu a lira a Febo e recebeu dele em troca o caduceu.[5]

---

5   Nesta origem do instrumento, a palavra "casco" é usada com frequência como sinônimo de "lira", e, figurativamente, como substituta para música e poesia. É por isso que Gray, em sua ode ao *Progresso da Poesia,* diz: "Ó Soberano da alma disposta / Pai de ares doces e solenes, / Casco encantador! O taciturno preocupado / E as paixões frenéticas ouvem teu toque suave".

Ceres (Deméter) era filha de Saturno e Reia. Tinha uma filha chamada Prosérpina (Perséfone), que se tornou esposa de Plutão e rainha do reino dos mortos. Ceres era a deusa da agricultura.

Baco (Dionísio), o deus do vinho, era filho de Júpiter e Sêmele. Ele não representa apenas o poder inebriante do vinho, mas também seus benefícios sociais; por isso, é visto como o promotor da civilização, um legislador e amante da paz.

As Musas eram filhas de Júpiter e Mnemósine (Memória). Elas presidiam sobre a música e estimulavam a memória. Eram nove no total, e a cada uma delas foi atribuída a ascendência sobre um ramo particular da literatura, arte ou ciência. Calíope era a musa da poesia épica; Clio, da história; Euterpe, da poesia lírica; Melpômene, da tragédia; Terpsícore, da dança e do canto; Érato, da poesia romântica; Polímnia, da poesia sacra; Urânia, da astronomia; e Talia, da comédia.

As Graças eram as deusas dos banquetes, da dança e toda diversão social e belas artes. Eram três: Eufrosine, Aglaia e Talia.

Spenser descreve a função das Graças assim:

> "Essas três aos homens todos dons graciosos dão
> Aqueles que enfeitam o corpo e os que adornam a mente
> Para deixá-los adoráveis, mostrar distinção
> Como uma carruagem decente para diversão
> Dócil aparência, ofícios amáveis, de bem
> Todos os complementos da cortesia também;
> Elas mostram como em toda e qualquer situação
> Devemos nos humilhar, para baixo e para além,
> Para amigos, para inimigos; tal habilidade
> É tratada pelos homens como Civilidade."
> — Tradução de Guilherme Summa.

As Parcas (Moiras) eram também três: Nona —(Cloto), Décima (Láquesis) e Morta (Átropos). O seu trabalho era tecer o fio do destino dos homens e cortá-lo quando bem lhes aprouvesse. Eram as filhas de Têmis (Justiça), que se assenta ao lado de Jove em seu trono para lhe dar conselhos.

As Erínias ou Fúrias eram três deusas que puniam por meio de fisgadas secretas os crimes daqueles que escapavam ou desafiavam a justiça pública.

Tinham serpentes no lugar dos cabelos e sua aparência geral era horripilante. Seus nomes eram Alecto, Tisífone e Megera. Eumênides é outro nome pelo qual são conhecidas.

Nêmesis também era uma deusa da vingança. Representava a justa ira dos deuses, particularmente contra os orgulhosos e insolentes.

Pã era o deus dos rebanhos e dos pastores. Sua morada favorita era a Arcádia.

Os Sátiros eram divindades das florestas e dos campos. Eram imaginados como cobertos de pelos eriçados, com suas cabeças ornadas com pequenos chifres e com pés semelhantes aos das cabras.

Momo era o deus do riso, e Plutão, o deus da riqueza.

Divindades romanas

As divindades anteriores eram gregas, apesar de também aceitas pelos romanos. As divindades a seguir são próprias da mitologia romana:

Saturno era uma antiga divindade italiana. Tentou-se identificá-lo com a divindade grega Cronos e conta-se que, depois de ser deposto por Júpiter, ele fugiu para a Itália, onde governou durante o que foi chamado de Era de Ouro. Em memória de seu benevolente reinado, realizavam a festa da Saturnália todos os invernos. Nesse período, todo trabalho público era suspenso, declarações de guerra e execução de criminosos eram adiadas, amigos presenteavam-se mutuamente e os escravos eram agraciados com grandes liberdades. Um banquete então lhes era oferecido e eles se sentavam à mesa enquanto seus mestres os serviam, para demonstrar a igualdade natural entre homens, e que todas as coisas pertenciam igualmente a todos no reino de Saturno.

Fauno,[6] o neto de Saturno, era adorado como deus dos campos e dos pastores e também como um deus profético. Seu nome no plural, Faunos, designava uma classe de divindades travessas, como os Sátiros dos gregos.

Quirino era um deus da guerra, que diziam ser ninguém menos que Rômulo, fundador de Roma, elevado depois de sua morte a um lugar entre os deuses.

Belona, uma deusa da guerra.

Término, o deus das fronteiras. Sua estátua era uma pedra ou um poste, fincados no chão para demarcar os limites dos campos.

Pales, a deusa do gado e das pastagens.

Pomona era a deusa das árvores frutíferas.

Flora, a deusa das flores.

Lucina, a deusa do parto.

Vesta (a Héstia dos gregos) era uma divindade que guardava as lareiras públicas e privadas. Um fogo sagrado, cuidado por seis sacerdotisas virgens chamadas Vestais, ardia em seu tempo. Como vinculavam a segurança da cidade com sua conservação, a negligência das virgens, se elas deixassem que ele se apagasse, era severamente punida, e o fogo, reacendido com os raios do sol.

Líber é o nome latino de Baco; e Mulciber, de Vulcano.

---

6   Havia também uma deusa chamada Fauna, ou Bona Dea.

Jano era o porteiro dos céus. Ele abre o ano, com o primeiro mês sendo nomeado em sua homenagem. É a divindade guardiã dos portões, por isso, é comumente representado tendo duas faces opostas, porque toda porta encara dois lados. Seus templos em Roma eram numerosos. Em tempos de guerra, os portões do templo principal estavam sempre abertos. Em tempos de paz, ficavam fechados; mas foram trancados apenas uma vez, entre os reinados de Numa e o de Augusto.

Os Penates eram os deuses que deveriam cuidar do bem-estar e da prosperidade da família. Seu nome deriva de Penus, a despensa, que era sagrada para eles. Todo chefe de família era o sacerdote de Penates em sua própria casa.

Os Lares também eram deuses domésticos, mas se diferenciavam dos Penates por serem considerados espíritos deificados dos mortais. Os Lares de uma família eram tidos como as almas dos ancestrais, que vigiavam e protegiam seus descendentes. As palavras Lêmur e Larva têm maior proximidade com nossa palavra "fantasma".

Os romanos acreditavam que todo homem tinha seu Gênio e toda mulher tinha sua Juno: ou seja, um espírito que lhes concedeu a existência, e eram considerados seus protetores por toda vida. Em seus aniversários, os homens faziam oferendas para seu Gênio, e as mulheres, para sua Juno.

Um poeta moderno alude assim a alguns dos deuses romanos:

> "Pomona ama as frutas do pomar
> Líber bebe vinho de bom grado,
> Já Pales gosta mais de um palhar
> Quente com o hálito do gado
> Vênus se compraz no suspirar
> De um par de jovens apaixonados
> Ao doce e ebúrneo luar
> Por um castanheiro sombreados."
> — Tradução de Guilherme Summa.[7]

---

7   Thomas Babington Macaulay, "A profecia de Cápis".

CAPÍTULO DOIS

PROMETEU E PANDORA

A CRIAÇÃO DO MUNDO é naturalmente uma questão adequada para instigar o mais vivo interesse do homem, seus habitantes. Os antigos pagãos, não dispondo das informações sobre o assunto que extraímos das páginas das Escrituras, tinham sua maneira própria de contar a história, que é a seguinte.

Antes que a terra, o mar e o céu fossem criados, tudo tinha um mesmo aspecto, ao qual atribuímos o nome de Caos — uma massa confusa e disforme, nada além de peso morto, no qual, entretanto, dormiam as sementes das coisas. Terra, mar e ar estavam todos misturados, portanto, a terra não era sólida, o mar não era fluido e o ar não era transparente. Deus e a Natureza por fim interferiram e puseram fim à desarmonia, separando a terra da água e o céu de ambas. A parte ígnea, sendo a mais leve, emergiu e deu origem ao firmamento; o ar foi o próximo em peso e lugar. A terra, sendo mais pesada, afundou; e a água ocupou a parte mais inferior, e serviu de suporte para a terra.

Aqui algum deus — não se sabe qual — deu seus préstimos arrumando e organizando o planeta. Ele designou rios e baías a seus lugares, ergueu montanhas, escavou vales, distribuiu as florestas, fontes, terra férteis e planícies rochosas. Estando o ar limpo, as estrelas começaram a aparecer, os peixes passaram a habitar o mar; os pássaros, o ar; e as feras quadrúpedes, a terra.

Mas desejava-se um animal mais nobre, e eis que o homem surgiu. Não se sabe se o criador o fez a partir de matéria-prima divina ou da terra recém-separada dos céus, onde ainda se escondiam algumas sementes celestiais. Prometeu pegou um pouco dessa terra e, amassando-a com água, produziu o homem à imagem dos deuses. Ele conferiu ao homem uma postura ereta, de modo que, enquanto todos os outros animais viravam seus rostos para baixo e encaravam a terra, o homem elevava a sua para os céus e contemplava as estrelas.

Prometeu era um dos Titãs, uma raça gigante que habitava a terra antes da criação do homem. A ele e a seu irmão, Epimeteu, foi designada a função de criar o homem e fornecer a ele e a todos os outros animais as faculdades necessárias para sua preservação. Epimeteu comprometeu-se com a tarefa e Prometeu deveria supervisionar seu trabalho quando estivesse pronto. Epimeteu, como foi acordado, concedeu aos diferentes animais os vários dons, como coragem, força, agilidade, sagacidade; asas para um, garras para outro, o revestimento de um casco para um terceiro etc. Quando chegou o momento de dotar o homem, que era superior a todos os outros animais, Epimeteu fora tão generoso com seus recursos que não tinha mais nada para lhe oferecer. Perplexo, ele recorreu a seu irmão Prometeu, que, com a ajuda de Minerva (Atena), subiu aos céus, e acendeu sua tocha na carruagem do sol, e deu ao homem o fogo. Com esta dádiva, o homem era mais do que páreo para os outros animais. Possibilitou-lhe criar armas com as quais subjugá-los; ferramentas para cultivar a terra; para aquecer sua morada, tornando-se, em comparação, independente do clima; e, por fim, para introduzir as artes e cunhar dinheiro, os meios de comércio. A mulher ainda não havia sido feita. A história (deveras absurda) é que Júpiter (Zeus) a criou e a enviou como punição a Prometeu e seu irmão, por terem a ousadia de roubar o fogo do céu; e aos homens, por aceitarem o presente. A primeira mulher foi chamada de Pandora. Ela foi feita no céu, e cada deus ofereceu sua contribuição para torná-la perfeita. Vênus (Afrodite) agraciou-a com a beleza; Mercúrio (Hermes), com a persuasão; Febo (Apolo), com a música etc. Munida de tais dons, ela foi transportada à terra e apresentada a Epimeteu, que a aceitou de muito bom grado, apesar de ser advertido por seu irmão para tomar cuidado com Júpiter e seus presentes. Epimeteu tinha em sua casa um pote onde eram mantidos alguns artigos nocivos, para os quais, ao preparar o homem para sua nova morada, não destinou uso. Pandora foi tomada por grande curiosidade de saber o que havia no interior do pote; e, um dia, ela removeu sua tampa e olhou lá dentro. Imediatamente, escapou uma quantidade enorme de pragas para o infeliz do homem — coisas físicas como gota, reumatismo e cólica, e mentais como inveja, rancor e vingança —, e se espalhou em todas as direções. Pandora apressou-se em fechar o pote, mas infelizmente todo o seu conteúdo já havia escapado, com exceção de uma coisa que ficou no fundo: tratava-se da *esperança*. Então, desde este dia, não importando quais males estejam por aí, a esperança nunca nos abandona por completo; e enquanto tivermos *isso*, nenhuma mazela nos deixará inteiramente entregues ao desespero.

Outra versão da história é que Pandora foi mandada de boa vontade por Júpiter para abençoar os homens; que ela carregava consigo uma caixa contendo seus presentes de casamento, na qual cada deus depositou alguma bênção. Ela abriu a caixa de forma descuidada e todas as bênçãos escaparam, com exceção da *esperança*. Esta história parece mais plausível que a primeira; pois como pode a esperança, sendo uma joia tão preciosa, ter sido mantida em um pote cheio de todo tipo de atrocidades, como descrito na primeira versão?

Estando assim o mundo ocupado por habitantes, sua primeira era foi de inocência e felicidade, chamada de *Era de Ouro*. A verdade e a justiça prevaleciam, mas não pela imposição da lei; também não havia juiz algum para ameaçar e punir. As florestas ainda não haviam sido despojadas de suas árvores para a construção de embarcações, e nem fortificações haviam sido erigidas ao redor das cidades pelos homens. Não existiam coisas como espadas, lanças ou elmos. A terra proporcionava tudo o que o homem precisava, sem o trabalho de arar e semear. Reinava uma primavera perpétua, flores brotavam sem sementes, os rios fluíam com leite e vinho, e mel era extraído de carvalhos.

Então, seguiu-se a *Era de Prata*, inferior à de ouro, mas melhor que a de bronze. Júpiter encurtou a primavera e dividiu o ano em estações. Então, a princípio, o homem teve que resistir aos extremos de calor e frio e casas se tornaram necessárias. Cavernas constituíram as primeiras habitações e as coberturas frondosas da floresta e as cabanas montadas a partir de galhos.

Plantações não mais cresciam sem serem cultivadas. O agricultor foi obrigado a semear a semente e o boi, a puxar o arado.

Em seguida, veio a *Era de Bronze*, de caráter mais selvagem e mais propícia para o combate com armas, ainda assim, não totalmente perversa. A pior e mais difícil foi a *Era de Ferro*. O crime irrompeu como uma enchente; a modéstia, a verdade e a honra desapareceram. Em seu lugar, surgiram a fraude, a malícia, a violência e o vil amor pelo lucro. Então, marujos levantaram velas ao vento, e as árvores foram arrancadas das montanhas para servirem de quilha para as embarcações e para atormentar a superfície o oceano. A terra, que até então havia sido cultivada em conjunto, começou a ser dividida em propriedades individuais. Os homens não estavam satisfeitos com o que a parte rasa do solo produzia, então escavaram suas entranhas e extraíram dali minério de metais. O traiçoeiro *ferro* e o ainda mais traiçoeiro *ouro* foram produzidos. A guerra surgiu usando ambos como armas; o hóspede não estava seguro na casa de seu amigo; e genros e sogros, irmãos e irmãs, maridos e esposas não podiam confiar uns nos outros. Filhos desejavam que seus pais morressem para poder ficar com a herança; o amor familiar jazia prostrado. A terra estava encharcada com a matança e os deuses a abandonaram, um por um, até que restou apenas Astreia[8] e finalmente também esta partiu.

Os antigos poetas apreciavam a ideia de que estes deuses um dia retornariam, e trariam de volta a Era de Ouro. Mesmo em um hino cristão, o "Messias", de Pope, tal desejo é retratado:

> "Todos os crimes irão cessar, e os impostores minguar.
> A Justiça regressa levantando sua balança no ar,
> A Paz para o mundo seu ramo de oliveira estende,
> E o véu branco da Inocência dos céus descende."

Júpiter, vendo esta situação, ficou furioso. Ele convocou os deuses para um conselho. Eles atenderam ao chamado e tomaram o caminho rumo ao palácio celestial. Essa estrada, que qualquer um pode ver em uma noite clara, estende-se por todo o céu e é denominada Via Láctea. Ao longo dela

---

8   Deusa da inocência e da pureza. Depois de deixar a terra, ela foi colocada entre as estrelas, onde se tornou a constelação de Virgem. Têmis (Justiça) era a mãe de Astreia. Ela é representada segurando uma balança, na qual pesa as reivindicações das partes em disputa.

encontram-se os palácios de deuses ilustres; as pessoas comuns que os céus habitam moram afastadas, de ambos os lados. Júpiter dirigiu-se à assembleia. Ele comunicou o assustador estado das coisas na terra e concluiu com o anúncio de sua intenção de destruir todos os seus habitantes e providenciar uma nova raça, diferente da primeira, que fosse mais digna de viver e muito mais adoradora dos deuses. Dizendo isso, pegou um raio e estava prestes a lançá-lo no planeta e destruí-lo pelo fogo, mas percebendo o risco de que tal conflagração pudesse incendiar o próprio paraíso, ele mudou seus planos e resolveu afogá-lo. O vento norte, que dispersa as nuvens, foi acorrentado; o vento sul foi enviado, e em breve todo o céu se viu coberto por um manto de escuridão. As nuvens, agrupadas, ressoam com um estrondo; uma torrente de chuva cai; as plantações são destruídas, o ano de trabalho do lavrador perece em uma hora. Júpiter, não satisfeito com sua própria água, chama seu irmão Netuno (Poseidon) para ajudá-lo. Ele liberta os rios e os derrama pelo solo. Ao mesmo tempo, chacoalha a terra com um terremoto e traz o refluxo do oceano para as praias. Rebanhos, manadas, homens e casas são varridos, e templos com seus recintos sagrados, profanados. Se alguma construção permanecia de pé, era esmagada, e suas torres eram engolidas pelas ondas. Agora tudo era mar, mar sem costa. Aqui e ali, uma pessoa permanecia no topo de uma colina e algumas em barcos, puxando o remo onde há pouco empunhavam o arado. Os peixes nadam entre as copas das árvores; uma âncora é liberada em um jardim. Onde antes graciosos cordeiros brincavam, agora pesados filhotes marítimos cabriolam. O lobo nada entre as ovelhas, os cróceos leões e tigres lutam para sobreviver na água. A força do javali selvagem não lhe serve de nada, nem a velocidade do cervo. Os pássaros caem na água, suas asas exauridas, quando não encontram terra firme para descansar. Aqueles que foram poupados pela água se tornam presas da fome.

Apenas Parnaso, entre todas as montanhas, permaneceu acima das ondas; e lá Deucalião e sua esposa, Pirra, da raça de Prometeu, encontraram refúgio — ele é um homem justo, e ela, uma adoradora fiel dos deuses. Júpiter, quando viu que ninguém havia sobrevivido exceto este casal e se lembrou de suas vidas inofensivas e comportamento devoto, ordenou ao vento norte que afastasse as nuvens e revelasse o céu para a terra e a terra para o céu. Netuno também comandou que Tritão soprasse sua concha e comandasse a retirada das águas. Elas obedeceram, e o mar retornou para suas margens e os rios para seus canais. Então, Deucalião disse assim à sua esposa:

— Ó esposa, única mulher sobrevivente, unida a mim primeiramente pelos laços do parentesco e do matrimônio e agora por um perigo em comum, quisera que tivéssemos nós o poder de nosso ancestral Prometeu e pudéssemos renovar a raça como ele fez no princípio! Como não podemos, busquemos aquele templo e perguntemos aos deuses o que nos resta a fazer.

Eles entraram no templo arruinado pela lama e se aproximaram do altar, onde nenhum fogo ardia. Ali, caíram prostrados no chão, e rezaram à deusa para que lhes dissesse como eles poderiam recuperar sua vida miserável. O oráculo respondeu:

— Deixem o templo com a cabeça velada e as túnicas soltas e lancem os ossos de sua mãe para trás de vocês.

Eles ouviram as palavras em choque. Pirra foi quem quebrou o silêncio:

— Não podemos obedecer; não ousemos profanar os restos de nossos pais.

Eles procuraram as sombras mais densas da floresta e pensaram sobre a mensagem do oráculo. Por fim, Deucalião disse:

— Ou minha sagacidade me engana, ou esta ordem é uma que devemos obedecer sem descrença. A terra é a grande mãe de todos; as pedras são seus ossos; estas nós devemos deixar para trás; e eu acho que é isso que o oráculo quis dizer. Pelo menos, não fará mal algum tentarmos.

Eles cobriram seus rostos, desataram suas roupas, pegaram pedras e as jogaram para trás. As pedras (algo surpreendente) começaram a amolecer e se transformar. Aos poucos, elas adquiriram uma semelhança grosseira com a forma humana, como um bloco não terminado na mão de um escultor. A umidade e limo que as revestiam se tornaram carne; a parte pedregosa se tornou ossos; os veios viraram veias, retendo seu nome, apenas mudando sua função. Aquelas lançadas pelas mãos do homem se tornaram homens, e aquelas lançadas pelas mãos da mulher viraram mulheres. Era uma raça resistente e bem apta para o trabalho, como somos nos dias de hoje, dando clara indicação de nossas origens.

A comparação de Pandora com Eva é óbvia demais para que Milton deixasse passar, e ele a introduz no Canto IV de *Paraíso Perdido:*

"(...) Mais estimável
Do que a fatal Pandora enriquecida
Coas abundantes dádivas dos Numes
(Pandora, tanto parecida com ela
Na perdição que ocasionou aos homens
Quando, trazida a Epimeteu por Hermes,
Com os olhos belos estragou o Mundo,
Para que fosse assim vingado Jove
Por lhe roubarem o animante lume,
Que era dele somente privativo)."
— Tradução de António José de Lima Leitão.

Prometeu e Epimeteu eram filhos de Jápeto, que Milton renomeia para Jafé.

Prometeu tem sido tema de grande predileção entre os poetas. Ele é representado como um amigo da humanidade, que interferiu a seu favor quando Jove estava furioso com eles, e que lhes ensinou a civilidade e as artes. Porém, ao fazê-lo, ele desrespeitou a vontade de Júpiter, atraindo para si a fúria do soberano de deuses e homens. Júpiter fez com que ele fosse acorrentado a uma pedra no Monte Cáucaso, onde um abutre se alimentava de seu fígado, que se regenerava tão rápido quanto era devorado. Este tormento poderia acabar a qualquer momento pelo próprio Prometeu, caso se entregasse a seu opressor; pois ele possuía um segredo que envolvia a estabilidade do trono de Jove e, se ele o revelasse, cairia nas boas graças imediatamente. Mas ele desdenhou de tal possibilidade. Prometeu tornou-se então um símbolo da resistência magnânima ao sofrimento não merecido e da força de vontade que se opõe à opressão.

Tanto Byron quanto Shelley trataram deste tema. A seguir, estão os versos de Byron:

"Titã! a cujos olhos imortais
Os sofrimentos da mortalidade,
Vistos na sua triste realidade,
Coisas que os deuses desprezam não eram tais;
Qual foi a recompensa da piedade tua?
Um sofrimento silencioso em forma crua;
A rocha, o abutre, e a corrente a tinir;
Tudo que os orgulhosos podem de dor sentir;

A agonia que não mostram não;
A sufocante sensação de aflição.
O teu crime divino foi ser bondoso;
Para com os teus preceitos amortecer
Da miséria humana o grosso
E o homem com a sua própria mente fortalecer.
E, perplexo como estavas do alto,
Ainda assim, no teu vigor pacato
Na resistência e repulsão
Do teu espírito impenetrável,
Que a terra e o céu não o fizeram abrir mão,
Herdamos nós ensinamento inestimável."

Byron emprega também a mesma alusão, em seu "Hino a Napoleão Bonaparte":

"Ou, como o ladrão de fogo do céu,
Aguentarás o choque?
E partilhar com ele, imperdoável réu,
O seu abutre e a sua rocha?"

Prometeu acorrentado, John Flaxman (1755-1826)

CAPÍTULO TRÊS

APOLO E DAFNE — PÍRAMO E TISBE — CÉFALO E PRÓCRIS

A LAMA COM QUE A terra foi coberta pelas águas da enchente produziu fertilidade excessiva, que proporcionou toda variedade de produção, tanto boa quanto ruim. Em meio ao restante, Píton, uma enorme serpente, rastejou, o terror das pessoas, e se escondeu nas cavernas do Monte Parnaso. Apolo a matou com suas flechas — arma que até então ele não havia usado contra nada além de animais frágeis, lebres, cabras selvagens e caças desse tipo. Em comemoração a sua ilustre conquista, ele instituiu os Jogos Píticos, em que o vencedor de feitos de força, velocidades dos pés ou corrida de carruagem seria coroado com uma coroa de folhas de faia; pois o loureiro ainda não havia sido adotado por Apolo como sua árvore.

A famosa estátua de Apolo chamada Belvedere representa o deus depois desta vitória contra a serpente Píton. Byron alude a isto em seu livro *A peregrinação de Childe Harold*, IV, Estrofe 161:

"(...) Senhor do arco eficaz,
O deus da vida, da poesia e da luz, vamos sintetizar:
O Sol em forma humana, sua testa se faz
Radiante por na luta triunfar;
A flecha acaba de ser lançada no ar;
Ela brilha, com a vingança de um ser imortal;
Um belo desdém seus olhos e lábios a expressar,
Tudo nele emana poder e majestade, afinal,
Reconhecê-lo como Deidade bastaria seu olhar."

Apolo e Dafne

Dafne foi o primeiro amor de Febo (Apolo). Não foi provocado por obra do destino, mas pela malícia de Cupido (Eros). Febo viu o garoto brincando com seu arco e flechas e, exultante com sua recente vitória contra Píton, disse-lhe:

— Que tem você com armas de guerras, garoto atrevido? Deixe-as para mãos dignas de empunhá-las. Contemple a conquista que obtive por meio delas sobre a enorme serpente cujo corpo venenoso se estende por vários acres na planície! Contente-se com sua tocha, criança, e acenda seu fogo, como você o chama, onde quiser, mas não se meta com minhas armas.

O filho de Vênus (Afrodite) ouviu estas palavras e retrucou:

— Suas flechas podem acertar tudo o mais, Febo, mas a minha vai acertar você.

Assim dizendo, ele ficou de pé sobre uma pedra do Parnaso e tirou de sua aljava duas flechas de diferentes acabamentos: uma para incitar o amor, outra para repeli-lo. A primeira era dourada e pontiaguda, a outra, rombuda e com a ponta feita de chumbo. Com a flecha de ponta de chumbo, ele acertou a ninfa Dafne, filha do deus rio Peneu, e com a de ouro, atingiu Febo no coração. Imediatamente, o deus foi tomado de amor pela jovem e ela abominou a ideia de amar. Seu prazer estava nos esportes da floresta e nos espólios da caça. Muitos amantes a procuraram, mas ela recusou a todos, percorrendo os bosques, sem pensar em Cupido nem Himeneu. Seu pai lhe dizia com frequência:

—Filha, você me deve um genro; você me deve netos.

Ela, odiando a ideia de casamento como se fosse um crime, com seu belo rosto tingido com rubores, jogava os braços ao redor do pescoço do pai e dizia:

— Querido pai, conceda-me este desejo: que eu permaneça solteira, como Diana (Ártemis).

Ele consentia, mas, ao mesmo tempo, dizia:

—Seu próprio rosto vai proibir isto.

Febo a amava, e desejava possuí-la; e aquele que dava previsões para o mundo todo não foi sábio o suficiente para olhar seu próprio destino. Ele a viu jogar os cabelos soltos no ombro e disse:

— Se são tão charmosos quando bagunçados, como seriam arrumados?

Ele viu seus olhos, brilhantes como as estrelas; ele viu seus lábios, e não ficou satisfeito em apenas vê-los. Admirou suas mãos e braços, nus até os ombros, e qualquer coisa que estivesse oculta da visão, ele imaginou ainda mais bela. Ele a perseguiu; ela fugiu, mais rápida que o vento, e não se demorou nem um momento por causa de suas súplicas.

— Fique — disse ele —, filha de Peneu; não sou um inimigo. Não fuja de mim como um carneiro foge do lobo, ou uma pomba do falcão. É por amor que lhe persigo. Você me deixa infeliz por medo de que caia e se machuque nestas pedras e o causador seja eu. Rogo que corras mais devagar e eu a seguirei mais devagar. Não sou um bufão, nem um rude camponês. Júpiter (Zeus) é meu pai e eu sou senhor de Delfos e Tenedos e sei de todas as coisas, presente ou futuro. Eu sou o deus da música e da lira. Minhas flechas voam certeiras para o alvo; mas, ai de mim! Uma flecha mais fatal que a minha atravessou meu coração! Sou o deus da medicina e conheço as virtudes de todas as plantas curativas. Ai de mim! Sofro de um mal que nenhum bálsamo pode curar!

A ninfa continuou sua fuga e deixou o pedido dele inacabado. E, mesmo enquanto fugia, ela o encantava. O vento soprava suas vestes e seus cabelos desamarrados esvoaçavam soltos atrás dela. O deus ficou impaciente ao perceber que seus cortejos eram em vão e, acelerado por Cupido, diminuiu a distância entre os dois na corrida. Foi como um cão de caça perseguindo uma lebre, as mandíbulas abertas prontas para abocanhar, enquanto o animal mais frágil dispara na frente, escapando de sua investida. Assim prosseguiam o deus e a virgem — ele nas asas do amor, e ela, nas do medo. O perseguidor é o mais rápido, no entanto, e aproxima-se dela; sua respiração ofegante sopra seus cabelos. As forças de Dafne começam a falhar, e prestes a afundar, ela chama por seu pai, o deus rio:

— Ajude-me, Peneu! Abra a terra para que me envolva ou mude minha forma, que foi o que me colocou neste perigo.

Mal terminara de falar quando uma rigidez tomou conta de todos os seus membros; seu peito começou a ser envolvido por uma macia casca de árvore; seus cabelos tornaram-se folhas; seus braços transformaram-se em galhos; seus pés cravaram rápido na terra, como raízes; seu rosto assumiu a forma da copa de uma árvore, sem conservar nada do seu eu anterior, exceto a beleza. Febo ficou espantado. Ele tocou o tronco e sentiu a carne tremer sob a casca nova. Ele abraçou os galhos e distribuiu beijos na madeira. Os galhos se esquivaram de seus lábios.

— Já que você não pode ser minha esposa — disse ele —, você deve, com certeza, ser minha árvore. Usarei-a como minha coroa; decorarei com você minha harpa e minha aljava; e quando os grandes conquistadores romanos liderarem a pompa triunfal para a capital, você adornará suas cabeças. E como a juventude eterna é minha, você deve ser para sempre verde e suas folhas não conhecerão a deterioração.

A ninfa, agora transformada em loureiro, abaixou sua cabeça em reconhecimento e gratidão.

Que Febo seja deus da música e poesia não é de se estranhar, mas que medicina também seja creditada à sua alçada, sim. O poeta Armstrong, também médico, responde a isso da seguinte forma:

"A música exalta cada alegria, ameniza todo pesar,
Expele doenças, suaviza a dor;
E, por isso, os sábios da Antiguidade adoravam
O poder da medicina, da melodia e do canto."

A história de Febo e Dafne é tema frequente dos poetas. Waller a aplica ao caso de alguém cujos versos amorosos, apesar de não terem amolecido o coração de sua amada, ainda assim conquistaram grande fama para o poeta:

"No entanto, o que ele cantou com tal paixão,
Embora infrutífero, não foi cantado em vão.
Pois, embora na ninfa efeito não se deu,
O fervor de seu coração aos outros comoveu.
Como Febo, recebendo louvor espontâneo, então,
Capturado no amor, encheu os braços de folhas de louro de montão."

A seguinte estrofe, retirada de "Adonais", de Shelley, alude a uma das primeiras brigas de Byron com os críticos:

"Lobos ousados para perseguir, tão somente;
Corvos indignos sobre os mortos tiras brigas de Byron Imundos abutres
ao conquistador tementes,
Farta a Desolação, comem o que foi deixado
E levam a peste em suas asas: fogem alarmados
Quando, como Apolo, lança uma flecha altiva
E sorri! Os vis não fazem segunda tentativa
Agora bajulam aquele que o desprezo aviva."
— Tradução de Guilherme Summa.

Píramo e Tisbe

Píramo era o mais belo dos jovens e Tisbe, a mais bela donzela em toda a Babilônia, onde Semíramis reinava. Seus pais ocupavam casas vizinhas; e o fato de morarem lado a lado aproximou os jovens e a amizade floresceu em amor. Eles se casariam de bom grado, mas seus pais proibiram. Uma coisa, no entanto, eles não conseguiram proibir — que o amor queimasse com igual ardor no coração de ambos. Eles conversavam por gestos e olhares e a paixão ardia ainda mais intensamente por ser às escondidas. Na parede que separava as duas casas, havia uma rachadura, causada por algum problema na estrutura. Ninguém a havia notado antes, mas os amantes a descobriram. O que o amor não descobre! Ela permitia a passagem de suas vozes; e mensagens ternas costumavam atravessar a fresta para lá e para cá. Quando se postavam, Píramo de seu lado, Tisbe no dela, seus suspiros se fundiam.

— Parede cruel — diziam eles —, por que você separa duas pessoas que se amam? Mas não seremos ingratos. Nós devemos a você, confessamos, o privilégio de transmitir palavras de amor a ouvidos desejosos.

Tais palavras proferiam de lados diferentes da parede; e quando a noite chegava e eles deviam dizer adeus, pressionavam seus lábios contra a parede, ela de seu lado, ele, no dele, já que não podiam chegar mais perto.

Na manhã seguinte, quando Aurora apagou as estrelas e o sol derreteu a geada da grama, eles se encontraram no lugar de costume. Então, depois de lamentarem seu cruel destino, eles concordaram que, na noite seguinte, quando tudo estivesse quieto, eles escapariam dos olhos vigilantes, deixariam suas moradas e caminhariam até os campos; e para garantir o encontro, se reuniriam em uma bem conhecida construção além dos limites da cidade conhecida como o Túmulo de Nino; aquele que chegasse primeiro esperaria pelo outro aos pés de uma certa árvore. Era uma amoreira-branca que ficava próxima a uma nascente. Tudo estava acertado, e eles aguardaram impacientemente o sol se pôr abaixo das águas e a noite surgir delas. Então, com cautela, Tisbe escapou sem a família ver, a cabeça coberta por um véu, e seguiu rumo ao monumento, sentando-se debaixo da árvore. Enquanto estava sentada sozinha sob a luz débil da noite, ela viu de longe uma leoa, suas mandíbulas fedendo à matança recente, aproximando-se da nascente para saciar sua sede. Tisbe fugiu ao vê-la e buscou refúgio no vão de uma pedra. Na fuga, deixou seu véu cair no chão. A leoa, depois de beber da nascente, virou-se para retornar à floresta e, vendo o véu no chão, o pegou e rasgou com a boca ensanguentada.

Píramo, tendo se atrasado, agora se aproximava do lugar do encontro. Ele viu na terra as pegadas de leão e a visão fez a cor fugir de seu rosto. Em seguida, encontrou o véu todo rasgado e ensanguentado.

— Ah, desafortunada moça — disse ele—, fui eu a causa de sua morte! Tu, mais digna da vida do que eu, foste vitimada primeiro. Irei em seguida. Sou eu o responsável, por tentá-la a ir a um lugar de tamanho perigo, e não estando eu mesmo no local para guardá-lo. Saiam já, leões, das rochas, e rasguem este corpo culpado com seus dentes.

Ele recolheu o véu, carregou-o consigo até a árvore, e o cobriu de beijos e lágrimas.

— *Meu* sangue também há de manchar sua tecitura — disse ele e, desembainhando a espada, cravou-a em seu coração. O sangue espirrou do ferimento e tingiu de vermelho as folhas brancas da amoreira; caindo ao chão, alcançou as raízes, de modo que a cor rubra subiu do tronco até as frutas.

A esta altura, Tisbe, ainda tremendo de medo, mas não querendo desapontar seu amado, saiu com cuidado procurando avidamente pelo jovem, ansiosa para lhe contar o perigo do qual tinha escapado. Quando chegou no lugar combinado e observou a mudança de cor das amoras, ela duvidou que fosse o mesmo lugar. Enquanto hesitava, Tisbe viu a forma de alguém agonizando. Ela deu um passo para trás; um arrepio percorrendo seu corpo como uma ondulação na superfície da água quando uma brisa sopra. Mas assim que reconheceu seu amor, ela gritou e entrou em desespero, abraçando o corpo sem vida, derramando lágrimas sobre seus ferimentos e deitando beijos nos lábios frios.

— Ah, Píramo! — gritou ela. — Quem fez isso? Responda-me, Píramo, é tua Tisbe quem fala. Ouça-me, querido, e levante a cabeça caída.

Ao ouvir o nome de Tisbe, Píramo abriu os olhos e então os fechou novamente. Ela viu seu véu manchado de sangue e a bainha sem a espada.

— Tua própria mão te matou, e por minha causa — disse ela. — Eu também posso ser corajosa pelo menos uma vez, e meu amor é tão forte quanto o teu. Eu te seguirei na morte, pois fui a causa dela; e a morte que sozinha poderia nos separar não pode evitar que me junte a ti. E vós, nossos infelizes pais, não nos negueis nosso pedido unificado. Como o amor e a morte nos uniram, deixai que uma só tumba nos abrigue. E tu, árvore, retém as marcas da matança. Deixa que estes frutos sirvam de memorial para nosso sangue.

Dizendo isso, ela cravou a espada em seu próprio peito. Seus pais ratificaram seu desejo, assim como os deuses. Os dois corpos foram enterrados em um sepulcro e a árvore desde então passou a dar frutos roxos, como faz até hoje.

Moore, em o "Baile das sílfides", falando da lamparina de Davy, é lembrado da parede que separou Tisbe e seu amante:

> "Oh, pela tela metálica daquela lamparina,
> Essa cortina de fio protetor,
> Que Davy encerra delicadamente
> O fogo proibido e ameaçador!
>
> A parede que ele ergue entre a Chama e o Ar,
> (Como a que a felicidade da jovem Tisbe fez barrar)
> Através de cujos pequenos buracos este perigoso par
> Pode um ao outro se ver, mas não se beijar."

Em *Os Lusíadas*, ocorre a seguinte menção à história de Píramo e Tisbe, e à metamorfose das amoreiras. O poeta está descrevendo a Ilha do Amor:

> "(...) Os dons que dá Pomona ali Natura
> Produz, diferentes nos sabores,
> Sem ter necessidade de cultura,
> Que sem ela se dão muito melhores:
> As cerejas, purpúreas na pintura,
> As amoras, que o nome têm de amores,
> O pomo que da pátria Pérsia veio,
> Melhor tornado no terreno alheio."
> — Tradução de Guilherme Summa.

Se algum de nossos jovens leitores for tão insensível a ponto de rir à custa dos pobres Píramo e Tisbe, pode ser oportuno voltar-se para a peça de Shakespeare, *Sonhos de uma Noite de Verão*, que é bem mais divertidamente burlesca.

Céfalo e Prócris

Céfalo foi um belo jovem que gostava de esporte atléticos. Ele se levantava antes do amanhecer para perseguir a caça. Aurora o viu pela primeira vez, apaixonou-se e o roubou. Mas Céfalo tinha acabado de se casar com uma encantadora moça, a quem ele amava devotadamente. Seu nome era Prócris. Ela era muito estimada por Diana, a deusa da caça, que lhe deu um cachorro que podia correr mais que qualquer rival, e uma lança que nunca errava seu alvo; e Prócris deu estes presentes a seu marido. Céfalo era tão feliz com sua esposa que resistiu a todas as investidas de Aurora, e ela finalmente o dispensou, desgostosa, sentenciando:

—Vá, mortal ingrato, fique com sua esposa. A menos que eu esteja muito enganada, um dia você se arrependerá de tornar a vê-la.

Céfalo retornou, e estava feliz como nunca com sua esposa e seus esportes florestais. Mas agora alguma divindade raivosa mandou uma raposa faminta para incomodar a região; e os caçadores juntaram um grande grupo para capturá-la. Seus esforços foram todos em vão; nenhum cachorro conseguia alcançá-la; por fim, recorreram a Céfalo para pedir emprestado seu famoso cachorro, cujo nome era Lelaps. Assim que o animal foi solto, ele disparou, mais rápido do que os olhos podiam acompanhar. Se não tivessem visto suas pegadas na terra, poderiam até pensar que ele havia voado. Céfalo e outros permaneceram em uma colina e viram a caçada. A raposa tentou todos os ardis, correu em círculo e deu meia-volta; o cão em seu encalço, com as mandíbulas abertas, procurando morder seus calcanhares, mas capturando apenas o ar. Céfalo estava prestes a usar sua lança quando, de repente, viu ambos, cão e caça, pararem instantaneamente. Os poderes celestiais que haviam produzido ambos não queriam que um deles vencesse. Ali, naquela mesma postura durante a ação, eles foram transformados em pedra. Eles pareciam tão vivos e naturais que se poderia pensar, contemplando-os, que um latiria e o outro saltaria para frente.

Céfalo, apesar de ter perdido seu cachorro, continuou sentindo prazer na caça. Ele saía de manhã bem cedo, patrulhando desacompanhado as florestas e colinas, sem precisar de ajuda, pois sua lança era uma arma certeira em todos os casos. Cansado de caçar, quando o sol estava alto, ele procurava um lugar com sombra onde um córrego fresco corria e se esticava na grama com suas roupas jogadas ao lado, apreciando a brisa. Às vezes, dizia em voz alta:

— Venha, doce brisa, venha e sopre meu peito, venha e acalme o calor que me queima.

Certa vez, alguém passando por ali o ouviu falando com o vento desta forma, e, imprudentemente achando que ele se dirigia a alguma donzela, foi até Prócris, sua esposa, e contou o segredo. O amor é crédulo. Prócris desmaiou com repentino choque. Quando se recuperou, ela disse:

— Não pode ser verdade; eu não vou acreditar a não ser que eu mesma testemunhe.

Então, ela esperou, com o coração ansioso, até a manhã seguinte, quando Céfalo saiu para caçar como de costume. Então, ela o seguiu, e se escondeu no lugar que o confidente lhe indicara. Céfalo veio como de costume quando cansou de caçar e se esticou na grama, dizendo:

— Venha, doce brisa, venha e me abane; você sabe como a amo! Você torna deliciosos os bosques e minhas caminhadas solitárias.

Ele estava falando assim quando ouviu, ou pensou ter ouvido, o som de um soluço nos arbustos. Acreditando tratar-se de algum animal selvagem, ele arremessou sua lança naquela direção. Um grito de sua amada Prócris o informou que sua arma com muita certeza havia encontrado seu alvo. Ele correu para lá e a encontrou sangrando, e, com as forças se esvaindo, empenhava-se em retirar do ferimento a lança, seu próprio presente. Céfalo levantou-a do chão, lutou para estancar o sangue, e pediu-lhe para que revivesse e não o deixasse, miseravelmente se reprendendo por sua morte. Ela abriu seus olhos fracos, e se forçou a dizer estas poucas palavras:

— Eu lhe imploro, se você alguma vez me amou, se alguma vez eu mereci bondade em suas mãos, meu marido, garanta-me este último desejo, não se case com esta Brisa odiosa!

Isto esclareceu todo o mistério, mas ai! Qual a vantagem de se esclarecer isso agora! Ela morreu; seu rosto, porém, ostentava uma expressão serena, e ela olhou com pena e perdão para seu marido quando ele a fez entender a verdade.

Moore, em seu "Legendary Ballads", tem uma sobre Céfalo e Prócris, começando assim:

> "Certa vez, um caçador reclinou-se em um bosque,
> Para os brilhantes olhos do meio-dia evitar,
> E muitas vezes cortejou o vento errante
> Com seu suspiro para a testa refrescar
> Enquanto mudo até o zumbido da abelha selvagem ficava,
> Nem a respiração as madeixas do álamo agitava,
> Entoava assim: 'Oh, doce Brisa, venha!'
> Enquanto respondia Eco, 'Venha, doce Brisa, venha!'"

CAPÍTULO QUATRO

Juno e suas rivais, Io e Calisto — Diana e Acteão — Latona e os camponeses

Juno (Hera) um dia percebeu que de repente ficou escuro e imediatamente suspeitou que seu marido havia levantado uma nuvem para esconder algum de seus atos que não suportariam ver a luz. Ela afastou a nuvem e viu seu marido às margens de um rio vítreo, com uma bela bezerra de pé ao seu lado. Juno suspeitou que a bezerra, na verdade, ocultava as formas de uma bela ninfa — o que era mesmo o caso; pois tratava-se de Io, filha do deus rio Ínaco, com a qual Júpiter (Zeus) vinha flertando, e, ao notar a aproximação de sua esposa, a transformara naquele animal.

Juno juntou-se ao marido, e notando a bezerra, elogiou sua beleza e perguntou de quem era e de qual rebanho. Júpiter, com o intuito de pôr fim às perguntas, respondeu que era uma criação recente da terra. Juno pediu que lhe fosse dada de presente. O que Júpiter poderia fazer? Ele estava reticente em regalar a esposa com a amante; ainda assim, como se recusar a dar tão insignificante presente como uma mera bezerra? Ele não podia, sem levantar suspeitas; então, cedeu. A deusa ainda não estava livre de suas suspeitas; por isso, entregou a bezerra a Argos para ser vigiada estritamente.

Argos tinha uma centena de olhos em sua cabeça, e nunca dormia com mais de dois ao mesmo tempo para poder vigiar Io constantemente. Ele permitia que ela se alimentasse durante o dia, mas de noite a amarrava com uma corda pelo pescoço. Ela teria estendido os braços para implorar a Argos por sua liberdade, mas não tinha braços para esticar, e sua voz era um mugido que assustava até a si própria. Ela viu seu pai e suas irmãs, chegou perto deles e deixou que acariciassem seu dorso, e ouviu-os admirarem sua beleza. Seu pai lhe ofereceu um tufo de grama, e ela lambeu a mão esticada. Como não ansiava que ele a reconhecesse, e teria dito seu desejo; mas, ai! Eram necessárias palavras. Por fim, pensou em ela mesma escrever seu nome — era um nome curto — com seu casco na areia. Ínaco a reconheceu, e descobrindo que sua filha, que ele havia procurado em vão por muito tempo, estava escondida sob este disfarce, lamentou por ela, e, abraçando seu pescoço branco, exclamou:

—Ai! Minha filha, seria menos penoso tê-la perdido de uma vez!

Enquanto ele assim lamentava, Argo, observando a cena, aproximou-se e a levou embora, sentando-se então em um barranco alto, de onde podia ver tudo em todas as direções.

Júpiter acompanhava perturbado o sofrimento de sua amante e, convocando Mercúrio (Hermes), disse-lhe que despachasse Argos. Mercúrio se apressou a fazê-lo, calçando suas sandálias aladas e colocando o elmo, pegou seu caduceu sonífero e pulou das torres celestiais para a terra. Ali, ele deixou de lado suas asas e ficou apenas com o bastão, com o qual ele se apresentou como pastor conduzindo seu rebanho. À medida que caminhava, ele tocava sua flauta. Esta era o que chamavam de siringe ou flauta de Pã. Argos ouviu com prazer, pois nunca havia visto antes o instrumento.

— Jovem — disse ele —, venha e sente-se ao meu lado nesta pedra. Não existe lugar melhor para seu rebanho pastar do que por estas bandas, e aqui tem uma sombra agradável como apreciam os pastores.

Mercúrio sentou, conversou e contou histórias até ficar tarde, e tocou sua flauta suas mais doces melodias, esperando seduzir os olhos alertas ao sono, mas tudo em vão; pois Argos ainda se forçou a manter alguns olhos abertos, apesar de ter fechado o restante.

Entre outras histórias, Mercúrio contou como o instrumento que ele tocava foi inventado.

— Havia uma certa ninfa, cujo nome era Siringe, que era muito amada pelos sátiros e espíritos da floresta; mas ela não aceitava nenhum deles, pois era fiel adoradora de Diana (Ártemis); portanto, caçava. Era de se pensar que fosse a própria Diana, vendo-a em seus trajes de caçadora, não fosse pelo detalhe de seu arco ser feito de chifre e o de Diana, de prata. Um dia, enquanto retornava da caçada, Pã a encontrou e disse-lhe exatamente isso, e acrescentou mais coisas do tipo. Ela fugiu, sem esperar para ouvir seus elogios, e ele a perseguiu até chegar à margem do rio, onde a dominou, e ela só teve tempo de pedir socorro a suas amigas, as ninfas da água. Elas a ouviram e a atenderam. Pã atirou seus braços em volta do que ele acreditava ser as formas da ninfa, e se viu abraçando um tufo de junco! Quando suspirou, o ar ressoou através dos juncos e produziu uma melodia melancólica. O deus, encantado com a novidade e com a doçura da música, disse: "Bom, assim, pelo menos você será minha". E ele pegou alguns dos juncos, e juntando-os em diferentes comprimentos, um ao lado do outro, criou um instrumento que chamou de siringe, em homenagem à ninfa.

Antes que Mercúrio terminasse sua história, viu todos os olhos de Argos cerrados. Enquanto sua cabeça pendia sobre o peito, com um só golpe Mercúrio cortou-lhe o pescoço e sua cabeça rolou pelas pedras. Pobre Argos! A luz de sua centena de olhos foi extinta de uma só vez! Juno os recolheu e os colocou como ornamentos no rabo de seu pavão, onde estão até os dias de hoje.

Mas a vingança de Juno não havia ainda sido saciada. Ela enviou uma mutuca para atormentar Io, que fugiu por todo o mundo, perseguida por ela. Ela cruzou o mar Jônico, cujo nome derivava do seu, então vagou pelas planícies da Ilíria, subiu o monte Haemus e atravessou o estreito Trácio, desde então chamado de Bósforo (estreito da vaca), percorreu a Cítia e o país dos cimérios, até chegar finalmente às margens do rio Nilo. Por fim, Júpiter intercedeu por ela e, comprometendo-se a nunca mais lhe dispensar atenção, convenceu Juno a restaurar Io à sua forma natural. Foi curioso vê-la gradualmente recuperar sua imagem original. Os pelos grosseiros caíram de seu corpo, seus chifres se retraíram, seus olhos diminuíram em tamanho, sua boca encolheu; mãos e dedos surgiram no lugar dos cascos em seus membros; enfim, não restava mais nada da bezerra, exceto sua beleza. A princípio, Io ficou com medo de falar, por medo de que pudesse mugir, mas, aos poucos, recuperou sua confiança e retornou para seu pai e irmãs.

Em um poema de Keats dedicado a Leigh Hunt, ocorre a seguinte alusão à história de Pã e Siringe:

> "Então sentiu quem afastou os galhos para fazer
> Com que pudéssemos a vasta floresta perceber,
> Contando como a bela Siringe fugiu do amor
> Do Pã arcadiano, trêmula, cheia de pavor.
> Pobre ninfa, pobre Pã chorou ao achar nada
> Além de um suspiro de vento no lugar da amada
> Junto aos juncos do rio; terna e suave melodia,
> Cheia de doce desolação, dom que a dor alivia."
> — Tradução de Guilherme Summa.

Calisto

Calisto foi outra jovem que despertou o ciúme de Juno, e a deusa a transformou em um urso.

— Eu vou privá-la — sentenciou ela — desta beleza com a qual você cativou meu marido.

Calisto caiu sobre suas mãos e pés, e tentou esticar seus braços em súplica — eles já haviam começado a se cobrir de pelos negros. Suas mãos ficaram arredondadas e delas projetavam-se garras curvadas; passaram a servir de pés; sua boca, a qual Jove costumava elogiar pela beleza, tornou-se um horrível par de mandíbulas; sua voz, que se não fosse modificada traria pena a qualquer coração, tornou-se um bramido, mais adequado a inspirar terror. Ainda assim, seu antigo temperamento se manteve, e com um gemido contínuo, ela lamentava seu destino; também ficava de pé o quanto podia, levantando suas patas para implorar por perdão, e achava que Jove era cruel, embora não conseguisse verbalizar isto a ele. Ah, com que frequência não vagava por sua antiga vizinhança, por receio de ficar na floresta a noite toda sozinha; quantas vezes, aterrorizada pelos cães, ela, tão recentemente tornado-se uma caçadora, não escapou aterrorizada dos caçadores! Não raramente ela fugia das feras selvagens; e, mesmo sendo um, tinha medo dos ursos.

Um dia, um jovem a observou enquanto caçava. Ela o viu e reconheceu seu próprio filho, agora já um homem crescido. Ela parou e sentiu vontade de abraçá-lo. Quando ela estava prestes a se aproximar, ele, alarmado, levantou sua lança de caça e estava prestes a atravessá-la com a arma, quando Júpiter, que assistia a tudo, impediu o crime, e pegando ambos, colocou-os nos céus como a Ursa Maior e Ursa Menor.

Juno ficou furiosa vendo sua rival sendo honrada e correu até os antigos Oceano e Tétis, as potestades dos mares, e, em resposta às perguntas deles, contou assim o motivo de sua visita:

— Vocês perguntam por que eu, a rainha dos deuses, deixei as planícies celestiais e procurei suas profundezas? Saibam que fui suplantada no céu; meu lugar foi dado a outra. Vocês dificilmente acreditarão em mim; mas olhem quando a noite escurecer o mundo, e verão os dois que eu tenho muitas razões para reclamar exaltando aos céus, naquela parte onde o círculo é menor, na proximidade do polo. Por que alguém deveria temer daqui por diante só de pensar em ofender Juno, quando tais recompensas são as consequências do meu descontentamento? Vejam o que fui capaz de fazer! Eu a proíbo de usar a forma humana, e ela é colocada entre as estrelas! Este é o resultado de minha punição — tal é a extensão de meus poderes! Seria melhor se ela tivesse recobrado sua forma anterior, como permiti que Io fizesse. Talvez ele pretenda se casar com ela e me mandar embora! Mas vocês, meus pais adotivos, se sentem algo por mim, e veem com descontentamento este tratamento indigno a mim dispensado, eu vos peço, proíbam este casal culpado de entrar em suas águas.

As potestades do oceano assentiram, e consequentemente, as duas constelações de Ursa Maior e Ursa Menor se movem ao redor do céu, mas nunca se põem, como fazem as outras estrelas, abaixo do oceano.

Milton alude ao fato de que a constelação de Ursa nunca se põe, quando diz:

> "Deixe que à meia-noite meu lampião
> Seja visto em alguma solitária torre de sua elevação,
> Onde posso amiúde a Ursa vigiar" etc.

E Prometeu, no poema de J. R. Lowell, diz:

"Uma por uma vi estrelas nascendo e mergulhando,
Sobre a branca geada nas minhas correntes brilhando;
A Ursa que rondou a noite toda pelo redil
Da Estrela do Norte, recuou para o seu covil,
Assustada com a chegada da Aurora radiante."
— Tradução de Guilherme Summa.

A última estrela na cauda da Ursa Menor é a Estrela Polar, chamada também de Polaris. Milton diz:

"Meu olhar capta novos prazeres no dia
Enquanto a paisagem em volta avalia
(...)
Contempla torres e ameias eminentes
Quase ocultas por grandes árvores na frente
Onde talvez uma beleza benfazeja
A Cinosura dos olhos[9] alheios seja."
— Tradução de Guilherme Summa.

A referência aqui é duplamente à Estrela do Norte como guia dos navegantes, e à atração magnética do Norte. Ele a denomina também de "Estrela de Arcádia", porque o garoto de Calisto se chamava Arcas, e eles moravam em Arcádia. Em "Comus", o irmão, ignorante na floresta, diz:

"(...) Emana uma luz pálida!
Saúda-nos, vela fugaz,
Que pelas frestas de alguma habitação de argila,
Mal se vislumbra, com teus raios de luz ofuscante,
E tu serás nosso astro da Arcádia,
Ou nossa Polaris."

Diana e Acteão

Agora que vimos em duas ocasiões a severidade de Juno em relação a suas rivais, vamos ver como uma deusa virgem pune quem invade sua privacidade.

Era meio-dia e o sol estava igualmente distante de seus dois destinos, quando o jovem Acteão, filho do rei Cadmo, assim falou com os jovens que com ele caçavam cervos nas montanhas:

---

9   Em inglês, "*Cynosure of eyes*" é uma expressão que significa "centro das atenções". (N. E.)

— Amigos, nossas redes e nossas armas estão úmidas com o sangue de nossas vítimas; temos caça o bastante para um dia, e amanhã podemos renovar nosso trabalho. Agora, enquanto Febo queima a terra, deixemos nosso equipamento e desfrutemos de um descanso.

Havia um vale densamente cercado por ciprestes e pinheiros, consagrado à rainha da caça, Diana. Na extremidade do vale, existia uma caverna, não enfeitada com arte, mas a natureza imitara a arte em sua construção, pois havia curvado o arco de seu teto com pedras encaixadas tão delicadamente como que pela mão do homem. Uma fonte jorrava em um lado, cuja bacia aberta era delimitada por uma borda relvada. A deusa das florestas vinha aqui quando cansada da caça e lavava seus braços e pernas virginais na água cintilante.

Um dia, tendo parado lá com suas ninfas, ela entregou a lança, a aljava e o arco para uma delas, a túnica para outra, enquanto uma terceira desamarrava as sandálias de seus pés. Então, Crocale, a mais habilidosa delas, arrumou seus cabelos, e Nefele, Hiale, e o restante das ninfas coletaram água em grandes jarros. Enquanto a deusa estava ocupada com os trabalhos de higiene, veja como Acteão, deixando o grupo de companheiros, e caminhando sem qualquer objetivo, chegou ao lugar, guiado tão somente por seu destino. Quando se apresentou na entrada da caverna, as ninfas, vendo um homem, gritaram e correram em direção à deusa para escondê-la com seus corpos. Mas ela era uma cabeça mais alta do que todas. Uma cor igual à que tinge as nuvens no pôr do sol ou no amanhecer subiu ao semblante de Diana, pega assim de surpresa. Cercada como estava pelas ninfas, ela ainda se virou, tomada pelo repentino impulso de procurar suas flechas. Como não estavam à mão, ela jogou água no rosto do invasor, dizendo estas palavras:

— Agora vá e conte, se conseguir, que você viu Diana desnuda.

Imediatamente um par de galhadas de cervo cresceu na cabeça de Acteão, seu pescoço ganhou comprimento, suas orelhas se tornaram pontiagudas, suas mãos se tornaram pés, seus braços, longas pernas, seu corpo foi coberto com uma pelagem manchada. Medo tomou o lugar da antiga ousadia, e o herói fugiu. Ele não podia deixar de admirar sua própria velocidade; porém, quando viu seus chifres na água, teria dito: "Oh! Coitado de mim!", mas nenhum som resultou de seu esforço. Ele gemeu, e lágrimas correram pelo rosto que tomou o lugar do seu. Ainda assim, sua consciência permaneceu. O que ele deveria fazer? Ir para casa procurar o palácio, ou ficar escondido na floresta? Desta última ele tinha receio, do primeiro tinha vergonha. Enquanto hesitava, os cães o avistaram. Primeiro Melampo, um cão espartano, deu o sinal com seu latido, então Pânfago, Dorceu, Lelaps, Tero, Nape, Tigris e todos os outros correram atrás dele, mais rápidos que o vento. Por pedras e penhascos, através de desfiladeiros de montanhas que pareciam impraticáveis, ele fugiu e eles seguiram. Onde ele havia com frequência perseguido o cervo e comemorado com seu bando, seu bando agora o perseguia e comemorava com seus companheiros caçadores. Ele queria gritar, "Eu sou Acteão; reconheçam seu mestre!", mas as palavras não saíram a seu comando. O ar ressoava com os latidos dos cães. Então, um se prendeu ao seu lombo, outro se agarrou a seu ombro. Enquanto seguravam seu mestre, o restante do bando se aproximou e cravou os dentes em sua carne. Ele gemeu — não com voz humana, nem mesmo com a de um cervo — e, caindo de joelhos, ergueu seus olhos, e teria levantado seus braços em súplica, se os tivesse. Seus amigos e colegas caçadores comemoraram com os cães, e procuraram em todo lugar por Acteão, chamando-o para se juntar à caçada. Ao som de seu nome, ele virou a cabeça, e os ouviu lamentar que estivesse ausente. Ele sinceramente gostaria de estar. Ficaria muito contente de ver os feitos de seus cães, mas senti-los era demais. Estavam todos em volta dele, rasgando e cortando; e a raiva de Diana não foi saciada até que tivessem arrancado a vida de seu corpo.

No poema "Adonais", de Shelley, existe a seguinte alusão à história de Acteão:

> "Dentre outras de menos nota, veio esta frágil forma
> Um fantasma entre homens, sem companheiro
> Como a última nuvem da tempestade; o derradeiro
> trovão é seu dobre de finados; ele, imagino,
> Havia visto o corpo nu da Natureza, belo e fino,
> Como Acteão, e agora, sem rumo, ele passa
> Com pés fracos sobre a selvageria do mundo
> E seus próprios pensamentos, no caminho imundo,
> Perseguiam, como cães raivosos, seu pai e sua caça."
> — Estrofe 31, tradução de Rafael Bisoffi.

A alusão é provavelmente ao próprio Shelley.

Latona e os camponeses

Alguns pensaram que a deusa nesta história foi mais severa do que justa, enquanto outros louvaram sua atitude como rigorosamente condizente com seu recato virginal. Como de costume, este evento trouxe outros mais antigos à mente, e um dos espectadores contou esta história:

— Alguns compatriotas da Lícia uma vez insultaram a deusa Latona (Leto), mas não saíram impunes. Quando eu era jovem, meu pai, que estava velho demais para o trabalho braçal, me mandou a Lícia para levar para lá alguns bois, e lá eu vi o próprio lago e charco onde a maravilha aconteceu. Perto dali, ficava um altar antigo, escurecido pela fumaça dos sacrifícios e quase enterrado entre os juncos. Perguntei de quem o altar poderia ser, se dos faunos ou das náiades, ou de alguma deidade das montanhas vizinhas, e um dos moradores respondeu: "A nenhum deus da montanha ou do rio é consagrado este altar, mas sim àquela a quem Juno, em seu ciúme, expulsou de terra em terra, negando-lhe qualquer pedaço de chão onde criar seus gêmeos". Carregando em seus braços as pequenas divindades, Latona alcançou esta terra, cansada de seu fardo e sedenta. Por acaso, avistou no fundo do vale este lago de água limpa, onde o povo do campo trabalhava juntando salgueiros e vime. A deusa se aproximou e, ajoelhando-se nas margens, poderia ter matado sua sede na fonte fresca, mas os camponeses a proibiram. "Por que vocês me negam água?", ela disse. "A água é gratuita para todos. A natureza não permite que ninguém assuma propriedade sobre a luz do sol, do ar ou da água. Eu venho pegar minha porção da bênção comum. Ainda assim, peço a vocês como um favor. Não tenho intenção de me lavar na água, por mais fadigada que esteja, mas apenas matar a minha sede. Minha boca está tão seca que mal consigo falar. Um gole de água seria um néctar para mim; me reanimaria, e eu teria uma dívida com vocês por toda vida. Deixem que estas crianças despertem vossa piedade, estas que esticam seus bracinhos como que suplicando por mim", e as crianças, de fato, estavam esticando seus braços.

"Quem não ficaria tocado por estas palavras gentis proferidas pela deusa? Mas aqueles bufões persistiram em sua grosseria; eles ainda começaram a debochar e ameaçar de violência caso ela não saísse dali. E isto não foi tudo. Eles mergulharam no lago e remexeram a lama com seus pés, para deixar a água imprópria para beber. Latona ficou tão furiosa que deixou de se importar com sua sede. Ela não mais suplicou aos bufões; em vez disso, levantando suas mãos aos céus, exclamou: 'Que eles nunca saiam deste lago, mas passem suas vidas aqui!'. E foi isso mesmo o que aconteceu. Eles agora vivem na água, às vezes totalmente submersos, levantando as cabeças acima da superfície e nadando por ela. Outras vezes, sobem até a margem, mas logo pulam de volta para a água. Eles ainda usam suas vozes para xingar, e apesar de terem a água toda para si, não têm vergonha de coaxar do meio dela. Suas vozes são ásperas, suas gargantas inchadas, suas bocas se tornaram lasseadas pelos xingamentos constantes, seus pescoços encolheram e sumiram, e suas cabeças são coladas ao corpo. Suas costas são verdes, suas barrigas desproporcionais; em resumo: são agora sapos e habitam a poça gosmenta."

Esta história explica uma alusão em um dos sonetos de Milton, "A detração que se seguiu após certos escritos seus".

> "Não fizera mais do que encorajar a época a se livrar das travas,
> Das conhecidas leis da antiga liberdade,
> Quando logo um ruído bárbaro me rodeou
> De corujas e cucos, asnos, macacos e cães.
> Como quando aqueles camponeses que foram transformados em sapos
> Reclamaram com a progênie gêmea de Latona,
> Que, depois, manteve o sol e a lua como tributo."
> — Tradução de Guilherme Summa.

A perseguição que Latona sofreu de Juno é aludida na história. A tradição diz que a futura mãe de Febo e Diana, fugindo da ira de Juno, procurou por todas as ilhas do Egeu em busca de um repouso, mas todos temiam demais a poderosa rainha dos céus para ajudar sua rival. Apenas Delos aceitou se tornar o lugar de nascimento das futuras divindades. Delos era nessa época uma ilha flutuante; no entanto, quando Latona chegou ali, Júpiter a amarrou com fortes correntes ao fundo do mar, para que pudesse ser um lugar de descanso seguro para sua amada. Byron alude a Delos em seu "Don Juan":

> "As ilhas da Grécia! As ilhas da Grécia, rapaz!
> Onde a ardente Safo amou e cantou,
> Onde cresceram as artes da guerra e da paz,
> Onde Delos ascendeu e Febo brotou!"

CAPÍTULO CINCO

FAETONTE

FAETONTE ERA O FILHO de Febo (Apolo) e da ninfa Clímene. Dado dia, um colega de escola riu da ideia de ele ser filho de um deus, e Faetonte ficou furioso e envergonhado e contou à sua mãe.

— Se sou mesmo de berço celestial, mãe — disse ele —, dá-me alguma prova disso e assegure minha reivindicação à honra.

Clímene levantou as mãos aos céus e disse:

— Tenho o Sol por testemunha, ele que olha por nós, de que lhe disse a verdade. Se falei mentiras, que esta seja a última vez que eu veja a luz. Mas não é preciso muito esforço para que pergunte você mesmo; a terra onde o Sol nasce fica perto da nossa. Vá e exija dele que o reconheça como filho.

Faetonte ouviu com alegria. Ele viajou para a Índia, que se localiza diretamente na região da alvorada, e, cheio de esperança e orgulho, aproximou-se do ponto onde seu pai começava sua jornada.

O palácio do Sol situava-se no alto de colunas, cintilando com ouro e pedras preciosas, enquanto marfim polido formava o teto, e prata, as portas. A execução superava o material;[10] pois, nas paredes, Vulcano (Hefesto) havia representado terra, mar e céu, com seus habitantes. No mar, havia as ninfas, umas brincando nas ondas, algumas montadas nos dorsos de peixes, enquanto outras, ainda, repousavam sobre rochas, secando seus cabelos verdes da cor do oceano. Seus rostos não eram todos iguais, mas também não muito diferentes entre si — como as irmãs devem ser. A terra tinha suas cidades, florestas, rios e divindades rurais. Fora entalhada, acima de tudo, a imagem do céu glorioso; e nas portas prateadas, os doze símbolos do zodíaco, seis de cada lado.

O filho de Clímene avançou pela subida íngreme e entrou nos salões de seu suposto pai. Aproximou-se da presença paterna, mas parou a certa distância, pois a luz era mais do que podia suportar. Febo (Apolo), vestido com um traje púrpura, ocupava um trono, que reluzia como se fosse cravejado de diamantes. Ao seu lado direito e esquerdo estavam o Dia, o Mês, e o Ano, e, em intervalos regulares, as Horas. A Primavera tinha sua cabeça coroada com flores; o Verão, as vestes postas de lado e uma grinalda formada de feixes de grãos maduros; o Outono, pés manchados de suco de uva; e o frio Inverno, cabelos endurecidos pelo gelo. E o Sol, cercado por estes assistentes, com o olho que tudo vê, contemplou o jovem deslumbrado com a novidade e o esplendor da cena, e perguntou o motivo de sua visita. O jovem respondeu:

— Oh, luz do mundo sem limites, Febo, meu pai, se você me permite usar este nome, dê-me alguma prova, eu lhe suplico, para que eu possa ser reconhecido como seu filho.

Ele parou; e seu pai, colocando de lado os feixes que brilhavam ao redor de sua cabeça, ordenou que ele se aproximasse, e, o abraçando, disse:

— Meu filho, tu não mereces ser renegado, e eu confirmo o que tua mãe te contou. Para colocar um fim em tuas dúvidas, pede o que quiseres, e o presente será teu. Convoco como testemunha aquele terrível lago, que eu nunca vi, mas pelo qual nós deuses juramos em nossos compromissos mais solenes.

Faetonte imediatamente pediu que lhe fosse permitido dirigir a carruagem do sol por um dia. Seu pai se arrependeu da promessa; três, quatro vezes ele balançou a radiante cabeça em advertência.

---

10 Referência a uma frase de Ovídio. (N. E.)

— Eu falei precipitadamente — disse ele.— Este é o único desejo que terei que negar. Imploro-te para que o retire. Não é uma dádiva segura, meu Faetonte, tampouco uma adequada à tua juventude e força. Tu és mortal, e o que me pedes está além das forças de um mortal. Em tua ignorância, tu aspiras a fazer algo que nem mesmo os deuses conseguem. Ninguém, a não ser eu, pode conduzir o carro flamejante do dia. Nem mesmo Júpiter (Zeus), cujo terrível braço direito lança os raios. A primeira parte do caminho é tão íngreme que mesmo os cavalos descansados pela manhã mal podem escalar; o meio é alto nos céus, de onde mesmo eu dificilmente consigo olhar para baixo e contemplar a terra e o mar estendendo-se abaixo de mim sem me alarmar. A última parte do trajeto inclina-se rapidamente para baixo, e requer o maior cuidado ao guiar. Tétis, que está esperando para me receber, muitas vezes treme de medo que eu caia de cabeça. E além de tudo isso, o céu está a todo momento girando e levando as estrelas com ele. Tenho que estar perpetuamente alerta para esta movimentação, que carrega tudo consigo, para que não me arraste também. Suponhamos que eu te empreste a carruagem, o que farias tu? Poderias manter o curso enquanto a esfera gira lá embaixo? Talvez tu imagines que haja florestas e cidades, as moradas dos deuses, e palácios e templos no caminho. Pelo contrário: a estrada transita por entre monstros aterrorizantes. É preciso passar pelos chifres do Touro, em frente ao Arqueiro, e perto da bocarra do Leão, e por onde o Escorpião estica seus braços em uma direção e o Caranguejo em outra. Tu também não terás facilidade em conduzir os cavalos, com seus pulmões cheios de fogo, cujo hálito expele por suas bocas e narinas. Eu mesmo mal consigo controlá-los, quando estão rebeldes e resistem às rédeas. Cuidado, meu filho, não quero ser eu a te dar este presente fatal; retira teu pedido enquanto ainda pode. Tu me pedes uma prova de que brotaste de meu sangue? Pois te dou esta prova em meus medos por ti. Olha para meu rosto: quisera eu que pudesses ver dentro do meu peito, onde enxergaria a ansiedade de um pai. Por fim — continuou ele —, olha por todo o mundo e escolhe qualquer coisa que desejares de mais precioso na terra ou no mar. Pede e não temas uma recusa. Peço apenas que não insistas nisso. Não é honra, mas sim a destruição que tu buscas. Por que tu te penduras em meu pescoço e continuas a me suplicar? Conseguirás o que desejas se persistires; o juramento foi feito e deve ser cumprido, mas eu rogo para que escolhas mais sabiamente.

Ele terminou de falar, mas o jovem rejeitou todas as advertências e manteve sua exigência. Então, tendo resistido o quanto pôde, Febo enfim indicou a direção onde ficava a grandiosa carruagem.

Era feita de ouro, presente de Vulcano; o eixo também era de ouro, assim como a barra e as rodas, seus raios de prata. Ao longo do assento, havia filas de crisólitas e diamantes que refletiam o brilho do sol em todas as direções. Enquanto o ousado jovem contemplava, admirado, a Aurora abriu as portas púrpuras para o leste, e mostrou o caminho forrado de rosas. As estrelas se retiraram, comandadas pela Estrela d'Alva, que, por último, também se retirou. O pai, quando viu a terra começando a brilhar e a Lua se preparando para se recolher, ordenou às Horas que arreassem os cavalos. Elas obedeceram: trouxeram dos grandiosos estábulos os garanhões bem alimentados com ambrosia e prenderam as rédeas. Então, o pai ungiu o rosto do filho com um poderoso unguento, tornando-o assim capaz de suportar a luminosidade das chamas. Adornou a cabeça do filho com a coroa de feixes luminosos e, com um suspiro de mau presságio, disse:

— Caso, meu filho, tu atendas ao meu conselho pelo menos nisto, poupa o chicote e segura firme as rédeas. Eles são rápidos o suficiente por si sós; o trabalho é mantê-los sob controle. Não pegues o caminho diretamente entre os cinco círculos, mas vira à esquerda. Fica dentro dos limites da zona central, e evita a parte norte e sul igualmente. Tu verás as marcas das rodas, e elas servirão para guiar-te. E, para que os céus e a terra recebam sua devida porção de calor, não vás muito alto, ou queimarás as moradas celestiais, nem muito baixo, ou atearás fogo à terra; o caminho do meio é melhor e mais seguro. E agora te deixo à tua sorte, que espero tenha planejado melhor para ti do que tu mesmo. A noite está passando pelo portão oeste e não podemos nos atrasar mais. Pega as rédeas; mas se finalmente tua coragem esmoreceu e tu tirarás vantagem de meu conselho, fica onde estás, em segurança, e deixa que eu ilumine e aqueça a terra.

O jovem ágil saltou para dentro da carruagem, endireitou a postura e agarrou as rédeas com prazer, derramando agradecimentos em seu relutante pai.

Enquanto isso, os cavalos enchem o ar com suas bufadas e hálito flamejante, e pisoteam o chão, impacientes. Agora as barreiras são abaixadas e as ilimitadas planícies do universo estão abertas diante deles. Eles disparam adiante e cortam as nuvens à sua frente, ultrapassando a brisa da manhã que saiu do mesmo portão leste. Os garanhões logo percebem que o peso que carregam está mais leve que de costume; e assim como um barco sem lastro é jogado para lá e para cá no mar, também a carruagem, sem seu peso habitual, foi arremessada como se estivesse vazia. Eles disparam e deixam a estrada percorrida. Faetonte está alarmado e não sabe como conduzi-los; e, mesmo que soubesse, não teria a força. Então, pela primeira vez, as Ursas Maior e Menor foram chamuscadas com o calor, e de bom grado, se fosse possível, teriam mergulhado na água; e a Serpente que fica enrolada ao redor do polo norte, entorpecida e inofensiva, se aqueceu, e com o calor, sentiu sua ira reviver. O Boieiro, como dizem, fugiu, apesar de sobrecarregado com seu arado e desacostumado com movimentos rápidos.

Quando olhou para a terra lá embaixo, agora se espalhando por uma extensão vasta sob ele, o desafortunado Faetonte empalideceu e seus joelhos tremeram em terror. Apesar do clarão ao seu redor, sua visão escureceu. Ele desejou nunca ter tocado nos cavalos de seu pai, nunca ter descoberto sua ascendência, não ter seu pedido atendido. Ele é arrastado como uma embarcação que é subjugada pela tempestade, quando o timoneiro nada mais pode fazer além de se dedicar a suas orações. O que ele deveria fazer? Muito da estrada celestial ficara para trás, mas muito mais ainda estava pela frente. Ele olha de um lado para o outro; agora para o ponto onde ele começou seu curso; agora para os domínios do pôr do sol, o qual ele não está destinado a alcançar. Ele perde seu autocontrole e não sabe o que fazer — se segura firme as rédeas ou se as solta; ele esquece os nomes dos cavalos. Vê com terror as formas monstruosas espalhadas pela superfície do céu. Ali, o Escorpião estende suas duas grandes pinças, com sua cauda e garras curvadas esticadas sobre dois signos do zodíaco. Quando o garoto o viu, exalando o odor forte de seu veneno e ameaçando com suas presas, sua coragem vacilou e as rédeas caíram de suas mãos. Os cavalos, quando as sentiram soltas em seus dorsos, dispararam e, incontidos, rumaram em direção às regiões desconhecidas do céu, entre as estrelas, lançando a carruagem sobre lugares sem vias, num momento em um ponto alto no céu, no outro, quase junto à terra. A lua testemunhou com espanto a carruagem de seu irmão correndo abaixo da sua. As nuvens começam a fumegar; e o topo das montanhas pegou fogo; os campos estão ressequidos com o calor, as plantas murcham, as árvores com seus galhos cheios de folhas incendiam, as colheitas estão em chamas! Mas estas são pequenas coisas. Grandes cidades pereceram, com suas muralhas e torres; nações inteiras, com seus povos, foram consumidos até virarem cinzas! As montanhas cobertas por florestas queimaram, Athos e Taurus e Tmolus e Eta; Ida, antes celebrada por suas fontes, mas agora toda seca; as montanhas das musas Helicon, e Haemus; o Etna, com labaredas por dentro e por fora, e o Párnaso com seus dois picos, e Ródope, forçada finalmente a se separar de sua coroa nevada. O clima frio não serviu de proteção para Cítia, o Cáucaso ardeu, e Ossa e Pindo, e maior que ambos, o Olimpo; os Alpes altos no ar, os Apeninos coroado com nuvens.

Então, Faetonte contemplou o mundo em chamas, e sentiu o calor intolerável. O ar que ele respirava parecia vir de uma fornalha, cheio de cinzas incandescentes, e a fumaça era de uma escuridão impenetrável. Ele avançava sem saber para onde. Desde então, acredita-se que o povo da Etiópia se tornou negro pelo seu sangue ter sido forçado de forma abrupta para a superfície, e o deserto da Líbia secou até as condições que se encontra hoje em dia. As ninfas das fontes, com os cabelos bagunçados, lamentavam por suas águas, pois nem os rios estavam a salvo entre suas margens: Tanais virou fumaça, também Caicus, Xanto, e Meandro; os babilônicos Eufrates e Ganges, Tagus com suas areias douradas, e Caístro, o refúgio dos cisnes. O Nilo fugiu e escondeu sua cabeça no deserto, e lá permanece escondido. Onde ele costumava despejar suas águas por sete bocas no mar, ali restaram apenas sete canais secos. A terra rachou e abriu, e pelas fissuras a luz irradiou do Tártaro, assustando o rei das sombras e sua rainha. O mar encolheu. Onde antes havia água, tornou-se uma planície árida; e as montanhas que ficavam debaixo das ondas levantaram suas cabeças e se tornaram ilhas. Os peixes procuraram as profundezas, e os golfinhos não mais se aventuravam como antes a brincar na superfície. Mesmo Nereu e sua esposa Dóris, com as nereidas, suas filhas, buscaram por refúgio nas cavernas mais profundas. Três vezes Netuno (Poseidon) tentou levantar sua cabeça sobre o mar, e três vezes viu-se repelido pelo calor. Terra (Gaia), cercada de água como era, ainda com a cabeça e ombros nus, cobrindo seu rosto com as mãos, olhou para os céus, e com uma voz rouca, chamou por Júpiter:

— Ó soberano dos deuses, se eu mereci tal tratamento e é seu desejo que eu sucumba pelo fogo, por que omitir seus raios? Deixe-me ao menos cair pelas suas mãos. É esta a recompensa pela minha fertilidade, por meus serviços obedientes? Foi por isso que eu forneci pasto para o gado e frutas para o homem, incenso para seus altares? Mas se eu não for digna de consideração, o que meu irmão Oceano fez para merecer tal destino? Se nenhum de nós consegue instigar a sua piedade, pense, eu lhe rogo, em seu próprio céu, contemple os dois polos que sustentam seu palácio, que cairá se forem destruídos. Atlas fraqueja e mal consegue segurar seu fardo. Se mar, terra e céu perecerem, mergulharemos no antigo Caos. Salve o que ainda resta de nós das chamas devoradoras. Ó, pense em nossa libertação neste momento terrível!

Assim suplicou Terra, e vencida pelo calor e pela sede, não pôde dizer mais nada. Então, o onipotente Júpiter, chamando todos os deuses para testemunhar, incluindo aquele que emprestou a carruagem, e mostrando-lhes que tudo estaria perdido a não ser que medidas rápidas fossem tomadas, subiu na luxuosa torre de onde espalha nuvens pela terra e lançou os raios bifurcados. Mas naquela hora não havia nenhuma nuvem à vista para se interpor como uma proteção para terra, nem nenhuma chuva havia sido poupada. Ele trovejou e, brandindo um raio em sua mão direita, atirou-o contra o condutor da carruagem, lançando-o para fora de seu assento e da existência! Faetonte, com seus cabelos em chamas, caiu de cabeça, como uma estrela cadente que marca os céus com sua luminosidade enquanto descende, e Eridano, o grande rio, o recebeu e refrescou seu corpo incandescente. As náiades italianas ergueram-lhe uma tumba e gravaram em pedra estas palavras:

> "Da carruagem de Febo, Faetonte, condutor,
> Atingido pelo raio de Jove, sob esta pedra está a descansar.
> Não pôde ele controlar a biga de fogo de seu genitor,
> No entanto, foi muito nobre em tentar."

Suas irmãs, as helíades, enquanto lamentavam seu destino, foram transformadas em álamos na margem do rio, e suas lágrimas, que continuaram a correr, tornaram-se âmbar enquanto caíam na corrente.

Em seu poema "Samor", Milman faz a seguinte alusão à história de Faetonte:

"Como quando o universo paralisou, horrorizado
Mudo e imóvel jazia,
Quando conduzia, assim cantam os poetas, o filho do Sol
Por tortuosas vias do céu de seu pai
A carruagem cedida a contragosto. Ele o Trovejador arremessou
Do empíreo de cabeça para o golfo
Do árido Eridano, onde choram
Mesmo agora, as irmãs árvores suas lágrimas âmbar
Por Faetonte morto prematuramente."

Nos belos versos de Walter Savage Landor que descrevem a concha do mar, existe uma alusão ao palácio e à carruagem do Sol. A ninfa da água diz:

"Eu tenho conchas sinuosas de tom perolado
Dentro, e coisas que o brilho absorveu
No pórtico do palácio do sol, onde quando desarreada
A roda de sua carruagem chega ao meio da onda.
Agite uma e ela desperta; então aplique
Seu lábio polido ao ouvido atento,
E ela se lembra de suas moradas augustas,
E murmura como o oceano murmura ali."
— *Gebir*, Livro I.

CAPÍTULO SEIS

MIDAS — BÁUCIS E FILÊMON

BACO (DIONÍSIO), EM CERTA ocasião, percebeu que seu antigo professor e pai adotivo, Sileno, havia desaparecido. O velho vinha bebendo e, em estado de embriaguez, vagou a esmo, sendo encontrado por alguns camponeses que o carregaram até seu rei, Midas. Midas o reconheceu e o tratou com hospitalidade, acolhendo-o por dez dias e dez noites com incansável jovialidade. No décimo primeiro dia, ele levou Sileno de volta e o devolveu em segurança a seu pupilo. Ao que Baco ofereceu a Midas uma recompensa à sua escolha, qualquer coisa que desejasse. Ele pediu que qualquer coisa que tocasse se tornasse *ouro*. Baco concedeu o pedido, apesar de lamentar por ele não ter feito uma escolha melhor. Midas seguiu seu caminho, regozijando-se com seu poder recém-adquirido, o qual se apressou a testar. Ele mal podia acreditar em seus olhos quando pegou um graveto de um carvalho, arrancado por ele do galho, e este se transformou em ouro em suas mãos. Ele apanhou uma pedra; ela se transformou em ouro. Ele tocou a grama; aconteceu a mesma coisa. Ele colheu uma maçã da árvore; era de se pensar que ele havia roubado dos jardins de Hespérides. Sua alegria não tinha limites, e assim que chegou em casa, ordenou aos servos que servissem à mesa um esplêndido repasto. Então, ele descobriu, para seu espanto, que assim que tocava o pão, ele endurecia em suas mãos; quando colocava alguma coisa em seus lábios, o alimento virava um desafio para seus dentes. Ele pegou uma taça de vinho, mas este desceu por sua garganta como ouro derretido.

Consternado pelo sofrimento sem precedentes, ele se esforçou para se livrar do poder; odiava a dádiva que até pouco tempo antes havia cobiçado. Mas tudo em vão; a inanição parecia aguardá-lo. Ele ergueu os braços, todo brilhante com ouro, em uma oração a Baco, pedindo para que o livrasse de sua reluzente destruição. Baco, uma divindade piedosa, ouviu e o atendeu.

— Vá até o rio Pactolo — instruiu ele —, siga a corrente até sua nascente, mergulhe lá sua cabeça e corpo, e purifique-se de sua culpa e sua punição.

Assim ele fez, e mal havia tocado nas águas quando o poder de criar ouro com o toque passou para elas, e as areias do rio se transformaram em ouro, como permanecem até hoje.

Desde então, Midas, abominando riqueza e esplendor, retirou-se para regiões rurais, passando a habitá-las, e se tornou um adorador de Pã, o deus dos campos. Em certa ocasião, Pã teve a ousadia de comparar sua música com a de Febo e desafiar o deus da lira para uma competição de habilidade. O desafio foi aceito e Tmolus, o deus da montanha, foi escolhido como juiz. O idoso assumiu seu lugar e tirou as árvores de sua orelha para ouvir. Após o sinal combinado, Pã soprou sua flauta, e sua melodia rústica muito satisfez a ele mesmo e a seu fiel seguidor, Midas, que por acaso estava presente. Então, Tmolus virou sua cabeça em direção ao deus Sol, e todas as suas árvores viraram com ele. Febo levantou-se, sua fronte coroada com louros do Parnaso, enquanto sua túnica de púrpura tíria deslizava pelo chão. Em sua mão esquerda, ele segurava a lira, e com a mão direita dedilhava as cordas. Arrebatado pela harmonia, Tmolus logo concedeu a vitória ao deus da lira, e todos, menos Midas, concordaram com a decisão. Ele discordou, e questionou o julgamento da premiação. Febo não permitiria que orelhas tão depravadas mantivessem a forma humana, então fez com que elas aumentassem de tamanho, ganhassem pelos por dentro e por fora, e se movimentassem em sua base; resumindo, ficassem iguais às de um jumento.

O rei Midas ficou mortificado com tamanho infortúnio; mas se conformou com o pensamento de que era possível esconder sua desgraça, o que tentou fazer com grandes turbantes e enfeites de cabeça. Mas seu cabeleireiro obviamente conhecia seu segredo. Foi-lhe ordenado não mencioná-lo, e ele foi ameaçado com punições severas, caso desobedecesse. Mas achou demais para sua discrição manter tal segredo; então, foi até uma clareira, cavou um buraco no chão, e curvando-se para baixo, cochichou a história e cobriu o buraco. Depois de um tempo, uma grossa camada de grama nasceu no campo, e assim que cresceu, começou a cochichar a história, e continua a fazê-lo até hoje, toda vez que uma brisa passa pelo lugar.

A história do rei Midas vem sendo contada por outros com algumas variações. Dryden, em "O conto do banho da esposa", faz da rainha de Midas a traidora:

> "Isso Midas sabia, e tornou não mais secreta
> A aparência das orelhas à esposa indiscreta."

Midas era rei da Frígia. Ele era filho de Górdio, um camponês pobre que foi escolhido pelo povo e feito rei em obediência a uma ordem do oráculo, que disse que seu futuro rei deveria vir em uma carroça. Enquanto o povo deliberava, Górdio, com sua esposa e filho, chegaram dirigindo sua carroça no passeio público.

Górdio, então coroado rei, dedicou sua carroça à divindade do oráculo, e a amarrou no lugar com um nó. Este era o celebrado *nó górdio*, sobre o qual seria dito que, em tempos vindouros, quem o desatasse seria rei de toda Ásia. Muitos tentaram fazê-lo, mas ninguém conseguiu, até que Alexandre, o Grande, em sua trajetória de conquistas, chegou à Frígia. Ele tentou com sua habilidade, obtendo pouco sucesso como os outros, até que ficou impaciente, desembainhou sua espada e cortou o nó. Quando mais tarde foi bem-sucedido em submeter toda a Ásia a seu domínio, as pessoas começaram a pensar que ele havia cumprido com os termos do oráculo.

Báucis e Filêmon

Em uma certa colina da Frígia, há uma tília e um carvalho cercados por um muro baixo. Não longe dali, existe um pântano, anteriormente uma terra boa e habitável, mas agora tomada de charcos, lar de pássaros do pântano e cormorões. Certa feita, Júpiter (Zeus), em forma humana, visitou este lugar, e com ele seu filho Mercúrio (Hermes), aquele do caduceu, sem suas asas. Eles se apresentaram como viajantes cansados em muitas portas, procurando descanso e abrigo, mas encontraram todas fechadas, pois já era tarde e os habitantes, pouco hospitaleiros, não se animavam a abrir suas portas. Por fim, uma casa humilde os recebeu: uma pequena cabana feita de sapé, onde Báucis, uma velha dama devota, e seu marido Filêmon, unidos quando jovens, envelheceram juntos. Não tendo vergonha de sua pobreza, seus desejos moderados e temperamento bondoso tornavam a situação tolerável. Não existia ali mestre ou servos; eles eram os únicos moradores, ambos igualmente mestres e servos. Quando os dois convidados celestiais cruzaram a soleira humilde e curvaram as cabeças para passar pela porta baixa, o velho colocou um assento, onde Báucis, animada e atenta, estendeu um pano, e lhes implorou que sentassem. Ela então remexeu as brasas nas cinzas e reacendeu o fogo, alimentando-o com folhas e cascas de árvore seca, e com seu pouco fôlego assoprou a chama. Ela tirou de um canto gravetos e galhos secos, os quebrou e colocou embaixo de uma pequena chaleira. Seu marido colheu algumas ervas no jardim, e ela tirou as folhas dos talos, e as preparou para a panela. Ele pegou da chaminé com uma forquilha uma manta de bacon que estava ali pendurada, cortou um naco e colocou na panela para ferver junto com as ervas, guardando o restante para outro momento. Uma cumbuca de madeira foi enchida com água morna, para que seus convidados pudessem se lavar. Enquanto tudo estava sendo preparado, eles passaram o tempo conversando.

No banco destinado aos convidados, foi colocada uma almofada recheada com algas; e um tecido, usado somente em grandes ocasiões, mas bastante velho e grosseiro, foi esticado sobre ela. A velha senhora, vestindo seu avental, com mãos trêmulas, pôs a mesa. Uma perna era menor que as outras, mas uma pedra encaixada para servir de apoio restaurou-lhe o nivelamento. Uma vez consertada, ela esfregou a mesa com algumas ervas aromáticas. Sobre ela dispôs algumas azeitonas da casta Minerva (Atena), alguns cornizos conservados em vinagre e acrescentou alguns rabanetes e queijos, e ovos ligeiramente cozidos na brasa. A refeição foi servida em louça de barro e um jarro, também de barro, com copos de madeira, foi depositado ao lado deles. Quando tudo estava pronto, o ensopado, fumegando, foi colocado à mesa. Um pouco de vinho, não dos mais velhos, também foi servido; e para sobremesa, maçãs e mel selvagem; e acima de tudo, rostos amigáveis, e boas-vindas simples, porém de coração.

Durante a refeição, os velhos ficaram surpresos ao ver que o vinho, tão rápido quanto era servido, enchia novamente o jarro, por si só. Aterrorizados, Baucis e Filêmon reconheceram seus convidados celestiais, caíram de joelhos, e de mãos postas pediram desculpas por seu acolhimento pobre. Havia um ganso velho, que eles mantinham como guarda de sua humilde cabana; e eles pensaram em oferecê-lo como sacrifício em honra de seus convidados. Mas o ganso, ágil demais para os velhos e com ajuda de pés e asas, escapou da perseguição e finalmente procurou abrigo entre os próprios deuses. Eles os proibiram de matá-lo; e falaram com estas palavras:

— Nós somos deuses. Esta aldeia nada hospitaleira deve pagar o preço por sua perversidade; apenas vocês se verão livres do castigo. Saiam de sua casa e venham conosco para o topo daquela colina.

Eles se apressaram a obedecer e, com cajado em mãos, esforçaram-se pela subida íngreme. Chegavam perto do topo da colina quando voltaram seus olhos para baixo, e observaram toda região afundar em um lago, apenas sua casa permanecendo em pé. Enquanto testemunhavam maravilhados a cena e lamentavam o destino de seus vizinhos, sua velha casa foi transformada em um *templo*. Colunas tomaram o lugar das vigas de madeira que formavam sua estrutura, a palha adquiriu um tom amarelo e parecia um telhado dourado, o piso se transformou em mármore, as portas foram enfeitadas com entalhes e ornamentos de ouro. Então, Júpiter proferiu em um tom benevolente:

— Admirável ancião, e mulher digna de tal marido, falem, contem-nos seus desejos; quais favores vocês têm a nos pedir?

Filêmon aconselhou-se com Báucis por alguns momentos; então, declarou aos deuses seu desejo conjunto.

— Pedimos que sejamos sacerdotes e guardiões deste seu templo; e uma vez que passamos nossas vidas aqui em amor e harmonia, desejamos que sejamos levados desta vida no mesmo dia e na mesma hora: que eu não viva para ver a sepultura dela, e nem que seja posto para descansar sozinho por ela.

Suas preces foram atendidas. Eles foram os guardiões do templo enquanto viveram. Já muito velhos, um dia que estavam diante dos degraus da construção sagrada e contavam a história do lugar, Báucis viu Filêmon começar ter o corpo coberto por folhas, e o velho Filêmon viu Báucis se transformando da mesma forma. Agora uma coroa folhosa crescia em suas cabeças enquanto trocavam palavras de despedida, pelo tempo em que puderam falar.

— Adeus, meu amor — disseram em uníssono e, no mesmo momento, a casca fechou sobre suas bocas. O pastor de Tiana ainda mostra as duas árvores, de pé lado a lado, feitas de duas boas pessoas anciãs.

A história de Báucis e Filêmon foi copiada por Swift em um estilo burlesco; nesta variação, os atores interpretam dois santos viajantes, e a casa é transformada em uma igreja, da qual Filêmon é feito pároco. O trecho a seguir deve servir como amostra:

"Eles mal haviam assim falado
E começou a subir o telhado
Com vigas e caibros elevado.
Depois veio a parede pesada;
A chaminé, alçada e alargada,
Em um campanário elevou-se.
A chaleira um guindaste tornou-se.
De uma viga se pôs a balançar,
Mas de ponta-cabeça, para deixar
O côncavo por baixo se observar.
Foi em vão, pois uma força grande,
Aplicada na base, parou-a num instante.
Em suspensão eterna está fadada
A ficar, pois em sino foi transformada.
Um assador de madeira em desuso
Que não assava mais, obtuso,
Passa por uma súbita alteração,
Aumenta, por força interna, em dimensão.
E agora, o que causa mais admiração.
A mudança tornou bem lenta sua ação;
O aparelho, mesmo com pé pesado,
Virava tão rápido sem ser avistado,
Mas por um poder secreto afrouxado,
Agora não gira por dia nem um côvado.

O assador, com a chaminé alinhado,
Nunca mais deixa o seu lado.
A chaminé tornada campanário
Nunca deixa o assador solitário.
Ele, contra o campanário apoiado,
Viu-se em um relógio transformado.
Por seu amor, inda cuida da moradia,
E avisa a cozinheira, ao meio-dia,
Para a carne não deixar queimar,
Que ele mesmo não pode mais virar.
A cadeira, com um gemido, rastejou,
Como uma lesma; na parede parou.
Pendurada lá, para todo mundo ver,
Sem mudar muito, um púlpito veio a ser.
Um estrado de cama muito antiquado,
Com muita madeira carregado,
Dos que pelos avós era usado,
Viu-se em bancos metamorfoseado.
Eles ainda estão lá assim a esperar
Para receber quem quiser descansar."
— Tradução de Rafael Bisoffi.

CAPÍTULO SETE

PROSÉRPINA — GLAUCO E CILA

QUANDO JÚPITER (ZEUS) E seus irmãos derrotaram os Titãs e os baniram para o Tártaro, um novo inimigo se ergueu contra os deuses. Eram os gigantes Tífon, Briareu, Encélado e outros. Alguns deles tinham centenas de braços, outros cuspiam fogo. Eles foram finalmente subjugados e enterrados vivos sob o monte Etna, onde, às vezes, lutavam para se soltar e faziam tremer toda a ilha com terremotos. Sua respiração escapava pela montanha, é o que o homem chama de erupção vulcânica.

A queda destes monstros abalou a terra, tanto que Plutão (Hades) ficou alarmado e temeu que seu reino fosse exposto à luz do dia. Apreensivo, ele montou sua carruagem, puxada por corcéis negros, e fez uma ronda de inspeção para conferir a extensão dos danos. Enquanto estava ocupado com isso, Vênus (Afrodite), que estava sentada no monte Erix brincando com seu filho Cupido (Eros), olhou para ele e disse:

— Meu filho, pegue suas flechas com as quais tudo conquista, até o próprio Jove, e mande uma no peito do obscuro monarca, que reina nos domínios do Tártaro. Por que deveria ele escapar? Aproveite a oportunidade para ampliar seu império e o meu. Você não vê que, mesmo no céu, alguns desprezam nosso poder? Minerva (Atena), a sábia, e Diana (Ártemis), a caçadora, nos desafiam; e há aquela filha de Ceres (Deméter), que ameaça seguir o exemplo delas. Agora, se tens alguma consideração pelos seus próprios interesses e os meus, junte esses dois em um só.

O garoto abriu sua aljava e selecionou sua flecha mais afiada e certeira; então, envergando o arco contra seu joelho, encaixou a corda e, estando preparado, atirou a flecha com sua ponta bem no centro do coração de Plutão.

No vale de Enna, há um lago entranhado nas florestas, que o protege dos quentes raios do sol, enquanto o solo úmido é coberto por flores e a Primavera reina perpetuamente. Lá se encontrava Prosérpina (Perséfone), brincando com suas companheiras, colhendo lírios e violetas, e enchendo sua cesta e seu avental com elas. Quando Plutão a viu, apaixonou-se e a levou embora. Ela gritou por socorro para sua mãe e companheiras; e quando, em seu desespero, ela soltou as pontas de seu avental e deixou as flores caírem, sentiu, infantilmente, a perda das flores aumentar sua tristeza. O raptor acelerou os cavalos, chamando cada um por seu nome e soltando sobre suas cabeças as rédeas cor de ferro. Quando alcançou o rio Ciane, que se opôs à sua passagem, Plutão golpeou a margem do rio com seu tridente e a terra se abriu, dando-lhe uma abertura para o Tártaro.

Ceres procurou pela filha por toda parte. Aurora, com seus cabelos louros, quando aparecia pela manhã, e Héspero, quando trazia as estrelas ao anoitecer, encontravam-na ocupada na busca. Mas foi tudo em vão. Por fim, cansada e triste, ela se sentou em uma pedra e assim permaneceu ali por nove dias e nove noites, a céu aberto, sob o calor do sol, a luz da lua e a chuva. Era onde agora fica a cidade de Elêusis, então lar de um velho chamado Celeus. Ele estava no campo colhendo nozes e amoras e gravetos para sua fogueira. Sua filha pequena conduzia para casa suas duas cabras e, quando passou pela deusa, que estava disfarçada como uma velha, disse-lhe:

— Mãe — e o nome era doce aos ouvidos de Ceres —, por que você está aqui sentada sozinha nestas pedras?

O velho também se deteve, apesar de seu fardo ser pesado, e implorou-lhe para que entrasse em sua cabana. Ela recusou, e ele insistiu.

— Vá em paz — respondeu ela — e seja feliz com sua filha; eu perdi a minha.

Ao falar, lágrimas — ou algo como lágrimas, pois os deuses nunca choram — derramaram-se por suas bochechas até o peito. O velho e sua filha, compassivos, choraram com ela. Então, ele disse:

— Venha conosco, e não despreze nosso humilde teto; que sua filha seja devolvida para você em segurança.

— Vão na frente — disse ela. — Não posso resistir a um apelo assim!

Então, ela se levantou da pedra e foi com eles. Enquanto caminhavam, ele contou a ela que seu único filho, um garotinho, estava muito doente, febril, e sem sono. Ela parou e colheu algumas papoulas. Quando entravam na cabana, encontraram todos muito tristes, pois não parecia haver esperança de recuperação alguma para o menino. Metanira, sua mãe, recebeu-a com bondade, e a deusa curvou-se e beijou os lábios da criança enferma. Instantaneamente, a palidez deixou seu rosto e o vigor saudável retornou ao seu corpo. Toda a família estava maravilhada — isto é, o pai, a mãe, e a garotinha, pois eram só eles; não tinham criados. Eles arrumaram a mesa e colocaram nela coalhadas e creme, maçãs e favos de mel. Enquanto comiam, Ceres misturou suco de papoula no leite do garoto. Quando a noite chegou e tudo estava quieto, ela se levantou e, pegando o garoto adormecido, ajeitou seus membros com as mãos e recitou sobre ele três vezes um encantamento solene, então, deitou-o nas cinzas. A mãe, que vinha observando o que sua convidada fazia, avançou com um grito e tirou a criança do fogo. Nesse momento, Ceres assumiu sua própria forma e um esplendor divino brilhou por todo lado. Enquanto estavam arrebatados pelo assombro, ela disse:

— Mãe, você foi cruel em seu afeto por seu filho. Eu teria feito dele um imortal, mas você frustrou minha tentativa. De qualquer forma, ele será grande e útil. Ele ensinará aos homens como usar o arado e as recompensas que o trabalho pode conquistar ao se cultivar o solo.

Dizendo isso, ela se envolveu em uma nuvem e, subindo em sua carruagem, partiu.

Ceres continuou sua busca pela filha, vagando de terra em terra e cruzando oceanos e rios, até que enfim retornou à Sicília, de onde partira, e ficou às margens do rio Ciane, onde Plutão fez para si mesmo uma passagem para seus domínios enquanto carregada seu prêmio. A ninfa do rio teria contado à deusa tudo o que presenciara, mas não ousou fazê-lo por medo de Plutão; então, ela apenas se aventurou a pegar a guirlanda que Prosérpina deixou cair em sua fuga e a lançou aos pés da mãe. Ceres, contemplando-a, não teve mais dúvida de sua perda, porém, ainda não sabia a causa, e colocou a culpa na terra inocente.

— Solo ingrato — disse ela — que eu dotei com fertilidade e revesti com vegetação e grãos nutritivos, você não mais usufruirá de meus favores.

Então, o gado morreu, o arado quebrou na valeta, as sementes não germinaram; havia sol demais, havia chuva demais; os pássaros roubaram as sementes — cardos e sarças eram os únicos a crescer. Vendo isso, a fonte Aretusa intercedeu pela terra.

— Deusa — disse ela —, não culpe a terra; ela se abriu contra a vontade para dar passagem à sua filha. Eu posso lhe contar seu destino, pois eu a vi. Esta não é minha terra natal; venho de Elis. Eu era uma ninfa da floresta e me deliciava com a caça. Exaltavam minha beleza, mas eu não ligava para isso, e apenas contava vantagem de meus feitos nas caçadas. Um dia, estava retornando da floresta, acalorada pelo exercício, quando vi um córrego correndo silencioso, tão límpido que dava para contar as pedras em seu fundo. Os salgueiros o sombreavam e as margens cobertas de relva desciam até o rio. Eu me aproximei, toquei a água com meus pés. Prossegui até os joelhos e, não contente com isso, pendurei minhas vestes num salgueiro e entrei. Enquanto eu brincava na água, ouvi um murmúrio indistinto elevando-se, como se fosse das profundezas do córrego, e me apressei para fugir para a margem mais próxima. A voz disse: "Por que foge, Aretusa? Sou Alfeu, o deus deste rio". Eu corri, mas ele me perseguiu; ele não era mais ágil do que eu, mas era mais forte, e me alcançou quando minhas forças se esgotaram. Por fim, exausta, implorei pela ajuda de Diana. "Ajude-me, deusa! Ajude sua devota!". A deusa ouviu e me envolveu de repente em uma nuvem espessa. O deus rio procurou de um lado e do outro, e duas vezes chegou perto de mim, mas não pôde me achar. "Aretusa! Aretusa!", ele gritava. Ó, como eu tremi — como o cordeiro que ouve o lobo uivando fora do curral. Um suor frio me cobriu, meus cabelos escorriam como correntes de água e onde meus pés estavam formou-se uma lagoa. Resumindo: em menos tempo do que levo para contar a história, tornei-me uma fonte. Entretanto, nesta forma, Alfeu me reconheceu e tentou misturar sua corrente com a minha. Diana fendeu o solo e eu, tentando escapar da perseguição, mergulhei na caverna e, através das entranhas da terra, cheguei aqui à Sicília. Ao passar pelas camadas inferiores da terra, vi sua Prosérpina. Ela estava triste, mas já não mostrava susto na fisionomia. Seu aspecto era o de uma rainha — a rainha do Érebo; a poderosa esposa do monarca do reino dos mortos.

Quando Ceres ouviu isso, ficou parada por um tempo, estupefata; então, virou sua carruagem em direção ao céu e correu a se apresentar diante do trono de Jove. Ela contou a história de sua perda e implorou a Júpiter para que interferisse para conseguir a restituição de sua filha. Júpiter aceitou sob uma condição: que Prosérpina não tivesse consumido nenhum alimento durante sua estada no submundo. Caso contrário, as Fúrias proibiriam sua liberação. E assim, Mercúrio (Hermes) foi enviado, acompanhado da Primavera, para reivindicar Prosérpina de Plutão. O astuto monarca consentiu; mas, lamentavelmente, a jovem havia aceitado uma romã que Plutão lhe oferecera e sugado a doce polpa de algumas sementes. Isto foi o suficiente para impedir sua soltura total, mas um compromisso foi feito, segundo o qual ela deveria passar metade do tempo com sua mãe e o restante com seu marido, Plutão.

Ceres permitiu-se ser tranquilizada com esse arranjo e devolveu à terra seus favores. Agora ela se lembrava de Celeus e sua família, e sua promessa ao pequeno Triptólemo. Quando o garoto cresceu, ela lhe ensinou como usar o arado e como espalhar as sementes. Ela o levou em sua carruagem, puxada por dragões alados, através de todos os países da terra, dividindo com a humanidade grãos valiosos e o conhecimento da agricultura. Após seu retorno, Triptólemo construiu um magnífico templo consagrado a Ceres em Elêusis e estabeleceu o culto da deusa, sob o nome de mistérios de Elêusis, o qual, no esplendor e solenidade de suas observâncias, ultrapassava todas as outras celebrações religiosas entre os gregos.

Não há dúvidas de que esta história de Ceres e Prosérpina seja uma alegoria. Prosérpina significa a semente do trigo que, quando depositada dentro da terra, fica ali escondida — ou seja, é carregada pelo deus do submundo. Ela reaparece — isto é, Prosérpina é devolvida a sua mãe. A primavera a guia de volta à luz do dia.

Milton alude à história de Prosérpina em *Paraíso Perdido*, Canto IV:

"Nem de Ena a formosíssima lhanura
Onde flores Prosérpina colhia,
Sendo ela ali das flores a mais bela,
Quando colhida foi por Dite avaro,
Causando angústias mil na aflita Ceres
Que errante a busca então por todo o Mundo,
(...) Poderiam com o Paraíso do Éden comparar-se!"
— Tradução de António José de Lima Leitão.

Hood, em sua "Ode à Melancolia", faz belo uso da mesma alusão:

"Perdoe-me se esqueço algo,
Em aflição chegar a presente ilusão;
Assustada, Prosérpina deixou cair
Suas flores à vista de Plutão."

O rio Alfeu desaparece de fato sob a terra em parte de seu curso, encontrando seu caminho através de canais subterrâneos até tornar a aparecer na superfície. Dizia-se que a fonte siciliana Aretusa era a mesma corrente que, após atravessar o mar, surgia novamente na Sicília. Daí vem a história de que uma taça jogada no Alfeu reaparece em Aretusa. É a esta fábula do curso subterrâneo de Alfeu que Coleridge alude em seu poema "Kubla Khan":

"Na Xanadu de Kubla Khan havia
Gruta esculpida de domo sem par
Que o sagrado rio Alfeu engolia;
Por colossais furnas ele corria
Só para num mar sem sol desaguar."
— Tradução de Guilherme Summa.

Em um dos poemas juvenis de Moore, ele alude à mesma história, e à prática de jogar guirlandas e outros objetos leves em sua corrente para serem carregados para baixo por ele, e reaparecerem depois:

"Minha amada, como é doce, enfim,
A pura alegria quando se acha alma afim!
Como aquele deus rio, cujas águas correm —

Sua única luz é o amor – por grutas fogem,
Tranças floridas em triunfo levam
E anéis festivos, com os quais ornam
Sua corrente jovens olímpicas; é oferenda
Para Aretusa e sua água reverenda.
Vê, quando ele enfim encontra sua noiva fonte:
Que amor perfeito agita mar e monte,
Um perdido no outro, em união;
Sua sorte a mesma, em toda situação;
Amor verdadeiro, que à profundeza levarão."
— Tradução de Rafael Bisoffi.

O seguinte trecho de "Rhymes on the Road", de Moore, dá conta de uma celebrada pintura de Albani, em Milão, denominada *A Dança dos Amores*:

"É pelo roubo da flor de Enna, todavia,
Que esses diabretes celebram com alegria,
Numa floresta, como uma ciranda de fadas:
Os da frente, unidos de maneira graciosa,
Como pequenas rosas numa cesta arrumadas;
E os que estão mais distantes, em poses complicadas,
Por baixo das asas, lançam miradas jocosas.
Mas, vê! Entre as nuvens, o primeiro dos irmãos
Relata com um sorriso de felicidade
À mãe, alegre com a maldade de Plutão,
Que se vira e paga com um beijo a novidade."
— Tradução de Guilherme Summa.

Glauco e Cila

Glauco era um pescador. Certo dia, ele puxou suas redes para terra e capturou muitos peixes de vários tipos. Então, esvaziou sua rede e começou a selecionar os peixes no chão. O lugar onde se encontrava era uma bela ilha no rio, um lugar solitário, inabitado, e não usado para a pastagem do gado, e nunca visitado por ninguém senão ele. De repente, os peixes, que foram distribuídos na grama, começaram a reviver e mover suas nadadeiras como se estivessem na água; enquanto ele observava boquiaberto, os peixes saltitaram até a água, um por um, mergulharam e nadaram para longe. Ele não conseguia compreender o que havia acontecido, se algum deus provocara aquilo ou um poder secreto emanara da grama.

— Que tipo de erva tem tal poder? — exclamou ele; e juntando algumas das ervas, levou-as à boca e as experimentou.

Mal os sucos da planta alcançaram seu palato quando ele começou a se sentir agitado por uma grande vontade de entrar na água. Ele não pôde mais se controlar e, dando adeus à terra, mergulhou na corrente. Os deuses da água o receberam graciosamente e o admitiram em sua honrada companhia. Eles obtiveram o consentimento de Oceano e Tétis, os soberanos do mar, para que tudo o que fosse mortal em Glauco fosse expurgado. Centenas de rios jogaram suas águas sobre ele. O pescador então perdeu a noção de sua antiga natureza e sua consciência. Quando se recuperou, viu-se transformado de corpo e mente. Seus cabelos estavam verdes como o mar, e se arrastavam atrás dele pela água; seus ombros ficaram largos, e o que haviam sido coxas e pernas tomaram a forma da cauda de um peixe. Os deuses do mar o elogiaram pela transformação em sua aparência, e ele se considerou uma criatura bastante atraente.

Um dia, Glauco viu a bela donzela Cila, a favorita das ninfas da água, caminhando na beira da água, e quando a jovem encontrou um lugar abrigado, lavou seus braços e pernas na água cristalina. Ele se apaixonou por ela e, emergindo à superfície, falou com ela, dizendo coisas que julgou que fossem fazê-la ficar; mas ela tratou de correr assim que o avistou, e fugiu até alcançar uma falésia de frente para o mar. Ali, ela se deteve e virou-se para conferir se aquilo era um deus ou um animal marinho, e observou com admiração as formas e cores da criatura. Glauco, emergindo parcialmente da água e apoiando seu corpo contra uma rocha, disse:

— Donzela, não sou nenhum monstro, nem um animal marinho, mas um deus; e nem Proteu ou Tritão são superiores a mim. Eu já fui mortal e ganhava a vida no mar; mas agora eu pertenço inteiramente a ele.

Então, ele contou a história de sua metamorfose e como ele fora promovido à honraria atual, e ainda acrescentou:

— Mas do que adianta tudo isso, se sou incapaz de tocar seu coração? Ele continuou nesta linha, mas Cila virou e fugiu.

Glauco estava desesperado, mas lhe ocorreu consultar a feiticeira Circe. E assim, dirigiu-se a sua ilha — a mesma na qual posteriormente Ulisses desembarcou, como veremos mais tarde em uma de nossas histórias. Depois de cumprimentos mútuos, ele disse:

— Deusa, peço por sua piedade; só você pode aliviar esta dor que sofro. O poder das ervas eu também conheço como qualquer outro, pois foi graças a elas que mudei a minha forma. Eu amo Cila. Estou envergonhado em lhe contar como a persegui e fiz promessas, e como ela me tratou com desdém. Peço que use seus encantamentos, ou ervas potentes, caso estas sejam mais eficazes, não para me curar de meu amor, pois não é isso que desejo, mas para fazer com que ela compartilhe e retribua meu sentimento.

Ao que Circe respondeu, pois não era insensível à atração da divindade de cabelos verdes:

— Seria melhor procurar alguém que retribuísse seu amor; você é digno de ser amado em vez de procurar o amor em vão. Não seja modesto, saiba se valorizar. Eu lhe digo que mesmo eu, deusa que sou, e versada nas virtudes das plantas e feitiços, não saberia como resistir a você. Se ela desdenha de você, desdenhe dela; encontre alguém que esteja preparada para ser recíproca em seu amor, e assim possam ambos compartilhar deste sentimento.

A estas palavras Glauco respondeu:

— É mais fácil árvores crescerem no fundo do oceano e algas marinhas no topo das montanhas do que eu deixar de amar Cila, e somente ela.

A deusa ficou indignada, mas não podia puni-lo, e nem queria fazer isso, pois gostava muito dele; então, voltou toda a sua fúria contra sua rival, a pobre Cila. Ela pegou plantas de propriedades venenosas e as misturou com encantamentos e feitiços. Então, passou por uma multidão de feras, as vítimas de sua arte, e prosseguiu para a parte costeira da Sicília, onde Cila vivia. Havia uma pequena baía na costa que Cila usava como balneário nos dias quentes, para respirar o ar do mar e para banhar-se nas águas. Ali, a deusa despejou sua mistura insidiosa e murmurou sobre ela encantamentos poderosos. Cila veio como de costume e entrou nas águas até a cintura. Qual não foi seu horror ao perceber uma ninhada de serpentes e monstros ao seu redor! A princípio, não pôde imaginar que eles faziam parte dela mesma, e tentou fugir deles e afastá-los; mas, ao correr, ela os carregava consigo, e quando tentou tocar suas pernas, sentiu apenas as mandíbulas abertas das criaturas. Cila permaneceu enraizada no lugar. Seu temperamento acabou se tornando tão feio quanto sua forma e ela pegou gosto em devorar marinheiros desamparados que se aproximavam.

Assim, ela eliminou cinco dos companheiros de Ulisses e tentou destruir o navio de Enéas, até que, por fim, Cila foi transformada em uma rocha, e como tal continua sendo o terror dos navegadores.

Keats, em seu "Endimião", forneceu uma nova versão ao desfecho de "Glauco e Cila". Glauco submete-se aos encantos de Circe, até que ele por acaso testemunha suas feitiçarias com as feras. Enojado com a perfídia e crueldade de Circe, ele tenta escapar, mas é capturado e trazido de volta, e com repreensões, ela o bane, sentenciando-o a passar mil anos em decrepitude e dor. Ele retorna para o mar e ali encontra o corpo de Cila, a quem a deusa não transformou, mas sim afogou. Glauco descobre que seu destino é este: se ele passar seus mil anos coletando todos os corpos de amantes afogados, um jovem amado pelos deuses aparecerá e o ajudará. Endimião cumpre esta profecia, devolvendo a Glauco a juventude e restaurando à vida Cila e todos os amantes afogados.

A seguir, vem a impressão de Glauco após sua "transformação marinha":

"Mergulhei, para vida ou morte. Submergir
Os sentidos em uma matéria tão irrespirável
Pode parecer doloroso, insuportável;
Por isso, da sensação cristalina me admirei
E dos meus membros flutuantes; fiquei
A princípio, dias a fio, estarrecido,
E de qualquer consciência esquecido,
Arrastado pelo fluxo e pela corrente.
Então, como o pássaro novo e contente
Abre suas asas para o frescor da novidade,
Eu testei, temeroso, as asas da minha vontade.
Estava livre! E visitei em um segundo
Todas as maravilhas do oceano profundo" etc.
— Keats, tradução de Rafael Bisoffi.

CAPÍTULO OITO

Pigmaleão — Dríope — Vênus e Adônis — Febo e Jacinto

PIGMALEÃO VIA TANTA CULPA nas mulheres, que, no fim das contas, chegou a abominar tal gênero, e resolveu viver sem se casar. Ele era escultor e criou com muita habilidade uma estátua de marfim tão bela que nenhuma mulher viva se comparava a ela. Era de fato tão semelhante a uma jovem do sexo feminino que parecia estar viva, e só a modéstia a prevenia de se mover. Sua arte era tão perfeita que ela ocultava-se em si mesma e seu resultado parecia obra da natureza. Pigmaleão admirou seu próprio trabalho e, por fim, apaixonou-se por sua criação. Muitas vezes, ele colocava a mão sobre a estátua como que para verificar se estava viva ou não, e nem assim acreditava tratar-se apenas de marfim. Ele a acariciava e lhe oferecia presentes muitos estimados pelas jovens — conchas brilhantes e pedras polidas, passarinhos e flores de todas as tonalidades, contas e âmbar. Ele a vestiu e adornou seus dedos com joias, e seu pescoço, com um colar. Pendurou argolas em suas orelhas e cordões de pérolas em seu colo. Sua roupa lhe caía bem, e ela não era menos encantadora do que quando não estava vestida. Ele a deitou em um sofá forrado com tecidos tingidos de púrpura tíria, chamou-a de esposa e depositou sua cabeça em um travesseiro feito das mais macias penas, como se ela pudesse aproveitar esta maciez.

O festival de Vênus (Afrodite) estava próximo — uma celebração executada com grande pompa no Chipre. Vítimas eram oferecidas, os altares soltavam fumaça, e o cheiro de incenso preenchia o ar. Quando Pigmaleão concluiu sua participação na solenidade, parou de frente ao altar e disse, timidamente:

— Ó deuses, vós que podem fazer todas as coisas, concedam-me, eu lhes imploro, como minha esposa — ele não ousou dizer "minha virgem de marfim", mas, em vez disso, falou: — alguém igual à minha virgem de marfim.

Vênus, que estava presente no festival, escutou-o e soube o pensamento que ele teria pronunciado; e como um sinal de sua graça, fez com que a chama no altar se erguesse por três vezes pontiaguda no ar. Quando ele retornou para casa, foi ver sua estátua e, se debruçando sobre o sofá, deu-lhe um beijo nos lábios que pareciam estar mornos. Ele pressionou novamente os lábios, colocou a mão em seu corpo; o marfim parecia macio a seu toque e cedia em suas mãos como a cera de Himeto. Embora estivesse atônito e feliz, apesar de ter dúvidas e temesse estar enganado, com o ardor de um apaixonado, ele repetidamente tateou o objeto de seu desejo. Estava mesmo viva! As veias, quando tocadas, achatavam-se sob seus dedos e logo voltavam ao normal. Enfim, o devoto de Vênus encontrou palavras para agradecer a deusa e pressionou seus lábios contra lábios tão reais quanto os dele. A virgem sentiu os beijos e enrubesceu, e, abrindo seus olhos tímidos, fixou-os em seu amado. Vênus abençoou as núpcias que havia promovido, e dessa união, nasceu Pafos, de quem a cidade, sagrada para Vênus, recebeu o nome.

Schiller, em seu poema "Os Ideais", aplica esta história de Pigmaleão ao amor à natureza em um coração jovem:

"Assim como Pigmalião abraçou
A pedra inerte com preces apaixonadas,
Até que do gelado mármore brilhou
Sobre ele a luz do amor de sua amada,
O mesmo fiz eu com juvenil devoção,
Abracei a natureza com vivo ardor;

Movimento vital, calor, respiração:
Nos meus braços ela ganhou vida, mais cor.

E, então, partilhando do mesmo afã que eu,
O que era silêncio encontrou expressão;
Ao meu beijo apaixonado correspondeu,
Entendendo o apelo do meu coração.
Então viveu pra mim a criação brilhante,
Tantas árvores, tantas rosas e o convite
Dos riachos prateados e borbulhantes
São um eco da minha vida sem limites."
— Tradução de Guilherme Summa.

Dríope

Dríope e Iole eram irmãs. A primeira era esposa de Andrêmon, amada por seu marido e feliz com o nascimento de seu primeiro filho. Um dia, as irmãs passeavam junto à borda de um rio o qual inclinava suavemente até chegar à margem da água, enquanto a parte mais alta era coberta por murta. Elas pretendiam colher flores para fazer guirlandas para os altares das ninfas, e Dríope carregava seu filho no colo, fardo precioso, e o amamentava enquanto caminhava. Perto da água cresciam lótus, repletas de flores roxas. Dríope coletou algumas e as ofereceu para o bebê, e Iole estava prestes a fazer o mesmo, quando percebeu sangue escorrendo dos pontos onde sua irmã as havia quebrado do talo. As plantas eram ninguém menos do que a ninfa Lótis, que, fugindo de um perseguidor, havia assumido tal forma. Isso elas souberam pelos camponeses quando já era tarde demais.

Nada daria mais satisfação a Dríope, horrorizada quando percebeu o que havia feito, do que correr para longe do lugar, mas descobriu seus pés enraizados no chão. Ela tentou puxá-los para fora, mas não mexeu mais do que seus braços. Uma rigidez começou a subir gradualmente por seu corpo. Angustiada, tentou arrancar seus cabelos, mas viu suas mãos cheias de folhas. A criança começou a sentir o peito de sua mãe endurecer, e o leite cessar de correr. Iole contemplou o triste destino de sua irmã e nada pôde fazer. Ela abraçou o tronco que crescia, como se pudesse deter o avanço da transformação em madeira, e teria de bom grado sido envolvida também pela mesma casca. Neste momento, Andrêmon, o marido de Dríope, com o pai dela, se aproximaram; e quando perguntaram por Dríope, Iole apontou para a recém-formada lótus. Eles abraçaram o tronco da árvore ainda morna e derramaram seus beijos nas folhas.

Agora já não restava nada de Dríope senão o rosto. Suas lágrimas ainda escorriam e caíam em suas folhas, e enquanto ainda podia, ela falou.

— Eu não tenho culpa. Não mereço este destino. Eu não machuquei ninguém. Se estou mentindo, que minha folhagem pereça com a seca e meu tronco seja cortado e queimado. Pegue esta criança e leve-a para uma ama--seca. Faça com que seja sempre trazido aqui e amamentado embaixo de meus galhos, e brinque em minha sombra; e quando ele for grande o suficiente para falar, ensinem-no a me chamar de mãe, e a dizer com tristeza, "Minha mãe está escondida sob esta casca". Mas o ensinem a ser cuidadoso com margens de rio, e a tomar cuidado com o modo pelo qual colhe flores, lembrando que cada arbusto que ele vê pode ser uma deusa disfarçada. Adeus, amado marido, e irmã, e pai. Se vocês ainda tiverem algum amor por mim, não deixem que nenhum machado me machuque, nem que os rebanhos mordam e arranquem meus galhos. Já que não posso me inclinar até vocês, escalem até aqui e me deem um beijo; e enquanto meus lábios continuarem a sentir, levantem meu filho para que possa beijá-lo. Não posso falar mais, pois a casca já avança por meu pescoço, e em breve me calará. Não precisam fechar meus olhos, a casca os fechará sem a sua ajuda.

Então, os lábios pararam de se mexer, e a vida foi extinta; mas os galhos retiveram por algum tempo o calor vital.

Keats, em "Endimião", alude assim a Dríope:

> "Ela tomou o alaúde e pôs-se a dedilhar
> Um prelúdio animado, mostrando o caminho
> Na balada que sua voz deve trilhar.
> Sutilmente mais cadenciada e vigorosa
> Do que a de Dríope para seu filho ninar."
> — Tradução de Guilherme Summa.

Vênus e Adônis

Vênus (Afrodite), brincando um dia com seu filho, Cupido (Eros), machucou o seio com uma de suas flechas. Ela a arrancou, mas a ferida era mais profunda do que pensava. Antes que curasse, viu Adônis e ficou encantada por ele. Ela não mais se interessou por suas estâncias favoritas — Pafos, Cnidos e

Amatos, ricas em minerais. Ausentou-se até mesmo do céu, pois Adônis lhe era mais querido do que o próprio Olimpo. Ela o seguiu e lhe fez companhia. Vênus, que adorava reclinar-se na sombra sem nenhuma preocupação a não ser cultivar seus encantos, agora vaga pelas florestas e pelas colinas, vestida como a caçadora Diana (Ártemis); chama seus cães e persegue lebres e veados, e outros animais que sejam seguros de se caçar, mas se mantém longe de lobos e ursos, fedendo com a matança do rebanho. Ela cobrava Adônis, também, para tomar cuidado com animais tão perigosos.

— Seja bravo diante dos tímidos — disse ela. — Coragem contra os corajosos não é seguro. Cuidado em como você se expõe ao perigo e coloca minha felicidade em risco. Não ataque as feras às quais a Natureza deu armas. Eu não valorizo sua glória tanto assim para que você a conquiste com tamanha exposição. Sua juventude, e a beleza que encanta Vênus, não tocarão os corações de leões e javalis. Pense em suas terríveis garras e força prodigiosa! Eu odeio todos eles. Você me pergunta por quê?

Então, ela lhe contou a história de Atalanta e Hipomene, que foram transformados em leões pela sua ingratidão em relação a ela.

Tendo-lhe dado este aviso, ela subiu em sua carruagem puxada por cisnes e partiu rumo ao firmamento. Mas Adônis era nobre demais para ouvir tais conselhos. O cão havia tirado um javali selvagem de sua toca, e o jovem arremessou sua lança e feriu o flanco do animal. A fera arrancou a lança com sua mandíbula e foi atrás de Adônis, que virou e correu, mas o javali o alcançou, e enterrou suas presas em seu flanco e o deixou estendido na campina, moribundo.

Vênus, em sua carruagem puxada por cisnes, não havia ainda chegado no Chipre, quando ouviu chegando pelo ar os gemidos de seu amado e virou sua condução alada de volta para a terra. Quando foi se aproximando e viu de cima o corpo de Adônis sem vida e banhado em sangue, ela pousou e, curvando-se por cima dele, desesperou-se, e arrancou os cabelos. Repreendendo as moiras, ela disse:

— Ainda assim, a vitória de vocês será um triunfo parcial; memoriais do meu luto resistirão, e o espetáculo de sua morte, meu Adônis, e minhas lamentações deverão ser anualmente renovadas; seu sangue deverá ser transformado em uma flor; este consolo ninguém me negará.

Assim falando, ela salpicou néctar no sangue; e quando se misturaram, bolhas se levantaram como as que se formam quando a chuva cai sobre uma poça, e em questão de uma hora, ali brotou uma flor de tonalidade sanguínea como a da romã. No entanto, ela tem vida curta. Dizem que o vento abre a flor com seu sopro, e depois sopra as pétalas para longe; então, ela é chamada de anêmona, ou flor do vento, pois a causa que ajuda a sua produção é também a causa de sua ruína.

Milton alude a história de Vênus e Adônis em seu *Comus*:

> "Jacintos e rosas em abundância
> Onde o jovem Adônis descansa em alternância
> A suas profundas feridas dando atenção
> Em suave repouso, no chão
> Jaz triste a rainha dos assírios" etc.

Febo e Jacinto

Febo (Apolo) era apaixonado por um jovem chamado Jacinto. Ele o acompanhava em suas atividades esportivas, carregava as redes quando ele ia pescar, levava os cães quando ele ia caçar, o seguia em seus passeios pelas montanhas, e por ele negligenciava sua lira e flechas. Um dia, eles praticavam arremesso de disco juntos, e Febo, levantando o disco, numa mistura de força aliada a habilidade, arremessou-o alto e longe. Jacinto observou o disco voar e, entusiasmado com o jogo, correu para pegá-lo, desejoso de fazer seu lançamento, quando o disco ricocheteou na terra e o acertou na testa. Ele ficou tonto e caiu. O deus, tão pálido quanto Jacinto, o levantou e usou todos os seus dons para tentar estancar a ferida e evitar que a vida se esvaísse por lá, mas foi em vão; o ferimento estava além dos poderes da medicina. Como quando alguém quebra o caule de um lírio no jardim e ele se curva e vira sua flor para o chão, a cabeça do garoto moribundo, como se fosse pesada demais para seu pescoço, pendeu sobre seu ombro.

— Morreste, Jacinto — assim falou Febo —, roubado da juventude por mim. Teu é o sofrimento, meu é o crime. Se pudesse, morreria por ti! Mas como isso não pode ser, viverás comigo em lembrança e música. Minha lira o celebrará, minha música contará seu destino, e você se tornará uma flor marcada com minha saudade.

Enquanto Apolo falava, o sangue que escorria ao chão e manchava a vegetação deixou de ser sangue, e uma flor de coloração mais bonita que a púrpura tíria nasceu, lembrando um lírio, se não fosse por esta ser púrpura e aquele, branco prateado.[11] E isso não foi o suficiente para Febo; para conferir honra ainda maior, ele marcou as pétalas com sua saudade e gravou nelas "Ai! Ai!", como vemos até hoje. A flor leva o nome de jacinto, e em cada primavera, a lembrança de seu destino revive.

Dizem que Favônio (Zéfiro), o vento oeste, que também estava apaixonado por Jacinto e tinha ciúmes de sua preferência por Febo, soprou o disco para fora de seu curso para que acertasse Jacinto. Keats alude a isso em seu "Endimião", onde ele descreve os espectadores da partida de arremesso de disco:

> "Ou eles podem assistir os lançadores de disco, detidos
> De ambos os lados, da triste morte cada um pesaroso
> De Jacinto, quando o sopro impiedoso
> De Zéfiro o matou; Zéfiro, arrependido,
> Que agora antes de Febo ao firmamento ter subido,
> Afaga a flor em meio à chuva forte."

Uma alusão a Jacinto também pode ser reconhecida no "Lycidas", de Milton:

> "Como aquela flor sanguínea gravada com lamentos."

---

11   Obviamente, não é nosso jacinto moderno que está sendo descrito aqui. Talvez seja alguma espécie de íris, ou talvez um delfino ou amor-perfeito.

CAPÍTULO NOVE

Cêix e Alcíone, ou: os pássaros de Alcíone

Cêix foi rei da Tessália, onde reinou em paz, sem violência ou injustiça. Ele era filho de Véspero, a estrela do dia, e o brilho de sua beleza lembrava seu pai. Alcíone, filha de Éolo, era sua esposa extremamente devotada. Cêix estava muito aflito pela perda de seu irmão, e seguidos infortúnios após a morte dele o fizeram sentir como se os deuses lhe fossem hostis. Achou que seria melhor, portanto, fazer uma viagem a Carlos em Iônia para consultar o oráculo de Apolo. Mas assim que contou suas intenções para Alcíone, um arrepio percorreu-lhe o corpo e seu rosto ficou mortalmente pálido.

— O que fiz eu, querido marido, que o fez se desafeiçoar de mim? Onde anda aquele amor por mim que costumava estar sempre presente em seus pensamentos? Você agora se sente melhor na ausência de Alcíone? Você prefere que eu não esteja aqui?

Ela também se empenhou em desencorajá-lo, descrevendo a violência dos ventos, que conheceu com familiaridade quando morou na casa de seu pai — Éolo, sendo o deus dos ventos, tinha dificuldades em contê-los.

— Eles correm juntos — disse ela — com tamanha fúria que saem faíscas destes conflitos. Mas, se você tem que ir, querido marido, deixe-me ir com você, senão sofrerei não apenas pelos perigos que você encontrará de fato, mas também pelos que meus medos sugerem.

Estas palavras pesaram na mente do rei Cêix, que agora queria tanto levá-la com ele quanto ela, mas não podia suportar expô-la aos perigos do mar. Ele respondeu, portanto, consolando-a o melhor que pôde, e concluiu com estas palavras:

— Eu prometo, pelos feixes luminosos de meu pai, a estrela do dia, que se o destino permitir, retornarei antes de a lua ter dado duas voltas em torno de sua órbita.

Quando assim falou, ele ordenou que sua embarcação fosse arrastada para fora do estaleiro, e que os remos e velas fossem carregados a bordo. Quando Alcíone viu tais preparativos estremeceu, como se pressentindo o pior. Com lágrimas e soluços, ela disse adeus, e então caiu desacordada no chão.

Cêix ainda teria hesitado, mas agora os jovens agarravam seus remos e os puxavam vigorosamente, atravessando as ondas com movimentos longos e determinados. Alcíone ergueu seus olhos marejados e viu o marido de pé no convés, acenando para ela. Ela retribuiu o seu sinal até que o barco estivesse tão longe que Alcíone não distinguia mais sua forma do restante. Quando a embarcação em si já não podia mais ser vista, ela apertou os olhos para vislumbrar uma última vez a vela, até que esta também desapareceu. Então, retirando-se para seus aposentos, atirou-se no solitário sofá.

Enquanto isso, eles deslizavam para fora do porto, e a brisa brincava entre o encordoamento. Os marinheiros recolheram seus remos e levantaram suas velas. Mal haviam chegado à metade do percurso, quando o mar começou a branquear com grandes ondas, e o vento leste, a soprar um vendaval, conforme a noite se anunciava. O mestre deu o comando para recolher as velas, mas a tempestade impediu o cumprimento, pois o rugir dos ventos e das ondas era tão alto que suas ordens não foram ouvidas. Os homens, por conta própria, ocuparam-se de manterem seguros os remos, reforçar a embarcação e rizar velas. Enquanto cada um fazia, assim, o que achava ser o melhor, a tormenta se intensificava. Os gritos dos homens, os rangidos das enxárcias e o arrebentar das ondas misturavam-se com o estrondo do trovão. O mar agitado parecia se erguer aos céus para espalhar sua espuma entre as nuvens; e então, afundava, assumindo a cor do baixio — a escuridão do Estige.

A embarcação compartilha de todas estas mudanças. Parece uma fera selvagem que corre das pontas das lanças dos caçadores. A chuva cai em torrentes, como se o céu estivesse descendo para se unir ao mar. Quando os raios param por um momento, a noite parece acrescentar sua escuridão à da tempestade; então, vem um relâmpago, rasgando a escuridão e iluminando tudo com um clarão. As habilidades falham, a coragem vacila e a morte parece vir em cada onda. Os homens estão paralisados de terror. A lembrança de pais, familiares e compromissos que ficaram em casa vêm à mente. Cêix pensa em Alcíone. Nenhum nome senão o seu está em seus lábios e embora anseie por ela, também se alegra por sua ausência. Nesse momento, o mastro é esfacelado por um raio, o leme quebra e a onda triunfante se curvando no alto contempla o desastre lá embaixo, então cai e o esmaga em pedaços. Alguns dos marinheiros, atordoados com o golpe, afundam e não mais emergem; outros buscam amparo em fragmentos do naufrágio. Ceix, com a mão que costumava segurar o cetro, segura-se firme a uma tábua, pedindo ajuda — infelizmente, em vão — ao pai e ao sogro. Mas, na maioria das vezes, era o nome de Alcíone que vinha a seus lábios. A ela seus pensamentos se agarram. Ele reza para que as ondas levem seu corpo para perto dela, para que possa receber um funeral pelas suas mãos. Por fim, as águas o subjugam e ele afunda. A Estrela do Dia pareceu fraca naquela noite. Já que não podia deixar os céus, ocultou sua face com nuvens.

Enquanto isso, Alcíone, alheia a todos estes horrores, contava os dias até o retorno prometido de seu marido. Ela então prepara as vestes que ele deve colocar, e agora as que ela deve usar quando ele chegar. Oferece incenso frequentemente a todos os deuses, mas mais a Juno (Hera) do que os outros. Por seu marido, que já não vive, ela rezava incessantemente: para que ele estivesse seguro; que retornasse para casa; que ele, em sua ausência, não encontrasse alguém a quem amasse mais que ela. De todas estas preces, porém, a última foi a única destinada a ser atendida. A deusa, por fim, não conseguia mais suportar receber súplicas por alguém que já estava morto, e ter em seu altar mãos que deveriam, em vez disso, estar oferecendo rituais funerários. Então, convocando Íris, ela disse:

— Íris, minha fiel mensageira, vá aos domínios letárgicos de Somnus (Hipnos) e diga-lhe para mandar uma visão na forma de Cêix a Alcíone, para que ela fique sabendo do evento.

Íris veste seu manto multicolorido e, tingindo os céus com seu arco, procura pelo palácio do Senhor do Sono. Próximo ao país cimério, uma caverna na montanha é a morada do lânguido deus Somnus. Aqui, Febo (Apolo) não ousa penetrar, seja ao nascer do sol, ao meio-dia, ou ao poente. Nuvens e sombras são exaladas do chão, e a luz brilha fraca. A ave da alvorada, com cabeça coroada, nunca chama ali por Aurora; nem o cão vigilante, nem o mais sagaz dos gansos perturba o silêncio. Nenhuma fera selvagem, nem o mais arisco dos seres, nem galho balançado pelo vento, nem o som de conversa humana quebram a quietude. O silêncio reina ali; mas do fundo da rocha, o rio Lete flui e, com seu murmúrio, convida ao sono. Em frente à entrada da caverna, crescem em abundância papoulas e outras ervas, das quais a Noite coleta de seus sucos o sono, que ela espalha pela terra escurecida. Não existe portão para a morada, para gemer suas dobradiças, nem nenhum vigia; mas, no centro, um sofá escuro como o ébano, com plumas e cortinas negras. Ali, o deus se reclina, seus membros relaxados com o sono. À sua volta pairam os sonhos, que assumem os mais variados aspectos, tantos quanto os caules das colheitas, ou as folhas da floresta, ou os grãos de areia da praia.

Assim que a deusa entrou e afastou os sonhos que flutuavam ao seu redor, seu brilho iluminou toda a caverna. O deus, mal abrindo os olhos, e de quando em quando deixando sua barba cair sobre o peito, enfim libertou-se de si mesmo e, apoiando-se no braço, perguntou qual seria a missão dela — pois sabia quem era. Ela respondeu:

— Somnus, o mais gentil dos deuses, tranquilizador de mentes e consolador dos corações abandonados, Juno envia-lhe um comando para despachar um sonho a Alcíone, na cidade de Traquine, representando seu marido perdido e todos os eventos do naufrágio.

Tendo entregado sua mensagem, Íris apressou-se a partir, pois não suportava mais o ar estagnado, e quando começou a sentir a sonolência apoderando-se de seus sentidos, fugiu, retornando com seu arco da forma que tinha vindo. Então, Somnus convocou um de seus inúmeros filhos — Morfeu

—, o maior especialista em assumir formas e simular o caminhar, a fisionomia e o jeito de falar, até mesmo as roupas e as atitudes mais características de cada um. Mas ele imitava apenas seres humanos, deixando para que outro personificasse pássaros, feras e serpentes. A esse, chamavam de Icelos; e Fantasos é o que transforma a si mesmo em pedras, águas, madeiras e outras coisas inanimadas. Eles servem a reis e grandes personagens em suas horas de sono, enquanto outros se movem entre pessoas comuns. Entre todos os irmãos, Somnus escolheu Morfeu para executar a ordem de Íris; então, deitou sua cabeça no travesseiro e se entregou a um repouso gratificante.

Morfeu voou sem produzir som algum com suas asas e logo chegou à cidade hemoniana, onde, deixando suas asas, assumiu a forma de Cêix. Sob aquela imagem, mas pálido como um morto, nu, ele ficou em frente ao divã da infeliz esposa. Sua barba parecia encharcada e água escorria de seus cabelos. Debruçando-se sobre a cama, com lágrimas derramando-se de seus olhos, ele disse:

— Reconheça seu Cêix, infeliz esposa, ou a morte mudou por demais minha aparência? Observe-me, reconheça-me: a sombra de seu marido, em vez de ele mesmo. Suas preces, Alcíone, não me valeram de nada. Estou morto. Não mais se engane com vãs esperanças de meu retorno. Os ventos intempestivos afundaram meu navio no mar Egeu, ondas encheram minha boca enquanto chamava por você. Não é um mensageiro duvidoso que lhe diz isso, não é um rumor vago que traz a notícia a seus ouvidos. Eu venho em pessoa, um náufrago, para lhe revelar meu destino. Levante-se! Chore por mim, lamente por mim, não me deixe ir para o Tártaro sem lágrimas derramadas.

A estas palavras, Morfeu acrescentou a voz que parecia ser a do marido de Alcíone; ele parecia chorar lágrimas genuínas; suas mãos tinham o gestual de Cêix.

Alcíone, chorando, gemeu e estendeu seus braços durante o sono, lutando para abraçar o corpo dele, mas tocando apenas o ar.

— Fique! — gritou ela. — Para onde você foge? Vamos juntos.

Sua própria voz a acordou. Alarmada, ela olhou ansiosamente à sua volta para ver se ele ainda estava presente, pois os servos, assustados com seus gritos, trouxeram uma vela. Quando não o encontrou, desesperou-se, e rasgou suas roupas. Não se incomodou em soltar os cabelos, arrancando-os violentamente. Sua ama perguntou qual era o motivo para tal sofrimento.

— Alcíone não existe mais — respondeu ela. — Ela pereceu com seu Cêix. Não profira palavras de conforto. Ele naufragou e morreu. Eu o vi, eu o reconheci. Estendi minhas mãos para tocá-lo e fazer com que ficasse. Sua sombra desapareceu, mas era mesmo a sombra de meu marido. Não com as características costumeiras, não belo como ele era, mas pálido, nu, e com seus cabelos molhados de água do mar, ele pareceu para esta sofredora. Aqui, neste lugar exato, postou-se a triste visão... — Ela procurou pelas pegadas. — Era isso, era sobre isso que meu pressentimento queria me advertir quando lhe implorei que não me deixasse para se lançar às ondas. Ah, como eu queria que, quando houvesse partido, tivesse me levado consigo! Teria sido muito melhor. Assim eu não teria que viver com sua ausência pelo resto da vida, nem precisaria passar por uma morte em separação. Se eu suportasse viver e lutasse para sobreviver, seria mais cruel comigo do que o mar. Mas eu não lutarei, eu não vou me separar de ti, infeliz marido. Pelo menos desta vez, eu lhe farei companhia. Na morte, se uma tumba não nos abrigar, um epitáfio o fará; se eu não puder colocar minhas cinzas com as suas, meu nome, pelo menos, não deve ser separado.

Sua tristeza impediu mais palavras, e estas foram interrompidas com lágrimas e soluços.

Era já de manhã. Ela foi para a praia e procurou o último lugar em que o viu, durante a partida.

— Enquanto estava aqui, organizando seu equipamento, ele me deu seu último beijo.

Enquanto ela revia cada objeto e se esforçava para lembrar cada incidente, contemplando o mar, ela avista um objeto indistinto flutuando na água. A princípio, ficou em dúvida do que se tratava, mas aos poucos as ondas o trouxeram para perto, e era o corpo de um homem. Apesar de desconhecer naquele momento sua identidade, como era o corpo de um náufrago, ela ficou profundamente comovida e chorou, dizendo:

— Ai de mim! Ó infeliz, e infeliz de sua esposa, se ela existe!

Carregado pelas ondas, o corpo foi trazido à margem. E quanto mais observava o corpo se aproximar, mais ela tremia. Estava bem próximo da areia agora. Surgem então marcas que ela reconhece. É seu marido! Esticando a mão trêmula em sua direção, ela exclama:

— Ó querido marido, é assim que retornas para mim?

Naquele trecho da praia, havia um quebra-mar construído para interromper os ataques do mar e impedir seu violento avanço. Ela pulou por esta barreira (foi incrível que conseguisse fazê-lo) e voou; e alcançando o ar com asas geradas naquele instante, deslizou pela superfície da água, um pássaro infeliz. Enquanto voava, sua garganta derramava sons de profunda tristeza, como a voz de alguém lamentando. Quando tocou o corpo silente e exangue, envolveu os braços de seu amado com suas novas asas e tentou dar beijos com seu bico duro. Se Cêix os sentiu, ou se foi apenas a ação das ondas, aqueles que viram duvidaram, mas o corpo pareceu erguer a cabeça. Mas de fato ele os sentiu e, pela benevolência dos deuses, os dois foram transformados em pássaros. Eles se acasalam e procriam. Por sete plácidos dias, no inverno, Alcíone choca em seu ninho, que flutua no mar. Então, as rotas são seguras para os navegantes. Éolo contém os ventos e impede que perturbem as profundezas. O mar é entregue, durante esse período, a seus netos.

Os seguintes versos de "A Noiva de Abidos", de Byron, pareceriam ter sido emprestados da parte final desta descrição, se não fosse sabido que o autor obteve inspiração observando o movimento de um cadáver flutuando:

> "Trêmulo em seu inquieto travesseiro,
> Sua cabeça ergue-se com o balanço faceiro,
> A mão, cujo movimento não é vivo
> Mesmo que frágil se mostra em luta altivo,
> Elevado pela onda ascendente,
> Então trazido pela onda..."

Milton, em seu "Hino à Natividade", assim alude ao mito de Alcíone:

> "Pacífica a noite era
> Em que o Príncipe da luz na terra
> Começa seu reinado de paz;
> Os ventos, maravilhados, assoviavam,
> Suavemente as águas beijavam
> Cochichando novas alegrias ao tranquilo mar,
> Que então havia esquecido de se agitar enquanto
> Pássaros da calmaria chocavam seus ovos das ondas no encanto"

Keats, também, escreve em "Endimião":

"Ó sono mágico! Ó pássaro confortador
Que no intranquilo mar da mente sabe se pôr
Até tornar-se suave e tranquilo."

Íris

CAPÍTULO DEZ

VERTUNO E POMONA

AS HAMADRÍADES ERAM NINFAS da floresta. Pomona era uma delas, e ninguém a superava em paixão pela jardinagem e cultivo de frutos. Ela não ligava para florestas e rios, mas adorava o cultivo do campo e árvores que davam deliciosas maçãs. Sua mão direita carregava como arma não uma lança, mas uma tesoura de poda. Munida dela, Pomona, por um lado, ocupava-se de conter crescimentos exagerados e podar os galhos que divergiam de seu caminho; por outro, de partir um galho e introduzir ali um enxerto, fazendo o galho adotar um broto que não lhe pertencia. Ela cuidava também para que suas plantas favoritas não sofressem com a seca, e guiava córregos de água para junto delas, para que as raízes sedentas pudessem se saciar. Essa ocupação era seu chamado, sua paixão; e ela estava livre daquilo que Vênus (Afrodite) inspira. Pomona não era imune ao medo dos camponeses e mantinha seu jardim trancado, não permitindo a entrada de homens. Os faunos e sátiros dariam tudo o que tinham para conquistá-la, e assim também o faria o velho Silvano, que parecia jovem para sua idade, e Pã, que usava uma guirlanda de folhas de pinheiro em sua cabeça. Mas de todos era Vertuno quem mais a amava; ainda assim, não teve mais êxito que os outros. Como não foram frequentes suas investidas, disfarçado de ceifador, trazendo-lhe trigo em uma cesta, e de fato ele era a própria imagem de um ceifador! Com uma faixa de feno amarrada ao corpo, era de se pensar que ele realmente tivesse retornado da tarefa de ceifar os campos. Algumas vezes, trazia consigo um aguilhão em sua mão, e se poderia imaginar que ele havia acabado de desarrear seu boi cansado. Em determinada ocasião, carregava um podão e personificava um vinhateiro; em outra, com uma escada em seu ombro, parecia que ia apanhar maçãs. Às vezes, Vertuno se arrastava como um soldado dispensado, e outras vezes trazia consigo uma vara, como se fosse pescar. Desta forma, ele mantinha contato com Pomona inúmeras vezes e alimentava sua paixão com a presença dela.

Um dia, ele veio disfarçado de anciã, os cabelos grisalhos ocultos por um chapéu, um cajado na mão. Ela entrou no jardim e admirou as frutas.

— Você merece elogios por isso, querida — disse ela, e a beijou, não exatamente com o beijo de uma anciã.

A anciã sentou-se em um banco e contemplou os galhos acima, carregados de frutas que pendiam mais no alto. Do lado oposto, havia um olmo enrolado com uma vinha carregada de uvas carnudas. Ela elogiou a árvore e a vinha, igualmente.

— Mas — disse ela —, se a árvore estivesse sozinha, sem a vinha junto a ela, não teria nenhum atrativo para nós a não ser suas folhas inúteis. E a vinha, da mesma forma, se não estivesse enrolada em volta do olmo, estaria prostrada no chão. Por que não tira uma lição do olmo e da vinha e aceita se unir a alguém? Eu gostaria que você assim o fizesse. Mesmo Helena não teve tantos pretendentes, nem Penélope, esposa do astuto Ulisses. Mesmo quando você os rejeita, eles ainda assim a cortejam; divindades rurais e outras de todo tipo que frequentam estas montanhas. Mas se você for prudente e quiser fazer uma boa aliança, e permitir-se ser aconselhada por uma anciã, alguém que a ama mais do que você imagina... dispense todos os outros e aceite Vertuno, pois tem minhas recomendações. Eu o conheço tão bem como ele conhece a si mesmo. Ele não é uma divindade errante, mas pertence a estas montanhas. Ele também não é como muitos dos apaixonados de hoje em dia, que amam qualquer uma que aparece; ele a ama, e apenas a você. Soma-se a isso o fato de ele ser jovem e bonito, e ter o poder de assumir qualquer forma que quiser, e pode se transformar no que você quiser. Além do mais, ele ama as mesmas coisas que você: adora jardinagem e cuida de suas maçãs com admiração. Mas, no momento, ele não se importa nem com frutas nem com flores, e nem com mais nada; apenas com você. Tenha piedade dele, e o imagine falando agora pela minha boca. Lembre-se que os deuses punem a crueldade, e que Vênus odeia um coração insensível e voltará sua atenção para esta ofensa mais cedo ou mais tarde. Para provar isso, deixe-me contar uma história, que é bem conhecida no Chipre como fato; e espero que ela a torne mais piedosa.

"Ífis era um jovem de origem humilde que, ao botar os olhos em Anaxárete, uma nobre dama da antiga família de Teucer, apaixonou-se por ela. A paixão pela jovem o consumia, mas quando ele percebeu que não poderia sobrepujar tal sentimento, rendendo-se à súplica, ele foi à casa de Anaxárete. Primeiro, contou de sua paixão para sua ama e lhe implorou para que, se amasse sua filha de criação, intercedesse por ele. Então, tentou trazer suas criadas para seu lado. Às vezes, escrevia suas súplicas em tabuletas, e com frequência pendurava à sua porta guirlandas que havia molhado com suas lágrimas. Ele se esticava junto à entrada de sua casa, sussurrando seus lamentos para os pregos e barras desprovidos de compaixão. Ela se mostrava mais surda que as ondas que se erguem com os ventos de novembro, mais dura que o aço das forjas germânicas, ou uma rocha que ainda se agarra a seu precipício nativo. Ela caçoava e ria dele, adicionando palavras cruéis ao seu tratamento grosseiro, e não lhe dava a menor esperança.

"Ífis não podia mais suportar os tormentos do amor não correspondido e, de pé em frente a sua porta, proferiu suas últimas palavras: 'Anaxárete, você conseguiu, e não precisará mais aguentar minhas inconveniências. Aproveite seu triunfo! Cante músicas de alegria e vista a coroa de louros: você conseguiu! Morrerei; coração de pedra, regozije! Pelo menos isso eu posso fazer para agradá-la e forçá-la a me elogiar; e assim poderei provar que meu amor por você me deixou, levando junto minha vida. Não permitirei que tome conhecimento de minha morte por rumores. Virei eu mesmo, e você a presenciará, e deliciará seus olhos com o espetáculo. Ainda assim, ó deuses que olham para desgraças mortais, contemplem meu destino! Eu vos peço apenas isto:

façam com que eu seja lembrado em eras vindouras, e acrescentem os anos que foram tirados de minha vida à minha fama'. Ao dizê-lo, virando seu rosto lívido e choroso em direção à casa de Anaxáretes, amarrou uma corda ao poste do portão onde antes costumava pendurar guirlandas e, colocando sua cabeça dentro do laço, murmurou: 'Pelo menos esta guirlanda vai agradá-la, garota cruel!!!', jogando-se em seguida, ficando suspenso com o pescoço quebrado. Na queda, ele chocou-se contra o portão, e o barulho foi como o som de um gemido. Os criados abriram a porta e o encontraram morto e, com exclamações de compaixão, levantaram-no e o carregaram para casa, para sua mãe, pois seu pai não estava vivo. Ela recebeu o corpo sem vida do filho e aninhou sua forma fria contra o peito, enquanto proferia as palavras de lamento das mães enlutadas. O triste cortejo fúnebre atravessou a cidade, e o cadáver pálido foi levado em um caixão para a pira funerária. Por acaso, a casa de Anaxárete ficava na rua por onde a procissão passava, e as lamúrias dos enlutados encontraram os ouvidos daquela cuja divindade vingadora já havia marcado para punição.

"'Vejamos essa triste procissão', disse ela e, subindo a uma torre, através de uma janela aberta, acompanhou o cortejo. Mal seus olhos haviam pousado sobre o corpo de Ífis esticado no caixão quando eles começaram a enrijecer e o sangue quente de seu corpo a esfriar. Pensando em se afastar, ela percebeu que não podia mexer os pés; procurando desviar o rosto, ela tentou em vão; e, aos poucos, todo seus membros viraram pedra, como seu coração. Disso você não pode duvidar, pois a estátua ainda existe, e está no templo de Vênus em Salamis com a forma exata da jovem. Agora pense nestas coisas, minha querida, e deixe de lado seu desprezo e suas postergações, e aceite um amor. Assim, que nem o gelo invernal flagele seus jovens frutos, nem os ventos furiosos espalhem suas flores!"

Tendo assim falado, Vertuno abandonou o disfarce de anciã e se apresentou em sua própria forma, como um jovem atraente. Para ela, foi como se o sol tivesse saído de entre as nuvens. Ele teria renovado suas súplicas, mas não foi necessário; seus argumentos e a visão de sua forma verdadeira prevaleceram e a ninfa não mais resistiu, acalentando uma chama mútua.

Pomona era a patrona dos pomares de maçã, e como tal, foi invocada por Phillips, autor de um poema sobre a cidra, em versos brancos. Thomson, em "Estações", alude a ele:

"Phillips, o bardo de Pomona,
Que nobremente ousou, em versos de rimas ilimitadas,
Com liberdade britânica, entoar a canção inglesa."

Mas Pomona também era considerada deusa de outras frutas, e assim é invocada por Thomson:

"Leve-me Pomona, aos teus limoeiros,
Para onde o limão e a lima pungente,
Com seu intenso alaranjado, brilhando por entre o verde,
Suas leves glórias misturam-se. Deite-me reclinado
Entre os tamarindos, que balançam,
Abanados pela brisa, seus frutos analgésicos."

Pomona

CAPÍTULO ONZE

CUPIDO E PSIQUÊ

Um certo casal de soberanos tinha três filhas. O encanto das duas mais velhas era além do comum, mas a beleza da mais jovem era tão admirável que a pobreza da linguagem torna-se insuficiente para expressar os elogios merecidos. Tamanha era a fama de sua perfeição, que estrangeiros de países vizinhos vinham em multidões para apreciar a vista, e a contemplavam maravilhados, prestando-lhe a reverência que é devida apenas a Vênus (Afrodite). Na verdade, os altares de Vênus encontravam-se desertos, enquanto os homens voltavam sua devoção para esta jovem virgem. Quando ela passava, as pessoas derramavam-lhe elogios e espalhavam louros e flores em seu caminho.

Tal deturpação da reverência devida tão somente aos poderes imortais sendo desviada para a exaltação de uma mortal ofendeu grandemente a Vênus verdadeira. Agitando seus cabelos cor de ambrosia com indignação, ela bradou:

— Terei eu então minhas honras ofuscadas por uma garota mortal? Foi em vão então que aquele pastor real, cujo julgamento foi aprovado pelo próprio Júpiter (Zeus), concedeu-me a palma da beleza sobre minhas ilustres rivais, Minerva (Atena) e Juno (Hera)? Mas ela não vai tão tranquilamente usurpar minhas honras. Eu lhe darei motivos para se arrepender de beleza tão ilícita.

Então, ela convoca seu filho alado, Cupido (Eros), arteiro por natureza, e o incita e provoca ainda mais com suas reclamações. Ela lhe aponta Psiquê e diz:

— Meu filho querido, pune aquela beleza contumaz; dá à tua mãe uma vingança tão doce quanto são grandes as ofensas que recebo; infunde no peito daquela garota arrogante a paixão por algum ser baixo, mau e indigno, para que assim ela colha uma mortificação tão grande quanto sua presente exultação e triunfo.

Cupido preparou-se para cumprir as ordens de sua mãe. Existem duas fontes no jardim de Vênus: uma de água doce, outra de água amarga. Cupido encheu duas jarras de âmbar, uma de cada fonte e, suspendendo-os em sua aljava, apressou-se para os aposentos de Psiquê, a qual encontrou dormindo. Ele pingou algumas gotas da água amarga em seus lábios, embora ao vê-la quase tenha ficado com pena; então, tocou-a no tronco com a ponta de sua flecha. Ela despertou ao toque e abriu seus olhos para Cupido (que estava invisível), o que o deixou tão surpreso que, confuso, feriu-se com sua própria flecha. Sem perceber seu ferimento, seu único pensamento agora era reparar a travessura que havia feito, e ele derramou as gotas balsâmicas de alegria sobre os cachos sedosos de seus cabelos.

Psiquê, a partir de então, não contando com a simpatia de Vênus, não se beneficiou em nada de todos seus encantos. Era verdade que todos os olhos se voltavam para ela, e toda boca a elogiava; mas nem rei, jovem da realeza, nem plebeu se apresentou para pedi-la em casamento. Suas duas irmãs mais velhas, de beleza moderada, já tinham se casado há bastante tempo com dois príncipes; mas Psiquê, em seus aposentos solitários, lamentava sua solidão, cansada daquela beleza que, embora produzisse bajulação em abundância, falhara em despertar amor.

Seus pais, com medo de ter incorrido involuntariamente na fúria dos deuses, consultaram o oráculo de Apolo e receberam a seguinte resposta:

— A virgem não está destinada a ser noiva de nenhum mortal apaixonado. Seu futuro marido a aguarda no topo da montanha. Ele é um monstro a quem nem deuses nem homens podem resistir.

Esta terrível sentença do oráculo encheu todos de horror, e seus pais se entregaram à tristeza. Mas Psiquê disse:

— Por que, queridos pais, vocês lamentam por mim? Vocês deveriam ter sofrido quando as pessoas despejavam sobre mim a reverência não merecida e em uníssono me chamavam de Vênus. Agora sei que sou uma vítima de tal nome. Eu me rendo. Levem-me para aquela montanha a que minha sorte infeliz me destinou.

Assim, com tudo preparado, a jovem tomou seu lugar na procissão, que mais parecia um funeral que uma pompa nupcial, e junto a seus pais, entre as lamúrias do povo, subiu a montanha, no topo da qual a deixaram sozinha e, com corações pesarosos, retornaram para casa.

Enquanto Psiquê estava parada no cume da montanha, ofegando de medo e com os olhos cheios de lágrimas, o gentil Favônio (Zéfiro) a ergueu do chão e a carregou com um movimento suave para um vale florido. Aos poucos, sua mente se recompôs, e ela deitou na grama para dormir. Quando acordou, revigorada pelo sono, olhou em volta e se viu perto de um agradável bosque de árvores altas e imponentes. Psiquê adentrou o bosque e no centro dele encontrou uma fonte vertendo águas límpidas e cristalinas e, próximo a ela, um magnífico palácio cuja respeitável fachada imprimia em quem a contemplasse a noção de que aquele não era o trabalho de mãos mortais, mas o feliz refúgio de algum deus. Atraída pela admiração e curiosidade, ela se aproximou da construção e aventurou-se a entrar. Cada objeto que encontrava a enchia de prazer e espanto. Pilares dourados sustentavam o teto abobadado e as paredes eram ornamentadas com entalhes e pinturas representando animais de caça e cenas rurais, adaptadas para a apreciação de quem observasse. Seguindo adiante, ela percebeu que, além de aposentos grandiosos, havia outros, repletos de todo tipo de tesouro e belas e preciosas produções da natureza e da arte.

Enquanto seus olhos estavam assim ocupados, uma voz dirigiu-se a ela, que não viu ninguém, dizendo estas palavras:

— Soberana, tudo o que vê é seu. Nós, cujas vozes você ouve, somos seus servos e obedeceremos a todas as suas ordens com o máximo de cuidado e diligência. Retire-se, portanto, para seus aposentos e repouse em sua cama, e quando achar adequado, tome seu banho. O jantar a aguarda na alcova adjacente, quando então desejar lá se sentar.

Psiquê atendeu as recomendações das vozes de seus criados ocultos e, depois de repousar e se refrescar com um banho, sentou-se na alcova, onde uma mesa apareceu sozinha imediatamente, sem ajuda aparente de serviçais, coberta com as melhores iguarias e os mais deliciosos vinhos. Seus ouvidos também se deliciaram com a música de executantes invisíveis, dos quais um cantava, outro tocava o alaúde, e todos completavam com a maravilhosa harmonia de um coral completo.

Ela ainda não havia visto seu predestinado marido. Ele vinha apenas nas horas mais escuras e fugia antes do amanhecer, mas seus cuidados eram plenos de amor e inspiraram nela um sentimento equivalente. Ela, com frequência, implorava para ele ficar e deixar que ela o visse, mas ele não permitia. Pelo contrário, ele pedia para que Psiquê não empreendesse tentativa alguma para fazê-lo, pois era importante para ele, pelas melhores razões, manter isso em segredo.

— Por que você gostaria de me ver? — dizia ele. — Tem alguma dúvida do meu amor? Tem algum desejo não atendido? Se você me visse, talvez você me temesse, talvez me adorasse, mas tudo que peço é que me ame. Eu prefiro que você me ame como um semelhante do que me adore como um deus.

Este raciocínio acalmou brevemente Psiquê, e enquanto a novidade durou, ela se sentiu bastante feliz. Mas, com o tempo, a ideia de seus pais, relegados ao desconhecimento quanto ao seu destino, e de suas irmãs, impedidas de compartilhar com ela dos prazeres de sua situação, a incomodou e fez com que sentisse que seu palácio não era nada além de uma esplêndida prisão. Quando seu marido veio certa noite, ela lhe contou de sua angústia, e enfim conseguiu que ele, ainda que a contragosto, consentisse que suas irmãs fossem trazidas para vê-la.

Então, convocando Favônio, Psiquê transmitiu-lhe as ordens de seu marido, e ele, obedecendo prontamente, logo as trouxe pela montanha até o vale de sua irmã. Elas a abraçaram e ela retribuiu a afeição.

— Venham — disse Psiquê —, entrem comigo e se refresquem com o que sua irmã tem para oferecer.

Então, pegando as mãos delas, Psiquê as guiou para o interior do palácio e as deixou aos cuidados de suas numerosas vozes guias para que se refrescassem em seus banhos e em sua mesa, e lhes mostrassem todos os seus tesouros. A visão de tais maravilhas celestiais imbuiu de inveja as irmãs ao verem a caçula de posse de tamanha riqueza e esplendor, excedendo em tanto os delas próprias.

Elas fizeram inúmeras perguntas a Psiquê, entre elas, que tipo de pessoa era seu marido. Psiquê respondeu que ele era um belo jovem que geralmente passava o dia caçando na montanha. As irmãs, não satisfeitas com essa resposta, logo fizeram a caçula confessar que nunca havia visto o marido. Então, trataram de impregnar seu coração de terríveis suspeitas.

— Lembre-se bem — disseram elas —, o oráculo de Febo declarou que você estava destinada a casar-se com uma criatura medonha e gigantesca. Os habitantes deste vale dizem que seu marido é uma serpente terrível e monstruosa, que alimenta a pessoa por um tempo com iguarias para que no fim possa devorá-la. Ouça nosso conselho. Arrume um lampião e uma faca afiada; esconda-os para que seu marido não os encontre e, quando ele estiver dormindo profundamente, saia da cama, pegue seu lampião e veja por si mesma se o que dizem é ou não verdade. Se for, não hesite em cortar fora a cabeça do monstro para assim recuperar sua liberdade.

Psiquê resistiu a essas persuasões o quanto pôde, mas elas não deixaram de ter um efeito em sua mente e, quando as irmãs foram embora, as palavras delas e sua própria curiosidade foram fortes demais para resistir. Então, ela preparou um lampião e uma faca afiada e os ocultou longe da visão de seu marido. Logo que ele adormeceu, ela se levantou silenciosamente e, descobrindo seu lampião, deparou-se não com uma monstruosidade hedionda, mas o mais belo e encantador dos deuses, com seus cachos dourados soltos em seu pescoço pálido e bochechas rosadas, um par de asas orvalhadas nos ombros, mais alvas que a neve, com penas brilhantes como as delicadas flores da primavera. Quando ela se inclinou para ver seu rosto mais de perto, uma gota do óleo incandescente derramou-se no ombro do deus. Com o susto, ele abriu os olhos e os manteve fixos nela; então, sem dizer nenhuma palavra, abriu as asas brancas e saiu pela janela. Psiquê tentou segui-lo, em vão, e desabou da janela. Cupido, ao vê-la caída na terra, deteve-se no ar por um instante e disse:

— Ó Psiquê, sua tola, é assim que você retribui meu amor? Depois de desobedecer as ordens de minha mãe e torná-la minha esposa, você me tomaria por um monstro e cortaria minha cabeça? Mas vá, volte para suas irmãs, cujos conselhos você parece achar preferíveis aos meus. Não a punirei de nenhuma outra maneira senão deixando-a para sempre. A morada do amor não pode vingar sob o teto da desconfiança.

Assim dizendo, ele voou para longe, abandonando a pobre Psiquê prostrada no chão, preenchendo o lugar com lamentos de desolação.

Quando conseguiu se recompor um pouco, olhou à sua volta, mas o palácio e os jardins haviam sumido e ela se encontrava em um campo aberto não muito distante de onde suas irmãs moravam. Ela se dirigiu para lá e contou toda história sobre seu infortúnio, diante do qual fingiram compungir-se quando, na verdade, essas criaturas desprezíveis regozijavam-se de alegria.

— Pois agora — disseram elas —, talvez ele escolha uma de nós.

Com esta ideia, sem dizer uma palavra sobre suas intenções, cada uma delas levantou cedo na manhã seguinte e subiu a montanha e, alcançando o topo, chamaram por Favônio para que as recebesse e levasse a seu senhor; então, saltando sobre o deus, e não sendo sustentadas por ele, despencaram no precipício e foram despedaçadas.

Psiquê, enquanto isso, vagava dia e noite, sem comida nem repouso, à procura de seu marido. Avistando uma grande montanha com um magnífico templo em seu cume, ela suspirou e disse a si mesma:

— Talvez meu amor, meu senhor, more ali.

E direcionou seus passos para lá.

Mal havia entrado e já viu fardos de trigo, alguns soltos, outros em feixes, com alguns talos de cevada. Espalhados em volta havia foices, rastelos e todo tipo de instrumento de colheita, sem ordem alguma, como se tivessem sido jogados ali de forma descuidada pelas mãos dos ceifadores nas horas mais quentes do dia.

A esta bagunça inapropriada, a virtuosa Psiquê deu um fim, separando e organizando tudo no seu lugar correto, convencida de que não deveria negligenciar nenhum dos deuses, mas sim, em sua devoção, empenhar-se para unir todos a seu favor. A sagrada Ceres (Deméter), a quem o templo era consagrado, achando-a tão piedosamente engajada, falou-lhe assim:

CAPÍTULO ONZE

— Ó Psiquê, verdadeira merecedora de nossa compaixão; apesar de não poder protegê-la da desaprovação de Vênus, ainda posso lhe ensinar como apaziguar seu descontentamento. Vá, então, e renda-se voluntariamente à sua senhora e soberana, e tente, através da modéstia e da submissão, conquistar-lhe o perdão, e talvez as boas graças dela lhe devolvam o marido que você perdeu.

Psiquê obedeceu ao comando de Ceres e dirigiu-se ao templo de Vênus, esforçando-se para fortalecer a mente e ruminando o que deveria dizer e qual a melhor forma de aplacar a deusa furiosa, sentindo que a questão era duvidosa e talvez fatal.

Vênus a recebeu com um semblante indócil.

— A mais ingrata e infiel das servas — disse ela. — Você se lembrou finalmente que tem uma senhora? Ou, em vez disso, veio ver seu marido doente, ainda acamado pela ferida causada por sua amada esposa? Você é tão sem graça e desagradável que a única forma pela qual pode merecer seu amor seria por meio de dedicação e diligência. Farei um teste de suas habilidades como dona de casa.

Em seguida, ela ordenou que Psiquê fosse levada para o armazém de seu templo, onde foi colocada uma grande quantidade de trigo, cevada, milho, ervilhas, feijões e lentilhas preparados para a alimentação de seus pombos, e disse:

— Separe todos estes grãos, depositando todos os do mesmo tipo em um recipiente, e veja se consegue terminar antes de anoitecer.

Então, Vênus partiu, deixando-a com sua tarefa.

Mas Psiquê, consternada diante da enormidade do trabalho, permaneceu ali sentada, calada e aparvalhada, sem mexer uma palha do fardo inextricável.

Enquanto via-se ali em desespero, Cupido incitou uma formiguinha, uma nativa dos campos, a ter pena dela. A líder do formigueiro, seguida por todo um pelotão de seus súditos de seis pernas, aproximou-se da pilha e, com a maior diligência, grão por grão, separaram a pilha, armazenando cada tipo em seu respectivo recipiente; e quando havia acabado tudo, eles sumiram rapidamente.

Vênus, com a aproximação do crepúsculo, retornou do banquete dos deuses, perfumada e coroada com rosas. Vendo o trabalho concluído, ela bradou:

— Isto não é obra sua, mulher vil, mas dele, a quem você atraiu, para sua desgraça e a dele.

Dizendo isto, ela jogou a Psiquê um pedaço de pão preto para o jantar e foi embora.

Na manhã seguinte, Vênus ordenou que chamassem Psiquê e disse a ela:

— Veja aquele bosque que se estende pela margem do rio. Ali, você encontrará ovelhas com lã de brilho dourado em suas costas alimentando-se sem um pastor. Vá, pegue-me uma amostra dessa preciosa lã tosada de cada uma das ovelhas.

Psiquê obedientemente foi até a margem do rio, preparada para executar a ordem da melhor maneira. Mas o deus do rio inspirou os juncos com harmoniosos murmúrios, e eles pareciam dizer:

— Ó jovem, rigorosamente testada, não desafie a perigosa correnteza nem se aventure entre os formidáveis carneiros na outra margem, pois enquanto estiverem sob a influência do nascer do sol, eles queimam com uma vontade cruel de destruir mortais com seus chifres afiados ou seus dentes brutos. Porém, quando o sol do meio-dia levar o rebanho para a sombra e o espírito sereno da correnteza os tiver embalado ao descanso, você então poderá atravessar em segurança e encontrará a lã dourada presa em arbustos e nas cascas das árvores.

Assim, o bondoso deus do rio deu a Psiquê instruções de como completar sua tarefa, e seguindo tais orientações, ela logo retornou a Vênus com os braços cheios de lã dourada; no entanto, não recebeu a aprovação de sua implacável senhora, que proferiu:

— Eu sei muito bem que não foi por seus méritos que você completou esta tarefa, e ainda não estou convencida de que você tenha qualquer capacidade de ser útil. Mas eu tenho outro trabalho para você. Aqui, pegue esta caixa e vá para as sombras infernais, dê esta caixa a Prosérpina (Perséfone) e diga: "Minha senhora Vênus deseja que mande um pouco de sua beleza, pois cuidando de seu filho doente, ela perdeu um pouco da dela". Não se demore muito em sua missão, pois devo me pintar com o conteúdo da caixa para comparecer ao círculo dos deuses e deusas esta noite.

Psiquê estava agora certa de que sua destruição se avizinhava, sendo obrigada a ir com seus próprios pés diretamente até o Érebo. Portanto, para não atrasar o que não pode ser evitado, ela vai até o topo de uma torre alta para se jogar de cabeça, para assim descer pelo caminho mais curto para a escuridão abaixo. Mas uma voz na torre a interrompeu:

— Por que, pobre criatura, deseja colocar um fim em sua vida de maneira tão terrível? E que covardia a faz desistir deste último desafio, já que tão miraculosamente venceu todos os outros? — Então, a voz lhe revelou como, tomando certa caverna, ela conseguiria alcançar os domínios de Plutão (Hades), e como evitar todos os perigos do trajeto, como passar por Cérbero, o cão de três cabeças, e como fazer com que Caronte, o barqueiro, a levasse através do rio negro e a trouxesse de volta. Mas a voz acrescentou: — Quando Prosérpina tiver lhe devolvido a caixa carregada com sua beleza, acima de tudo, é de suma importância que você nunca a abra ou olhe em seu interior, nem permita que sua curiosidade bisbilhote o tesouro da beleza das deusas.

Psiquê, encorajada por tal conselho, obedeceu em todos os detalhes e, tendo cuidado em seu caminho, viajou em segurança ao reino de Plutão. Ela foi recebida no palácio de Prosérpina e, rejeitando o convite para tomar o delicado assento ou provar o delicioso banquete que lhe foram oferecidos, mas contentando-se com pão rústico como alimento, ela entregou a mensagem de Vênus. Mais tarde, a caixa foi devolvida a Psiquê, fechada e cheia com o precioso artigo. Então, ela retornou pelo caminho por onde veio e feliz ficou em sair mais uma vez para a luz do dia.

Mas tendo sido tão bem-sucedida em sua perigosa tarefa até ali, Psiquê foi acometida por um desejo incontrolável de examinar o conteúdo da caixa.

— Por que não deveria eu — disse ela —, a portadora desta beleza divina, pegar pelo menos um pouco para colocar em minhas bochechas para parecer mais atraente aos olhos do meu marido?

Então, ela cuidadosamente abriu a caixa, mas não encontrou nenhuma beleza em seu interior, apenas um sono infernal e verdadeiramente estígio que, liberto de sua prisão, tomou posse de Psiquê, que caiu no meio da estrada, um corpo adormecido em sentidos ou movimento.

Mas Cupido, agora recuperado de seu ferimento e não mais suportando a ausência de sua querida Psiquê, fugiu por uma pequena fresta na janela de seus aposentos que por acaso estava aberta, voou para o local onde Psiquê se encontrava e, recolhendo o sono de seu corpo, trancou-o novamente na caixa, e acordou Psiquê com um toque leve de uma de suas flechas.

— Mais uma vez — disse ele —, você quase perece por culpa da mesma curiosidade. Mas agora conclua precisamente a tarefa que lhe foi imposta por minha mãe e eu tomarei conta do restante.

Então, Cupido, mais rápido que um raio penetrando as alturas dos céus, apresentou-se ante Júpiter com suas súplicas. Júpiter emprestou-lhe um ouvido benevolente e expôs a causa dos apaixonados tão fervorosamente a Vênus que conseguiu sua aprovação. Com isso, ele pediu que Mercúrio (Hermes) trouxesse Psiquê para a assembleia celestial e, quando ela chegou, entregando-lhe uma taça de ambrósia, ele disse:

— Beba isso, Psiquê, e torne-se imortal; Cupido nunca se libertará do laço ao qual está amarrado, pois estas núpcias serão perpétuas.

Assim, Psiquê enfim uniu-se a Cupido e logo tiveram uma filha cujo nome era Prazer.

A fábula de Cupido e Psiquê é normalmente considerada uma alegoria. O nome grego para *borboleta* é Psiquê, e a mesma palavra significa *alma*. Não há ilustração para a imortalidade da alma mais marcante e bela do que a imagem da borboleta, libertando-se com asas brilhantes da pupa onde antes jazia, depois de uma tediosa e rastejante existência como lagarta, para esvoaçar no calor do dia e alimentar-se das mais perfumadas e delicadas produções da primavera. Psiquê, então, é a alma humana, purificada pelos sofrimentos e infortúnios, e assim preparada para as alegrias da verdadeira e pura felicidade.

Em obras de arte, Psiquê é representada como uma jovem com asas de borboleta, junto ao Cupido, nas diferentes situações descritas na alegoria.

Milton alude à história de Cupido e Psiquê na conclusão de seu "Comus":

> "Seu belo filho avança, o celestial Cupido
> Conduz sua Psiquê em transe, amor querido
> Depois de seus longos trabalhos encarar,
> Até o consentimento dos deuses a agraciar
> Sua eterna esposa ser determinado;
> E de seu ventre imaculado
> Dois esplendorosos gêmeos hão de nascer,
> Juventude e Alegria; assim Jove fez valer."

A alegoria da história de Cupido e Psiquê é bem representada nas belas frases de T. K. Harvey:

"Que esplendorosas fábulas criavam na Antiguidade,
Quando a razão se munia com as asas da fantasia
E sobre areias douradas fluía o límpido rio da verdade,
Contando coisas altas e místicas nas melodias!

E assim também é com a doce e solene narrativa
Sobre a alma peregrina; uma utopia a ela foi dada
Que a conduziu pelo mundo — do Amor eterna cativa —,
A buscar na terra aquele cujo céu era a morada!

Na cidade populosa, perto da assombrada fonte,
Num labirinto de sombrias grutas a adentrar,
Em meio a templos de pinheiros ou ao luar nos montes,
Onde o silêncio se senta para estrelas escutar.

No ar perfumado, no vale salpicado de cor,
Na clareira profunda que abriga a pomba a chocar,
Ela imaginou ouvir os ecos da voz do Amor,
E julgou descobrir vestígios seus em todo lugar.

Nunca mais se viram desde que dúvidas e terror,
Essas formas fantasmas que a terra assombram e afligem,
Ficaram entre os dois: a filha do pecado e da dor
E aquele espírito brilhante de imortal origem;

Até que ela finalmente, chorando e a definhar,
Aprendeu a lição de seu amado apenas buscar
Nas alturas; assim, asas o seu coração ganhou
E a noiva angelical do Amor no céu ela se tornou!"
— Tradução de Guilherme Summa.

A primeira aparição da história de Cupido e Psiquê deu-se nos trabalhos de Apuleio, escritor do segundo século de nossa era. É, portanto, uma lenda muito mais recente que a maioria das lendas da Era das Fábulas. É a isso que Keats alude em seu "Ode a Psiquê":

"Ó tu, por último nascida e beleza mais destacada
Dentre a hierarquia do Olimpo aos poucos esquecida!
Mais linda que a estrela de Febe por safiras cercada,
Ou que Vésper, qual vaga-lume a piscar no céu distraída,
Mais formosa do que elas, não tens templo teu, no entanto.
Também não tens altar consagrado a ti repleto de flores,
Nem coros de virgens entoando deliciosos cantos
A noite inteira, em vigília, a dedicar-te louvores;
Nem voz, nem alaúde, nem flauta, tampouco o doce odor
Do incenso de turíbulos balançados por correntes;
Sem santuário, sem bosque, sem oráculo ou calor
Do fervoroso encantamento de um lívido vidente."
— Tradução de Guilherme Summa.

Em "The Summer Fête", de Moore, é descrito um extravagante baile, no qual um dos personagens é Psiquê...

"(...) Esta noite, não sob um disfarce sufocante,
Nossa heroína mostra sua luz radiante;
A eleita do Amor para todo mundo ver!
Noiva tornada esposa pelo voto sagrado
Que, no Olimpo selado, foi dado a conhecer
Aos mortais por um mimo, escolhido pelo amado,
Brilhando em sua nívea fronte, delicado:
Uma borboleta, misterioso berloque
Símbolo da alma (poucos notaram este toque)
Que nos diz, cintilando assim em tão alva testa,
Que temos Psiquê conosco hoje na festa."
— Tradução de Guilherme Summa.

CAPÍTULO DOZE

CADMO — OS MIRMIDÕES

JÚPITER (ZEUS), DISFARÇADO DE touro, sequestrou Europa, filha de Agenor, rei da Fenícia. Agenor ordenou ao filho, Cadmo, que saísse à procura de sua irmã e não retornasse sem ela. Cadmo partiu e buscou por toda parte pela irmã, mas não conseguiu encontrá-la e, não ousando retornar sem completar sua tarefa, consultou o oráculo de Apolo para saber onde deveria se estabelecer. O oráculo o informou que ele deveria encontrar uma vaca no campo e segui-la aonde quer que fosse e, no local que parasse, era ali que deveria construir uma cidade e dar-lhe o nome de Tebas. Cadmo mal havia deixado a caverna de Castália onde o oráculo se encontrava, quando viu uma jovem vaca caminhando vagarosamente à sua frente. Ele a seguiu de perto, oferecendo ao mesmo tempo suas orações a Febo (Apolo). A vaca perambulou até passar pelo canal raso de Cefiso e sair pela planície de Panope. Ali, ela se deteve, e, erguendo sua testa larga para o céu, encheu o ar com seus mugidos. Cadmo deu graças, ajoelhou e beijou o solo estrangeiro; então, erguendo seus olhos, saudou as montanhas em volta. Desejando oferecer um sacrifício a Júpiter, ele mandou seus servos procurarem água fresca para a libação. Perto dali, havia um bosque que nunca havia sido profanado por um machado, no meio do qual havia uma caverna muito bem coberta com a vegetação. Seu teto formava um arco baixo do qual saía uma fonte de água muito pura. Na caverna, esgueirava-se uma serpente horrenda com uma crista no topo da cabeça e escamas reluzindo como ouro. Seus olhos faiscavam como fogo, seu corpo era inchado de veneno, sua língua trifurcada vibrava, e sua bocarra exibia uma fileira tripla de dentes. Quando os tírios mergulharam seus jarros na fonte e o som das águas se fizeram ouvir, a serpente brilhante ergueu sua cabeça para fora da caverna e soltou um sibilado tenebroso. Os jarros caíram de suas mãos, o sangue deixou os seus rostos, cada um de seus membros tremeu. A serpente, contorcendo seu corpo escamoso em uma grande espiral, ergueu a cabeça acima da mais alta das árvores e, enquanto os tírios não conseguiam lutar nem correr de tanto terror, matou alguns com suas presas; outros, estrangulados; e outros, com seu bafo venenoso.

Cadmo, tendo esperado pelo retorno de seus homens até o meio-dia, saiu para procurá-los. Suas vestes eram a pele de um leão e, além do dardo, carregava em sua mão uma lança e em seu peito um coração corajoso, uma proteção bem maior do que as outras duas. Quando entrou na floresta e viu os corpos sem vida de seus homens e o monstro com a boca ensanguentada, gritou:

— Ó, amigos fiéis, eu os vingarei, ou compartilharei de sua morte.

Proferindo estas palavras, ele levantou uma enorme pedra e a jogou com toda sua força na serpente. Tal pedra teria feito tremer as paredes de uma fortaleza, mas nada fez contra o monstro. Cadmo atirou em seguida seu dardo, que obteve mais sucesso, pois penetrou as escamas da serpente e perfurou suas entranhas. Furioso com a dor, o monstro virou a cabeça para ver o ferimento e tentou retirar a arma com sua boca, mas a quebrou, deixando a ponta de ferro cravada em sua carne. Seu pescoço inchou de raiva, espuma sangrenta cobriu sua mandíbula e a respiração de suas narinas envenenou o ar ao redor. A criatura se retorceu, formando um círculo, e então se esticou no chão como o tronco de uma árvore caída. Conforme se deslocava para frente, Cadmo recuava, apontando sua lança para a boca aberta do monstro. A serpente avançou na direção da arma e tentou morder sua ponta de ferro.

Cadmo, por fim, percebendo uma oportunidade, atravessou-lhe a cabeça com a lança contra um tronco, prendendo-a assim. Seu peso fez pender a árvore enquanto sofria nos estertores da morte.

Enquanto Cadmo se postava sobre seu inimigo derrotado, contemplando seu enorme tamanho, uma voz se fez ouvir (de onde, ele não sabia, mas ele a ouviu claramente), ordenando-lhe que extraísse os dentes da serpente e os semeasse. Ele obedeceu. Fazendo um sulco na terra, plantou os dentes destinados a produzir uma colheita de homens. Cadmo mal tinha acabado de realizar o plantio quando a terra começou a se mover e da superfície surgiram pontas das lanças. Em seguida, emergiram do chão elmos com suas plumas curvadas, depois os ombros, peitorais, braços e, finalmente, pernas de homens armados. Cadmo, alarmado, preparou-se para enfrentar um novo inimigo, mas um deles lhe disse:

— Não se envolva em nossa guerra civil.

Então, aquele que havia falado, feriu com uma espada um de seus irmãos nascidos da terra, e ele mesmo tombou, atravessado por uma flecha disparada por outro. Este caiu vítima de um quarto, e assim, um após o outro, os guerreiros foram mortos por seus companheiros, até que restaram cinco sobreviventes. Um desses abandonou suas armas e disse:

— Irmãos, vamos viver em paz!

Estes cinco se juntaram a Cadmo na tarefa de construir sua cidade, à qual deram o nome de Tebas.

Cadmo casou-se com Harmonia, filha de Vênus (Afrodite). Os deuses deixaram o Olimpo para honrar a ocasião com sua presença, e Vulcano (Hefesto) presenteou a noiva com um colar de impressionante brilho feito por ele mesmo. Mas uma fatalidade pairava sobre a família de Cadmo em consequência de ter assassinado a serpente consagrada a Marte (Ares). Sêmele e Ino, suas filhas, e Acteão e Penteu, seus netos, pereceram todos de maneira trágica, e Cadmo e Harmonia deixaram Tebas, que agora odiavam, e migraram para o país dos enquélios, que os receberam com honras e fizeram de Cadmo seu rei. Mas os infortúnios de seus filhos ainda pesavam em suas consciências e, um dia, Cadmo exclamou:

— Se a vida de uma serpente é tão estimada pelos deuses, queria eu mesmo ser uma.

Imediatamente após proferir estas palavras, Cadmo começou a mudar de forma. Harmonia, contemplando a transformação, orou aos deuses para que ela compartilhasse de seu destino. Ambos se tornaram serpentes. Eles moram na floresta, mas, conscientes de sua origem, não evitam a presença do homem e nunca feriram ninguém.

Existe uma tradição de que Cadmo introduziu na Grécia as letras do alfabeto, que foram inventadas pelos fenícios. Isto é aludido por Byron, que, versando sobre os gregos modernos, diz:

> "As letras de Cadmo vocês têm,
> Acha que pretendia dá-las a escravos alguém?"

Milton, descrevendo a serpente que tentou Eva, lembra as serpentes das histórias clássicas:

> "— Agradável era sua forma,
> E amável como nunca antes uma serpente foi
> Mais até que as que na Ilíria se transformaram
> Harmonia e Cadmo,
> Ou o deus em Epidauro."

Para uma explicação sobre a última alusão, veja **Oráculo de Esculápio**, página 322.

Os mirmidões

Os mirmidões eram os soldados de Aquiles na guerra de Troia. Por causa deles, qualquer indivíduo que segue de forma cega e inescrupulosa um líder político é chamado por este nome até hoje. Mas a origem dos mirmidões não passa a imagem de uma raça feroz e sanguinária, mas sim de um povo trabalhador e pacífico.

Céfalo, rei de Atenas, chegou na ilha de Egina procurando por ajuda de seu velho amigo e aliado rei Éaco na guerra contra o rei Minos, de Creta. Céfalo foi muito bem recebido, e a ajuda desejada, prometida de imediato.

— Tenho gente o bastante para me proteger e lhe fornecer o contingente de que você necessita — assegurou Éaco.

— Fico feliz em saber — respondeu Céfalo —, e minha admiração aumentou, confesso, ao me deparar com hostes tão jovens como as que estão à minha volta, todos aparentando a mesma idade. Entretanto, há vários indivíduos que conheci antes e que agora procuro em vão. O que aconteceu com eles?

Éaco bufou e respondeu com uma voz triste:

— Eu pretendia lhe contar, e farei isto agora, sem mais delongas, para que você veja como um feliz resultado pode advir dos mais tristes princípios. Aqueles que você conheceu são agora pó e cinzas! Uma praga enviada pela fúria de Juno (Hera) devastou a terra. Ela a odiava porque carregava o nome de uma das favoritas de seu marido. Enquanto a doença parecia vir de causas naturais, nós resistimos, o melhor que pudemos, com remédios naturais; mas logo ficou claro que era forte demais para nossos esforços e nós sucumbimos. No começo, parecia que o céu estava descendo de encontro à terra e grossas nuvens prenderam aqui o ar abafado. Por quatro meses seguidos, o vento sul mortal soprou. O distúrbio afetou os poços e nascentes; milhares de cobras rastejaram pela terra e cuspiram seu veneno nas fontes. A doença devastou primeiro os animais pequenos: cães, gado, ovelhas e pássaros. O lavrador sem sorte se espantava ao ver seus bois desabarem no meio do trabalho e ficarem jogados no sulco inacabado. A lã caía das ovelhas, que baliam, e seus corpos definhavam. Os cavalos, antes os melhores da raça, não disputavam mais prêmio algum, mas gemiam em seus estábulos e morriam de forma indigna. O javali selvagem perdeu seu comportamento feroz; o veado, sua velocidade; os ursos não atacavam mais os rebanhos. Tudo definhava; corpos sem vida jaziam nas estradas, nos campos e florestas; o ar foi envenenado por eles. Eu lhe digo o que é difícil de acreditar, mas cães e pássaros não os tocavam, nem mesmo lobos famintos. Sua decomposição espalhou a infecção. Em seguida, a doença atingiu o povo do campo, e então os moradores da cidade. A princípio, as cores deixavam o rosto, e a respiração era dificultosa. A língua ficava grossa e inchada, e a boca, seca, permanecia aberta, com as veias dilatadas, tentando respirar. Os homens não suportavam o calor de suas roupas ou camas, mas preferiam deitar no chão; e o chão não os refrescava; pelo contrário, eles esquentavam o lugar onde deitavam. Nem os médicos podiam ajudar, pois eles também foram acometidos pela enfermidade, e o contato com os doentes os infectava, de modo que os mais dedicados tornaram-se as primeiras vítimas.

Enfim, toda esperança de alívio sumiu, e as pessoas aprenderam a encarar a morte como o único bálsamo contra a doença. Então, eles se entregaram a todas as inclinações, e não se importaram em se perguntar o que era oportuno, porque nada era oportuno. Pondo de lado todo pudor, eles se aglomeravam em torno dos poços e fontes e bebiam até morrer, sem matar a sede. Muitos não tinham forças para se afastar das águas e morriam imersos na corrente, e ainda assim os outros continuavam a beber. Tamanho era o horror que tinham de seus leitos que alguns se arrastavam para fora da cama e, se não tivessem forças o suficiente para ficarem de pé, morriam no chão mesmo. Pareciam odiar seus amigos e saíam de suas casas como se, sem saber a causa de sua enfermidade, atribuíssem-na à localização de sua morada. Alguns eram vistos cambaleando pelas estradas, quando ainda podiam ficar de pé, enquanto outros afundavam na terra, e lançavam seus olhos moribundos à sua volta para dar uma última olhada, então os fechavam, mortos.

"Que ânimo poderia ter me restado, durante isso tudo, ou o que eu deveria ter feito senão odiar a vida e desejar estar com meus súditos mortos? Por todos os lados, meu povo jazia como maçãs podres sob a árvore ou bolotas debaixo do carvalho sacudido pelo vento. Vê ali, aquele templo nas alturas? Ele é consagrado a Júpiter. Ah, quantos ofereceram suas preces ali, maridos pedindo por esposas, pais por filhos, e morreram no ato de súplica! Com que frequência, enquanto o sacerdote preparava o sacrifício, a vítima tombava, atingida pela doença antes do golpe fatal! Depois de um tempo, toda reverência pelo que era sagrado se perdeu. Corpos eram descartados sem ser enterrados, faltou madeira para piras funerárias, homens lutavam uns com os outros por ela. Por fim, não restava mais ninguém por quem guardar luto; filhos e maridos, jovens e velhos, pereciam igualmente sem que houvesse alguém que por eles lamentasse.

"De pé, em frente ao altar, eu ergui meus olhos aos céus. 'Ó Júpiter', implorei, 'se tu és realmente meu pai e não te envergonhas de tua prole, devolve-me meu povo, ou me leve também!' Ao proferir estas palavras, o barulho de um trovão foi ouvido. 'Eu aceito o sinal", gritei. 'Que seja um sinal de tua benevolência para comigo!' Por acaso, ali perto de onde estava, crescia um carvalho com galhos que se espalhavam largamente, que era consagrado a Júpiter. Observei uma colônia de formigas ocupadas com seu trabalho, carregando pequenos grãos em suas bocas e seguindo árvore acima umas às outras em fila pelo tronco. Observando a quantidade de formigas com admiração, eu disse: 'Dá-me, ó pai, cidadãos tão numerosos quanto estes, e reabastece minha cidade vazia'. A árvore se sacudiu e produziu um farfalhar com seus galhos, ainda que nenhum vento a agitasse. Meu corpo inteiro tremeu, mas beijei a árvore e o solo. Não podia confessar a mim mesmo o que desejava, e mesmo assim desejei. A noite chegou e o sono tomou conta de meu corpo oprimido com preocupações. A árvore apareceu diante de mim nos meus sonhos, com seus numerosos galhos, todos cobertos com criaturas vivas se movendo. Parecia que a chacoalhava seus galhos e atirava ao chão uma multidão daqueles animaizinhos trabalhadores, que pareciam crescer, e ficar cada vez maiores, e aos poucos se levantavam eretos, perdiam suas pernas supérfluas e sua cor escura, até que finalmente assumiam a forma humana. Então, eu acordei, e meu primeiro impulso foi repreender os deuses por terem me roubado de uma doce visão e não a tornarem realidade. Estando ainda dentro do templo, minha atenção foi capturada pelo som de várias vozes do lado de fora; um som que ultimamente era não usual aos meus ouvidos. Quando comecei a pensar que ainda estava sonhando, Télamon, meu filho, abrindo os portões do templo, gritou: 'Pai, venha e veja coisas que superam até mesmo suas esperanças!'. Eu fui; vi uma multidão de homens, igual à que havia visto em meu sonho, e eles estavam passando em procissão da mesma forma. Enquanto observava com admiração e prazer, eles se aproximaram e, ajoelhando-se, saudaram-me como seu rei. Paguei minhas promessas a Jove e comecei a distribuir entre a nova raça a cidade vazia, e a dividir os campos entre eles. Eu os chamei de mirmidões, por causa das formigas (myrmex) de onde surgiram. Você já viu estas pessoas; sua disposição lembra a mesma das criaturas que eram antes. São uma raça esforçada e trabalhadora, desejosa de ganho e protetora de seus bens. Entre eles você deve recrutar sua força. Eles o seguirão para guerra, jovens em idade, mas corajosos de coração".

Esta descrição da praga é copiada por Ovídio da descrição que o historiador grego Tucídides dá sobre a praga de Atena. O historiador se inspirou na realidade, e todos os poetas e escritores de ficção até os dias de hoje, quando têm a oportunidade de narrar uma cena similar, pegam emprestados dele seus detalhes.

CAPÍTULO TREZE

NISO E CILA — ECO E NARCISO — CLÍTIA — HERO E LEANDRO

Niso e Cila

MINOS, REI DE CRETA, declarou guerra a Megara. Niso governava Megara e Cila era sua filha. O cerco já durava seis meses e a cidade ainda resistia, pois tinha sido decretado pelo destino que a cidade não poderia ser tomada enquanto um certo cacho púrpura, que brilhava entre os cabelos do rei Niso, permanecesse em sua cabeça. Havia uma torre nas muralhas da cidade que dava de frente para onde Minos e seu exército estavam acampados. Desta torre, Cila costumava observar as tendas do exército inimigo. O cerco durou tanto tempo que ela aprendeu a distinguir as figuras dos líderes. Minos, em particular, inspirava sua admiração. Adornado por seu elmo e portando seu escudo, ela apreciava seu comportamento elegante; se ele atirava seu dardo, habilidade e força pareciam se combinar no lançamento; quando manuseava seu arco, nem mesmo Febo (Apolo) poderia fazê-lo de forma mais graciosa. Porém, quando retirava o elmo, e, em sua túnica púrpura, montava no cavalo branco cheio de belos ornamentos que, com a boca espumando, mordia os freios, a filha de Niso mal podia se controlar; a admiração a deixava quase em frenesi. Ela sentia inveja da arma que ele empunhava, das rédeas que segurava. Sentia que conseguiria, se fosse possível, chegar até ele através das linhas inimigas; tinha um impulso de se jogar da torre no meio de seu acampamento, ou de lhe abrir os portões, ou de fazer qualquer outra coisa para agradar Minos. Postada na torre, ela falava assim consigo mesma:

— Não sei se me alegro ou sofro com esta triste guerra. Eu sofro por Minos ser nosso inimigo; mas me alegro por qualquer motivo que o traga ao meu olhar. Talvez ele estivesse disposto a nos conceder paz e me receber como refém. Eu voaria lá para baixo, se pudesse, e pousaria em seu acampamento, e lhe diria que nos rendemos à sua mercê. Mas, então, trairia meu pai! Não! Preferiria nunca mais ver Minos. Ainda assim, sem dúvida, às vezes a melhor coisa para uma cidade é ser conquistada, quando o conquistador é clemente e generoso. Minos certamente tem a razão do seu lado. Eu acho que seremos conquistados; e se este deve ser o desfecho, por que não deveria ser o amor a abrir os portões para ele, em vez de deixar isso a cargo da guerra? É melhor poupar tempo e matança, se pudermos. Ah, e se alguém ferir ou matar Minos? Com certeza ninguém teria a coragem de fazê-lo; embora, na ignorância, sem conhecê-lo, alguém talvez o faça. Eu vou, eu vou me entregar a ele, com meu país como dote, e assim colocarei um fim à guerra. Mas como? Os portões são vigiados e meu pai guarda as chaves; apenas ele se mantém em meu caminho. Como gostaria que os deuses o levassem! Mas por que pedir aos deuses? Outra mulher, apaixonada como eu, removeria com suas próprias mãos seja lá o que estivesse entre ela e seu amor. E poderia outra mulher arriscar mais do que eu? Eu enfrentaria ferro e espada para alcançar meu objetivo; mas não há necessidade de ferro e espada. Eu só preciso do cacho púrpura de meu pai. Mais precioso que ouro para mim, ele me dará tudo o que desejo.

Enquanto ela assim refletia, a noite chegou, e logo todo o palácio estava adormecido. Ela entrou nos aposentos de seu pai e cortou o cacho fatal; então, saiu da cidade e entrou no acampamento inimigo. Exigiu que fosse levada ao rei e assim se dirigiu a ele:

— Eu sou Cila, filha de Niso. Eu entrego a você meu país e a casa de meu pai. Não peço nenhuma recompensa a não ser você; pois faço isso por amor a você. Veja o cacho púrpura! Com isto lhe ofereço meu pai e seu reino.

Ela estendeu a mão com o despojo fatal. Minos recuou e se recusou a tocar nele.

— Que os deuses te destruam, mulher infame — bradou ele —, desgraça da tua geração! Que nem terra e nem mar te concedam um lugar de repouso! Com certeza, minha Creta, onde Jove em pessoa cresceu, não será poluída com tal monstro!

Assim dizendo, deu ordens para que condições justas fossem concedidas à cidade conquistada, e que sua frota deixasse imediatamente a ilha.

Cila ficou desesperada.

— Homem ingrato! — gritou ela. — É assim que me deixa? Eu, que lhe dei a vitória! Que por você sacrifiquei família e país! Sou culpada, eu confesso, e mereço morrer, mas não por sua mão.

Assim que os navios deixaram a costa, ela pulou na água e, agarrando o leme do barco que carregava Minos, tornou-se uma companhia indesejada durante a jornada de retorno. Uma rabalva que voava alto — era seu pai, que havia adquirido aquela forma —, vendo-a, mergulhou em sua direção, e a atacou com seu bico e suas garras. Apavorada, ela abandonou o barco e teria afundado na água, mas alguma divindade bondosa a transformou em um pássaro. A rabalva ainda nutre a velha inimizade; e sempre que a avista em seu voo, você pode vê-la arremetendo, o bico e as garras projetados para frente, para perpetrar a vingança por um crime antigo.

Eco e Narciso

Eco era uma bela ninfa, afeita a florestas e colinas, onde se devotava aos esportes campestres. Era uma das preferidas de Diana (Ártemis) e a acompanhava nas caçadas. Eco tinha um defeito: gostava de falar e, fosse em conversa ou discussão, tinha sempre a última palavra. Um dia, Juno (Hera) procurava por seu marido que, ela tinha motivos para temer, estava se divertindo entre as ninfas. Eco conseguiu com sua conversa atrasar a deusa até que as ninfas escapassem. Quando Juno descobriu, ela sentenciou Eco com as seguintes palavras:

— Você perderá o uso desta língua com a qual me enganastes, exceto para o propósito de que tanto gostas: *responder*. Você continuará tendo a última palavra, mas não poderá falar primeiro.

Certo dia, a ninfa viu Narciso, um belo jovem, enquanto ele caçava nas montanhas. Ela se apaixonou por ele e seguiu seus passos. Como desejou se dirigir a ele com a voz mais suave e atraí-lo para uma conversa! Mas não podia. Ela esperava impacientemente que ele falasse primeiro e tinha sua resposta pronta. Um dia, o jovem, tendo se separado de seus companheiros, gritou:

— Quem está aqui?

Eco respondeu:

— Aqui.

Narciso olhou em volta, mas, não vendo ninguém, gritou:

— Venha.

— Venha — respondeu Eco.

Como ninguém veio, Narciso voltou a gritar.

— Por que você me evita?

Eco fez a mesma pergunta.

— Vamos nos encontrar — disse o jovem.

A donzela respondeu com todo seu coração nas mesmas palavras, e correu para lá, pronta para atirar seus braços ao redor do pescoço de Narciso. Ele se afastou, berrando:

— Tire as mãos de mim! Prefiro morrer a ser seu!

— Ser seu — disse ela; mas foi tudo em vão.

Ele a deixou, e ela saiu para esconder sua vergonha no interior da floresta. Desde então, ela passou a habitar cavernas e desfiladeiros dos penhascos. Sua forma desvaneceu com a tristeza, até que toda sua carne sumiu. Seus ossos foram transformados em pedras e não restou mais nada dela a não ser sua voz. Assim, ela ainda é capaz de responder a qualquer um que chame por ela, e continua com seu velho hábito de ter a última palavra.

Esta não foi a única vez em que Narciso foi cruel. Ele rejeitava todas as outras ninfas, como fez com a pobre Eco. Certo dia, uma donzela que em vão tentou chamar sua atenção fez uma prece para que ele algum dia viesse a saber o que é amar e não ter este amor retribuído. A deusa vingativa ouviu e atendeu sua oração.

Havia uma fonte límpida de águas prateadas onde os pastores nunca levavam seus rebanhos, nem as cabras montanhesas, nem nenhum outro animal da floresta visitavam; folhas e galhos não caíam nela; a grama crescia fresca ao seu redor e as pedras a protegiam do sol. Um dia, o jovem, cansado da caçada, com calor e sede, aproximou-se dela. Ele parou para beber e viu a própria imagem refletida na água; pensou tratar-se de um belo espírito da água que ali vivia. Narciso ficou encarando, admirado, aqueles olhos brilhantes, os cachos ondulados como os de Baco (Dionísio) ou Febo, as bochechas redondas, o pescoço de marfim, os lábios entreabertos, e o viço da saúde e do exercício acima de tudo. Ele se apaixonou por si mesmo. Aproximou os lábios para beijar o reflexo; mergulhou os braços para abraçar seu amado. Ele sumia ao seu toque, mas retornava depois de um momento e renovava a fascinação. Narciso não conseguia sair dali; esqueceu-se por completo de comer ou descansar, enquanto percorria a margem da fonte, fitando o próprio reflexo. Ele falava com o suposto espírito:

— Por que, belo ser, você me despreza? Com certeza meu rosto não é o que o repele. As ninfas me amam, e você mesmo não parece indiferente. Quando estendo meus braços em sua direção, você faz o mesmo; e você sorri para mim e responde a meus acenos de igual modo. — Suas lágrimas caíram na água e distorceram a imagem. Quando ele a viu sumindo, gritou: — Fique, eu lhe imploro! Deixe-me ao menos contemplá-lo, já que não posso tocá-lo.

Lamentando desta forma e de muitas outras semelhantes, ele acalentou a chama que o consumia, e aos poucos foi perdendo sua cor, seu vigor, e a beleza que anteriormente havia cativado a ninfa Eco. Ela se manteve perto dele, contudo, e quando ele gritava: "Ai de mim! Ai de mim!", ela lhe respondia com as mesmas palavras. Narciso definhou e morreu; e quando sua sombra passou pelo rio Estige, debruçou-se para fora do barco para tentar ver seu reflexo na água. As ninfas lamentaram por ele, especialmente as da água; e quando elas entravam em desespero, Eco também o fazia. Elas prepararam um funeral e iam queimar o corpo, mas ele não foi encontrado; no seu lugar havia uma flor, púrpura por dentro e cercada de pétalas brancas, que carrega o nome e preserva a memória de Narciso.

Milton alude à história de Eco e Narciso no canto da Dama em "Comus". Ela está procurando seus irmãos na floresta e canta para chamar a atenção deles:

"Eco, a mais doce ninfa, que olho nenhum captando
Na concha etérea está dentro
Nas margens verdes do Meandro,

E no vale de violeta bordado,
Onde o rouxinol apaixonado
Canta toda noite suas canções de lamento;
Não pode me contar de um par galante
Que com o seu Narciso é semelhante?
Se lhes deu guarida
Em alguma gruta florida,
Diga-me onde está, compartilha,
Doce rainha do colóquio, da esfera filha,
Para que assim elevada aos céus seja,
E a todo coro celestial dê graça benfazeja."

Milton inspirou-se na história de Narciso na parte em que faz Eva se ver refletida na fonte:

"Recordo a miúdo o dia em que do sono
A vez primeira despertei, deitada
À sombra de mil flores, e admirando,
Sem o entender, o lugar onde me via,
Quem fosse, e como viera ali e donde.
Não distante ouço então brando murmúrio
De águas saídas de uma gruta e logo
Espalhadas em líquida planície
Que dos Céus parecia o puro espaço:
Inexperiente me ergo, e à verde riba
Vou assentar-me para olhar, lá dentro
Do liso lago que outro Céu suponho.
Mal que me inclino para baixo olhando,
Eis que dentro aparece uma figura
Que para mim a olhar também se inclina:
Medrosa me retiro, e ela medrosa
Retira-se também; mas complacente
A olhar me dobro logo, e ela instantânea
Torna a dobrar-se e complacente me olha
De simpático amor com mútuas vistas.
Fitando os olhos meus ali até agora
Eu penando estaria em vãos desejos,
Se não viesse uma voz assim falar-me:
'Quem ali vês que vem contigo e volta,
És tu mesma' etc.
— *Paraíso Perdido*, Canto IV, tradução de António José de Lima Leitão.

Nenhuma outra fábula da Antiguidade é mais citada do que a de Narciso. Eis aqui dois epigramas que o tratam de formas diferentes. O primeiro é de Goldsmith:

Sobre um belo jovem, cegado por um raio
"Claro que por desígnio da Providência,
Mais por pena do que por ser de algo culpado,
Que tenha ficado cego como Cupido,
Para salvá-lo de ter de Narciso o fado."
— Tradução de Guilherme Summa.

O outro é de Cowper:

Sobre um camarada feio
"Cuidado, meu amigo, com os veios de cristal
Ou fontes, porque aquele anzol anormal,
Teu nariz, tu arriscas enxergar;
O destino de Narciso teu seria então,
Não o de se apaixonar por de si a visão,
Mas o de sua própria feiura abominar."

Clítia

Clítia era uma ninfa da água e apaixonada por Febo, que, por sua vez, não retribuía este amor. Então, ela definhou, sentada o dia todo no chão frio, com suas tranças desfeitas derramando-se pelos ombros. Por nove dias ela permaneceu lá sem beber nem comer, suas lágrimas e o orvalho frio eram seus únicos alimentos. Ela contemplava o sol quando despontava, e enquanto seguia seu curso até se pôr; Clítia não olhava mais nada, seu rosto virado constantemente para ele. Por fim, dizem que suas pernas se enraizaram no chão, seu rosto se tornou uma flor[12] que gira em seu caule para sempre estar virado para o sol durante todo seu percurso diário, pois retém o mesmo sentimento da ninfa de onde brotou.

Hood, eu seu poema "Flores", assim alude a Clítia:

---

12   O girassol.

"A Clítia não quero, aquela desvairada
Pelo deus sol tem a cabeça virada;
A Tulipa é a favorita do rei
Por este motivo eu a evitarei;
A prímula é camponesa donzela,
Violeta é uma freira em sua cela
Mas vou cortejar a delicada rosa,
A rainha de todas, a mais formosa."
— Tradução de Guilherme Summa.

O girassol é um dos símbolos favoritos para a constância. Assim Moore o usa:

"Nunca esquece o coração que amou de fato,
É sem dúvida perene tal amor;
Como o girassol, que lança ao seu deus olhar exato
Acompanhando-o no nascer e no se pôr."

Hero e Leandro

Leandro era um jovem de Abidos, uma cidade do lado asiático do estreito que separava a Ásia da Europa. Na margem oposta, na cidade de Sestos, vivia a donzela Hero, uma sacerdotisa de Vênus. Leandro a amava e costumava atravessar o estreito a nado toda noite para desfrutar da companhia de sua amada, guiado por uma tocha que ela levava ao topo de uma torre com este propósito. Mas, uma noite, uma tempestade se formou e o mar estava agitado; as forças de Leandro falharam, e ele se afogou. As ondas trouxeram seu corpo à margem europeia, onde Hero tomou ciência de sua morte e, em seu desespero, se jogou de topo da torre ao mar e pereceu.

O soneto a seguir é de Keats:

Sobre uma Pintura de Leandro

"Vinde aqui todas as doces donzelas com sobriedade,
De vistas baixas e com o brilho do olhar reprimido
Sob as franjas de vossas alvas pálpebras escondido,
E deixai vossas belas mãos unidas com humildade.

Visão tão tênue, Hero: tu nem consegues distinguir
A vítima de tua beleza rara, intocada,
Na noite de seu juvenil espírito afogada,
Perdido no mar bravio sem tua luz pra seguir.

É o jovem Leandro se debatendo até o fim.
Quase desmaiando, ele franze os lábios cansados
Num beijo para a amada, que o devolve com um sorriso.

É só um sonho cruel! O moço já meio afundado
Pelo peso da morte; vagas tragam seu corpo liso;
Foi-se; inda falam de amor bolhas que sobem enfim!"
— Tradução de Guilherme Summa.

A história de Leandro atravessando o Helesponto era considerada uma fábula, e o feito, considerado impossível, até Lord Byron provar que era possível, fazendo ele mesmo a travessia. Em "A noiva de Abidos", ele diz:

"Estes braços que as ondas carregaram."

A distância na parte mais estreita é de quase um quilômetro e meio, e há uma correnteza constante vinda do mar de Mármara para dentro do arquipélago. Desde os tempos de Byron, o feito foi alcançado por outros; mas continua sendo um teste de força e habilidade na arte da natação, suficiente para dar ao leitor que tentar e for bem-sucedido uma fama vasta e duradoura.

No começo do segundo canto do mesmo poema, Byron assim alude à história:

"Do Helesponto, nas ondas os ventos estavam alto a soprar,
Assim como naquela noite da mares revoltosos
Quando Amor, que enviou, esqueceu de salvar
O jovem, o belo, o corajoso,
A única esperança da filha de Sestos a restar.
Ah, solitário, tendo apenas o céu como companhia,
O alto farol da torre com fulgor ardia
Em meio à intensa ventania e da espuma o murmurar
E as gaivotas que, grasnando, o mandavam retornar;

E as nuvens no alto, das marés o ir e vir,
Com sinais e ruídos que o proibiam de prosseguir,
Não podia ver, a nada dava ouvidos,
Nem visão nem som um prenúncio temido.
Tinha olhos apenas para aquela luz do amor,
A única estrela na esperança se pôr;
Ressoavam em seus ouvidos a canção do herói somente,
'Ó ondas, não separem mais os amantes'.
A história é antiga, mas o amor novamente
Pode encorajar jovens corações a também se provarem fiéis."
— Canto II, Estrofe 1.

CAPÍTULO QUATORZE

ARACNE — NÍOBE

MINERVA (ATENA), A DEUSA da sabedoria, era filha de Júpiter (Zeus). Diziam que ela saiu de seu cérebro, já adulta e com armadura completa. Era a deusa das artes úteis e das ornamentais, tanto dos homens — como a agricultura e a navegação — quanto das mulheres — fiação, tecelagem e costura. Era também uma divindade guerreira, porém, apadrinhava apenas as manobras defensivas da guerra, não guardando simpatia alguma pelo amor de Marte (Ares) à violência e ao derramamento de sangue. Atenas era seu lugar de escolha, sua própria cidade, concedida a ela como prêmio por uma competição contra Netuno (Poseidon), que também a desejava. A lenda diz que no reinado de Cécrope, o primeiro rei de Atenas, as duas divindades disputaram a posse da cidade. Os deuses decretaram que a cidade devia ser dada àquele que produzisse o presente mais útil para os mortais. Netuno deu o cavalo; Minerva criou a oliveira. Os deuses julgaram a azeitona mais útil entre os dois, e premiaram a deusa com a cidade; e ela foi batizada com seu nome grego, Atenas.

Houve outra competição na qual uma mortal ousou comparar-se a Minerva. Aracne era uma jovem que se tornara tão habilidosa nas artes da tecelagem e do bordado que as próprias ninfas deixavam seus bosques e fontes para vir apreciar seu trabalho. Não era belo apenas quando estava pronto, mas também durante sua produção. Assisti-la, enquanto ela manuseava a lã em seu estado bruto e a transformava em novelos, ou separando-a com os dedos e cardando-a até que parecesse leve e macia como uma nuvem, ou girando-a no fuso com mãos habilidosas, ou tecendo a tapeçaria, ou, depois de tecida, enfeitando-a com sua agulha, poderia-se dizer que a própria Minerva a havia ensinado. Mas isto ela negava, e não suportava ser vista como pupila nem mesmo de uma deusa.

— Que Minerva teste sua habilidade contra a minha — dizia ela. — Se eu perder, pagarei minha punição.

Minerva ouviu o desafio e ficou descontente. Ela assumiu a forma de uma anciã e ofereceu a Aracne alguns conselhos amigáveis.

— Eu tenho muita experiência — disse ela —, e espero que você não despreze meu conselho. Desafie os outros mortais, se quiser, mas não se compare a uma deusa. Pelo contrário: aconselho-a a pedir perdão pelo que andou dizendo e, como ela é misericordiosa, talvez a perdoe.

Aracne parou seu tear e encarou a idosa com raiva em seu semblante.

— Guarde seus conselhos — retrucou ela — para suas filhas ou suas criadas; de minha parte, eu sei o que disse e mantenho tudo o que falei. Eu não tenho medo da deusa; ela que desafie minha habilidade, se tiver coragem.

— Ela virá — disse Minerva; e, abandonando seu disfarce, revelou sua verdadeira identidade.

As ninfas curvaram-se em homenagem e todos os presentes lhe prestaram reverência. Aracne foi a única a permanecer calma. Ela corou, claro; um rubor repentino tingiu sua face, e então empalideceu. Mas manteve-se firme e, com uma tola confiança em suas habilidades, encarou seu destino. Minerva não mais se absteve e nem ofereceu nenhum outro conselho. Elas começaram o desafio. Cada uma pegou seu equipamento e colocou o fio no tear. Então, a naveta é passada dentro e fora por entre a trama. O pente, com seus dentes finos, encaixa o fio em seu lugar e compacta a trama. Ambas trabalham com velocidade; suas mãos habilidosas se movem rapidamente, e a empolgação do desafio torna o trabalho leve. A lã de cor púrpura contrasta com as de outras cores, que se entremeiam de tal forma que os olhos não percebem onde se unem. Como o arco que, com sua extensão, colore os céus, formado pelos raios solares refletidos da chuva,[13] em cujos pontos onde as cores se encontram elas parecem uma só, mas, de alguma distância, o ponto de contato é completamente diferente.

Minerva teceu em sua tapeçaria a cena de sua disputa com Netuno. Os doze governantes celestiais estão representados: Júpiter, com severidade augusta, sentado ao centro. Netuno, o soberano dos mares, segura seu tridente e parece ter acabado de golpear a terra, de onde um cavalo projetou-se para frente num salto. Minerva representou a si mesma usando seu elmo, um escudo protegendo o peito. Assim era o círculo central; e nos quatro cantos estavam retratados incidentes ilustrando o descontentamento dos deuses com mortais presunçosos que ousaram desafiá-los. Estes deviam servir de advertência para que sua rival desistisse da competição antes que fosse tarde demais.

Aracne preencheu sua tapeçaria com cenas especialmente escolhidas para exibir as falhas e erros dos deuses. Uma cena representava Leda acariciando o cisne que, na verdade, era Júpiter disfarçado; em outra, Dânae, na alta torre em que seu pai a aprisionara, mas onde o deus conseguiu penetrar na forma de uma chuva dourada. Uma terceira descrevia Europa enganada por Júpiter na forma de um touro. Encorajada pela docilidade do animal, Europa montou em seu dorso, ao que Júpiter avançou mar adentro e trotou com ela até Creta. Parecia um touro de verdade, tamanha a qualidade do bordado e tão natural era a água em que nadava. Ela parecia fitar com olhos desejosos a praia que estava deixando, e pedir socorro a suas companheiras. Parecia estremecer aterrorizada com a visão das ondas agitadas, e afastar os pés da água.

Aracne encheu sua tela com assuntos parecidos, maravilhosamente bem-feitos, mas fortemente marcados por sua presunção e profanação. Minerva não podia deixar de admirar, ainda que se indignasse com o insulto. Ela acertou a tapeçaria com sua naveta e a rasgou em pedaços, então, tocou a testa de Aracne e a fez sentir culpa e vergonha. Aracne não pôde suportar e se enforcou. Minerva ficou com pena quando a viu suspensa por uma corda.

---

13   Esta descrição precisa de um arco-íris é literalmente traduzida de Ovídio.

— Viva — declarou ela —, mulher culpada! Para que possa preservar a memória desta lição, continue a se dependurar, você e seus descendentes, por toda a eternidade.

Ela salpicou Aracne com sumo de acônito e imediatamente seus cabelos caíram, assim como as orelhas e o nariz. Seu corpo encolheu e a cabeça ficou ainda menor; seus dedos se deslocaram para as laterais e se transformaram em pernas. Todo o restante do seu corpo, com o qual ela tece seu fio e com frequência fica suspensa por ele, segue da mesma forma que ficou quando Minerva a tocou e a transformou em uma aranha.

Spenser conta a história de Aracne em seu poema "Muiopotmos", seguindo bem de perto seu mestre Ovídio, mas melhorando em relação a ele na conclusão da história. As duas estrofes a seguir contam o que aconteceu depois da deusa descrever sua criação da oliveira:

> "Em meio a essas folhas uma Borboleta ela fez.
> Com excelente desenho e maravilhosa leveza,
> Entre as azeitonas esvoaçando com altivez,
> E parecia mesmo estar viva, tamanha a destreza
> De suas asas de veludo e aparente maciez;
> A penugem sedosa cobrindo o dorso, que beleza,
> Suas cores vívidas e nos olhos a limpidez,
> Nas pernas e nas antenas longas a delicadeza.
>
> Todo aquele prodígio Aracne testemunhou
> Pasma com a maestria e tão fino acabamento;
> Atônita, por muito tempo ficou ali parada
> Com o olhar fixo nela e calada por um momento
> Revelando seu desânimo: estava derrotada.
> Concedeu a vitória à rival; verdadeiro tormento,
> Porém, sentia, e por suas veias um poderoso
> Rancor correu tornando seu sangue todo venenoso."[14]
> — Tradução de Guilherme Summa.

Assim, a metamorfose é causada pela própria mortificação e vergonha de Aracne, e não por algum ato direto da deusa.

---

14   Sir James Mackintosh comenta o seguinte: "Você acha que mesmo um chinês poderia pintar as cores alegres de uma borboleta com mais precisão do que os seguintes versos: ' De suas asas de veludo e aparente maciez', etc.? — *Life*, Vol. II, 246.

O seguinte exemplo de galanteio tradicional é de Garrick:

A Respeito do Bordado de uma Dama
 "Os poetas contam que Aracne, um dia,
 A deusa em sua arte quis desafiar,
 Em breve a temerária mortal caía
 Infeliz vítima, pagou por se orgulhar.

 Então, não queira ter de Aracne a sina;
 Seja prudente, Chloe, e deixe isso de lado
 Não se arrisque à vingança que o conto ensina,
 Ela é tão hábil nisso como no bordado."
 — Tradução de Guilherme Summa.

Tennyson, em seu poema "O Palácio de Arte", descrevendo as obras de arte que adornavam o palácio, assim alude a Europa:

 "... o manto da doce Europa livre voou
 De seus ombros, para trás carregado,
 Da mão soltou-se açafrão, a outra agarrou
 O chifre do dócil touro dourado."

Em seu poema "Princesa", há esta alusão a Dânae:

 "Agora jaz toda a terra Dânae para as estrelas,
 E todo o teu coração jaz aberto para mim."

Níobe

O destino de Aracne foi muito comentado por todo o país, e serviu de advertência para que todos os mortais presunçosos não se comparassem com as divindades. Mas um entre eles, uma matrona, falhou em aprender a lição de humildade. Tal foi a conduta de Níobe, a rainha de Tebas. Ela tinha motivos para se orgulhar de fato; mas não era a fama de seu marido, nem sua própria beleza, nem sua grandiosa ascendência, nem o poder de seu reino que a extasiavam. Eram seus filhos; e Níobe seria realmente a mais feliz das mães, se não tivesse se gabado disto. Foi em ocasião da celebração anual em honra de Latona (Leto) e sua prole, Febo (Apolo) e Diana (Ártemis) — quando o povo de Tebas reunia-se, suas cabeças coroadas com louro, trazendo incenso para o altar e fazendo seus votos — que Níobe apareceu entre a multidão. Suas vestimentas eram esplendidamente ornamentadas com ouro e gemas preciosas, e sua aparência tão bela quanto a de uma mulher furiosa pode ser. Ela deteve-se e olhou para as pessoas com arrogância.

— Que tolice é esta!? — disse ela. — Preferir seres que vocês nunca viram aos que estão diante de seus olhos! Por que deveria Latona ser honrada com adoração, e eu não? Meu pai foi Tântalo, que foi recebido como convidado na mesa dos deuses; minha mãe foi uma deusa. Meu marido construiu e governa esta cidade, Tebas, e a Frígia é minha herança paterna. Para qualquer lugar que olho, vejo elementos do meu poder; além disso, nem minha forma nem presença são indignas de uma deusa. A tudo isso devo acrescentar que tenho sete filhos e sete filhas, e procuro por genros e noras de pretensões dignas de minha aliança. Não tenho eu motivos para orgulho? Vocês preferem esta Latona, filha do Titã, com seus dois filhos, a mim? Eu tenho sete vezes mais. Sou verdadeiramente afortunada, e afortunada continuarei sendo! Alguém negará isto? Minha abundância é minha segurança. Eu me sinto forte demais para ser subjugada pela Fortuna. Ela pode tirar muito de mim; e me restaria muito ainda assim. Se perdesse alguns dos meus filhos, dificilmente ficaria tão pobre quanto Latona com seus míseros dois. Parem com estas solenidades! Tirem o louro de suas cabeças! Acabem com esta adoração!

As pessoas obedeceram e deixaram incompletos os ritos sagrados.

A deusa ficou indignada. No pico da montanha cíntia de sua morada, assim se dirigiu a seu filho e sua filha:

— Minhas crianças, eu, que tenho tido tanto orgulho de vocês dois, e que me acostumei a me considerar a primeira entre as deusas depois de Juno (Hera), começo a duvidar agora se sou mesmo uma deusa. Serei privada de minha adoração a não ser que vocês me protejam.

Ela prosseguiria com seu pedido, mas Febo a interrompeu.

— Não diga mais nada — disse ele. — Esta conversa apenas atrasa a punição.

Assim também disse Diana. Lançando-se através dos céus, cobertos pelas nuvens, eles pousaram nas torres da cidade. Estendida diante dos portões havia uma grande planície, onde os jovens da região treinavam práticas de guerra. Os filhos de Níobe lá estavam com o restante — alguns montados em cavalos vigorosos generosamente enfeitados, outros guiando bigas vistosas. Ismenos, o primogênito, enquanto conduzia o garanhão que espumava pela boca, foi atingido por uma flecha vinda do alto e gritou:

— Ai de mim!

Soltou as rédeas e caiu sem vida. Outro, ouvindo o som do arco — como um barqueiro que vê a tempestade se formando e retorna para o porto —, soltou as rédeas de seus cavalos e tentou escapar. A flecha inevitável o alcançou enquanto fugia. Dois outros garotos mais jovens tinham ido ao parque, depois de concluídas suas obrigações, para se divertirem lutando corpo a corpo. Uma flecha atravessou a ambos quando estavam com os peitos unidos. Juntos soltaram um grito, juntos lançaram um olhar de despedida à sua volta, e juntos exalaram seus últimos suspiros. Alfenor, um irmão mais velho, vendo-os cair, apressou-se até lá para prestar ajuda e foi atingido em pleno dever fraternal. Restou apenas um, Ilioneus. Ele ergueu seus braços para o céu para ver se uma oração surtiria algum efeito.

— Deuses, me poupem! — gritou, dirigindo-se a todos, ignorando que nenhum precisava de suas súplicas; e Apolo o teria poupado, mas já era tarde demais: a flecha já havia deixado o arco.

O terror das pessoas e a tristeza das testemunhas logo fizeram a tragédia chegar ao conhecimento de Níobe. Ela mal podia conceber a possibilidade; estava indignada que os deuses tivessem ousado e impressionada por terem conseguido. Seu marido, Anfião, abalado com o choque, suicidou-se. Ah! Quão diferente era esta Níobe daquela que tão recentemente havia afastado as pessoas dos ritos sagrados, e atravessava triunfante a cidade, causando inveja a seus amigos, agora motivo de pena até mesmo de seus inimigos! Ela ajoelhou-se sobre os corpos sem vida, e beijou um ou outro filho morto. Erguendo seus braços pálidos ao céu, disse:

— Cruel Latona! Alimente bastante sua fúria com toda minha angústia! Sacie seu coração duro, enquanto acompanho meus sete filhos até a sepultura. Ainda assim, onde está seu triunfo? Enlutada como estou, ainda sou mais rica que você, minha conquistadora.

Mal havia falado, quando o som do arco causou terror no coração dos presentes exceto no de Níobe. O excesso de tristeza a encorajara. As irmãs estavam com roupas de luto junto aos corpos dos irmãos mortos. Uma caiu, atingida por uma flecha, e morreu sobre o corpo que velava. Outra, tentando consolar sua mãe, de repente parou de falar, e desabou sem vida ao chão. Uma terceira tentou escapar correndo, uma quarta se escondendo, outra permaneceu de pé, trêmula, incerta do que fazer. Seis jaziam sem vida agora, e apenas uma restava, a qual a mãe manteve entre seus braços e cobriu com todo o corpo.

— Poupe-me uma; esta, a mais nova. Oh, poupe-me uma entre tantos levados! — implorou; e enquanto falava, esta uma caiu morta.

Níobe sentou-se desolada entre filhos, filhas, esposo, todos mortos, e parecia entorpecida pelo sofrimento. A brisa não movia seus cabelos, sua face não tinha cor, exibia um olhar fixo e imóvel; não havia sinal de vida nela. Sua língua se agarrou ao céu da boca e suas veias deixaram de transportar o fluxo vital. Seu pescoço não se curvou, seus braços não fizeram gestos, seus pés não deram um passo. Ela foi transformada em pedra, por dentro e por fora. Ainda assim, lágrimas continuaram a escorrer; e foi carregada em um redemoinho até a montanha onde nasceu, e lá permanece, um monólito de onde flui um fio gotejante, um tributo à sua tristeza sem fim.

A história de Níobe forneceu a Byron uma boa ilustração da decadência da Roma moderna:

> "A Níobe das nações! Lá está ela,
> Mãe sem filhos, rainha sem coroa, pela dor calada;
> Uma urna vazia em suas mãos outrora belas,
> Cujas cinzas sagradas há muito foram espalhadas;
> O túmulo dos cipiões já não contém suas cinzas mais:
> Foram os próprios sepulcros, seus lares,
> Desprovidos de seus heróicos ocupantes; tu vais,
> Velho Tibre, ainda corres por uma vastidão de mármore?
> Levanta-te com tuas ondas amarelas e a desgraça dela cobre."
> — "A peregrinação de Childe Harold", Canto IV, Estrofe 79.

O massacre dos filhos de Níobe por Febo alude à crença grega de que a peste e a doença eram enviadas pelo deus, e dizia-se que um indivíduo que perecesse de uma enfermidade havia sido atingido por uma flecha de Febo. É disso que fala Morris em *O paraíso terrestre*:

"Enquanto do frescor de sua morada azul,
Feliz por suas flechas letais esquecer agora,
O sol brilha pleno, sem espalhar pragas por ora."
— Tradução de Guilherme Summa.

Esta tocante história virou tema de uma celebrada estátua na galeria imperial de Florença. É a figura principal de um grupo escultórico que estavam originalmente dispostas no frontão de um templo. A figura de uma mãe com sua filha aterrorizada agarrada junto ao corpo é uma das mais admiradas estátuas antigas, equiparando-se a Laocoonte e Seus Filhos e a Apolo entre as obras-primas da arte. O que se segue é a tradução de um epigrama grego supostamente relacionado a esta estátua:

"Os deuses em vão a tornaram um bloco de dor;
Pois voltou a respirar pela arte do escultor."

Apesar de trágica, não podemos deixar de sorrir do uso que Moore faz da história de Níobe em seu poema "Rhymes on the Road":

"Sublime, em sua carruagem
Sir Richard Blackmore costumava rimar,
E se sua perspicácia lhe desse margem,
Morte e épicos passavam a reinar,
Escrevendo e matando, um bombardeio;
Como Febo em seu carro relaxando,
Uma grandiosa canção chilreando,
Matando a jovem Níobe sem rodeio."

Sir Richard Blackmore foi um médico e ao mesmo tempo um poeta muito prolífico e de gosto um tanto duvidoso, cujas obras encontram-se hoje esquecidas, a não ser quando lembradas de forma irônica, como no caso de Moore.

CAPÍTULO QUINZE

As greias e as górgonas — Perseu e Medusa — Atlas — Andrômeda

As greias eram três irmãs que nasceram com cabelos grisalhos, daí sua alcunha. As górgonas eram criaturas monstruosas de aspecto feminino que tinham presas enormes como as dos javalis, garras de bronze e serpentes no lugar dos cabelos. Eram três, sendo duas imortais, e a terceira, Medusa, mortal. Nenhuma delas aparece muito na mitologia com exceção de Medusa, a Górgona, cuja história contaremos a seguir. Nós as mencionamos principalmente para introduzir uma teoria engenhosa de alguns escritores modernos que afirma que as górgonas e as greias eram tão somente personificações dos terrores dos mares, as primeiras representando as *fortes* ondas do mar aberto, e as últimas, as ondas de cristas *brancas* que quebram contra as rochas da costa. Seus nomes em grego significam os epítetos anteriores.

Perseu e Medusa

Perseu era o filho de Júpiter (Zeus) e Dânae. Seu avô, Acrísio, alarmado por um oráculo que lhe advertiu que o filho de sua filha seria o instrumento de sua morte, fez com que a mãe e a criança fossem trancados em um baú e jogados à deriva no mar. O baú flutuou na direção de Serifo, onde foi encontrado por um pescador que levou a mãe e a criança a Polidecto, o rei do país, que os tratou com bondade. Quando Perseu já era adulto, Polidecto o enviou para tentar derrotar Medusa, um terrível monstro que havia destruído o país. Ela havia, um dia, sido uma bela jovem cujos cabelos eram seu principal orgulho, mas como ousou rivalizar em beleza com Minerva (Atena), a deusa a privou de seu encanto e transformou seus lindos cachos em serpentes sibilantes. Ela se tornou um monstro cruel de aspecto tão assustador que nenhum ser vivo podia encará-la sem se transformar em pedra. Por toda a caverna onde ela habitava, podiam ser vistas estátuas de homens e animais que por acaso tiveram um vislumbre e foram petrificados. Perseu, auxiliado por Minerva e Mercúrio (Hermes), emprestando-lhe a primeira seu escudo, e o segundo, suas sandálias aladas, aproximou-se de Medusa enquanto ela dormia e, tomando cuidado para não olhar diretamente para ela e guiando-se pelo reflexo no escudo brilhante que carregava, cortou-lhe a cabeça e a entregou a Minerva, que a prendeu no centro de seu escudo.

Milton, em seu poema "Comus", assim faz alusão ao escudo:

> "O que era aquele escudo de cabeça de górgona
> Que a sábia Minerva usava, virgem não conquistada,
> Com o qual ela paralisava seus inimigos em pedra,
> Além da aparência rígida da austeridade virginal,
> E da nobre graça que destroçava a violência bruta
> Com repentina adoração e admiração inexpressiva."

Armstrong, autor de "A arte de preservar a saúde", assim descreve os efeitos do frio sobre as águas:

> "Sopra o Norte carrancudo e esfria
> As regiões endurecidas, enquanto por encantamentos mais fortes
> Dos que os de Circe ou Medeia,

Cada riacho que costuma tagarelar com suas margens
Jaz paralisado e preso em suas margens,
Também não se movem os juncos secos...
As ondas atraídas pelo feroz vento nordeste,
Jogando irrequietas suas cabeças raivosas,
Mesmo nas espumas toda sua loucura transformada
Em gelo monumental.

Tal execução,
Tão severa, tão repentina, trazia o aspecto horrendo
Da terrível Medusa,
Quando vagando pela floresta ela transformava em pedra
Seus moradores selvagens; assim como o leão espumante
Salta furioso sobre sua presa, seu poder veloz
Supera a pressa dele,
E fixada naquela feroz atitude ele permanece
Como fúria em mármore!"
— *Imitações de Shakespeare*

Perseu e Atlas

Depois de matar a Medusa, Perseu, levando consigo a cabeça da Górgona, voou bem longe, atravessando terra e mar. Quando a noite chegou, ele atingiu o limite oeste da terra, onde o sol se põe. Ali ficaria feliz de descansar até o amanhecer. Era o reino do rei Atlas, cujo tamanho superava o de todos os outros homens. Ele era rico de rebanhos e manadas e não tinha vizinho ou rival para disputar seu reino. Porém, seu maior orgulho eram seus jardins, cujos frutos eram de ouro, pendurados em galhos dourados, meio escondidos entre as folhas douradas.

— Eu venho como convidado — disse Perseu. — Se for uma descendência ilustre que honras, digo que Júpiter é meu pai; se for grandes feitos, digo que venci a Górgona. Procuro por descanso e comida.

Atlas, contudo, lembrou-se que uma antiga profecia o advertira que um filho de Jove um dia lhe roubaria suas maçãs douradas.

— Vá embora! — respondeu Atlas. — Ou nem seus falsos feitos de glória nem sua paternidade o protegerão. — E tentou expulsá-lo.

Perseu, percebendo que o gigante era forte demais para ele, disse:

— Já que você valoriza tão pouco minha amizade, digne-se a receber um presente.

E, desviando o rosto para longe, ele levantou a cabeça da Górgona. Atlas, com todo seu volume, foi transformado em pedra. A barba e os cabelos viraram florestas; seus braços e ombros, desfiladeiros; sua cabeça, o topo de uma montanha; e seus ossos, rochas. Cada parte aumentou de tamanho até ele se tornar uma montanha, e (assim decretaram os deuses) o céu, com todas suas estrelas, repousa sobre seus ombros.

O monstro marinho

Perseu, continuando sua fuga, chegou ao país dos etíopes, cujo rei era Cefeu. Cassiopeia, sua rainha, orgulhosa de sua beleza, ousou comparar-se às ninfas do mar, que se indignaram a ponto de enviarem um monstro marinho colossal para assolar a costa. Para acalmar as divindades, Cefeu foi orientado pelo oráculo a entregar sua filha Andrômeda como forma de sacrifício para o monstro devorá-la. Quando Perseu olhou para baixo durante seu voo, viu a virgem acorrentada a uma pedra, aguardando pela aproximação da criatura marinha. Ela estava tão pálida e imóvel que, se não fossem as lágrimas que escorriam e os cabelos açoitados pela brisa, ele a tomaria por uma estátua de mármore. Perseu ficou tão chocado com a visão que quase se esqueceu de bater suas asas. Enquanto pairava sobre ela, disse:

— Ó virgem, que não merece essas correntes, mas sim aquelas que prendem os amantes, diga-me seu nome, eu lhe imploro, e o nome de seu país, e por que você está acorrentada assim.

A princípio, ela ficou quieta pelo recato, e se pudesse, teria escondido o rosto com as mãos; mas quando ele repetiu suas perguntas, por medo de ser acusada de algo que não ousava revelar, ela disse seu nome e o de seu país, e contou sobre o orgulho de sua mãe em sua beleza. Antes que houvesse terminado de falar, ouviu-se um som vindo da água e o monstro marinho apareceu, a cabeça elevando-se da superfície, partindo as ondas com seu peito largo. A virgem gritou, o pai e a mãe haviam agora chegado, ambos desconsolados, mas a mãe com mais motivo; permaneceram parados, sem condições de protegê-la, apenas de se lamentar e abraçar a vítima. Então, Perseu falou:

— Haverá tempo bastante para lágrimas, este é o momento que temos para resgatá-la. Minha posição como filho de Jove e renome como aquele que matou a Górgona podem me tornar aceitável como pretendente; mas tentarei conquistá-la por serviços prestados, se os deuses forem assim favoráveis. Se ela for resgatada por minha coragem, eu exijo que seja minha recompensa.

Os pais aceitaram (como poderiam hesitar?) e prometeram um dote real junto com ela.

Agora, o monstro estava à distância de uma pedrada atirada por alguém habilidoso quando, com um salto repentino, o jovem se lançou ao ar. Como uma águia que em seu voo avista uma serpente se aquecendo no sol, dá o bote e a agarra pelo pescoço para prevenir que ela gire a cabeça e use suas presas, o jovem lançou-se às costas do monstro e cravou sua espada no ombro da criatura. Irritado com o ferimento, o monstro saltou no ar e mergulhou em seguida às profundezas; então, como um javali selvagem cercado por um bando de cachorros latindo, girou rapidamente de um lado para o outro enquanto o jovem se esquivava de seus ataques usando as asas. Sempre que encontrava um caminho para sua espada entre as escamas, ele investia contra a criatura, furando ora o flanco, ora a cauda. A besta soltava de suas ventas água misturada com sangue. As asas do herói estavam encharcadas com o líquido e ele já não ousava confiar nelas. Pousando em uma rocha que erguia-se acima das ondas e se segurando em uma parte protuberante dela, quando o monstro flutuou por perto, Perseu desferiu o golpe fatal. As pessoas que haviam se juntado na praia gritaram tanto que as colinas ecoaram com o som. Os pais, enlevados de alegria, abraçaram seu futuro genro, chamando-o de libertador e salvador de sua casa, e a virgem, causa e recompensa da disputa, desceu da pedra.

Cassiopeia era uma etíope, linda e negra; pelo menos assim Milton parece ter pensado, já que faz alusão a esta história em seu poema "Il Penseroso", em que descreve a Melancolia como a

> "(...) Deusa, sábia e sagrada,
> Cujo santo semblante é por demais brilhante
> Para alcançar o sentido humano da visão,
> E, portanto, para nosso olhar mais débil
> Coberta de preto, acalmou o tom da Sabedoria.
> Preta, mas em tamanha estima,
> Quanto possa parecer à irmã do príncipe Mêmnon,
> Ou aquela estrelada rainha etíope que lutou
> Para alçar os elogios à sua beleza acima
> Das ninfas do mar, e seus poderes ofendeu."

Cassiopeia é chamada de "a rainha etíope das estrelas" porque, depois de sua morte, ela foi alçada aos céus, formando a constelação que leva seu nome. Apesar de ter conquistado esta honra, ainda assim as ninfas do mar, suas antigas inimigas, para lhe dar uma lição de humildade, conseguiram fazer com que ela fosse colocada na parte do céu próxima ao polo, onde toda noite ela ficasse metade do tempo de cabeça para baixo.

Mêmnon foi um príncipe etíope, do qual devemos falar em um capítulo futuro.

O banquete de núpcias

Os pais, alegres, na companhia de Perseu e Andrômeda, correram até o castelo, onde um banquete lhes foi oferecido, e tudo foi contentamento e celebração. Porém, de repente, ouviu-se sons de guerra, e Fineu, o prometido da virgem, com um grupo de seus seguidores, irrompeu no salão, exigindo que a donzela lhe fosse entregue. Os protestos de Cefeu foram em vão.

— Você deveria tê-la exigido quando ela estava presa no rochedo, à mercê do monstro. A determinação dos deuses condenando-a a esse destino dissolveu todos os arranjos, como a própria morte haveria feito.

Fineu não respondeu; em vez disso, atirou seu dardo em Perseu, mas errou o alvo e a arma caiu, inofensiva. Perseu teria jogado seu dardo em resposta, mas o agressor covarde correu e se escondeu atrás do altar. Porém seu ato foi um sinal para o ataque daqueles que o acompanhavam aos convidados de Cefeu. Eles se defenderam e um conflito generalizado se sucedeu; o velho rei se retirou da cena depois de apelos infrutíferos, clamando aos deuses que testemunhassem que ele não tinha culpa deste ultraje contra a hospitalidade.

Perseu e seus amigos mantiveram por algum tempo a disputa desigual; mas o número de agressores era grande demais para eles e a ruína parecia inevitável, quando um pensamento repentino ocorreu a Perseu: "Farei com que meu inimigo me defenda". Então, elevando sua voz, exclamou:

— Se eu tenho algum amigo aqui, que eles desviem o olhar! — E segurou no alto a cabeça da Górgona.

— Não tente nos assustar com seus malabarismos — falou Tesceleu, erguendo seu dardo com intenção de atirá-lo e se transformando em pedra durante o ato.

Ampix estava prestes a enfiar sua espada no corpo de um inimigo caído, mas seu braço endureceu e ele não conseguiu nem empurrar a espada para frente nem recolhê-la. Outro, em meio a um desafio vociferante, parou, a boca aberta, mas sem emitir som. Um dos amigos de Perseu, Aconteus, olhou para a Górgona e endureceu como os outros. Astíages o acertou com sua espada, mas em vez de feri-lo, a arma quicou com um ruído agudo.

Fineu contemplou o resultado terrível de sua injusta agressão e se sentiu confuso. Ele chamou em voz alta por seus amigos, mas não recebeu resposta; tocou neles e os encontrou transformados em pedra. Caindo de joelhos e estendendo as mãos para Perseu, mas virando sua cabeça para o outro lado, ele pediu por clemência.

— Leve tudo — implorou Fineu —, mas não tire minha vida.

— Covarde vil — disse Perseu. — Isto irei lhe conceder: nenhuma arma tocará você; e mais, você será preservado em minha casa como um memorial destes eventos.

Isto dito, ele segurou a cabeça da Górgona na direção em que Fineu estava olhando e, da mesma forma que ele estava ajoelhado, com as mãos estendidas e o rosto virado, ele se fixou permanentemente, uma massa de pedra!

A seguinte alusão a Perseu é do poema "Samor" de Milman:

"Nas lendárias bodas líbias, o herói Perseu,
Com a solene seriedade que a ira obrigava,
Sustentado pelas asas dos calcanhares, pairava
Resoluto exibindo a face em seu escudo a brilhar,
Que petrificava a contenda com um simples olhar;
Outro, sem armas mágicas, porém, assim se ergueu,
Só com seu olhar firme, terrível e dominador,
E entre crescente reverência o bretão Samor
Foi para fora e o salão tumultuoso emudeceu."
— Tradução de Guilherme Summa.

CAPÍTULO DEZESSEIS

Monstros

Gigantes, a Esfinge, pégaso e quimera, centauros, grifos e pigmeus

M**ONSTROS, NA LINGUAGEM DA** mitologia, eram seres de proporções ou partes não naturais, via de regra vistos com terror, como possuidores de imensa força e ferocidade, que empregavam para ferir e importunar os homens. Alguns deles supostamente combinavam membros de diferentes animais, como a Esfinge e a quimera; e a estes, todas as terríveis características de feras selvagens eram atribuídas, junto com a sagacidade e aptidões humanas. Outros, como os gigantes, diferenciavam-se dos humanos basicamente por seu tamanho; e neste grupo em particular, devemos reconhecer uma ampla distinção entre eles. Os gigantes humanos, se assim podem ser chamados, como os ciclopes, Anteu, Órion e outros, devemos supor que não sejam totalmente desproporcionais em relação aos seres humanos, pois se misturavam com eles em relação a amor e luta. Mas os gigantes super--humanos, que guerreavam com os deuses, tinham dimensões bem maiores. Dizem que Tício, quando se deitava na planície, cobria três alqueires e meio, e foi preciso colocar o monte Etna inteiro sobre Encélado para aprisioná-lo.

Já falamos sobre a guerra que os gigantes travaram contra os deuses e de seus resultados. Enquanto essa guerra durou, os gigantes se provaram inimigos formidáveis. Alguns deles, como Briareu, tinham uma centena de braços; outros, como Tifão, cuspiam fogo. Em certo momento, instilaram tamanho medo nos deuses que eles fugiram para o Egito e se esconderam usando várias formas. Júpiter (Zeus) adotou a forma de um carneiro, por isso, depois foi cultuado no Egito como o deus Amon, com chifres curvados. Febo (Apolo), tornou-se um corvo; Baco (Dionísio), um bode; Diana (Ártemis), uma gata; Juno (Hera), uma vaca; Vênus (Afrodite), um peixe; Mercúrio (Hermes), um pássaro. Em outra ocasião, os gigantes tentaram escalar até o paraíso e, para este propósito, pegaram o monte Ossa e o colocaram em cima do Pelion. Eles foram finalmente subjugados por raios, que Minerva (Atena) inventou e ensinou Vulcano (Hefesto) e seus ciclopes a produzirem para Júpiter.

A Esfinge

Laio, rei de Tebas, foi advertido por um oráculo que haveria perigo para seu trono e sua vida caso seu filho recém-nascido viesse a crescer. Ele então deixou a criança aos cuidados de um pastor com ordens para matá-la; mas o pastor, movido pela pena, ainda assim, não ousando desobedecer por completo, amarrou a criança pelo pé ao galho de uma árvore. O menino foi encontrado nesta condição por um camponês, que o levou para seu senhor e senhora, sendo então adotado e recebendo o nome de Édipo, ou "pé inchado".

Muitos anos depois, Laio estava a caminho de Delfo junto de apenas um criado quando encontrou em uma estrada estreita um jovem, também guiando uma carruagem. Ao recusar a ordem para que saísse do caminho, o criado matou um dos cavalos do jovem, e o estranho, enfurecido, matou ambos, Laio e seu criado. O jovem era Édipo que, sem saber, tornou-se assassino de seu próprio pai.

Pouco depois deste evento, a cidade de Tebas foi afligida por um monstro que atormentava a estrada principal. Era chamado de Esfinge. Tinha o corpo de um leão e a parte superior de uma mulher. Ficava aco-corada no topo de uma pedra e abordava todos os viajantes que passavam por ali, propondo-lhes um enigma, com a condição de que aqueles que conseguissem solucioná-lo passariam a salvo, mas os que falhassem deve-riam ser devorados. Ninguém havia ainda sido bem-sucedido em resolver o enigma e todos haviam sido mortos. Édipo não ficou intimidado pelas histórias alarmantes e corajosamente avançou para o desafio. A Esfinge lhe perguntou:

— Qual é o animal que pela manhã caminha sobre quatro patas, à tarde sobre duas e à noite sobre três?

— O Homem! — respondeu Édipo. — Na infância, engatinha em suas mãos e joelhos; quando adulto, anda ereto, e, em idade avançada, caminha com a ajuda de um cajado.

A Esfinge ficou tão envergonhada pela solução do enigma que se jogou da pedra e morreu.

A gratidão das pessoas por livrarem-se da criatura foi tamanha que eles fizeram de Édipo seu rei, entregando a rainha Jocasta para que ele casasse. Édipo, ignorante de sua linhagem, já havia se tornado o assassino de seu pai; ao se casar com a rainha, tornou-se o marido de sua mãe. Estes horrores permaneceram desconhecidos até que Tebas foi assolada pela fome e pela peste e, ao consultar o oráculo, o crime duplo de Édipo veio à luz. Jocasta pôs fim à própria vida, e Édipo, tomado pela loucura, arrancou os próprios olhos e vagou para longe de Tebas, temido e abandonado por todos exceto suas filhas, que continuaram fielmente a seu lado, até que depois de um período tedioso e miserável como nômade, encontrou o fim de sua sofrida vida.

Pégaso e quimera

Quando Perseu decapitou a Medusa, o sangue que foi absorvido pela terra se transformou no cavalo alado Pégaso. Minerva o capturou e o domou e deu-o de presente às Musas. A fonte Hipocrene, situada no monte Hélicon, onde viviam as Musas, surgiu de um coice de seu casco.

A quimera era um terrível monstro cuspidor de fogo. A parte dianteira de seu corpo era um amálgama de leão e cabra, e a parte traseira era a de um dragão. Ela causou grande destruição em Lícia, o que fez o rei, Iobates, procurar por algum herói para eliminá-la. Por aquela época, chegou em sua corte um jovem e galante guerreiro cujo nome era Belerofonte. Ele trouxe consigo cartas de Proteu, genro de Iobates, recomendando Belerofonte enfaticamente como herói invencível, mas escreveu no fim da mensagem um pedido para que o sogro o matasse. O motivo era que Proteu tinha ciúmes dele, suspeitando que sua esposa, Anteia, olhava com admiração excessiva para o jovem guerreiro. Pelo fato de Belerofonte inconscientemente ser o portador de sua própria sentença de morte foi que surgiu a expressão *cartas belerofônticas* para descrever qualquer tipo de comunicação que contenha um assunto prejudicial à pessoa que a carrega.

Iobates, ao ler as cartas, ficou indeciso quanto ao que fazer, nada disposto a violar os termos de hospitalidade, mas desejando cumprir a vontade do genro. Por sorte, um pensamento lhe ocorreu: mandar Belerofonte enfrentar a quimera. Belerofonte aceitou a proposta, mas antes de seguir para o confronto, consultou o vidente Polido, que o aconselhou a, se possível, conseguir o cavalo Pégaso para o combate. Com este propósito, ele seguiu para o templo de Minerva para lá passar a noite. Assim o fez e, enquanto dormia, Minerva veio até ele e entregou-lhe uma rédea dourada. Quando acordou, a rédea ainda estava em sua mão. Minerva também mostrou Pégaso bebendo no poço de Pirene e, ao ver a rédea, o garanhão alado aproximou-se prontamente e se deixou montar. Belerofonte subiu em seu lombo, alçou voo com ele e logo encontrou a quimera, vencendo o monstro com facilidade.

Depois de derrotar a quimera, Belerofonte enfrentou outros testes e trabalhos que lhe foram dados por seu anfitrião hostil; no entanto, com a ajuda de Pégaso, ele triunfou em todos eles, até que, por fim, Iobates, percebendo que o herói era um protegido dos deuses, concedeu-lhe a filha em casamento e fez dele seu sucessor ao trono. No final, Belefofonte, devido ao seu orgulho e presunção, atraiu para si a ira dos deuses; dizem que ele até tentou voar para o paraíso em seu garanhão alado, mas Júpiter mandou uma mutuca, que picou Pégaso e o fez derrubar seu cavaleiro, deixando-o manco e cego em consequência da queda. Depois disto, Belerofonte vagou sozinho pelos campos da Aleia, evitando os caminhos mais conhecidos, e morreu miseravelmente.

Milton alude a Belerofonte no começo do Canto VII de *Paraíso Perdido*:

"Urânia, vem dos Céus, Musa divina:
De tua voz seguindo os sons sagrados
Muito ainda além me remontei do Olimpo,
A regiões onde o Pégaso não sobe.
De uma das nove irmãs, que as priscas eras
Do Olimpo os topes habitar fabulam,
Só tens o nome: tu, nos Céus nascida
Antes de erguer-se o bipartido monte,
Antes de fluir a límpida Castália,
Descantavas harmônica, entretida
Com a sapiência eternal que irmã é tua,
Na presença do Pai Onipotente
Embebido em teu canto majestoso.

Filho eu da terra, ousei, por ti guiado,
Entrar no Céu dos Céus e éter divino
Haurir nas fontes que me deste francas.
Descendo agora aos pátrios elementos
Em meu ígneo frisão, infrene, alado,
(Qual noutro tempo o audaz Belerofonte,
Posto descesse de mais baixos climas),
Também me vale, ó Deusa! obsta-me a queda,
Que me faria em campos Aleanos
Desamparado, errante, envergonhado!"
— Tradução de António José de Lima Leitão.

Young, em seu poema "Pensamentos noturnos", falando do cético, diz:

"Quem com pensamento cego o futuro nega,
Qual Belerofonte inconsciente carrega
Sua própria acusação, condenando a si.
Se lês teu coração, a vida imortal lês
Ou a natureza, impondo mitos ali,
Dos homens seus filhos uma mentira fez."
— Vol. II, p. 12, tradução de Guilherme Summa.

Pégaso, sendo o cavalo das musas, sempre esteve a serviço dos poetas. Schiller conta uma bela história retratando a criatura sendo vendida por um poeta que passava necessidade e colocada para puxar carroça e arado. Ele não era feito para emprego em tais serviços e seu dono trapalhão não encontrou serventia para o animal. Mas um jovem se adiantou e pediu que o deixasse experimentar. Assim que se sentou em seu lombo, o cavalo, que a princípio pareceu violento, e depois triste, levantou voo majestosamente, um espírito, um deus, desdobrou o esplendor de suas asas e voou em direção ao céu. Nosso próprio poeta Longfellow também recorda a aventura desse famoso garanhão em seu poema "Pégaso no Lago".

Shakespeare faz alusão ao Pégaso em *Henrique IV*, no trecho em que Vernon descreve o príncipe Henry:

> "Vi o jovem Harry, com sua viseira levantada,
> Os coxotes postos, galantemente armado
> Erguer-se do chão como Mercúrio alado,
> E saltar com tal graciosidade em sua sela,
> Como se um anjo descesse das nuvens
> Para voltear e incitar um feroz Pégaso,
> E enfeitiçar o mundo com nobre perícia."

Os centauros

Estas criaturas eram representadas como homens da cabeça até os quadris, enquanto o restante do corpo era o de um cavalo. Os antigos gostavam demais de cavalos para considerar que a união de sua natureza com a de um homem formasse uma combinação degradante, portanto, o centauro é o único entre os monstros imaginários da antiguidade a receber alguns traços bons. Os centauros eram aceitos entre os homens e estavam entre os convidados no casamento de Píritos com Hipodâmia. No banquete, Euritião, um dos centauros, embriagado de vinho, tentou ser violento com a noiva; os outros centauros seguiram seu exemplo e sucedeu-se um terrível conflito, no qual vários deles foram mortos. Esta é a celebrada batalha dos lápitas e centauros, assunto muito apreciado entre escultores e poetas da antiguidade.

Entretanto, nem todos os centauros eram como o rude convidado de Píritos. Quíron foi instruído por Febo e Diana e era renomado por suas habilidades em caça, medicina, música e na arte da profecia. O heróis mais ilustres da história grega foram seus pupilos. Entre eles, o bebê Esculápio, cuja tutela lhe foi confiada por Febo, seu pai. Quando o sábio retornou para seu lar, carregando a criança, sua filha Ocíroe veio a seu encontro e, ao ver a criança, começou a profetizar (pois ela era uma profetisa), antevendo a glória que alcançaria. Esculápio, quando adulto, se tornou um médico renomado, tendo até mesmo, em certa ocasião, trazido um morto de volta à vida. Plutão (Hades) ressentiu-se disso, e Júpiter, a seu pedido, atingiu o arrojado médico com um raio e o matou; porém, depois de sua morte, recebeu-o entre os deuses.

Quíron era o mais sábio e justo de todos os centauros, e após sua morte, Júpiter o colocou entre as estrelas como a constelação de Sagitário.

Os pigmeus

Os pigmeus eram uma nação de indivíduos com nanismo, cujo nome vem de uma palavra grega que significa um cúbito, ou uma medida equivalente a aproximadamente 33 centímetros, que diziam ser a estatura deste povo. Eles moravam perto da nascente do rio Nilo ou, de acordo com outras pessoas, na Índia. Homero nos conta que as garças costumavam migrar todo inverno para o país dos pigmeus e a aparição dessas aves era o sinal de uma guerra sangrenta para os pequenos habitantes, que tinham de pegar em armas para defender seus campos de milho contra a voracidade dessas aves estrangeiras. Os pigmeus e seus inimigos, as garças, são tema de muitas obras de arte.

Escritores modernos contam sobre um exército de pigmeus que, ao encontrar Hércules dormindo, fizeram preparativos para atacá-lo, como se estivessem prestes a tomar uma cidade. Mas o herói, despertando, riu dos diminutos guerreiros, enrolou alguns deles em sua pele de leão e os carregou para Eristeu.

Em *Paraíso Perdido*, Canto I, Milton utiliza os pigmeus como uma analogia:

> "(...) Tão pequenos
> Se dizem os Pigmeus na plaga Indiana,
> Ou os duendes que o crédulo campônio,
> Por fora na alta noite demorado,
> Vê ou crê ver à beira do caminho,
> Em selva umbrosa ou junto à fresca fonte,
> Retouçar em galhofas prazenteiras,

Enquanto a Lua, próximo da Terra
Levando o coche seu de albor macio,
Eminente preside a seus folguedos
Compassados por música mimosa
Que, ao campônio os ouvidos encantando,
De gosto e susto o coração lhe abala."
— Tradução de António José de Lima Leitão.

Grifos

O grifo é um monstro que tem o corpo de um leão, cabeça e asas de águia, e o dorso coberto com penas. Como os pássaros, ele constrói ninhos e, em vez de ovos, bota neles ágata. Possui longas garras, tão grandes que as pessoas daquele país as transformam em taças. A Índia é tida como o país nativo dos grifos. Eles encontram ouro nas montanhas e constroem seus ninhos a partir dele, por isso eram bastante tentadores para os caçadores e forçados a manter vigilância constante sobre eles. Seus instintos lhes permitem descobrir com precisão o local de tesouros enterrados e eles se empenhavam ao máximo para manter saqueadores longe. Os arimaspos, em cuja sociedade os grifos prosperavam, eram um povo da Cítia que tinha um olho só.

Milton empresta uma analogia dos grifos em *Paraíso Perdido*, Canto II:

"Como por serras e pauis o grifo
Com alada carreira dilatada
Vai do Arimaspo após — que, indo-se a furto,
O ouro lhe leva das guardadas minas."
— Tradução de António José de Lima Leitão.

CAPÍTULO DEZESSETE

O VELOCINO DE OURO — MEDEIA

EM TEMPOS MUITOS ANTIGOS, viviam na Tessália um rei e uma rainha chamados Atamas e Nefele. Eles tinham dois filhos, um menino e uma menina. Com o passar do tempo, Atamas se tornou indiferente em relação a sua esposa, afastou-a e encontrou outra. Nefele, suspeitando que seus filhos corressem perigo pela influência da madrasta, tomou medidas para que eles fossem levados para fora do alcance da nova esposa do rei. Mercúrio (Hermes) a ajudou, e lhe deu um carneiro com velocino de ouro, sobre o qual ela colocou as duas crianças, confiando que o animal as levaria a um lugar seguro. O carneiro saltou no ar com as crianças em seu lombo, rumando para o leste, até que, ao cruzar o estreito que divide a Europa da Ásia, a menina, cujo nome era Heles, caiu do carneiro para dentro do mar, por isso aquele local recebeu o nome de Helesponto — hoje Dardanelos. O carneiro continuou sua viagem até alcançar o reino da Cólquida, na margem oriental do mar Negro, onde entregou em segurança o menino Frixo, que foi recebido com hospitalidade por Eétes, rei do país. Frixo sacrificou o carneiro a Júpiter (Zeus) e deu o velocino de ouro para Eétes, que o guardou em um bosque sagrado, sob os cuidados de um dragão que nunca dormia.

Havia outro reino na Tessália próximo ao de Atamas, governado por um parente dele. O rei Esão, cansado das responsabilidades de governar, abdicou a coroa em favor de seu irmão, Pélias, sob a condição de que este a mantivesse apenas durante a menoridade de Jasão, filho de Esão. Quando Jasão tornou-se etariamente apto a reivindicar a coroa, seu tio Pélias fingiu estar disposto a entregá-la, mas, ao mesmo tempo, sugeriu ao jovem a gloriosa aventura de buscar o velocino de ouro que, como todos sabiam, localizava-se no reino da Cólquida, e era, como Pélias fingia, propriedade de direito de sua família. Jasão gostou da ideia e imediatamente começou os preparativos para a expedição. Naquela época, os únicos tipos de embarcações conhecidos pelos gregos consistiam em barcos pequenos e canoas produzidos do tronco de uma árvore, de forma que, quando Jasão incumbiu Argos de construir para ele uma embarcação capaz de levar cinquenta homens, tal empreendimento foi considerado impressionante. Foi, todavia, concluída e a nau recebeu o nome de *Argo* em homenagem ao seu idealizador. Jasão mandou seu convite a todos os jovens aventureiros da Grécia e logo se viu à frente de um grupo de bravos homens, muitos dos quais renomados entre os heróis e semideuses gregos. Hércules (Héracles), Teseu, Orfeu e Nestor estavam entre eles. Eles são chamados de argonautas devido ao nome de sua embarcação.

Com sua tripulação de heróis, a *Argo* deixou o porto da Tessália e, tendo chegado à ilha de Lemos, dali atravessou para a Missia e, em seguida, rumou para a Trácia. Lá, eles encontraram o sábio Fineu e dele receberam instruções relativas a seu curso futuro. Ao que parecia, a entrada do mar Euxino era bloqueada por duas pequenas ilhas rochosas que flutuavam na superfície e, em seu movimento, eventualmente se chocavam, esmagando e destroçando em átomos o que quer que ficasse entre elas. Eram chamadas Simplégades, ou Ilhas Esmagadoras. Fineu instruiu os argonautas sobre como atravessar o perigoso estreito. Quando eles alcançaram as ilhas, soltaram uma pomba, que voou por entre os rochedos e passou em segurança, perdendo apenas algumas penas de sua cauda. Jasão e seus homens aproveitaram o momento favorável do recuo, manejaram seus remos com vigor e atravessaram em segurança, apesar de as ilhas terem se fechado logo atrás deles e literalmente raspado sua popa. Eles remavam agora pela margem até chegarem na parte ocidental do mar e no reino da Cólquida.

Jasão trouxe sua mensagem ao conhecimento do rei do lugar, que aceitou entregar o velocino de ouro se Jasão conseguisse atrelar ao arado dois touros cuspidores de fogo, com cascos de bronze, e semeasse os dentes do dragão que Cadmo havia matado e sobre os quais bem se sabia que uma colheita de homens armados brotaria e voltaria suas armas contra seu produtor. Jasão aceitou a condição e foi determinada a data para efetuar o experimento. Antes, contudo, ele encontrou um jeito de defender sua causa a Medeia, filha do rei. Ele prometeu que se casaria com ela e, de pé em frente ao altar de Trívia (Hécate), convocaram a deusa para testemunhar seu juramento. Medeia aceitou o pedido e, com sua ajuda, já que era uma grande feiticeira, ele foi munido de um amuleto, com o qual poderia enfrentar em segurança o hálito flamejante do touro e as armas dos guerreiros.

Na ocasião combinada, o povo aglomerou-se no bosque de Marte (Ares) e o monarca ocupou seu assento real, enquanto a multidão cobria as laterais das colinas. Os touros de cascos de bronze surgiram correndo, incinerando a vegetação por onde passavam com o fogo que bufava de suas narinas. O som era como o rugido de uma fornalha, e a fumaça como a de água na cal virgem. Jasão avançou corajosamente para enfrentá-los. Seus amigos, os heróis escolhidos da Grécia, tremiam só de olhar para ele. Sem se importar com o bafo flamejante, ele acalmou a ira das feras com sua voz, acariciou seus pescoços com mão destemida e colocou habilmente a canga sobre seus pescoços, forçando-os a puxar o arado. O povo da Cólquida ficou maravilhado; os gregos gritaram de alegria. Jasão, em seguida, começou a semear os dentes de dragão e plantá-los. E assim que a colheita de homens armados brotou, e que maravilha de se relatar, tão logo apareceram na superfície já começaram a brandir suas espadas e partir para cima de Jasão. Os gregos temeram por seu herói, e mesmo aquela que lhe havia proporcionado um meio de preservar-se em segurança e explicado como usá-lo, a própria Medeia, empalideceu de medo. Durante algum tempo, o herói manteve seus agressores sob controle com sua espada, até que, vendo que eram muitos para ele, recorreu ao encantamento que Medeia havia lhe ensinado, pegou uma pedra e atirou no meio dos inimigos. Eles imediatamente se voltaram uns contra os outros e logo não havia mais ninguém da prole do dragão de pé. Os gregos abraçaram seu herói, e Medeia, se ela ousasse, o teria abraçado também.

Faltava fazer adormecer o dragão que guardava o velocino, e isto foi providenciado espalhando sobre ele algumas gotas de um preparo que Medeia havia lhe entregado. Ao sentir o cheiro, sua fúria se acalmou, ele ficou parado sem se mover por um momento, então, fechou aqueles olhos grandes e redondos que não se sabia se alguma outra vez já haviam se fechado, virou-se de lado e caiu no sono. Jasão pegou o velocino e, junto de seus amigos e Medeia acompanhando, apressaram-se para sua embarcação antes que o rei Eétes pudesse impedir sua partida e retornaram para a Tessália, onde chegaram a salvo, e Jasão entregou o velocino para Pélias, oferecendo *Argo* a Netuno (Poseidon). O que aconteceu a seguir com o velocino nós não sabemos, mas talvez tenha se constatado que, no fim das contas, como muitos outros prêmios dourados, ele não valia a dor de cabeça que se investira para obtê-lo.

Este é um daqueles contos mitológicos, diz um escritor contemporâneo, em que há razão para acreditar que exista um substrato da verdade, apesar de coberto por uma massa de ficção. Foi provavelmente a primeira expedição marítima importante e, como as primeiras tentativas deste tipo entre todas as nações, segundo sabemos pela história, teve provavelmente um caráter meio pirata. Se ricos espólios resultaram dela, isso era o suficiente para dar origem à ideia de um velocino de ouro.

Outra sugestão de um erudito mitologista, Bryant, é de que é uma versão deturpada da história de Noé e sua arca. O nome *Argo* parece corroborar com isto e o incidente da pomba seria outra confirmação.

Pope, em seu poema "Ode ao Dia de Santa Cecília", assim celebra o lançamento do navio *Argo* e o poder da música de Orfeu, a quem ele chama de trácio:

> "Quando a primeira nau ousada desafiou os mares
> Alto na popa o trácio fez sua lira soar
> Enquanto a Argo avistava as árvores familiares
> Descendo o monte Pélion até a costa do mar
> Semideuses escutavam a melodia enlevados
> Ao passo que os homens se tornavam heróis ao seu lado."
> — Tradução de Guilherme Summa.

No poema de Dyer, "O Velocino", há uma descrição do navio *Argo* e sua tripulação, que oferece uma boa ideia desta aventura marítima primitiva:

"De todas as regiões da praia egeia
Reuniram-se os bravos; aqueles gêmeos ilustres,
Castor e Pólux; Orfeu, bardo melodioso;
Zetes e Calais, velozes feito o vento;
Líderes de renome, até o Hércules poderoso
Estavam todos em Iolcos, seu profundo solo arenoso,
Brilhantes em armadura, desejosos de aventura;
E logo, o cabo do louro e a pedra imensa
Erguendo ao convés, desatracaram a embarcação;
Cuja quilha de extensão espantosa a habilidosa mão
De Argos construiu para a orgulhosa empreitada;
E na quilha prolongada, um mastro altivo
Erguia-se, e as velas se inflavam, plenas; para os líderes,
Objetos incomuns. Agora primeiro, agora eles aprendiam
Sua direção mais ousada sobre as ondas do oceano,
Guiados pelas estrelas douradas, como a arte de Quíron
Havia marcado a esfera celestial" etc.

Hércules deixou a expedição em Mísia, pois Hilas, um jovem de quem gostava, foi capturado ao coletar água pelas ninfas da fonte, que ficaram fascinadas por sua beleza. Hércules saiu em busca do jovem e, enquanto estava ausente, a *Argo* foi lançada ao mar e o deixou. Moore, em uma de suas canções, faz uma bela alusão a este incidente:

"Quando Hilas foi com sua jarra à fonte enviado,
Através de campos de luz banhados e com o coração de alegria a derramar,
A luz fez o menino por campos e montes tomar rumo deambulado,
E negligenciou sua tarefa para flores pelo caminho apanhar.
(...)
Assim muitos como eu, que quando jovem deveria ter provado
Da fonte que pelo templo da Filosofia jorra,
Seu tempo com as flores foi desperdiçado,
E deixaram, assim como a minha, vazias suas jarras."

Medeia

Em meio às celebrações pela recuperação do velocino de ouro, Jasão sentiu que faltava alguma coisa: a presença de Esão, seu pai, impedido de tomar parte das festividades por sua idade e enfermidades.

— Minha esposa — disse Jasão a Medeia —, poderiam suas artes, cujos enormes poderes já vi atuando a meu favor, conceder-me mais uma graça? Tire alguns anos de minha vida e os dê ao meu pai.

— Isto não será feito a este custo — respondeu Medeia —, mas, se minha arte possibilitar, a vida de seu pai será estendida sem que a sua necessite ser encurtada.

Na lua cheia seguinte, ela saiu sozinha, enquanto todas as criaturas dormiam; nenhuma brisa perturbava as folhagens e tudo estava quieto. Ela dirigiu seus encantamentos para as estrelas e para a lua: para Hécate,[15] a deusa do submundo, e para Telo (Gaia), a deusa da terra, cujo poder é capaz de produzir plantas potentes para feitiços. Ela invocou os deuses das florestas e cavernas, das montanhas e vales, dos lagos e rios, dos ventos e vapores. Enquanto proferia as palavras, uma estrela brilhou mais forte e de súbito uma carruagem guiada por serpentes aladas desceu do céu. Ela subiu na carruagem e com ela voou para regiões distantes, onde cresciam plantas viçosas entre as quais ela sabia qual escolher para seu propósito. Ela passou nove noites em sua procura e durante este tempo não voltou para as portas de seu palácio nem se abrigou sob teto algum e absteve-se de qualquer interação com mortais.

Em seguida, ela construiu dois altares, um para Hécate, outro para Juventas (Hebe), a deusa da juventude, e sacrificou uma ovelha negra, derramando libações de leite e vinho. Ela implorou a Plutão (Hades) e sua esposa raptada que não se apressassem para tirar a vida do velho. Então, solicitou que Esão fosse trazido até sua presença e, tendo-o adormecido profundamente com um encanto, fez com que o deitassem sobre uma cama de ervas, como se estivesse morto. Jasão e outros foram mantidos afastados do lugar para que nenhum olho profano pudesse testemunhar seus mistérios. Então, com

---

15   Hécate era uma divindade misteriosa, às vezes identificada como Diana (Ártemis) e às vezes como (Perséfone). Assim como Diana representa o esplendor da noite de lua cheia, Hécate representa sua escuridão e terrores. Ela era a deusa da bruxaria e do encantamento, e acreditava-se que vagava pela terra à noite, vista apenas pelos cães, cujos latidos avisavam sobre sua aproximação.

os cabelos soltos, ela deu três voltas em torno dos altares, mergulhou galhos em chamas no sangue e os deixou ali para queimarem. Enquanto isso, o caldeirão com seu conteúdo foi preparado. Nele, ela acrescentou ervas mágicas, com sementes e flores de sumo acre, pedras do oriente distante e areia das praias do oceano circundante; geada colhida sob a luz do luar, a cabeça e as asas de uma coruja e as entranhas de um lobo. Ela adicionou fragmentos de cascos de tartaruga e fígado de cervos — animais que brigam pela vida — e a cabeça e o bico de um corvo, que vive mais que nove gerações de homens. Ela agregou à mistura fervente este e muitos outros elementos "sem nome definido" para seu propósito, mexendo com um galho seco de oliveira; e veja só, quando o galho foi retirado do caldeirão, tornou-se instantaneamente verde e logo estava coberto de folhas e várias azeitonas jovens; e enquanto o preparado borbulhava de calor e ocasionalmente espirrava, a grama onde as gotículas caíam brotava como se fosse primavera.

Vendo que tudo estava pronto, Medeia cortou a garganta do velho, deixando escorrer todo o sangue, e despejou em sua boca e em sua ferida a mistura do caldeirão. Assim que sorveu tudo, seus cabelos e barba perderam a alvura e assumiram a coloração preta da juventude; sua palidez e fraqueza se foram; suas veias bombeavam farto sangue, seus braços e pernas adquiriram vigor e robustez. Esão fica maravilhado consigo mesmo e se lembra que assim como estava agora, era em sua juventude, quarenta anos antes.

Medeia usou suas artes para um bom propósito, diferente de outra situação quando fez delas instrumentos de sua vingança. Pélias, nossos leitores se lembrarão, era o tio usurpador de Jasão e foi exilado de seu reino. Ainda assim, devia possuir uma ou outra qualidade, pois suas filhas o amavam e, quando viram o que Medeia fez por Esão, quiseram que fizesse o mesmo por seu pai. Medeia fingiu aceitar e preparou o caldeirão como antes. A seu pedido, uma ovelha velha foi trazida e jogada no caldeirão. Logo, um balido foi ouvido na panela e, quando a tampa foi removida, um cordeirinho pulou dali e correu alegre para o campo. As filhas de Pélias presenciaram o experimento com alegria e combinaram um dia para que o pai passasse pelo mesmo procedimento. Mas Medeia preparou o caldeirão de uma maneira bem diferente para ele. Ela colocou apenas água e algumas ervas simples. De noite, ela e as irmãs entraram no quarto do velho rei enquanto ele e seus guardas dormiam profundamente sob a influência de um encantamento produzido por Medeia. As filhas permaneceram ao lado da cama com as armas nas mãos, mas hesitaram em golpear, até que Medeia as repreendeu por sua indecisão. Então, virando seus rostos e dando golpes aleatórios, elas o feriram com suas armas. Pélias, despertando sobressaltado de seu sono, gritou:

— Minhas filhas, o que vocês estão fazendo? Vocês vão matar o seu pai?

A coragem das filhas vacilou e suas armas caíram das mãos, mas Medeia desferiu-lhe um golpe fatal, evitando que ele dissesse mais alguma coisa.

Então, elas o colocaram no caldeirão e Medeia partiu rapidamente em sua carruagem puxada por serpentes aladas antes que descobrissem sua traição, ou a vingança delas seria terrível. Ela fugiu, de qualquer forma, mas colheu pouca alegria com os frutos de seu crime. Jasão, por quem ela havia feito tanto, desejando se casar com Creusa, princesa do Corinto, deixou Medeia. Ela, enfurecida por sua ingratidão, pediu vingança aos deuses: mandou uma túnica envenenada como presente para a noiva e, em seguida, depois de matar seus próprios filhos e incendiar o palácio, montou em sua carruagem puxada por cobras aladas e fugiu para Atenas, onde se casou com o rei Egeu, pai de Teseu, e voltaremos a encontrá-la quando chegarmos às aventuras deste herói.

Os feitiços de Medeia lembrarão o leitor daqueles das bruxas de *Macbeth*. Os versos a seguir são os que parecem lembrar mais o modelo antigo:

> "Gire dentro do caldeirão;
> As entranhas envenenadas a solução.
> (...)
> Filé de carne de serpentes
> No caldeirão se esquente;
> Olho de salamandra e dedo de sapo,
> Pelo de morcego e língua de gato,
> Presa de víbora e ferrão de licranço; vai, usa
> Pata de lagarto e asa de coruja;
> (...)
> Mandíbula de tubarão voraz de água salgada,
> Raiz de cicuta colhida de madrugada" etc.
> — *Macbeth*, Ato IV, Cena 1.

E ainda:

> *Macbeth:* — O que fazes?
> *Bruxas:* — Um ato inominável.

Existe outra história de Medeia quase revoltante demais até mesmo para os registros de uma feiticeira, uma categoria a quem poetas antigos e modernos costumam atribuir todo tipo de atrocidade. Em sua fuga da Cólquida, Medeia teria levado consigo seu irmão mais jovem, Absirto. Vendo as embarcações de Eétes que perseguiam os argonautas se aproximarem cada vez mais, Medeia ordenou que o rapaz fosse esquartejado e seus membros espalhados no mar. Eétes, alcançando o local, encontrou esses tristes restos de seu filho assassinado; e enquanto se ocupava de recolher os fragmentos dispersos e oferecer-lhes um enterro honrado, os argonautas escaparam.

Nos poemas de Campbell, será encontrada a tradução de um dos refrões da tragédia de *Medeia*, em que o poeta Eurípides tira vantagem da ocasião para pagar um grande tributo a Atenas, sua cidade natal. Ela começa assim:

> "Oh, rainha alquebrada! Para Atenas conduzes com efeito
> Tua quadriga brilhante, do sangue familiar manchada;
> Ou procuras esconder teu abominável, maldito feito
> Onde a paz e a justiça para sempre montaram morada?"
> — Tradução de Guilherme Summa.

CAPÍTULO DEZOITO

Meléagro — Atalanta

U M DOS HERÓIS DA expedição dos argonautas foi Meléagro, filho de
Eneu e Alteia, rei e rainha da Caledônia. Alteia, quando seu filho
nasceu, contemplou as três parcas que, enquanto teciam seu fio fatal,
previram que a vida da criança não duraria mais do que um tição então
queimando na lareira. Alteia apressou-se em extinguir o fogo que consumia a lenha e cuidadosamente a preservou por anos, enquanto Meléagro
crescia, transitando por sua infância, passando pela juventude, até atingir
a maturidade. Aconteceu então que Eneu, quando oferecia sacrifícios
aos deuses, deixou de prestar as devidas honras a Diana (Ártemis), e ela,
indignada pela negligência, mandou um enorme javali para destruir os
campos da Caledônia. Seus olhos brilhavam com sangue e fogo, seus pelos
eriçados como lanças ameaçadoras, suas presas semelhantes às dos elefantes
indianos. O trigo que crescia foi pisoteado, as vinhas e azeitonas arruinadas;
os rebanhos e manadas foram mergulhados num caos selvagem infligido
pela ameaça assassina. Toda ajuda conjunta parecia inútil; mas Meléagro

convocou os heróis da Grécia para que se reunissem em uma corajosa caçada à fera monstro raivosa. Teseu e seu amigo Píritos; Jasão; Peleus, que seria mais tarde pai de Aquiles; Télamon, pai de Ájax; Nestor, então um jovem, mas que mais velho lutou com Aquiles e Ájax na Guerra de Troia — estes e muitos outros se juntaram à expedição. Acompanhou-os Atalanta, filha de Iásio, rei de Arcádia. Uma fivela de ouro polido prendia sua túnica, uma aljava de marfim pendurava-se em seu ombro esquerdo e sua mão esquerda levava o arco. Seu rosto misturava beleza feminina com as melhores virtudes de uma jovem guerreira. Meléagro a viu e caiu de amores por ela.

Agora já estavam próximos ao covil do monstro. Esticaram redes fortes entre as árvores; soltaram seus cães, tentaram encontrar as pegadas de sua caça na grama. Da floresta havia um declive culminando num terreno pantanoso. Ali, o javali, enquanto estava deitado entre os juncos, ouviu os gritos de seus perseguidores e os atacou. Um após o outro, foram arremessados ao chão e mortos. Jasão atirou sua lança com uma oração a Diana pedindo por sucesso; e o favor da deusa permitiu que a arma tocasse, mas não ferisse, removendo a ponta de metal da arma em seu voo. Nestor, atacado, procura e encontra segurança nos galhos de uma árvore. Télamon corre, mas, tropeçando em uma raiz saliente, caiu de cara. Uma flecha de Atalanta, porém, finalmente prova o sangue do monstro pela primeira vez. É um pequeno ferimento, mas Meléagro vê e exultantemente o anuncia. Anceu, estimulado pela inveja dos elogios conferidos a uma mulher, proclama seu valor em voz alta e desafia igualmente o javali e a deusa que o enviou; mas quando investe contra o animal, a criatura, furiosa, o derruba com um ferimento mortal. Teseu arremessa sua lança, mas ela é desviada por um galho. O dardo de Jasão erra seu alvo e mata um de seus próprios cães. Meléagro, no entanto, depois de empreender um ataque bem-sucedido, enterra sua lança no flanco no monstro, então se apressa em despachar a fera com golpes repetidos.

Então, elevaram-se gritos de comemoração de todos os que estavam em volta; eles parabenizaram o vencedor, juntando-se para tocar sua mão. Ele, colocando seu pé sobre a cabeça do javali morto, virou-se para Atalanta e a agraciou com a cabeça e a pele que eram os troféus de seu sucesso. Mas tal atitude provocou a inveja do restante deles. Pléxipo e Toxeu, irmãos da mãe de Meléagro, opuseram-se mais do que os outros ao presente, e tomaram da jovem o troféu que havia recebido. Meléagro, atiçado de raiva ante à ofensa a si e ainda mais ao insulto causado a quem ele amava, esqueceu o parentesco e enfiou sua espada no coração dos seus perpetradores.

Quando Alteia trazia presentes de gratidão aos templos em ocasião da vitória de seu filho, viu os corpos de seus irmãos assassinados. Ela gritou e entrou em desespero, e correu para trocar os trajes de celebração para os de luto. Mas quando o autor do crime lhe é revelado, a dor dá lugar a um forte desejo de vingança contra seu filho. E o tição fatal que uma vez resgatou das chamas, aquele cujo destino esteve ligado à vida de Meléagro, ela o traz e ordena que uma fogueira seja preparada. Então, por quatro vezes ela tenta colocar o tição sobre a pilha e por quatro vezes ela recua, tremendo de medo diante do pensamento de trazer a destruição para seu filho. Os sentimentos de mãe e irmã digladiavam-se dentro de si. Em um momento, empalidecia só de pensar no que estava prestes a fazer; no outro, ardia novamente de raiva pela atitude do filho. Como um navio, levado de um lado pelo vento e para o outro pela maré, a mente de Alteia permanecia suspensa em incerteza. Mas a irmã prevalece sobre a mãe e, enquanto segura o destino do filho, ela fala:

— Virem-se, ó Fúrias, deusas da punição! Virem-se e testemunhem o sacrifício que trago! Um crime deve ser corrigido por outro. Deve Eneu festejar seu vitorioso filho, enquanto a casa de Téstio está desolada? Mas ah! A que ponto me fizeram chegar? Irmãos, perdoai a fraqueza de uma mãe! Minhas mãos me traem. Ele merece morrer, mas não que eu o destrua. Mas deve então ele viver e triunfar e reinar sobre a Caledônia, enquanto vocês, meus irmãos, vagam pelas sombras sem vingança? Não! Viveu por minha causa; morre, agora, por seu próprio crime. Devolve-me a vida que duas vezes lhe dei, primeiro no nascimento e novamente quando retirei este tição das chamas. Ah, se tivesse então morrido! Enfim! Maligna é a conquista; mas, irmãos, vós a conquistaram.

E, desviando o rosto, ela jogou o tição fatal na pilha flamejante.

Ele produziu, ou assim pareceu, um gemido mortal. Meléagro, ausente e desconhecendo a causa, sentiu uma pontada repentina. Ele queima e somente por seu orgulho valente resiste à dor que o consome. Lamenta apenas ter perecido por uma morte sem sangue e desonrosa. Com seu último suspiro, ele chama o velho pai, seu irmão, suas queridas irmãs, sua amada Atalanta e sua mãe, a secreta causa de seu destino. As chamas aumentam e, com elas, a agonia do herói. Agora ambas diminuem e ambas são extintas. O tição virou cinzas e a vida de Meléagro é soprada para os ventos errantes.

Alteia, quando tudo terminou, golpeou-se violentamente com as mãos. As irmãs de Meléagro choraram pelo irmão com inconsolável tristeza; até que Diana, com pena do sofrimento da casa que uma vez despertou sua fúria, transformou-as em pássaros.

Atalanta

A inocente causa de tanta tristeza foi uma jovem cuja face poderíamos dizer ser um tanto masculina para uma menina como também muito feminina para um garoto. Seu futuro assim foi previsto: "Atalanta, não se case; o casamento será sua ruína". Aterrorizada por tal previsão, fugiu da sociedade dos homens e devotou-se à caça. A todos os pretendentes (pois tinha muitos), ela impunha uma condição que era geralmente eficaz em livrá-la de suas investidas:

— Serei o prêmio daquele que me vencer em uma corrida, mas a morte deverá ser a punição dos que tentarem e falharem.

Mesmo diante dessa difícil condição, alguns se arriscaram. Hipômene seria o juiz da disputa.

— Será possível que alguém seria tão imprudente a ponto de arriscar tanto por uma esposa? — disse Hipômene.

Mas quando a viu retirando a túnica para a corrida, ele mudou de ideia.

— Perdoem-me, meus jovens, desconhecia o prêmio pelo qual vocês competem — disse ele.

Enquanto Hipômene os examinava, desejava que todos fossem derrotados e remoía-se de inveja de qualquer um que parecesse ter possibilidade de vitória. Enquanto seus pensamentos eram assim povoados, a virgem disparava à frente. Correndo, ela era mais bela do que nunca. A brisa parecia dar asas a seus pés; seus cabelos voavam por sobre os ombros e a barra enfeitada de sua vestimenta agitava-se atrás dela. Um tom avermelhado tingia a alvura de sua pele, como uma cortina carmesim lançada sobre uma parede de mármore. Todos seus desafiantes ficaram para trás e foram mortos sem piedade.

Hipômene, sem se intimidar pelo resultado, mas fixando seus olhos na virgem, disse:

— Por que se gabar por derrotar estes lerdos? Eu me ofereço para o desafio.

Atalanta o fitou com uma expressão de compaixão, incerta se o vencia ou não. "Que deus tentaria alguém tão jovem e bonito a jogar sua vida fora?", pensou. "Tenho pena dele, não por sua beleza (embora seja belo), mas por sua juventude. Gostaria que desistisse do desafio ou, se ele for louco a este ponto, espero que me vença." Enquanto ela hesitava, remoendo estes pensamentos, os espectadores ficavam impacientes pela corrida e seu pai lhe avisou para se preparar. Então, Hipômene faz uma oração a Vênus (Afrodite):

— Ajuda-me, Vênus, pois tu tens me guiado.

Vênus ouviu e foi favorável.

No jardim de seu templo, em sua própria ilha de Chipre, existe uma árvore com folhas e galhos amarelos e frutas douradas. Ali, ela colheu três frutos e, invisível para todos os outros, entregou-os a Hipômene e contou-lhe como usá-los. O sinal de largada é dado; eles deslizam pelas areias. Seus passos são tão leves que quase se podia dizer que correriam pela superfície de um rio ou pelas ondas sem afundarem. Os gritos dos espectadores torciam por Hipômene: "Agora, agora, dê o seu melhor! Rápido, rápido! Está se aproximando dela! Não esmoreça! Só mais um pouco!". Não se sabia quem recebia estes encorajamentos com maior prazer, se o jovem ou a donzela. Mas o fôlego dele começou a falhar, sua garganta estava seca, a chegada ainda distante. Naquele momento, ele atirou no chão uma das maçãs douradas. A virgem foi tomada de admiração. Parou para apanhá-la. Hipômene disparou na frente. Gritos foram ouvidos de ambos os lados. Ela redobrou seus esforços e logo o ultrapassou. Novamente, ele jogou uma maçã. Mais uma vez, ela se deteve, e de novo o alcançou. A chegada estava próxima; restava apenas uma chance.

— Agora, deusa — disse ele —, faça valer o seu presente!

E lançou a maçã para um lado. Ela olhou para a fruta e hesitou; Vênus a compeliu a se desviar do caminho para alcançar o fruto. Assim ela fez e foi derrotada. O jovem conquistou seu prêmio.

Mas os amantes estavam tão inebriados de sua própria alegria que se esqueceram de pagar as honras devidas a Vênus, e a deusa se sentiu provocada por sua ingratidão. Ela fez com que ofendessem Cibele. Aquela poderosa deusa não podia ser insultada impunemente. Ela lhes tirou a forma humana e os transformou em animais cuja personalidade assemelhava-se a deles próprios: a heroína caçadora, triunfante no sangue dos que a amavam, tornou-se uma leoa, e seu senhor e mestre, um leão; Cibele os atrelou à sua carruagem, onde ainda podem ser vistos em todas as representações, estátuas ou pinturas, da deusa.

Cibele é o nome latino da deusa chamada pelos gregos de Reia ou Ops. Ela era a esposa de Saturno (Cronos) e mãe de Júpiter (Zeus). Em obras de arte, ela exibe um ar de matrona que a distingue de Juno (Hera) e Ceres (Deméter). Às vezes, usa um véu e está sentada em um trono com leões ao seu lado; outras vezes, dirigindo uma carruagem puxada por esses grandes felinos. É adornada por uma coroa mural, ou seja, uma coroa cujas bordas são entalhadas na forma de torres e ameias. Seus sacerdotes eram chamados de coribantes.

Byron, descrevendo a cidade de Veneza, que é construída em uma ilha rasa do mar Adriático, empresta uma impressão de Cibele:

> "Parece uma Cibele do mar recém-saída do oceano,
> Emergindo com sua tiara de orgulhosas torres
> A distância elevada, move-se com ar soberano,
> Senhora das águas e de seus poderes."
> — "A peregrinação de Childe Harold", Canto IV.

No poema "Rhymes on the Road", de Moore, o poeta, falando da paisagem Alpina, alude assim à história de Atalanta e Hipômene:

> "Mesmo aqui, nesta região por maravilhas agraciada
> Descubro a Extravagância, a Verdade para trás deixar,
> Ou, ao menos, como Hipômene, a despistar
> Atirando em seu caminho ilusões douradas."

CAPÍTULO DEZENOVE

Hércules — Hebe e Ganimedes

Hércules (Héracles) era o filho de Júpiter (Zeus) e Alcmena. Como Juno (Hera) era sempre hostil em relação aos filhos de seu marido com mulheres mortais, declarou guerra contra Hércules desde seu nascimento. Ela mandou duas serpentes para matá-lo enquanto dormia em seu berço, mas a precoce criança as estrangulou com as próprias mãos. Ele foi, no entanto, por obra de Juno, subordinado a Euristeu e obrigado e obedecer todas às suas ordens. Euristeu lhe impôs uma sucessão de aventuras impossíveis chamadas de "Doze Trabalhos de Hércules". A primeira foi sua luta contra o leão da Nemeia. O vale da Nemeia era atormentado por um terrível leão. Euristeu ordenou que Hércules lhe trouxesse a pele da criatura. Depois de usar em vão sua clava e flechas contra a fera, Hércules estrangulou o animal com as próprias mãos. Ele retornou, trazendo o leão morto em seus ombros; mas Euristeu ficou tão assustado por ver o animal e pela prova da força prodigiosa do herói, que ordenou que entregasse os espólios de seus feitos futuros do lado de fora da cidade.

Seu próximo trabalho foi matar a Hidra de Lerna. Esse monstro devastava o país de Argos e habitava um pântano perto do poço de Amímone. O poço havia sido descoberto por Amímone quando o país sofria com uma seca, e a história conta que Netuno (Poseidon), que a amava, permitiu que ela tocasse a rocha com seu tridente e uma fonte tripla apareceu. Ali a Hidra tomou seu lugar e Hércules foi mandado para destruí-la. A Hidra tinha nove cabeças, das quais a do meio era imortal. Hércules arrancou suas cabeças com sua clava, mas no lugar de cada cabeça arrancada, outras duas nasciam. Enfim, com a ajuda de seu fiel criado, Iolau, ele queimou as cabeças da Hidra e soterrou a nona, que jamais perecia, debaixo de uma grande pedra.

Outro trabalho consistiu em limpar os estábulos do rei Áugias. O rei de Elis tinha um rebanho de três mil touros cujos estábulos não eram lavados há trinta anos. Hércules desviou os rios Alfeu e Peneu de modo que eles atravessassem os estábulos e os limpassem completamente em um único dia.

Seu trabalho seguinte foi algo mais delicado. Admeta, filha de Euristeu, desejava obter o cinturão da rainha das amazonas e Euristeu ordenou Hércules a ir pegá-lo. As Amazonas eram uma nação de mulheres. Elas eram afeitas à guerra e comandavam várias cidades prósperas. Era costume seu criar apenas as crianças do sexo feminino; os garotos eram enviados à nação vizinha ou então mortos. Hércules estava acompanhado por um número de voluntários e, depois de várias aventuras, enfim alcançaram o país das Amazonas. Hipólita, a rainha, o recebeu com bondade e aceitou entregar-lhe seu cinturão, mas Juno, assumindo a forma de uma amazona, persuadiu as outras com o ardil de que os forasteiros estavam sequestrando sua rainha. Elas se armaram imediatamente e se dirigiram em grande número até a embarcação do herói. Hércules, pensando que Hipólita havia sido traiçoeira, a matou e, tomando para si seu cinturão, velejou para casa.

Outra tarefa que lhe foi incumbida foi trazer para Euristeu os bois de Gerião, um monstro de corpo triplo que morava na ilha de Eriteia (a vermelha), assim chamada porque situa-se a oeste, sob os raios do sol poente. Acredita-se que esta descrição aplique-se à Espanha, de que Gerião era rei. Depois de atravessar vários países, Hércules alcançou enfim as fronteiras da Líbia e Europa, onde ergueu as montanhas Calpe e Abila como monumento ao seu progresso ou, de acordo com outro relato, dividiu em dois um trecho alto de terra, deixando um de cada lado, formando o estreito de Gibraltar, as duas montanhas sendo então chamadas de Pilares de Hércules. Os bois eram guardados pelo gigante Euritião e seu cão de duas cabeças, mas Hércules matou a ambos e trouxe os touros em segurança para Euristeu.

O trabalho mais difícil de todos foi conseguir as maçãs de ouro de Hespéride, pois Hércules não sabia onde as encontrar. Tratava-se de maçãs que Juno recebeu em seu casamento como presente da deusa da Terra (Gaia) e as quais ela confiou aos cuidados das filhas de Héspero, auxiliadas por um vigilante dragão. Depois de várias aventuras, Hércules chegou ao monte Atlas, na África. Atlas era um dos titãs que haviam guerreado contra os deuses e, depois de serem subjugados, foi condenado a carregar em seus ombros o peso dos céus. Ele era o pai de Hespéride, e Hércules pensou que, se alguém podia achar as maçãs e trazê-las para ele, esse alguém seria Atlas. Mas como tirar Atlas do seu posto ou sustentar os céus enquanto ele estivesse fora? Hércules carregou o fardo em seus próprios ombros e mandou Atlas procurar as maçãs. Ele voltou com elas e, apesar de um pouco relutante, retomou seu fardo nos ombros e deixou Hércules retornar com as maçãs para Euristeu.

Milton, em seu "Comus", faz de Hespérides as filhas de Héspero e sobrinhas de Atlas:

"(...) Entre o belo jardim
De Héspero e suas filhas, três são
Que cantam junto à árvore dourada com animação."

Os poetas, levados pela analogia da aparência adorável do céu do ocidente ao pôr do sol, viam-no como uma região de brilho e glória. Por isso, situaram nele as Ilhas Afortunadas, a rubra ilha Erítia, onde os belos bois de Gerião pastavam, e a ilha das Hespérides. Alguns supunham que as maçãs fossem laranjas da Espanha, das quais os gregos ouviram alguns boatos obscuros.

Um feito festejado de Hércules foi sua vitória sobre Anteu. Filho de Terra, Anteu era um gigante poderoso e lutador cuja força era invencível, desde que ele permanecesse em contato com sua mãe Terra. Ele forçava todos os estranhos que vinham a seu país a enfrentá-lo numa luta, com a condição de que, se fossem vencidos (como todos eram), eles seriam mortos. Hércules o confrontou e, descobrindo que derrubá-lo no chão era inútil, pois ele sempre levantava com forças renovadas de toda queda, ele o ergueu do chão e o estrangulou no ar.

Cacus era um gigante enorme que habitava uma caverna no monte Aventine e saqueava os países vizinhos. Quando Hércules estava levando para casa os bois de Gerião, Cacus apoderou-se de parte do rebanho enquanto o herói dormia. Para que suas pegadas não denunciassem para onde haviam ido, ele arrastou os animais de costas pelos rabos até sua caverna; assim, todos os seus rastros pareciam mostrar que tinham ido na direção oposta. Hércules foi enganado por este estratagema e não teria conseguido recuperar os bois subtraídos se, ao conduzir o restante do rebanho, não tivesse passado em frente à caverna onde os animais roubados estavam escondidos e eles começassem a mugir, sendo assim descobertos. Cacus foi morto por Hércules.

O último feito que contaremos foi trazer Cérbero do mundo inferior. Hércules desceu até o Hades, acompanhado de Mercúrio (Hermes) e Minerva (Atena). Ele obteve permissão de Plutão (Hades) para levar Cérbero para tomar um ar fresco, já que conseguiria fazer isso sem o uso de armas; e apesar dos esforços do monstro, Hércules o agarrou firme e o levou a Euristeu, devolvendo-o logo em seguida. Enquanto ele estava no Hades, obteve a liberdade de Teseu, seu admirador e imitador, que foi feito prisioneiro ali devido a uma tentativa frustrada de sequestrar Prosérpina (Perséfone).

Hércules, em um surto de loucura, matou seu amigo Ífitus e foi condenado por seu crime a tornar-se escravo da rainha Ônfale por três anos. Durante este período, a natureza do herói parece ter mudado. Ele viveu de forma considerada afeminada, por vezes usando vestidos de mulher e tecendo junto às criadas de Ônfale, enquanto a rainha vestia sua pele de leão. Quando se viu livre de tais obrigações, ele se casou com Dejanira e viveu em paz com ela por três anos. Em uma ocasião em que estava viajando com sua esposa, eles chegaram até um rio onde o centauro Néssus carregava viajantes para a outra margem por um valor estabelecido. Hércules conseguia atravessar o rio sozinho, mas entregou Dejanira a Néssus para que a carregasse até a outra margem. Néssus tentou fugir com ela, mas Hércules ouviu seus gritos e atirou uma flecha no coração de Néssus. O centauro moribundo disse a Dejanira que pegasse um pouco de seu sangue e o guardasse, pois poderia ser usado como um amuleto para preservar o amor de seu marido.

Dejanira assim o fez e não demorou muito para ter oportunidade de usá-lo. Hércules, em uma de suas conquistas, tomou como prisioneira uma bela donzela chamada Iole, a quem ele parecia mais afeiçoado do que Dejanira aprovava. Quando Hércules estava prestes a oferecer sacrifícios aos deuses em honra à sua vitória, ele enviou a esposa para trazer uma túnica branca para usar na ocasião. Dejanira, pensando ser uma boa oportunidade para usar seu encanto do amor, impregnou sua vestimenta com o sangue de Néssus. Supomos que ela cuidou de lavar todos os traços de sangue, mas o poder mágico permaneceu, e assim que a vestimenta se aqueceu com o calor do corpo de Hércules, o veneno penetrou em seu corpo, causando-lhe a mais intensa agonia. Em sua fúria, ele agarrou Licas, que havia lhe trazido a túnica assassina, e o atirou no mar. Ele arrancou a vestimenta, mas esta aderiu à sua carne e arrancou consigo pedaços inteiros de seu corpo. Neste estado, ele embarcou em um navio e foi levado para casa. Dejanira, ao dar-se conta do que havia feito sem querer, enforcou-se. Hércules, preparado para morrer, subiu o monte Eta, onde construiu uma pira fúnebre com árvores, entregou seu arco e flechas a Filoctetes e deitou-se na pira, a cabeça descansando em sua clava e sua pele de leão estendida sobre si. Com o semblante tão calmo como se estivesse tomando seu lugar à mesa em um banquete, ele ordenou a Filoctetes que atirasse a tocha. As chamas se espalharam rapidamente e logo consumiram toda a pira.

Milton assim alude ao frenesi de Hércules:

"Assim Alcides,[16] vencedor de Ecália,
Com a envenenada túnica oprimido,
Dilacerou, da dor na atroz violência,
Os profundos pinheiros da Tessália
E rábido atirou com o infausto Licas
Do crespo cimo do Eta ao mar Eubóico).
— *Paraíso Perdido*, Canto II, tradução de António José de Lima Leitão.

---

16 Nome original de Hércules.

Mesmo os deuses se sentiram perturbados em ver o campeão da terra encontrando seu fim. Mas Júpiter, com semblante alegre, então lhes assegurou:

— Fico feliz em ver vossa preocupação, meus governantes, e sinto-me gratificado por ver que sou o soberano de um povo leal e que meu filho goza de vossa simpatia. Apesar de vosso interesse surgir pelos nobres feitos dele, ainda assim não é menos gratificante para mim. Mas agora vos digo, não temais. Aquele que a todos derrotou não será derrotado por aquelas chamas que vides queimando no monte Eta. Apenas a parte materna dele pode morrer; o que ele herdou de mim é imortal. Eu o levarei, morto para a terra, para as praias celestiais e peço que todos o recebam com ternura. Se algum de vós vos sentirdes magoados por ele receber esta honra, não podereis negar o fato de ele tê-la merecido.

Todos os deuses deram seu consentimento; apenas Juno ouviu as palavras finais com algum descontentamento por ter sido tão particularmente apontada, mas não o bastante para lamentar a decisão do marido. Então, quando as chamas consumiram a parte materna de Hércules, a parte divina, em vez de ser também queimada, pareceu receber maior vigor, assumir um porte mais altivo e uma dignidade mais assombrosa. Júpiter o envolveu em uma nuvem e o levou em uma carruagem puxada por quatro cavalos para morar entre as estrelas. Quando ele tomou seu lugar no paraíso, Atlas sentiu o peso extra.

Juno, agora reconciliada com ele, entregou-lhe sua filha Hebe em casamento.

O poeta Schiller, em um de seus trabalhos intitulado "O ideal e a vida", ilustra o contraste entre o prático e o imaginário em alguns belos versos, dos quais os dois últimos podem ser assim traduzidos:

> "Rebaixado a escravo do covarde Euristeu
> Espinhoso caminho o herói percorreu:
> Tremendos combates travou ele sem cessar
> Exterminou a Hidra, o leão estrangulou
> E para resgatar seu amigo se lançou
> Vivo na barca dos mortos, sem mesmo hesitar
> E todo tormento, todo trabalho penoso
> Que o ódio de Juno por ele determinou
> Desde que nasceu, tudo suportou corajoso
> Até que em tragédia sua vida findou.

Então a metade divina se desprendeu
Da parte terrena em chamas e ascendeu
Ao empíreo, sorvendo o ar etereal.
Exultante na nova leveza inusitada
Não tardou a ocupar seu lugar na morada
Dos deuses deixando pra trás o fardo mortal.
Todo o Olimpo saúda a chegada do deus
Hebe, deusa da juventude, quando o vê cora
No festim em que reina seu querido pai Zeus
E serve-lhe o néctar, esposos agora."
— Tradução de Guilherme Summa.

Juventas e Ganímedes

Juventas (Hebe), filha de Juno e deusa da juventude, era quem levava as taças para os deuses. A história que costuma se contar é que ela renunciou a seu ofício quando se tornou esposa de Hércules. Mas existe outra versão que nosso compatriota Crawford, o escultor, adotou em seu grupo de Juventas e Ganímedes que se encontra na galeria do Ateneu. De acordo com esta versão, Juventas foi dispensada de seu ofício em consequência de um tombo que sofreu um dia servindo aos deuses. Seu sucessor foi Ganímedes, um garoto de Troia a quem Júpiter, disfarçado de águia, agarrou e carregou dentre seus colegas no monte Ida, trouxe para o céu e colocou no lugar vago.

Tennyson, em seu "O Palácio de Arte", descreve entre as decorações na parede um quadro representando esta lenda:

"Ali, também, ruborizado Ganímedes, sua coxa corada
Na penugem da águia meio enterrada
Solitário como uma estrela cadente foi-se de revoada
Acima da cidade colunada."

E no "Prometeu" de Shelley, Júpiter assim convoca o portador de sua taça:

"Sirva o vinho celestial, Ganímedes de Ida
E deixe-o encher a taça de Dédalo como fogo."

CAPÍTULO VINTE

TESEU — DÉDALO — CASTOR E PÓLUX

TESEU ERA FILHO DE Egeu, rei de Atenas, e de Etra, filha do rei de Trezena. Ele cresceu em Trezena e, quando chegou à idade adulta, foi enviado a Atenas para apresentar-se ao pai. Egeu, ao se separar de Etra antes do nascimento de seu filho, colocou sua espada e sandálias sob uma grande pedra e deu instruções à esposa que mandasse seu filho procurá-lo quando ele se tornasse forte o suficiente para rolar a pedra e retirar os itens debaixo dela. Quando julgou que o momento havia chegado, a mãe guiou Teseu até a pedra e ele a removeu com facilidade, pegando a espada e as sandálias. Como as estradas eram infestadas de ladrões, seu avô insistiu que ele tomasse o caminho mais curto e seguro até a cidade de seu pai: pelo mar; o jovem, entretanto, sentindo em si a coragem e a alma de um herói, e desejoso de se equiparar a alguém como Hércules, cuja fama de destruir malfeitores e monstros que oprimiam o país toda a Grécia conhecia, decidiu-se pela jornada mais perigosa e aventurosa por terra.

Seu primeiro dia de viagem o levou até Epidauro, onde morava um homem chamado Perifetes, um dos filhos de Vulcano (Hefesto). Esse selvagem feroz sempre portava um porrete de ferro, e todos os viajantes viviam apavorados, temendo seus atos de violência. Quando viu Teseu se aproximar, ele o atacou, porém, logo tombou sob os golpes do jovem herói, que se apossou de seu porrete e passou a carregá-lo consigo depois disto como uma lembrança de sua primeira vitória.

Seguiram-se vários confrontos similares contra tiranetes e saqueadores; em todos Teseu saiu vitorioso. Um desses malfeitores era chamado Procrusto, também conhecido por o Esticador. Ele possuía uma cama de ferro à qual costumava amarrar todos os viajantes que caíam em suas garras. Se suas vítimas fossem menores do que a cama, ele esticava seus membros até que ficassem do mesmo tamanho; se fossem maiores, ele decepava o excesso. Teseu o venceu como havia vencido os outros.

Tendo superado todos os perigos da estrada, Teseu enfim chegou em Atenas, onde novos desafios aguardavam-no. Medeia, a feiticeira que fugira de Corinto após se separar de Jasão, havia se tornado esposa de Egeu, o pai de Teseu. Descobrindo, por meio de sua magia, quem ele era e temendo perder sua influência sobre o marido caso Teseu fosse reconhecido como filho dele, povoou a cabeça de Egeu com suspeitas sobre o jovem forasteiro e o induziu a oferecer-lhe uma taça de veneno; mas no momento em que Teseu se aproximou para pegá-la, seu pai, vendo a espada que o jovem carregava e reconhecendo-o como seu filho, salvou-o da bebida fatal. Medeia, flagrada em suas artimanhas, fugiu mais uma vez da merecida punição e foi para a Ásia, onde posteriormente daria ao lugar o nome de Média. Teseu foi reconhecido por seu pai e declarado seu sucessor.

Naquela época, os atenienses viviam em profunda aflição devido ao tributo que eram obrigados a pagar a Minos, rei de Creta. Tal tributo consistia em sete rapazes e sete moças, que eram entregues todo ano para serem devorados pelo Minotauro, um monstro com cabeça de touro e corpo de homem. A criatura, extremamente forte e feroz, era mantida em um labirinto construído por Dédalo, uma construção tão engenhosamente elaborada que quem quer que lá entrasse não conseguiria de forma alguma encontrar a saída sem ajuda. Ali, o Minotauro vagava e era alimentado com vítimas humanas.

Teseu decidiu salvar seus patrícios deste trágico destino ou morrer tentando. Assim, quando chegou a época de mandar o tributo e os rapazes e moças foram, como era habitual, sorteados para serem enviados, ele se ofereceu como uma das vítimas, apesar das súplicas do pai. O navio partiu com velas negras içadas, como era costume, as quais Teseu prometeu trocar por brancas caso retornasse vitorioso. Quando chegaram em Creta, os rapazes e moças foram exibidos diante de Minos; e Ariadne, a filha do rei, estando presente, apaixonou-se profundamente por Teseu, sendo seu amor prontamente correspondido. Ela o muniu de uma espada, para que enfrentasse o Minotauro, e de um novelo de lã, com o qual ele poderia encontrar a saída do labirinto. Ele foi bem-sucedido, matou o Minotauro, escapou do labirinto e, levando também Ariadne como sua companheira, com seus companheiros resgatados, velejou para Atenas. No caminho, eles pararam na ilha de Naxos, onde Teseu abandonou Ariadne, enquanto estava adormecida.[17] Sua desculpa para este tratamento ingrato com sua benfeitora foi que a deusa Minerva lhe aparecera em um sonho e lhe ordenara que ele assim o fizesse.

Ao se aproximarem do litoral da Ática, Teseu esqueceu-se do sinal combinado com seu pai e não ergueu as velas brancas; o rei, pensando que seu filho havia perecido, pôs fim à própria vida. Assim, Teseu tornou-se rei de Atenas.

Uma das mais célebres aventuras de Teseu é sua expedição contra as amazonas. Ele as atacou antes que tivessem se recuperado do confronto contra Hércules e sequestrou sua rainha, Antíope. As amazonas, por sua vez, invadiram Atenas e penetraram a capital; e a batalha final em que Teseu as venceu foi travada no centro da cidade. Tal batalha era um dos assuntos favoritos dos escultores da Antiguidade e várias obras de arte que a representam existem até hoje.

A amizade entre Teseu e Pirítoo, embora de natureza íntima, originou-se em batalha. Pirítoo invadiu a planície de Maratona e saqueou os rebanhos do rei de Atenas. Teseu partiu para expulsar os saqueadores. No

---

17   Uma das mais belas esculturas da Itália, *Ariadne adormecida*, no Vaticano, representa este incidente. Reproduções podem ser encontradas no Ateneu de Boston e no depósito do Museu de Belas Artes.

momento em que Pirítoo o avistou, foi tomado de admiração; ele esticou sua mão como sinal de paz e gritou:

— Seja você o juiz: que satisfação deseja?

— Vossa amizade — respondeu o ateniense e os dois juraram fidelidade inviolável.

Suas ações corresponderam a seu juramento e eles permaneceram eternos irmãos de armas. Ambos desejavam desposar com uma filha de Júpiter. Teseu escolheu Helena, na época uma criança; mais tarde, já célebre como o estopim da guerra de Troia e, com a ajuda de seu amigo, ele a sequestrou. Pirítoo aspirava conquistar a esposa do monarca do Érebo; e Teseu, mesmo ciente dos riscos, acompanhou o ambicioso apaixonado em sua descida ao submundo. Mas Plutão (Hades) os capturou e os aprisionou em um rochedo encantado nos portões de seu palácio, onde eles permaneceram até Hércules (Héracles) chegar e libertar Teseu, deixando Pirítoo à sua própria sorte.

Depois da morte de Antíope, Teseu casou-se com Faedra, filha de Minos, rei de Creta. Faedra viu em Hipólito, filho de Teseu, um jovem dotado de todas as graças e virtudes do pai e com idade próxima à sua. Ela o amava, mas ele a rejeitou, e seu amor transformou-se em ódio. Ela usou sua influência sobre o marido apaixonado para deixá-lo com ciúmes do filho e ele invocou contra o rapaz a ira de Netuno (Poseidon). Certo dia, quando Hipólito conduzia sua carruagem pela costa, surgiu um monstro marinho e assustou os cavalos, fazendo com que fugissem em disparada e destruíssem a carruagem. Hipólito foi morto, mas, com a ajuda de Diana (Ártemis), Esculápio o ressuscitou. Diana afastou Hipólito de seu iludido pai e da traiçoeira madrasta e o levou para a Itália, sob a proteção da ninfa Egéria.

Teseu, por fim, privado do amor de seu povo, retirou-se para a corte de Licomedes, rei de Ciros, que, a princípio, o recebeu de braços abertos, mas, em seguida, o assassinou perfidamente. Tempos depois, o general ateniense Címon descobriu onde seus restos mortais haviam sido deixados e ordenou que fossem transferidos para Atenas, onde foram depositados em um templo chamado Teseum, erguido em homenagem ao herói.

A rainha das amazonas a quem Teseu desposou é chamada por alguns de Hipólita. Este é o nome que carrega na obra de Shakespeare, *Sonhos de uma Noite de Verão*, cujo enredo trata das festividades em ocasião do casamento de Teseu e Hipólita.

Hemans escreveu um poema sobre uma antiga tradição grega que diz que a "Sombra de Teseu" apareceu para fortalecer seus patrícios na batalha de Maratona.

Teseu é um personagem semi-histórico. Registros atestam que ele unificou as várias tribos que habitavam a região da Ática, da qual Atenas é a capital. Em comemoração ao importante evento, ele instituiu o festival de Panateneias, em honra a Minerva (Atena), a divindade padroeira de Atenas. Tal celebração diferia dos outros jogos gregos principalmente em dois aspectos: era peculiar aos atenienses, e sua atração principal consistia em uma procissão solene em que o *péplus*, ou manto sagrado de Minerva, era carregado até o Partenon e suspenso diante da estátua da deusa. O *péplus* era coberto de bordados feitos por virgens selecionadas entre as mais nobres famílias atenienses. A procissão era composta por pessoas de todas as idades e ambos os sexos. Os homens idosos carregavam ramos de oliveira, e os jovens, armas. As moças traziam em suas cabeças cestos contendo os utensílios sagrados, bolos e todo o aparato necessário para os sacrifícios. A procissão compõe o motivo dos baixos-relevos que enfeitam a parte externa do templo do Partenon. Uma porção considerável dessas esculturas encontra-se hoje no Museu Britânico entre aquelas conhecidas como "Mármores de Elgin".

As Olimpíadas e outros jogos

Não parece inapropriado mencionar aqui os outros jogos nacionais realizados na Grécia. Os primeiros e mais notáveis foram os Jogos Olímpicos, instituídos, dizia-se, pelo próprio Júpiter. Eles eram celebrados em Olímpia, na Élida. Viajava para lá um vasto número de espectadores de toda Grécia, bem como da Ásia, África e Sicília. Repetiam-se a cada cinco anos, no verão, e duravam cinco dias. Desta tradição, originou-se o costume de calcular o tempo e datar eventos com base nas Olimpíadas. Acredita-se que a primeira Olimpíada date do ano de 776 a.C. Os Jogos Píticos eram celebrados nos arredores de Delfos; os jogos Ístmicos, no Istmo de Corinto; e os Nemeus, na Nemeia, uma cidade de Argólida.

Eram cinco as modalidades nestes jogos: corrida, salto, luta, arremesso de disco e lançamento de dardo. Além destas modalidades de demonstração de força física e agilidade, havia desafios de música, poesia e eloquência. Deste modo, tais competições ofereciam a poetas, músicos e autores uma ótima oportunidade para apresentar sua produção para o público; e a fama dos vitoriosos era amplamente difundida.

Dédalo

O labirinto do qual Teseu escapou por causa do novelo de Ariadne foi construído por Dédalo, um habilidoso artesão. Tratava-se de uma construção com inúmeras passagens e curvas que desembocavam umas nas outras e parecia não ter nem início nem fim, tal qual o rio Meandro, que deságua em si mesmo e corre ora para frente, ora para trás, em seu curso para o mar. Dédalo construiu o labirinto para o rei Minos, mas depois perdeu a afeição do rei e foi trancafiado em uma torre. Ele planejava escapar de sua prisão, mas não podia deixar a ilha pelo mar, pois o rei mantinha forte vigilância sobre as embarcações e não permitia que ninguém velejasse sem passar por uma rigorosa vistoria.

— Minos pode controlar a terra e o mar — disse Dédalo —, mas não os céus. Por ali, tentarei escapar.

Ele, então, começou a trabalhar na construção de asas para si próprio e seu jovem filho, Ícaro. Ele uniu penas, iniciando pelas menores e, depois, acrescentando as maiores, para criar uma superfície crescente. As penas maiores, amarrou com fios e as menores prendeu com cera, conferindo ao conjunto uma suave curvatura, como as asas de um pássaro. Ícaro, seu filho, observava o processo, algumas vezes correndo para juntar penas que o vento havia soprado e, em outras, manuseando a cera entre os dedos, atrapalhando o trabalho de seu pai com sua brincadeira. Quando enfim a obra ficou pronta, o artista, batendo suas asas, viu-se flutuando e equilibrando-se no ar. Então, ele equipou o filho com o mesmo artefato, e o ensinou a voar, como faz um pássaro com seus filhotes, lançando-os no ar dos altos ninhos. Quando tudo estava pronto para o voo, ele disse:

— Ícaro, meu filho, eu lhe peço que você mantenha uma altura moderada, pois, se voar muito baixo, a umidade vai ensopar suas asas, e, se voar muito alto, o calor as derreterá. Fique perto de mim e estará a salvo.

Enquanto dava as instruções e ajustava as asas em seus ombros, seu rosto estava banhado em lágrimas e suas mãos tremiam. Ele beijou o garoto, sem saber que seria pela última vez. Então, elevando-se com suas asas, voou, encorajando o filho a segui-lo e olhava para trás em seu voo para ver como o filho estava se saindo com suas asas. Quando passaram voando, o lavrador parou seu trabalho para olhar e o pastor se escorou em seu cajado para observá-los, maravilhado com a visão e pensando que eram deuses que podiam cruzar os ares.

Eles sobrevoaram Samos e Delos à esquerda e Lebintos à direita, quando o garoto, exultante em seu percurso, começou a abandonar a orientação do pai e elevar-se como se fosse chegar ao paraíso. A proximidade com o sol escaldante amoleceu a cera que unia as penas e elas se soltaram. Ele agitou os braços, mas nenhuma pena sobrou para mantê-lo no ar. Enquanto gritava, buscando o auxílio do pai, o menino afundou nas águas azuis do mar, que daí por diante recebeu seu nome. Seu pai gritou:

— Ícaro, Ícaro, onde você está?

Foi quando ele viu as penas flutuando na água e, lamentando amargamente sua obra, enterrou o corpo e chamou a terra de Icária em memória de seu filho. Dédalo chegou em segurança à Sicília, onde construiu um templo a Apolo e pendurou suas asas, como uma oferenda ao deus.

Dédalo tinha tamanho orgulho de suas realizações que não suportava a ideia de um rival. Sua irmã havia deixado seu filho Pérdix sob sua responsabilidade para aprender as artes da mecânica. Ele era um excelente aluno e dava assombrosas evidências de engenhosidade. Um dia, caminhando pela praia, ele pegou a espinha de um peixe. Reproduzindo-a em ferro, dentou uma das laterais, inventando assim a *serra*. Ele uniu dois pedaços de ferro, conectando-os em uma extremidade com um rebite e afiando as outras duas, e produziu um compasso. Dédalo sentiu tanta inveja das conquistas de seu sobrinho que aproveitou a oportunidade, quando estavam certo dia juntos no topo de uma torre, para empurrá-lo do alto. Mas Minerva, que protege os engenhosos, o viu caindo e o salvou de seu destino, transformando o menino em um pássaro que recebeu o seu nome, perdiz. Essa ave não constrói seus ninhos em árvores, nem consegue voar muito alto, preferindo fazer seus ninhos em arbustos e, consciente de sua queda, evita alturas.

A morte de Ícaro é contada nos seguintes versos de Darwin:

"(...) Com cera derretida e linhas frouxas
Afundou o infeliz Ícaro com penas poucas;
Disparou de cabeça pelo ar com confiança,

Com cabelos bagunçados, membros erráticos;
Sua plumagem espalhada nas ondas dança;
Tristonhas nereidas enfeitam seu túmulo aquático;
Sobre seu pálido cadáver suas flores peroladas atiram,
Manchas de musgo carmesim sua cama de mármore enfeitam;
Nas torres de corais o sino do cortejo soa,
Por todo o oceano sua despedida ecoa."

Castor e Pólux

Castor e Pólux eram filhos de Leda e o cisne sob o qual Júpiter (Zeus) se disfarçou para ocultar sua identidade. Leda deu à luz a um ovo de onde nasceram os gêmeos. Helena, que mais tarde ficaria famosa por ser o estopim da Guerra de Troia, era irmã deles.

Quando Teseu e seu amigo Pirítoo raptaram Helena de Esparta, os jovens heróis Castor e Pólux, com seus seguidores, apressaram-se para resgatá-la. Teseu estava ausente de Ática, e os irmãos foram bem-sucedidos em recuperar sua irmã.

Castor era famoso por domar e montar cavalos, e Pólux, como lutador. Eles eram unidos por uma profunda afeição e inseparáveis em tudo o que faziam. Eles acompanharam a expedição dos argonautas. Durante a viagem, uma tempestade se anunciou e Orfeu orou aos deuses da Samotrácia, tocando sua harpa, foi quando a tempestade cessou e estrelas apareceram sobre a cabeça dos irmãos. Deste incidente em diante, Castor e Pólux passaram a ser considerados as divindades padroeiras dos marujos e viajantes, e as chamas suaves que em certas condições atmosféricas brincam em volta das velas e dos mastros das embarcações receberam seus nomes.

Depois da expedição argonauta, encontramos Castor e Pólux em uma batalha contra Idas e Linceu. Castor foi morto, e Pólux, inconsolável pela perda de seu irmão, suplicou a Júpiter que lhe permitisse dar sua própria vida como resgate pela dele. Júpiter permitiu, com a condição de que os dois irmãos desfrutassem alternadamente da dádiva da vida, passando um dia na terra e outra nas moradas celestiais. De acordo com outra versão da história, Júpiter recompensou a afeição fraternal dos irmãos colocando-os entre as estrelas como a constelação de Gêmeos.

Eles receberam honras divinas sob o nome de dióscuros (filhos de Jove). Acreditava-se que retornaram ocasionalmente tempos mais tarde, tomando parte de um lado ou de outro no campo de batalha e dizia-se que nestas ocasiões estavam montados em magníficos garanhões brancos. Assim, no início da história de Roma, diziam que ajudaram os romanos na batalha do lago Regilo e após a vitória foi erguido um templo em sua honra no lugar onde apareceram.

Macaulay, em seu poema "Cantos da Roma Antiga", assim se refere à lenda:

> "Tão parecidos eram que nenhum mortal
> Tinha condição de dizer quem era quem
> Suas armaduras níveas combinavam
> Com seus poderosos corcéis, brancos também.
> Bigorna nenhuma na terra produziu
> Raras armaduras que como o sol brilharam
> E nunca antes tão garbosos garanhões
> Sua sede em águas terrenas saciaram
> (...)
> Para casa retorna em triunfo o líder,
> Que durante a batalha, na hora mais dura,
> Viu os extraordinários Irmãos Gêmeos
> Ao seu lado, à direita, trajando armadura.
> Inteiro e seguro volta ao porto o navio,
> Mesmo que atravesse mares tempestuosos,
> Se pelo menos uma vez os Irmãos Gêmeos
> Repousarem em suas velas, luminosos.
> — Tradução de Guilherme Summa.

CAPÍTULO VINTE E UM

Baco — Ariadne

Baco (Dionísio) era o filho de Júpiter (Zeus) e Sêmele. Juno (Hera), para vingar-se de Sêmele, elaborou um plano para destruí-la. Assumindo a forma de Béroe, sua ama de leite anciã, insinuou ter dúvidas se havia mesmo sido Jove seu amante. Dando um suspiro, disse:

— Espero que no fim tenha sido ele, mas não posso deixar de temer. As pessoas nem sempre são o que fingem ser. Se ele for mesmo Jove, faça com que dê alguma prova disso. Peça-lhe que venha em todo seu esplendor, assim como ele se apresenta no céu. Isso não deixará dúvidas.

Sêmele foi persuadida a tentar o experimento. Ela pediu-lhe um favor, sem falar do que se tratava. Jove deu sua palavra e confirmou isso com um juramento irrevogável, jurando pelo rio Estige, algo que até mesmo os próprios deuses não se atreveriam a violar. Então, ela revelou seu pedido. O deus a teria feito parar enquanto falava, mas ela foi rápida demais para ele: Júpiter não podia voltar atrás com a promessa dele nem o pedido dela. Perturbado, ele a deixou e retornou às regiões superiores. Ali colocou suas vestes esplendorosas, não as que ostentavam todos seus horrores, como as que usara quando derrotou os gigantes, mas as conhecidas entre os deuses como as vestes mais simples. Trajando-a, entrou nos aposentos de Sêmele. Seu corpo mortal não pôde suportar o esplendor da radiante imortalidade. Ela foi transformada em cinzas.

Jove deixou Baco ainda bebê sob a proteção das ninfas nisíades, que cuidaram dele durante sua infância e adolescência e foram recompensadas por Júpiter, sendo colocadas, como as Híades, entre as estrelas. Quando Baco cresceu, descobriu a cultura da vinha e como extrair seu precioso suco; mas Juno o deixou louco e o compeliu a vagar por várias partes da terra. Na Frígia, a deusa Cibele (Reia) o curou e lhe ensinou seus ritos religiosos, e ele viajou pela Ásia, ensinando aos povos de lá o cultivo da vinha. A parte mais famosa de sua peregrinação é sua expedição à Índia, que dizem ter levado vários anos. Retornando triunfante, ele começou a introduzir seu culto na Grécia, mas recebeu resistência de alguns príncipes, que temiam a desordem e a loucura que promoviam.

Quando se aproximou de sua cidade natal, Tebas, o rei Penteu, que não nutria respeito pelo novo culto, proibiu que seus ritos fossem executados. Mas quando correu a notícia de que Baco estava próximo, homens e principalmente mulheres, jovens e velhas, correram para encontrá-lo e para se juntarem a sua marcha triunfal.

O sr. Longfellow, em seu poema "Canção para beber", descreve assim a marcha de Baco:

> "Faunos seguem o jovem Baco adiante;
> Coroas de hera lhes dão ar superno,
> Fazendo lembrar de Apolo o semblante
> Juventude perene, frescor eterno.
>
> Em torno do deus, dançam belas bacantes,
> Com seus címbalos, flautas e tirsos vêm
> Dos bosques de Naxo, vinhedos de Zante
> Cantando versos delirantes também."
> — Tradução de Guilherme Summa.

Em vão Penteu protestou, ordenou e ameaçou:

— Vão — disse ele a seus servos —, capturem esse líder vagabundo do bando e tragam-no para mim. Logo farei com que confesse a farsa de seu parentesco divino e renuncie a sua falsa doutrina.

Em vão seus amigos mais próximos e conselheiros mais sábios protestaram e imploraram para que não se opusesse ao deus. Seus protestos só o deixaram mais violento.

Agora retornavam, entretanto, os servos que haviam sido enviados para capturar Baco. Eles haviam sido repelidos por seus seguidores, mas conseguiram tomar um deles como prisioneiro, que, com as mãos amarradas nas costas, trouxeram diante do rei. Penteu, encarando-o com uma expressão de raiva, disse:

— Você será executado rapidamente, para que seu destino sirva de exemplo para os outros; mas, embora eu me ressinta de adiar o seu castigo, fale, diga-nos: quem são vocês e o que são estes rituais que pretendem celebrar?

O prisioneiro, calmo, respondeu:

— Meu nome é Acetes; meu país é a Meônia; meus pais eram pessoas pobres, que não tinham terras ou rebanho para legar-me, mas me deixaram suas varas de pescar, suas redes e a profissão de pescador. Este ofício segui por algum tempo, até ficar incomodado de permanecer em um só lugar; aprendi o trabalho de marinheiro e a me guiar usando as estrelas. Por acaso, quando estava navegando para Delos, chegamos na ilha de Dia e desembarcamos. Na manhã seguinte, mandei os homens buscarem água fresca e subi a colina para observar a direção dos ventos; quando meus homens retornaram, trouxeram com eles o que julgaram ser uma presa: um garoto de aparência delicada, que encontraram dormindo. Acharam que fosse um jovem nobre, talvez o filho de um rei, e que talvez conseguissem um resgate por ele. Eu observei suas vestes, seu jeito de andar, seu rosto. Algo nele me levava à certeza de que ali estava alguém superior aos mortais. Eu disse aos meus homens: "Não sei qual deus está confinado neste corpo, mas algum, com certeza, está. Perdoe-nos, gentil divindade, pela violência que cometemos contra ti, e boa sorte na sua jornada". Díctis, um dos meus mais habilidosos homens para escalar o mastro e descer pelas cordas; Melanto, meu timoneiro; e Epopeu, o líder dos marinheiros, gritaram: "Poupe suas preces por nós". Como é cego o desejo pelo lucro! Quando começaram a embarcá-lo, tentei impedi-los. "Este navio não deve ser profanado por tal impiedade", eu disse. "Tenho uma participação maior nele do que qualquer um de vocês." Mas Lícabas, um camarada corpulento, agarrou-me pelo pescoço e tentou me jogar pela amurada e me salvei por pouco segurando-me nas cordas. Os outros aprovaram o que ele fez.

"Então, Baco (porque de fato era ele), como se afastando a sonolência, bradou: 'O que vocês estão fazendo comigo? Que briga é essa? Quem me trouxe aqui? Para onde vão me levar?'. Um deles respondeu: 'Não precisa ter medo; diga-nos aonde deseja ir que o levaremos até lá'. 'Naxos é minha casa', retrucou Baco; 'levem-me até lá e vocês serão bem recompensados.' Prometeram assim fazer e me disseram para guiar a embarcação. Naxos ficava à direita, e eu estava manobrando as velas para nos conduzir para lá, quando uns marinheiros por meio de sinais e outros por assovios me indicaram que gostariam que eu navegasse na posição oposta e que levasse o garoto ao Egito para vendê-lo como escravo. Fiquei aviltado e disse: 'Que outra pessoa conduza a nau', eximindo-me de mais envolvimento em seus planos malignos. Eles me xingaram e um deles gritou: 'Não se vanglorie achando que dependemos de você para nossa segurança', em seguida, assumiu o timão e navegou para longe de Naxos.

"Então, o deus, fingindo que só então havia notado a intenção deles, olhou para o mar e disse com uma voz lamuriosa: 'Marinheiros, esta não é a costa para a qual vocês prometeram me levar; aquela ilha ali não é minha casa. O que eu fiz para que me tratassem dessa forma? Pouca glória encontrarão enganando um pobre garoto'. Chorei ao ouvir suas palavras, mas a tripulação riu de nós dois e acelerou a embarcação. De repente — por mais estranho que possa parecer, é verdade —, o barco parou no meio do mar, tão abruptamente que foi como se tivesse sido pregado no chão. Os homens, espantados, puxaram seus remos e desceram mais velas, tentando progredir com a ajuda de ambos, mas tudo em vão. Uma hera enrolou-se nos remos, prejudicando seus movimentos, e agarrou-se às velas com pesados cachos de frutos. Uma parreira, carregada de uvas, subiu pelo mastro e pelas laterais do barco. Ouviu-se o som de flautas e o odor característico de vinho espalhou--se por todo lado. O próprio deus tinha uma grinalda de folhas de parreira e trazia em sua mão uma lança entrelaçada com vinhas. Tigres acocoravam-se a seus pés e linces e panteras pintadas brincavam a seu redor. Os homens foram acometidos de terror ou loucura; alguns pularam no mar; outros, que se preparavam para fazer o mesmo, viram seus companheiros na água se transformando, seus corpos se tornando achatados e terminando em uma cauda torta. Um deles gritou: 'Que milagre é esse?', e enquanto falava, sua boca cresceu, suas narinas se expandiram e escamas recobriram todo o seu corpo. Outro, arriscando-se a puxar o remo, sentiu suas mãos encolherem até não mais se parecerem com mãos, e sim, barbatanas; outro, tentando alcançar uma corda, descobriu que não tinha braços e, curvando seu corpo mutilado, pulou no mar: o que antes eram suas pernas se tornaram as duas extremidades de uma cauda em forma de lua crescente. A tripulação inteira se transformou em um cardume de golfinhos e nadou em torno do navio, ora na superfície, ora submersa, espalhando respingos e jorrando água de suas largas narinas. De vinte homens, apenas eu sobrei. Tremendo de medo, o deus me animou. 'Não tema', disse ele, 'vire o barco na direção de Naxos.' Eu obedeci e, quando chegamos lá, acendi os altares e celebrei os ritos sagrados de Baco."

A esta altura, Penteu esbravejou:

— Perdemos tempo demais com esta história tola. Levem-no daqui e o executem sem demora.

Acetes foi levado pelos servos e trancafiado na prisão; mas, enquanto preparavam os instrumentos da execução, as portas da prisão abriram-se sozinhas e as correntes soltaram-se de seus membros, e quando procuraram por ele, não o encontraram.

Penteu não se deixou abalar por tal advertência, e em vez de mandar mais servos, decidiu ir ele próprio ao local das solenidades. O monte Citerão fervilhava com tantos adoradores, e as vozes das bacantes ressoavam por todos os lados. O barulho enfureceu Penteu como o toque das trombetas atiça o ardor de um cavalo de guerra. Ele adentrou a floresta e chegou a uma clareira onde a cena principal das orgias alcançou seus olhos. No mesmo instante, as mulheres o viram; e entre elas sua própria mãe, Agave, que, cegada pelo deus, gritou:

— Vejam ali o javali selvagem, a maior fera que vaga por estas florestas! Vamos, irmãs! Eu serei a primeira a atacar o javali selvagem.

Partiram todas para cima do rei, que, mostrando-se então menos arrogante, agora pedia desculpas e, em seguida, confessava seus crimes e implorava por misericórdia, mas continuaram a atacá-lo. Ele pede, em vão, que suas tias o protejam de sua mãe. Autônoe agarra um braço; Ino, o outro, e entre elas ele é despedaçado, enquanto sua mãe gritava:

— Vitória! Vitória! Conseguimos; a glória é nossa!

Dessa forma, a adoração a Baco foi estabelecida na Grécia.

Existe uma alusão à história de Baco e dos marinheiros no poema "Comus" de Milton, na Estrofe 46. A história de Circe será encontrada no Capítulo XXIX.

> "Baco, que das uvas púrpuras foi o primeiro
> A extrair o doce veneno do vinho – do qual mau uso se fez,
> Depois que em feras os marinheiros etruscos transformados,
> A costa do Tirreno com os ventos tendo navegado
> Na ilha de Circe foi parar (quem não conhece Circe,
> Filha do Sol?, cuja taça encantada
> Quem provava perdia sua forma ereta,
> E caía como um porco rastejante)."

Ariadne

Vimos na história de Teseu como Ariadne, a filha do rei Minos, depois de ajudar Teseu a escapar do labirinto, foi levada por ele para a ilha de Naxos e lá deixada dormindo, enquanto o ingrato herói seguiu para sua terra natal sem ela. Quando acordou e percebeu que fora abandonada, Ariadne entregou-se à tristeza. Mas Vênus condoeu-se dela e a consolou, prometendo-lhe um amor imortal no lugar do mortal que havia perdido.

A ilha em que Ariadne foi deixada era a favorita de Baco, a mesma para a qual pediu que os marinheiros tirrenos o levassem, quando, de forma traiçoeira, tentaram ganhar dinheiro com ele. Enquanto Ariadne lamentava seu destino, Baco a encontrou, a consolou e a tomou como esposa. Como presente de casamento, deu-lhe uma coroa de ouro cravejada de pedras preciosas e, quando ela morreu, ele pegou essa coroa e a lançou para os céus. À medida que a coroa subia, suas pedras se transformaram em estrelas e, preservando a forma da coroa de Ariadne, permanecem fixas nos céus como constelação, entre Hércules ajoelhado e o homem que segura a serpente.

Spenser alude à coroa de Ariadne, apesar de ter cometido alguns erros em sua mitologia. Foi no casamento de Pirítoo, e não de Teseu, que os centauros e os lápitas brigaram.

"Bela coroa que Ariadne usou
Na fronte de marfim naquele mesmo dia
Em que Teseu como sua noiva a tomou,
Quando os centauros acabaram com a alegria
Lutando com os lápitas com ousadia;
Lançada ao alto tu estás no firmamento,
Na noite límpida teu brilho irradia,
Outras estrelas se juntaram aos ornamentos
E em torno giram em perfeito movimento."
— Tradução de Guilherme Summa.

Ariadne

CAPÍTULO VINTE E DOIS

As divindades rurais — Pã — Erisictão — Reco — As divindades aquáticas — As camenas — Os ventos

Pã, o deus das florestas e dos campos, dos rebanhos e pastores, morava em grutas, caminhava pelas montanhas e vales, e se divertia perseguindo as ninfas ou conduzindo sua dança. Ele apreciava música e, como já vimos, inventou a siringe, ou flauta pastoril, que ele mesmo toca de forma magistral. Pã, como outros deuses que moram na floresta, era temido por aqueles cuja ocupação os forçavam a passar pelas matas durante a noite, pois a escuridão e a solidão assim predispõem a mente a medos supersticiosos. É por isso que sustos repentinos e sem causa visível eram creditados a Pã e chamados de terror *pânico*.

Como o nome do deus significa *tudo*, Pã veio a ser considerado um símbolo do universo e personificação da natureza; e, mais tarde, visto como uma representação de todos os deuses e do próprio paganismo.

Silvano e Fauno eram divindades latinas, cujas características eram tão parecidas com as de Pã que podemos seguramente considerá-los os mesmos personagens sob diferentes nomes.

As ninfas das florestas, parceiras de dança de Pã, eram apenas uma das classes das ninfas. Além delas, havia as náiades, que eram as ninfas dos riachos e nascentes; as oréades, ninfas das montanhas e grutas; e as nereidas, ninfas do mar. Estas últimas três eram imortais, mas acreditava-se que as ninfas das florestas, denominadas dríades ou hamadríades, perecessem com a árvore que havia lhes servido de morada e com a qual nasceram. Tratava-se, portanto, de uma terrível maldade destruir intencionalmente uma árvore e, em alguns casos mais graves, tal atrocidade era severamente punida, como no caso de Erisictão, que relataremos adiante.

Milton, em sua brilhante descrição da criação, alude assim a Pã, como a personificação da natureza:

> "Enquanto Pã, da Natureza emblema,
> Unido em danças com as Graças e Horas,
> Primavera conduz brilhante, eterna."
> — *Paraíso Perdido*, Canto IV, tradução de António José de Lima Leitão.

E descrevendo a morada de Eva:

> "Em local mais sombrio, oculto e sacro,
> Nunca (segundo as fábulas) dormiram
> Silvano, o cápreo Pã, — nunca estiveram
> Os Faunos folgazões, as fáceis Ninfas."
> — *Paraíso Perdido*, Canto IV, tradução de António José de Lima Leitão.

Era um traço agradável do antigo paganismo o fato de ele atribuir a cada fenômeno da natureza a influência de uma divindade. A imaginação dos gregos povoava todas as regiões da terra e do mar com divindades, a cuja influência atribuíam todos os fenômenos que nossa filosofia explica por meio das leis da natureza. Às vezes, em nossos momentos de inspiração poética, lamentamos tal mudança e imaginamos que, com a substituição, o coração perdeu tanto quanto o cérebro ganhou. O poeta Wordsworth assim expressa fortemente este sentimento:

"(...) Palavra de honra que preferiria ser
Um pagão por crenças de antanho alimentado
Se neste belo prado pudesse me deter
Sentindo-me menos sozinho acompanhado
De prodígios: Proteu do mar a se erguer,
E o velho Tritão soprando seu chifre adornado."
— Tradução de Guilherme Summa.

Schiller, em seu poema "Die Götter Griechenlands" (Os deuses da Grécia), expressa seu pesar pelo destronamento da bela mitologia dos tempos antigos, de tal forma que provocou uma resposta da poeta cristã E. Barrett Browning, em um poema intitulado "Pã está morto", do qual as seguintes estrofes constituem apenas um trecho:

"Por tua beleza, que se sujeita
A alguma Beleza superior ter como autoridade
Por nosso valor que aceita
Entre tua falsidade a Verdade,
Por ti não choraremos! Pois o mundo segue determinado
Hei de herdar o antigo reinado,
E Pã está morto.

A terra supera os mitos fantasiosos
Que durante sua juventude a embalaram;
E aqueles romances estilosos
Estúpidos diante da verdade soam.
O curso da carruagem de Febo terminou!
Olhem para cima, poetas, contemplem o sol!
Pã, Pã está morto."

Estes versos baseiam-se em uma antiga história cristã que diz que, quando o anjo celeste contou aos pastores em Belém do nascimento de Cristo, um gemido profundo, ouvido por todas as ilhas da Grécia, alertou que o grande Pã estava morto e que toda a realeza do Olimpo havia sido deposta e as várias divindades foram expulsas para vagar no frio e na escuridão. É o que diz Milton em seu poema "Hino à Natividade":

> "Pelas ermas encostas das montanhas,
> E por toda terra que o mar banha,
> Ecoou um choro alto e sofrido;
> Da fonte assombrada ao vale cercado
> Por bosques de choupos esbranquiçados
> Suspiros de adeus foram ouvidos;
> Rasgadas foram as guirlandas de festa,
> Ninfas gemem nas sombras da floresta."
> — Tradução de Guilherme Summa.

Erisictão

Erisictão era um sujeito profano, que desprezava os deuses. Em certa ocasião, decidiu violar com um machado um bosque consagrado a Ceres (Deméter). Ficava ali naquele bosque um venerável carvalho, tão grande que ele próprio parecia uma floresta, seu tronco antigo erguia-se ao céu, onde guirlandas votivas eram com frequência penduradas e inscrições entalhadas expressando a gratidão dos que suplicavam à ninfa da árvore. Não raramente, as dríades dançavam de mãos dadas ao seu redor. Seu tronco media cinco côvados de circunferência, e a diferença de altura para as outras árvores era a diferença destas para arbustos. Apesar de tudo isto, Erisictão não via motivos para poupá-la e ordenou que seus servos a derrubassem. Quando os viu hesitar, arrancou o machado da mão de um deles e bradou impiedosamente:

— Não me importa se esta é ou não uma árvore estimada pela deusa; a própria deusa iria ao chão se ficasse na minha frente.

Assim dizendo, ele levantou o machado e o carvalho pareceu tremer e emitir um gemido. Quando o primeiro golpe atingiu o tronco, sangue fluiu do ferimento. Todos os que observavam ficaram horrorizados, e um deles arriscou-se a protestar, agarrando o machado fatal. Erisictão, com um olhar de desdém, disse-lhe:

— Receba a recompensa de sua devoção! — E, voltando contra ele a arma que empunhava contra árvore, infligiu vários ferimentos ao seu corpo, decapitando-lhe a cabeça.

Então, partiu do carvalho uma voz:

— Eu, que moro nesta árvore, sou uma ninfa estimada por Ceres e, ao morrer por suas mãos, eu lhe advirto que a punição o aguarda.

Ele não desistiu de seu crime e, por fim, após repetidos golpes de machado e puxada por cordas, a árvore caiu com um estrondo e prostrou grande parte do bosque com sua queda.

As dríades, consternadas com a perda da companheira e testemunhando o orgulho da floresta derrubado, foram pessoalmente até Ceres vestidas em roupas de luto e exigiram punição a Erisictão. A deusa consentiu e, ao curvar-se em sinal de concordância, todas as espigas maduras para a colheita nos campos carregados também o fizeram. Ela planejava uma punição tão terrível que teriam pena do perpetrador, se é que um criminoso como ele merecesse pena: entregá-lo à Fome. Como a própria Ceres não podia se aproximar da Fome, pois as parcas (moiras) ordenaram que essas duas deusas nunca poderiam se encontrar, ela chamou uma oréade de sua montanha e assim lhe ordenou:

— Existe um lugar na parte mais afastada da gelada Cítia, uma região triste e estéril, sem árvores e sem plantações. Ali mora o Frio na companhia do Medo, do Tremor e da Fome. Vá e diga à Fome para tomar posse das entranhas de Erisictão. Faça com que nenhuma abundância a subjugue, nem que o poder dos meus dons a afaste. Não se assuste pela distância — pois a Fome habita bem longe de Ceres —, mas leve minha carruagem. Os dragões são rápidos e obedecem às rédeas e a conduzirão brevemente pelo ar.

Então, entregou-lhe as rédeas e ela partiu, logo alcançando a Cítia. Ao chegar ao monte Cáucaso, ela parou os dragões e encontrou a Fome em um campo pedregoso, puxando com garras e dentes a vegetação escassa. Seu cabelo era áspero, os olhos fundos, o rosto pálido, os lábios esbranquiçados, as mandíbulas cobertas de poeira e sua pele esticada, como se para pôr à mostra todos os ossos. Observando-a de longe (pois ela não ousava se aproximar), a oréade transmitiu-lhe as ordens de Ceres e, embora se detivesse ali o mínimo de tempo possível e mantido distância o melhor que pôde, ainda assim ela começou a sentir fome e, puxando as rédeas dos dragões, dirigiu-se de volta para a Tessália.

A Fome obedeceu às ordens de Ceres e, apressando-se pelo ar para a morada de Erisictão, entrou em seus aposentos e o encontrou dormindo. Ela o envolveu com suas asas e penetrou-lhe o corpo por meio de sua respiração, infundindo seu veneno em suas veias. Tendo cumprido sua tarefa, ela não tardou em deixar a terra da fartura e retornar a seu território de costume. Erisictão continuava dormindo; em seus sonhos, ansiava por comida e movia sua mandíbula como se estivesse comendo. Quando acordou, sua fome estava enfurecida. Sem nem um minuto de demora, ele ordenou que lhe trouxessem comida, qualquer que fosse o tipo produzido por terra, mar ou ar; e reclamava da fome mesmo enquanto comia. O que seria suficiente para alimentar uma cidade ou uma nação, não foi suficiente para ele. Quanto mais comia, mais queria comer. Sua fome era igual ao mar, que recebe todos os rios e, ainda assim nunca está cheio; ou como o fogo, que queima todo o combustível com o qual é alimentado e ainda assim continua voraz por mais.

Sua propriedade rapidamente diminuiu sob a incessante demanda de seu apetite, mas a fome continuava inabalável. Depois de um tempo, ele havia gasto tudo e apenas sua filha lhe restava, uma filha merecedora de um pai melhor. *Ele a vendeu também.* Ela desprezava ser a escrava de um mercador e, às margens do mar, ergueu seus braços em prece a Netuno (Poseidon). O deus ouviu suas preces e, apesar de seu dono não se encontrar distante e tê-la espiado momentos antes, Netuno a transformou e fez com que assumisse a forma de um pescador ocupado com seu trabalho. Seu mestre, procurando por ela e a vendo em sua nova forma, dirigiu-se a ela, dizendo:

— Meu bom pescador, para onde foi a moça que eu vi agora mesmo, com cabelos desgrenhados e em trajes humildes, bem aqui onde o senhor está? Diga-me a verdade; e que sua sorte seja boa e nenhum peixe belisque seu anzol e fuja com a isca.

Ela percebeu que suas preces foram atendidas e alegrou-se internamente ao ouvir que lhe perguntavam sobre ela mesma.

— Me perdoe, estranho — respondeu ela —, mas estava tão concentrado em minha linha que não vi mais nada; entretanto, que eu nunca mais pegue peixe algum se alguma mulher ou outra qualquer pessoa, exceto eu mesmo, esteve aqui há pouco.

Ele foi enganado e seguiu seu caminho, pensando que sua escrava havia fugido. Então, ela retornou à sua própria forma. Seu pai ficou muito feliz em recebê-la de volta, assim como continuar com o dinheiro resultante de sua venda; então, tornou a vendê-la. Mas, não importava quantas vezes fosse vendida, ela sempre era transformada por Netuno, ora em cavalo, ora em pássaro, ora em touro, ora em veado — e fugia de seus compradores e voltava para casa. Por meio desta artimanha, o pai faminto obtinha comida; porém, não o bastante para o seu apetite, e finalmente sua fome o fez comer os próprios braços e pernas, e ele lutou para sustentar o seu corpo, devorando a si mesmo, até que a morte o libertou da vingança de Ceres.

Reco

As hamadríades eram capazes de apreciar serviços prestados assim como punir as ofensas. A história de Reco é prova disso. Reco, deparando-se por acaso com um carvalho prestes a cair, ordenou a seus servos que o erguessem. A ninfa, que estava prestes a perecer com a árvore, surgiu-lhe e expressou-lhe sua gratidão por ter salvo sua vida, declarando que pedisse a recompensa que quisesse. Reco ousadamente requisitou seu amor e a ninfa concedeu seu desejo. Ela, ao mesmo tempo, instou para que ele lhe fosse fiel e comunicou-lhe que uma abelha seria sua mensageira e o avisaria quando ela permitiria sua companhia. Uma vez, a abelha veio até Reco quando ele estava jogando dados e ele descuidadamente a espantou. Isso deixou a ninfa tão irritada que ela o privou da visão.

J.R. Lowell pegou essa história como assunto de um de seus poemas mais curtos. Ele o introduz assim:

> "Ouçam agora este conto de fadas da Grécia antiga,
> Tão cheio ainda de liberdade, juventude e beleza
> Quanto o frescor imortal da Graça
> Entalhada para sempre em algum friso ático."

AS DIVINDADES AQUÁTICAS

Oceano e Tétis eram os titãs que governavam os elementos aquáticos. Quando Jove e seus irmãos subjugaram os titãs e assumiram o poder, Netuno e Anfitrite sucederam Oceano e Tétis no domínio das águas.

Netuno

Netuno (Poseidon) era a principal divindade da água. O símbolo de seu poder era o tridente, ou lança com três pontas, que ele usava para despedaçar rochas, invocar ou acalmar tempestades, estremecer a costa e coisas do tipo.

Foi ele quem criou o cavalo e era o patrono das corridas com esses animais. Seus próprios cavalos tinham cascos de bronze e crina dourada. Eles puxavam sua carruagem pelo mar, que se tornava calmo à sua frente, enquanto os monstros das profundezas brincavam por seu caminho.

Anfitrite

Anfitrite era a esposa de Netuno. Era filha de Nereu e Dóris, e mãe de Tritão. Netuno, a fim de cortejar Anfitrite, chegou cavalgando um golfinho. Após tê-la conquistado, ele recompensou o golfinho, colocando-o entre as estrelas.

Nereu e Dóris

Nereu e Dóris eram os pais das nereidas, das quais entre as mais célebres eram Anfitrite; Tétis, mãe de Aquiles; e Galateia, por quem o ciclope Polifemo se apaixonou. Nereu era famoso por seu conhecimento e por seu amor pela verdade e a justiça, por isso foi denominado um ancião; também lhe foi conferido o dom da profecia.

Tritão e Proteu

Tritão era filho de Netuno e Anfitrite, e os poetas o transformaram no trombeteiro de seu pai. Proteu também era filho de Netuno. Ele, como Nereu, é considerado um ancião do mar por sua sabedoria e conhecimento de eventos futuros. Seu poder peculiar era o de mudar de forma quando assim o desejasse.

Tétis

Tétis, filha de Nereu e Dóris, era tão bonita que o próprio Júpiter a pediu em casamento; mas, ao ficar sabendo por Prometeu, o titã, que Tétis carregaria um filho que seria maior que o próprio pai, Júpiter desistiu do plano e decretou que Tétis deveria ser a esposa de um mortal. Com a ajuda de Quíron, o centauro, Peleu foi bem-sucedido em conquistar a deusa como sua esposa e o seu filho foi o renomado Aquiles. Em nosso capítulo sobre a Guerra de Troia, Tétis aparecerá como uma mãe leal a Aquiles, ajudando-o em todas as dificuldades e cuidando de seus interesses do começo ao fim.

Leucoteia e Palêmon

Ino, filha de Cadmo e esposa de Atamas, fugindo do marido desvairado com seu filhinho Melicertes nos braços, saltou de um penhasco para o mar. Os deuses, por compaixão, transformaram-na em uma deusa dos mares, denominada Leucoteia, e ele, em um deus, sob o nome de Palêmon. Ambos eram considerados poderosos protetores contra naufrágios e eram evocados pelos marinheiros. Palêmon era geralmente representado montando um golfinho. Os Jogos Ístimos eram celebrados em sua honra. Era chamado de Portuno pelos romanos, e acreditava-se que seu território abrangia os portos e costas.

Milton alude a todas essas divindades na canção final do poema "Comus":

> "(...) Bela Sabrina!
> Venha, não há por que parar,
> Pelo grande Oceano, pai do vasto mar;
> Por Netuno, que a terra chacoalha com seu tridente poderoso,
> E Tétis, seu passo grave e majestoso,
> Pelas respeitáveis rugas de Nereu,
> E o feiticeiro dos Cárpatos e o gancho teu,[18]
> Pela trombeta marinha do escamoso Tritão,
> E do velho adivinho Glauco a poção,
> Por Leucoteia, suas mãos elegantes,
> E seu filho que comanda as correntes.
> Pelos pés escorregadios de Tétis, a nereida
> E as doces canções das sereias;" etc.

Armstrong, o poeta de "A arte de preservar a saúde", sob a inspiração de Higeia, a deusa da saúde, assim celebra as náiades:

> "Venham, ó náiades! Conduzam para as fontes!
> Donzelas propícias! Continua a tarefa de cantar
> Seus dons (assim Peão,[19] e assim os poderes da saúde
> Comandam), de louvar seu elemento cristalino.
> Ó correntezas confortáveis! Com lábios desejosos
> E mãos trêmulas a sede lânguida saciam

---

18   Proteu.

19   Peão é um nome para Apolo e Esculápio.

Nova vida em você; vigor fresco enche suas veias.
As eras rurais não conheceram taça mais morna,
Nenhuma mais aquecida os ancestrais da humanidade buscaram;
Felizes na paz moderada de seus dias iguais
Não sentiram a alternância entre humor febril
E desânimo doentio; continuaram serenas e contentes,
Abençoadas com a imunidade divina a doenças,
Viveram por longos séculos; seu único destino
Era envelhecer e dormir, em vez de morrer."

As camenas

Os latinos chamavam as Musas por este nome, mas incluíam nele outras divindades também, principalmente ninfas de nascentes. Egéria era uma delas, cuja nascente e gruta ainda podem ser vistas. Dizem que Numa, o segundo rei de Roma, era favorecido por esta ninfa com encontros secretos, nos quais lhe ensinou as lições de sabedoria e de leis que ele incorporou às instituições de seu país em ascensão. Depois da morte de Numa, a ninfa definhou e foi transformada em uma nascente.

Byron, em *A peregrinação de Child Harold*, Canto IV, assim alude a Egéria e sua gruta:

"Aqui moras tu, neste abrigo encantado,
Egéria! Onde palpitava de alegria teu celestial coração
Ao ouvir os passos distantes do teu amante mortal;
A meia-noite púrpura encobriu essa mística união
Com seu dossel mais estrelado" etc.

Também Tennyson, em seu poema "O Palácio de Arte", nos dá um vislumbre do amante real aguardando o encontro:

"Fica o rei toscano a escutar
Sobre sabedoria e lei, para a ninfa da floresta
Vislumbrar antes que seus passos pudesse registrar,
Levando à orelha a mão se presta."

Os ventos

Quando tantos elementos da natureza menos ativos foram personificados, não devemos supor que os ventos também não o fossem. Eles eram Bóreas ou Áquilo, o vento do norte; Zéfiro ou Favônio, o do oeste; Notos ou Auster, o do sul; e Euro, o vento do leste. Os dois primeiros foram mais celebrados pelos poetas, o primeiro como um exemplo da rudeza, e o segundo, da gentileza. Bóreas amava a ninfa Orítia, e tentou fazer o papel de amante, mas não obteve muito sucesso. Era difícil para ele soprar com gentileza, e suspirar estava fora de questão. Por fim, cansado de esforços infrutíferos, ele se comportou como realmente era: capturou a donzela e a carregou com ele. Os filhos dos dois foram Zetes e Calais, guerreiros alados que acompanharam a expedição dos argonautas e prestaram um bom serviço em um encontro com aqueles pássaros monstruosos, as Harpias.

Zéfiro era amante de Flora. Milton faz alusão a eles no *Paraíso Perdido*, em que descreve Adão acordando e contemplando Eva em seu sono.

> "Levantando-se então sobre um dos braços
> Com ternos olhos de cordial afeto,
> Inclina-se iminente à linda esposa
> Que acordada ou dormida é toda graças.
> E com tão meiga voz, como ouve Flora
> Quando mimoso Zéfiro a bafeja,
> Com mansa mão tocando a mão querida,
> Diz-lhe assim devagar: 'Meu bem, acorda,
> Dos Céus meu dom melhor e o mais recente;
> Acorda, meu deleite sempre novo'."
> — Tradução de António José de Lima Leitão.

O dr. Young, poeta de "Pensamentos noturnos", abordando o ócio e a luxúria, diz:

> "Tão delicados! Que não conseguem suportar...
> (Sendo vós mesmos o mais insuportável) para quem
> A rosa de inverno deve soprar (...) e sedoso e suave
> Favônio suspire ainda mais delicadamente ou seja repreendido!"
> — Tradução de Guilherme Summa.

CAPÍTULO VINTE E TRÊS

Aquelau e Hércules — Admeto e Alceste — Antígona — Penélope

O DEUS RIO AQUELAU CONTOU a história de Erisictão para Teseu e seus companheiros, aos quais entretinha em suas margens hospitaleiras enquanto eram atrasados em sua jornada devido a um transbordamento de suas águas. Tendo terminado sua história, ele acrescentou:

— Mas por que eu deveria falar das transformações de outras pessoas se eu mesmo possuo este poder? Às vezes, me transformo em uma serpente, e, às vezes, em um touro, com chifres em minha cabeça. Ou melhor dizendo, uma vez eu pude fazê-lo; mas agora tenho apenas um chifre, pois perdi o outro. — Aqui, ele resmungou e ficou quieto.

Teseu perguntou-lhe o motivo de sua tristeza e como ele havia perdido o chifre. A esta questão, o deus rio respondeu assim:

— Quem gosta de contar suas derrotas? Ainda assim não hesitarei em contar a minha, reconfortando-me ao pensar na grandeza de meu conquistador, pois foi Hércules. Talvez você tenha ouvido da fama de Dejanira, a mais bela das donzelas, a quem uma multidão de pretendentes brigava para conquistar. Hércules e eu estávamos entre eles, e o restante se curvou perante nós dois. Ele argumentou a seu favor o fato de ser descendente de Jove e os trabalhos por meio dos quais excedeu as exigências de Juno, sua madrasta. Eu, por outro lado, disse ao pai da donzela: "Eis-me aqui, o rei das águas que fluem pelo seu reino. Não sou um desconhecido de uma terra estrangeira, mas pertenço ao país, uma parte de seu reino. Não tenho como empecilho o fato de a rainha Juno me direcionar alguma inimizade ou me punir com tarefas pesadas. Já este homem, gaba-se de ser filho de Jove, o que é uma falsa pretensão, ou, caso seja verdade, uma desgraça para ele, pois não poderia ocorrer a não ser a custo da vergonha de sua mãe". Quando disse isso, Hércules me olhou furioso e, com dificuldade, controlou sua raiva. "Minha mão responderá melhor que minha língua", disse ele. "Eu lhe concedo a vitória em palavras, mas confio em minha causa através de fatos." Com isso, ele avançou em minha direção, e eu estava envergonhado demais, depois do que havia dito, para recuar. Eu tirei minhas vestes verdes e me apresentei para a contenda. Ele tentou me jogar no chão, atacando ora minha cabeça, ora meu corpo. Meu tamanho era minha proteção, e ele investia contra mim em vão. Paramos por um tempo, então, retornamos ao combate. Ambos mantivemos nossa posição, determinados a não nos rendermos, pé contra pé, eu jogando meu peso contra ele, agarrando suas mãos com as minhas, a testa quase tocando a dele. Por três vezes, Hércules tentou me derrubar e na quarta conseguiu, levando-me ao chão e subindo nas minhas costas. Digo-lhe a verdade: foi como se uma montanha tivesse caído em cima de mim. Lutei para soltar meus braços, bufando e fedendo de suor. Ele não me deu chance de me recuperar e agarrou minha garganta. Meus joelhos estavam no chão, e minha boca, na terra.

"Descobrindo que não era páreo para ele na arte da luta, recorri a outras e deslizei em forma de uma serpente. Enrolei meu corpo como uma mola e sibilei-lhe com minha língua bifurcada. Ele sorriu de desprezo, e disse: 'Derrotar cobras foi meu trabalho quando bebê'. Dizendo isso, ele agarrou meu pescoço com suas mãos. Eu estava quase sufocando e lutava para libertar meu pescoço de sua posse. Derrotado nesta forma, tentei o que me restou e assumi a forma de um touro. Ele agarrou meu pescoço com os braços e, arrastando minha cabeça ao chão, atirou-me na areia. Isso não foi o suficiente. Sua mão implacável arrancou o chifre de minha cabeça. As náiades o apanharam, o consagraram e o encheram com flores perfumadas. Uma delas, Abundância, adotou meu chifre, tomando-o para si, e o chamou de 'cornucópia'."

Os antigos gostavam de encontrar um sentido oculto em seus contos mitológicos. Eles explicam esta luta entra Aquelau e Hércules (Héracles), dizendo que Aquelau era um rio cuja margem transbordava na estação das chuvas. Quando a fábula diz que Aquelau amava Dejanira e procurava unir-se a ela, o significado era que o rio em seu serpentear fluía através de parte do reino de Dejanira. Dizia-se que ele assumia a forma de uma cobra por causa de seu formato sinuoso e a de um touro porque era ruidosamente turbulento em seu curso. No período das cheias, dividia-se em outro canal. Portanto, sua cabeça tinha chifres. Hércules evitou estes transbordamentos recorrentes usando barragens e canais; dessa forma, dizia-se que ele venceu o deus rio cortando seu chifre. Por fim, as terras, que antes estavam sujeitas a enchentes e agora encontravam-se protegidas, tornaram-se muito férteis e isto foi simbolizado pelo chifre da abundância.

Existe outra versão da origem da cornucópia. Júpiter (Zeus), em seu nascimento, foi entregue por sua mãe Cibele (Reia) aos cuidados das filhas de Melisseu, rei de Creta. Elas alimentavam a criança divina com o leite da cabra Amalteia. Júpiter quebrou um dos chifres da cabra e o entregou a suas amas, dotando o chifre com o maravilhoso poder de se encher com qualquer coisa que seu possuidor desejasse.

O nome de Amalteia também é atribuído por alguns escritores à mãe de Baco (Dionísio). É assim usado por Milton em *Paraíso Perdido*, Canto IV:

> "Nem Nisa, que o Tritão cinge em seu curso,
> E onde o provecto Cam, que o gentilismo
> De líbio Jove ou de Ámon apelida,
> Amalteia ocultou e o tenro Baco.
> Fora do alcance da madrasta Reia."
> — Tradução de António José de Lima Leitão.

Admeto e Alceste

Esculápio, o filho de Febo (Apolo), foi dotado pelo pai de tamanha habilidade nas artes da cura que podia até mesmo restaurar os mortos à vida. Plutão (Hades) ficou alarmado com tal capacidade, e convenceu Júpiter (Zeus) a jogar um raio em Esculápio. Apolo ficou indignado com a destruição de seu filho e lançou sua vingança nos inocentes que fabricavam os raios. Tratava-se dos ciclopes, que tinham sua oficina debaixo do monte Etna, de onde a fumaça e chamas de suas fornalhas são constantemente expelidas. Apolo lançou suas flechas nos ciclopes, o que deixou Júpiter tão irritado que, como punição, condenou-o a se tornar servo de um mortal pelo período de um ano. Desta forma, Apolo foi servir a Admeto, rei de Tessália, e levava seus rebanhos para pastar nas verdejantes encostas do rio Anfriso.

Admeto era um dos pretendentes à mão de Alceste, filha de Pélia, que a prometeu àquele que viesse buscá-la em uma carruagem puxada por leões e javalis. Admeto executou tal tarefa com a ajuda de seu divino pastor e ficou feliz ao conquistar Alceste. Mas Admeto adoeceu, e, estando perto da morte, Apolo convenceu as parcas (moiras) a poupá-lo com a condição de que alguém aceitasse morrer em seu lugar. Admeto, em sua felicidade diante deste adiamento, pensou pouco na barganha e, talvez se lembrando das declarações de estima que ouvia com frequência de seus cortesãos e dependentes, considerou ser fácil encontrar um substituto. Mas não foi bem assim. Bravos guerreiros que de bom grado dariam a vida por seu príncipe se encolhiam ante a ideia de morrer por ele acamados e doentes; e velhos servos que usufruíram de sua generosidade e da casa de sua infância até então não estava dispostos a abandonar os parcos dias que restavam de sua vida para demonstrar gratidão. Os homens perguntavam:

— Por que algum de seus pais não aceita? Eles não podem, por meios naturais, viver muito mais. E quem melhor senão eles para salvar de um fim prematuro a vida que geraram?

Mas os pais, embora angustiados com a ideia de perdê-lo, recuaram diante do pedido. Então, Alceste, como uma generosa devoção, ofereceu a si mesma como substituta. Admeto, por mais apegado que fosse à vida, não se submeteria a recebê-la a tal custo; mas não havia remédio. A condição imposta pelas parcas havia sido atendida, e o decreto era irrevogável. Alceste adoecia e rapidamente se aproximava da morte enquanto Admeto revivia.

Bem naquela época, Hércules chegou ao palácio de Admeto e encontrou todos os moradores em grande aflição pela iminente perda de sua amada esposa e senhora. Hércules, para quem trabalho nenhum era árduo demais, resolveu tentar resgatá-la. Ele aguardou à porta dos aposentos da rainha moribunda e, quando a Morte veio para levar sua vítima, ele a agarrou e a forçou a desistir da rainha. Alceste recuperou-se e foi devolvida a seu marido.

Milton alude à história de Alceste em seu soneto "Sobre sua esposa morta".

"Achei ter visto minha santa esposa falecida
Trazida a mim como da sepultura Alceste
Que o grande filho de Jove deu a seu marido contente,
Resgatada da morte à força, mas pálida e enfraquecida."

J. R. Lowell escolheu o "Pastor do rei Admeto" como tema de um curto poema. Ele faz deste evento a primeira introdução da poesia aos homens.

"Julgavam que não passava de um jovem ocioso,
Em quem não se percebiam qualidades destacadas.
Mesmo assim, involuntariamente, que curioso,
Adotaram como lei suas palavras descuidadas.

E a cada dia um pouco mais sagrado já se tornava
Todo lugar em que alguma vez seus pés tocaram o chão
Até que para futuros poetas só importava
Que fora um deus o primogênito dentre seus irmãos."
— Tradução de Guilherme Summa.

Antígona

Uma grande parcela tanto de personalidades interessantes como de atos lendários exaltados na Grécia pertence ao sexo feminino. Antígona foi um belo exemplo de fidelidade filial e fraternal, assim como Alceste o foi de devoção conjugal. Ela era filha de Édipo e Jocasta, que, como todos os seus descendentes, foram vítimas de um destino implacável, condenando-os à destruição. Édipo, em sua loucura, arrancou os próprios olhos e foi expulso de seu reino; Tebas, temido e abandonado por todos os homens como um objeto de vingança divina. Antígona, sua filha, acompanhou sozinha suas andanças, permanecendo a seu lado até ele morrer; retornando a Tebas depois disso.

Seus irmãos, Etéocles e Polinices, concordaram em dividir o reino entre si e governaram se alternando a cada ano. O primeiro ano caiu para Etéocles, que, cessado seu tempo, recusou-se a transferir o reinado a seu irmão. Polinices recorreu a Adrasto, rei de Argos, que concedeu-lhe sua filha em casamento e o equipou com um exército para se fazer cumprir sua reivindicação pelo reino. Isto levou à célebre expedição dos "Sete contra Tebas", que proporcionou amplo material para poetas épicos e trágicos da Grécia.

Anfiarau, cunhado de Adrasto, opôs-se à empreitada, pois, sendo um vidente, soube por seu dom que nenhum dos líderes, com exceção de Adrasto, viveria para retornar. Mas Anfiarau, quando ao casar-se com Erifila, irmã do rei, concordou que toda vez que suas opiniões divergissem das de Adrasto, a decisão seria deixada nas mãos de Erifila. Polinices, sabendo disto, deu a Erifila o colar da Harmonia, trazendo-a assim para o seu lado. Tal colar, ou gargantilha, foi um presente que Vulcano dera a Harmonia em seu casamento com Cadmo, e Polinices o trouxera consigo em sua fuga de Tebas. Erifila não podia resistir a tão tentador suborno, decidindo-se, desse modo, pela guerra, e Anfiarau foi de encontro à morte certa. Ele cumpriu seu papel com bravura durante a batalha, mas não pôde evitar seu destino. Perseguido pelo inimigo, ele fugia ao longo do rio quando um raio lançado por Júpiter abriu o chão, que engoliu ele, sua carruagem e quem a guiava.

Aqui não cabe detalhar todos os atos de heroísmo e as atrocidades que marcaram a disputa; mas não devemos omitir o contraste entre a lealdade de Evadne e a fraqueza de Erifila. Capaneu, marido de Evadne, no furor da batalha, declarou que forçaria sua entrada na cidade ainda que o próprio Jove interviesse. Apoiando uma escada contra a muralha, ele subiu, mas Júpiter, ofendido por sua linguagem ímpia, o atingiu com um raio. Quando seu funeral foi celebrado, Evadne atirou-se na pira fúnebre e morreu.

No começo da disputa, Etéocles consultou o vidente Tirésias sobre a questão. Em sua juventude, Tirésias flagrara por acaso Minerva (Atena) se banhando. A deusa, em sua fúria, tirou-lhe a visão, mas, apiedando-se mais tarde dele, concedeu-lhe como forma de compensação o conhecimento de eventos futuros. Quando consultado por Etéocles, ele declarou que a vitória estaria do lado de Tebas caso Meneceu, filho de Creonte, se oferecesse voluntariamente como vítima. O jovem heroico, conhecendo a resposta, entregou-se de corpo e alma logo na primeira batalha.

O cerco continuou, com várias vitórias. Depois de um tempo, as duas hostes concordaram que os irmãos deveriam decidir sua disputa em um combate individual. Eles lutaram e morreram um pela mão do outro. Os exércitos retomaram a batalha e finalmente os invasores foram forçados a se render e fugiram, deixando seus mortos para trás. Creonte, tio dos príncipes caídos, tornou-se rei, fazendo com que Etéocles fosse enterrado com honras, mas que o corpo de Polinices permanecesse onde estava, proibindo que lhe dessem um funeral adequado, sob pena de morte.

Antígona, irmã de Polinices, ouviu com indignação o decreto revoltante que relegava o corpo do seu irmão aos cães e abutres, privando-o dos rituais considerados essenciais para o descanso do defunto. Indiferente aos conselhos dissuasivos de uma irmã afetuosa, porém, tímida e incapaz de procurar ajuda, ela resolveu encarar o perigo e enterrar o corpo com as próprias mãos. Foi vista durante o ato e Creonte deu ordens para que fosse enterrada viva por ter desobedecido deliberadamente a um decreto solene da cidade. Seu amante, Hémon, filho de Creonte, incapaz de evitar seu destino, não viveu mais que ela e se suicidou.

Antígona é tema de duas magníficas tragédias do poeta grego Sófocles. Jameson, em seu poema "Características das mulheres", comparou seu caráter com o de Cordélia de *Rei Lear*, de Shakespeare. A leitura de seus comentários decerto será gratificante aos nossos leitores.

O excerto da obra a seguir trata da lamentação de Antígona sobre Édipo, quando a morte finalmente o libertou de seu sofrimento:

> "Ai! Quem me dera ter morrido
> Com meu pobre pai; por que devo pedir
> Por uma vida mais longa?
> Oh, eu gostava da infelicidade com ele;
> Mesmo o que era mais desagradável se tornava amável
> Quando ele estava comigo. Ó meu querido pai,
> Escondido sob a terra agora em profunda escuridão,
> Desgastado como estavas com a idade, para mim tu ainda
> Era querido, e serás para sempre."
> — Tradução de Guilherme Summa.

Penélope

Penélope é outra heroína mítica cuja beleza reside mais no caráter e conduta do que nas feições. Ela era filha de Icário, um príncipe espartano. Ulisses, rei de Ítaca, pediu sua mão em casamento e venceu todos os concorrentes para conquistá-la. Quando chegou a hora de a noiva deixar a casa do pai, Icário, incapaz de suportar a ideia de se separar de sua filha, tentou persuadi-la a permanecer com ele e não acompanhar seu marido a Ítaca. Ulisses deu a Penélope a opção de ficar ou partir com ele. Penélope não ofereceu resposta senão abaixar o véu sobre seu rosto. Icário não insistiu mais; entretanto, quando ela se foi, ergueu uma estátua à Modéstia no lugar em que se despediram.

Nem um ano havia se passado que Ulisses e Penélope desfrutavam de sua união quando ela foi interrompida pelos eventos que convocaram Ulisses para a Guerra de Troia. Durante sua longa ausência e quando havia dúvidas se ele ainda estava vivo, sendo altamente improvável que retornasse algum dia, Penélope foi importunada por inúmeros pretendentes, dos quais parecia não ter escapatória a não ser escolher um como marido. Penélope, no entanto, fez uso de todo e qualquer artifício para ganhar tempo, ainda esperançosa pelo retorno de Ulisses. Um deles foi começar a confecção de uma manta para o funeral de Laerte, seu sogro. Ela prometeu decidir-se por um entre seus pretendentes quando a manta estivesse concluída. Durante o dia, ela dedicava-se à manta, porém, à noite, desfazia todo o trabalho do dia. Esta é a famosa "teia de Penélope", que tornou-se expressão proverbial usada para qualquer coisa que está perpetuamente sendo executada, mas que nunca termina.

O restante da história de Penélope será contado quando narrarmos as aventuras de seu marido.

CAPÍTULO VINTE E QUATRO

ORFEU E EURÍDICE — ARISTEU

ORFEU ERA O FILHO de Febo (Apolo) e da musa Calíope. Ele ganhou de seu pai uma lira de presente e Apolo o ensinou a tocar, o que ele fez com tal perfeição que nada podia resistir ao encanto de sua música. Não apenas seus companheiros mortais, mas também as feras selvagens eram acalmadas por sua melodia e reuniam-se ao seu redor, deixando a ferocidade de lado, fascinadas por sua música. Mesmo as árvores e as pedras eram sensíveis ao seu encanto. As primeiras se juntavam à sua volta, e as últimas, de alguma forma, relaxavam sua rigidez, amolecidas por suas notas.

Himeneu foi chamado para abençoar com sua presença o casamento de Orfeu com Eurídice; entretanto, apesar de tê-lo consagrado, não trouxe consigo bons presságios. A fumaça que sua tocha soltava trouxe lágrimas aos olhos dos noivos. Como se confirmasse tais prognósticos, Eurídice, logo após seu casamento, enquanto passeava com as ninfas, suas companheiras, foi avistada pelo pastor Aristeu, que ficou encantado com sua beleza e tentou conquistá-la. Ela fugiu e, ao fazê-lo, pisou em uma cobra que estava na grama, foi picada no pé e morreu. Orfeu cantou sua tristeza a todos que respiravam o ar superior, tanto deuses quanto homens e, achando tudo aquilo inútil, resolveu procurar a esposa no mundo dos mortos. Ele desceu por uma caverna situada na lateral do promontório de Tênaro e chegou às regiões inferiores. Passou por uma multidão de fantasmas e apresentou-se diante do trono de Plutão (Hades) e Prosérpina (Perséfone). Acompanhando suas palavras com a lira, ele entoou:

— Ó, divindades do submundo, para onde todos que vivemos devemos vir, escutem minhas palavras, pois elas são verdadeiras. Não venho para espionar os segredos do Tártaro, nem para testar minha força contra o cão de três cabeças e cauda de serpente que guarda a entrada. Eu venho para procurar minha esposa, cuja juventude me foi precocemente roubada pelas presas de uma víbora venenosa. O amor me trouxe aqui, o Amor, um deus todo-poderoso que na terra mora conosco e, se as velhas tradições dizem a verdade, aqui também reside. Eu lhes imploro, por estas moradas cheias de terror, estes domínios de silêncio e coisas não criadas: emendem o fio da vida de Eurídice. Todos nós estamos destinados a vocês e, cedo ou tarde, devemos passar por seus domínios. Ela também, quando tiver cumprido seu tempo de vida, será por direito sua. Mas, até lá, entreguem-na para mim, eu lhes suplico. Se me negarem, não poderei voltar sozinho; vocês triunfarão na morte de nós dois.

Enquanto ele tocava os carinhosos acordes, os próprios fantasmas choraram. Tântalo, apesar de sua sede, interrompeu por um instante sua ânsia por água; a roda de Ixião ficou imóvel; o abutre parou de dilacerar o fígado do gigante; a filha de Dânao fez uma pausa de sua tarefa de coletar água com uma peneira e Sísifo sentou-se em sua rocha para ouvir. Então, pela primeira vez, dizem, as bochechas das Fúrias umedeceram-se de lágrimas. Prosérpina não pôde resistir, e mesmo Plutão cedeu. Eurídice foi chamada. Ela surgiu dentre os fantasmas recém-chegados, aproximando-se mancando com seu pé machucado. Permitiram a Orfeu que a levassem, embora sob uma condição: a de que ele não se virasse para olhar para ela até que tivessem alcançado a superfície. Sob tal condição, eles prosseguiram em seu caminho, ele conduzindo, ela o seguindo, através de passagens íngremes e sombrias em total silêncio, até terem quase alcançado a saída para o alegre mundo superior, quando Orfeu, em um momento de descuido e para se assegurar que ela ainda o seguia, olhou para trás; neste momento, Eurídice foi instantaneamente tragada de volta. Esticando seus braços para abraçarem um ao outro, eles tocaram apenas o ar! Morrendo pela segunda vez, ela, ainda assim, não podia repreender o marido, pois como poderia culpá-lo por sua impaciência em contemplá-la?

— Adeus — disse ela —, este é o último adeus... — E foi rapidamente levada, tão depressa que o som mal alcançou suas orelhas.

Orfeu tratou de segui-la e suplicou por permissão para retornar e tentar mais uma vez libertá-la; mas o severo barqueiro o rechaçou e recusou-lhe a passagem. Durante sete dias ele permaneceu às margens do rio, sem comida ou descanso; então, acusando amargamente de crueldade os poderes de Érebo, entoou seus lamentos para as rochas e montanhas, derretendo os corações de tigres e movendo os carvalhos de lugar. Ele se manteve distante das outras mulheres, remoendo continuamente a lembrança da oportunidade perdida. As donzelas da Trácia tentaram ao máximo seduzi-lo, mas ele rejeitou todos os seus avanços. Elas o toleraram o quanto puderam; mas, um dia, como permanecia insensível, e animadas com os rituais de Baco, uma delas exclamou:

— Vejam lá aquele que nos despreza! — E atirou nele seu dardo.

A arma, assim que chegou ao alcance do som de sua lira, caiu inofensiva a seus pés. O mesmo aconteceu com as pedras que lançavam em sua direção. Mas as mulheres começaram a gritar, abafando assim o som da música, e então os dardos o alcançaram e logo estavam manchados com seu sangue. As desvairadas o despedaçaram membro por membro e jogaram sua cabeça e sua lira no rio Evros, onde flutuaram, murmurando uma triste canção, à qual as margens responderam com uma sinfonia melancólica. As musas coletaram os fragmentos de seu corpo e os enterraram em Libetra, onde dizem que o rouxinol canta sobre sua sepultura de forma mais doce do que qualquer outra parte da Grécia. Sua lira foi colocada entre as estrelas por Júpiter (Zeus). Sua sombra passou pela segunda vez para o Tártaro, onde ele procurou sua Eurídice e, ao encontrá-la, envolveu-a com braços ansiosos. Eles agora vagam juntos pelos campos felizes, ora ele indo na frente, ora ela; e Orfeu pode contemplá-la o quanto quer, agora sem correr o risco de ser penalizado por um gesto impensado.

A história de Orfeu forneceu a Pope uma imagem do poder da música para seu poema "Ode ao Dia de Santa Cecília". O verso a seguir relata a conclusão da história:

"Mas cedo, cedo demais o apaixonado seus olhos volta;
De novo ela cai, de novo ela morre, morta!
Como irás tu as irmãs fatais agora comover?
Pois nenhum crime cometeste, se crime não for de amar morrer.
Agora sob as montanhas suspensas,
Junto às fontes mansas,
Ou por onde o Hebro vaga,
Serpenteia sua água,
Totalmente só,
Seu gemido dá, que dó!
Um fantasma em seu pedido,
Para sempre, perdido, perdido!
Agora cercado de Fúrias,
Todo desespero, lamúrias,
Ele treme, ele ferve,
Em meio às Ródope, sua neve
Veja, selvagem como os ventos sobre o deserto ele voa;
Escutai! Os gritos dos bacanais o Haemus ressoa;
Ah, vê, à morte se doa!
E mesmo em seus braços, Eurídice buscaram,
Eurídice ainda em sua língua lamentos vibraram:
Eurídice os matagais
Eurídice os caudais
Eurídice as rochas e as ocas montanhas ecoaram."

A melodia superior do rouxinol sobre a sepultura de Orfeu é aludida por Southey em seu poema "Thalaba":

"E então, em seu ouvido,
Que sons de harmonia se ergueram!
Canção longínqua, o som pela distância diminuído
De alcovas de alegria,
A cachoeira remota,
O murmúrio dos bosques frondosos;
O rouxinol solitário
Empoleirado na roseira próxima tão ricamente gorjeou
Que nunca aquele pássaro tão melodioso
Entoando uma canção de amor para sua parceira no ninho
Ouviu o pastor trácio junto à tumba
De Orfeu melodia mais doce,

Embora ali, o espírito do sepulcro
Infunda todo o seu poder, para soprar
O incenso que lhe compraz."

Aristeu, o apicultor

O homem se aproveita dos instintos dos animais inferiores em benefício próprio. Daí nasceu a arte da apicultura. O mel deve ter sido conhecido primeiro como um produto selvagem, as abelhas construindo suas estruturas em tronco de árvores ocos e aberturas em rochas ou qualquer cavidade que oferecessem tal oportunidade. Assim, ocasionalmente, a carcaça de um animal morto poderia ser ocupada pelas abelhas para este propósito. Sem sombra de dúvidas, foi de um caso assim que se originou a superstição de que as abelhas surgiam da carne putrefata dos animais; e Virgílio, na história a seguir, mostra como este suposto fato pode ser usado como vantagem para renovar o enxame quando ele é perdido por doença ou acidente:

Aristeu, que foi quem primeiro ensinou o manejo de abelhas, era filho de uma ninfa da água, Cirene. Suas abelhas haviam morrido, e ele recorreu a sua mãe para ajudá-lo. Ele ficou de pé à margem do rio e assim lhe falou:

— Ó, mãe, o orgulho de minha vida foi tirado de mim! Perdi minhas preciosas abelhas. Meu cuidado e habilidade não me valeram de nada, e você, minha mãe, não me protegeu do golpe do infortúnio.

Sua mãe ouviu as reclamações sentada em seu palácio no fundo do rio, com suas ninfas serviçais ao redor. Elas estavam ocupadas com suas tarefas, fiando e tecendo, enquanto uma contava histórias para entreter a outra. A voz triste de Aristeu interrompeu seus trabalhos; uma delas colocou a cabeça para fora da água e, ao vê-lo, retornou e informou sua mãe, que ordenou que ele fosse trazido à sua presença. O rio se abriu sob seu comando e permitiu que ele passasse, enquanto se curvava de ambos os lados como uma montanha. Ele desceu até a região onde situam-se as fontes dos grandes rios; viu os enormes receptáculos de água e quase ficou surdo com o rugido, enquanto os observava correndo em várias direções para banhar a face da terra. Chegando aos domínios de sua mãe, foi recebido de forma hospitaleira por Cirene e suas ninfas, que serviram à mesa as mais ricas iguarias. Primeiro, fizeram libações a Netuno (Poseidon), em seguida, regalaram-se com o banquete e, então, Cirene se dirigiu assim ao filho:

— Existe um velho profeta chamado Proteu, que mora no mar e é um protegido de Netuno, pois leva seu rebanho de focas para pastar. Nós, ninfas, o respeitamos muito, pois é um vidente experiente e sabe de todas as coisas, passado, presente e futuro. Ele pode lhe dizer, meu filho, a causa da mortandade entre suas abelhas e como você pode remediá-la. Mas ele não o fará de forma voluntária, você terá que suplicar-lhe. Você deverá forçá-lo. Se capturá-lo e acorrentá-lo, ele responderá suas perguntas para assim ser solto, porque ele não consegue com seus dons fugir se você o segurar pelas correntes. Eu o levarei até sua caverna, na qual repousa ao meio-dia para ter seu descanso da tarde. Então, você poderá facilmente capturá-lo; seu recurso é o poder que possui de mudar de forma. Ele se transformará em um javali selvagem ou um tigre feroz, um dragão escamoso ou um leão de juba amarela. Ou, ainda, produzirá um som como o estalar do fogo ou o barulho da correnteza, para assim tentá-lo a soltá-lo das correntes, momento em que ele escapará. Mas você terá apenas que mantê-lo firme no lugar e, finalmente, quando se der conta de que todos seus ardis são inúteis, ele retomará sua própria forma e obedecerá a seus comandos.

Dizendo isso, ela aspergiu o filho com néctar perfumado, a bebida dos deuses, e imediatamente seu corpo foi tomado por um vigor incomum e seu coração encheu-se de coragem, enquanto perfume era soprado a seu redor.

A ninfa guiou o filho até a caverna do profeta e o escondeu nos recessos entre as rochas, enquanto ela própria se ocultava atrás das nuvens. Quando era meio-dia, horário em que homens e rebanho se recolhem do sol forte para desfrutar de um sono silencioso, Proteu emergiu da água seguido por seu rebanho de focas, que se espalharam pela orla. Ele sentou-se numa rocha e contou seu rebanho; então, esticou-se no chão da caverna e adormeceu. Mal havia mergulhado no sono, quando Aristeu colocou-lhe os grilhões e gritou para que acordasse. Proteu, despertando e se descobrindo capturado, recorreu imediatamente a seus dons, transformando-se em rápida sucessão primeiro em fogo, depois em uma enchente e, então, em uma terrível fera selvagem. Contudo, percebendo que não daria em nada, ele enfim retornou a sua própria forma e se dirigiu ao jovem com aspereza:

— Quem é você, jovem ousado, que invade assim minha morada e o que quer de mim?

— Proteu — respondeu Aristeu —, você já sabe, pois é inútil para qualquer um tentar ludibriá-lo. E você também cessou seus esforços para me enganar. Fui trazido aqui com ajuda divina, para saber de você o motivo de meu infortúnio e como remediá-lo.

Ao ouvir estas palavras, o profeta, fixando os olhos cinzentos em Aristeu, assim falou:

— Você recebeu a merecida recompensa por suas ações, pelas quais Eurídice encontrou sua morte, pois, ao fugir de você, ela pisou em uma serpente cuja picada a matou. Para vingar sua morte, as ninfas, suas companheiras, lançaram essa destruição a suas abelhas. Você deve apaziguar a raiva delas e, para tal, deve fazer o seguinte: escolha quatro touros, saudáveis e de bom tamanho, e quatro vacas de igual beleza; construa quatro altares para as ninfas, sacrifique os animais e deixe suas carcaças no bosque frondoso. Para Orfeu e Eurídice, você deve prestar honrarias funerárias para que assim possa se dissipar o ressentimento deles. Retornando depois de nove dias, você examinará os corpos dos animais e verá o que vai acontecer.

Aristeu obedeceu fielmente às instruções. Ele sacrificou os animais, deixou os corpos no bosque, ofereceu honras funerárias aos espíritos de Orfeu e Eurídice; então, retornando no nono dia, examinou os corpos dos animais, e, que maravilha não foi quando viu que um enxame havia se apoderado de uma das carcaças e trabalhava ali como se estivesse em uma colmeia.

No poema "A tarefa", Cowper alude à história de Aristeu quando fala do palácio de gelo construído pela imperatriz Ana da Rússia. Ele descreve as formas fantásticas que o gelo assume em conexão com cachoeiras etc.:

> "Menos digno de aplausos, embora mais admirado
> Por constituir novidade, ser obra de humanas mãos,
> Grande senhora imperial dos russos em peles trajados,
> É teu magnífico palácio: vistosa aberração,
> A maravilha do norte. Nenhuma floresta caiu
> Para construí-lo, nenhuma pedreira foi esgotada
> Por tuas paredes; por ti as águas foram moldadas
> E da onda vítrea fizeste mármore sem buril.
> Decerto foi num palácio assim que Aristeu, não duvido,
> Foi encontrar Cirene e despejou com voz amargurada
> A história das abelhas perdidas em seu materno ouvido."
> — Tradução de Guilherme Summa.

Milton também parece ter Cirene e sua cena doméstica em mente quando nos descreve Sabrina, a ninfa do rio Severn, na "Canção do espírito guardião", em "Comus":

"Bela Sabrina!
Ouça, de onde repousa em sua morada,
Sob a onda vítrea, fresca, translúcida
Em tranças por lírios entremeadas
A cauda solta de seus cabelos cor de âmbar;
Ouça em nome da honra sagrada,
Deusa do lago prateado!
Ouça e nos favoreça."

A seguir, outros célebres poetas e músicos míticos, que em nada deixam a desejar em relação ao próprio Orfeu:

Anfião

Anfião era filho de Júpiter e Antíope, rainha de Tebas. Com seu irmão gêmeo, Zeto, foi levado ao nascer no monte Citerão, onde cresceram entre os pastores, sem saber de seus progenitores. Mercúrio (Hermes) deu a Anfião uma lira e o ensinou a tocar, enquanto seu irmão se ocupava de caçar e cuidar dos rebanhos. Enquanto isso, Antíope, mãe deles, que vinha sendo tratada com muita crueldade por Lico, o rei usurpador de Tebas, e Dirce, sua esposa, encontrou meios de informar a seus filhos de seus direitos e os convocou a virem em seu auxílio. Com um grupo de colegas pastores, eles atacaram e assassinaram Lico e amarraram Dirce pelo cabelo a um touro, fazendo-o arrastá-la até a morte. Anfião, tendo se tornado rei de Tebas, fortificou a cidade com uma muralha. Dizem que, quando tocou sua lira, as pedras se moveram por conta própria, encaixando-se em seus lugares na construção.

Leia o poema "Anfião", de Tennyson, que faz um divertido uso desta história.

O touro de Farnese (Naples)

Lino

Lino era instrutor de música de Hércules, porém, tendo um dia reprovado seu pupilo de forma rude, ele incitou a fúria do herói, que o golpeou com sua lira, matando-o.

Tâmiris

Um antigo bardo da Trácia que, em sua presunção, desafiou as musas para um teste de habilidade e, ao ser derrotado no desafio, foi privado por elas de sua visão. Milton faz alusão a ele junto de outros bardos cegos quando fala de sua própria cegueira, *Paraíso Perdido*, Canto III, Estrofe 35.

Mársias

Minerva (Atena) inventou a flauta e a tocou para o deleite de todos os ouvintes celestiais; mas quando o travesso Cupido (Eros) ousou rir da estranha expressão da deusa enquanto tocava o instrumento, Minerva jogou a flauta fora, indignada, e ela caiu na terra, sendo encontrada por Mársias. Ele a soprou e tirou dela um som tão encantador que ficou tentado a desafiar Apolo em um desafio musical. O deus venceu, obviamente, e puniu Mársias, esfolando-o vivo.

Melampo

Melampo foi o primeiro humano dotado de poderes proféticos. Em frente a sua casa, ficava um carvalho que abrigava um ninho de serpentes. As serpentes velhas foram mortas pelos servos, mas Melampo cuidou das mais novas e as alimentou cuidadosamente. Um dia, enquanto dormia embaixo do carvalho, as serpentes lamberam suas orelhas. Ao acordar, ficou estupefato ao descobrir que agora entendia a linguagem dos pássaros e seres rastejantes. Tal conhecimento o capacitou a adivinhar eventos futuros, e ele se tornou um renomado vidente. Certa vez, seus inimigos o capturaram e o mantiveram sob rigoroso encarceramento. Melampo, no silêncio da noite, ouviu os cupins das vigas conversando e descobriu pelo que disseram que a madeira estava quase que totalmente comida e o teto poderia desabar em breve. Ele chamou seus captores e ordenou que fosse libertado, advertindo-os também do problema com as vigas. Eles deram atenção a seu aviso e assim escaparam da morte, recompensando Melampo e passando a respeitá-lo.

Museu

Personagem semimitológico, tradicionalmente representado como filho de Orfeu. Dizem que escreveu poemas sagrados e oráculos. Milton coloca seu nome junto ao de Orfeu em seu poema "Il Penseroso":

> "Mas, ó, triste virgem, que vosso poder
> Possa erguer Museu de seu caramanchão,
> Ou ofertar à alma de Orfeu canção
> Cujas notas extraídas das cordas,
> Faça escorrer lágrimas de ferro pelas bochechas de Plutão,
> E faça o inferno conceder o que o amor buscava."

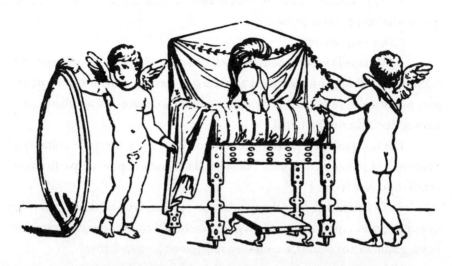

CAPÍTULO VINTE E CINCO

ÁRION — ÍBICO — SIMÔNIDES — SAFO

OS POETAS CUJAS AVENTURAS compõem este capítulo foram pessoas reais cuja obra ainda perdura, e sua influência sobre os poetas que os sucederam é ainda mais importante que os resquícios de sua obra poética. As aventuras aqui relatadas baseiam-se na mesma autoridade das outras narrativas contidas neste livro, ou seja, dos poetas que as contaram. Em sua forma presente, as duas primeiras são traduzidas do alemão, Árion de Schlegel e Íbicus de Schiller.

Árion

Árion foi um músico famoso que morava na corte de Periandro, rei de Corinto, de quem ele era grande favorito. Um concurso musical seria realizado na Sicília e Árion desejava competir pelo prêmio. Ele contou seu desejo a Periandro, que lhe implorou como um irmão para que desistisse da ideia.

— Peço que fique comigo — disse ele — e permaneça satisfeito. Aquele que deseja vencer pode perder.

Árion respondeu:

— Uma vida errante convém melhor ao coração livre de um poeta. O talento concedido por um deus, eu gostaria que servisse como fonte de prazer para os outros. E se eu ganhar o prêmio, como tal deleite será ampliado com a consciência de minha fama!

Ele foi, ganhou o prêmio e embarcou com sua riqueza de volta para casa em um navio de Corinto. Na segunda manhã depois de partirem, o vento soprava suave.

— Ó Periandro — exclamou Árion —, afaste seus medos! Logo você os esquecerá em meu abraço. Com que oferendas luxuosas demonstraremos nossa gratidão aos deuses, e como regozijaremos à mesa festiva!

Vento e mar continuavam propícios. Nem uma nuvem escurecia o firmamento. Ele não confiava muito no oceano — mas confiava no homem. Escutou os marinheiros trocando insinuações uns com os outros e descobriu que tramavam tomar seu tesouro. Logo o cercaram, barulhentos e amotinados, e disseram:

— Árion, você deve morrer! Se quer um túmulo em terra firme, entregue-se e morra aqui; caso contrário, jogue-se no mar.

— Nada os satisfará a não ser minha vida? — perguntou ele. — Podem levar meu ouro. Com prazer compro minha vida por este preço.

— Não, não; não podemos poupá-lo. Deixá-lo viver seria muito perigoso para nós. Onde poderíamos nos esconder de Periandro, se ele soubesse que você foi roubado por nós? Seu ouro nos seria de pouca serventia se, ao retornarmos para casa, não pudéssemos nunca mais nos livrar do medo.

— Me concedam então — pediu ele — um último desejo, uma vez que nada salvará minha vida: que eu morra da mesma forma que vivi, como um bardo. Quando houver entoado minha canção mortuária e as cordas de minha harpa pararem de vibrar, então direi adeus à vida e irei sem reclamar ao encontro de meu destino.

Este pedido, como os outros, seria ignorado — eles pensavam apenas em seu butim —, mas ouvir um músico tão famoso tocou seus grosseiros corações.

— Permitam-me — acrescentou Árion — arrumar minhas vestes. Apolo não me favorecerá a não ser que eu esteja usando os trajes de um menestrel.

Ornou em dourado e púrpura seu corpo bem-proporcionado, uma bela visão para os olhos; sua túnica caía-lhe em dobras graciosas, joias adornavam seus braços, uma guirlanda dourada coroava-lhe a cabeça, e sobre seu pescoço e ombros esvoaçavam seus cabelos perfumados com fragrâncias. A mão esquerda segurava a lira, e a direita, a varinha de marfim com a qual tocava as cordas. Inspirado, ele pareceu sorver o ar da manhã e cintilar sob os raios matinais. Os marujos o contemplaram com admiração. Ele caminhou para a lateral da embarcação e olhou para baixo, para as profundezas do mar azul. Tocando sua lira, ele entoou:

— Companheira de minha voz, venha comigo para o reino das sombras. Cérbero pode rosnar, sabemos que o poder da música pode domar sua raiva. Vocês, heróis do Elísio, que atravessaram a correnteza sombria — vós, almas felizes, em breve me juntarei ao grupo. Ainda assim, podeis aliviar minha tristeza? Ai de mim, deixo meus amigos para trás. Vós que achastes vossa Eurídice e a perdestes novamente assim que a encontrastes; quando ela desapareceu como um sonho, como vocês odiaram a luz alegre! Devo partir, mas não temerei. Os deuses olham por nós. Vocês que a mim, um inocente, assassinam, quando eu não mais existir, sua hora de tremer chegará. Vós, nereidas, recebam vosso convidado, que se atira à vossa mercê!

Concluída a canção, ele saltou no mar. As ondas o cobriram e os marinheiros seguiram rumo, julgando-se a salvo do perigo de serem descobertos.

Mas os acordes de sua música haviam atraído os habitantes das profundezas, e golfinhos seguiram o navio como se por um encantamento. Enquanto Árion lutava contra as ondas, um golfinho ofereceu seu dorso e o carregou em segurança até a costa. Mais tarde, seria erguido naquele ponto um monumento de bronze em memória ao evento.

Quando Árion e o golfinho se despediram, cada qual para seu próprio elemento, Árion assim expressou-lhe sua gratidão:

— Adeus, leal amigo! Queria eu poder recompensá-lo; mas não pode vir comigo e nem eu com você. Não nos é possível compartilhar da companhia um do outro. Que Galateia, rainha das profundezas, o favoreça, e vós, orgulhoso da tarefa, puxe sua carruagem pelo suave espelho do mar.

Árion apressou-se a deixar a praia e logo avistou à sua frente as torres de Corinto. Ele viajou, harpa em mãos, cantando enquanto prosseguia, cheio de amor e alegria, esquecendo suas perdas e consciente apenas do que restava, seu amigo e sua lira. Ele adentrou os salões acolhedores e logo foi envolvido pelo abraço de Periandro.

— Retornei para você, meu amigo — disse ele. — O talento que um deus concedeu foi o deleite de milhares, mas patifes me privaram do meu mais que merecido tesouro; ainda assim, conservo a consciência de minha fama.

Então, ele narrou a Periandro, que o ouviu com espanto, todos os maravilhosos eventos que ocorreram.

— Deve tal maldade triunfar? — disse ele. — Então em vão tenho o poder em minhas mãos. Para que possamos descobrir os criminosos, você deve permanecer aqui escondido e então eles se aproximarão sem suspeitas.

Quando o navio chegou ao porto, ele convocou os marinheiros à sua presença.

—Vocês têm alguma notícia de Árion? — perguntou ele. — Aguardo ansiosamente por seu retorno.

— Nós o deixamos bem e próspero em Tarento.

Ao proferirem tais palavras, Árion deu um passo adiante e os encarou. Seu corpo bem-proporcionado estava ornado em dourado e púrpura, uma bela visão para os olhos; sua túnica caía-lhe em dobras graciosas, joias adornavam seus braços, uma guirlanda dourada coroava-lhe a cabeça, e sobre o pescoço e os ombros esvoaçavam seus cabelos perfumados com fragrâncias. A mão esquerda segurava a lira, e a direita, a varinha de marfim com a qual tocava as cordas. Eles caíram prostrados aos seus pés, como se um raio os houvessem atingido.

— Nós pretendíamos matá-lo e ele se tornou um deus. Ó terra, se abra e nos receba!

Então, Periandro falou:

— Ele vive, o mestre da canção! O bom céu protegeu a vida do poeta. Quanto a vocês, eu não invocarei o espírito da vingança; Árion não deseja o sangue de vocês. Vós, escravos da avareza, partam! Procurem alguma terra de barbárie, e que jamais a beleza deleite vossas almas!

Spenser representa Árion montado em seu golfinho, acompanhando o comboio de Netuno e Anfitrite:

"Um som sublime, celestial, foi escutado;
Uma delicada música seguiu-se, então,

E a flutuar na água como entronizado,
Árion com a harpa domou a atenção
E os corações de toda a boa tripulação;
E até mesmo o golfinho que o carregou
Através do Mar Egeu para escapar das mãos
Dos piratas, parou e seu dom admirou;
E também os mares revoltos ele acalmou."
— Tradução de Guilherme Summa.

Byron, em seu *A peregrinação de Childe Harold*, Canto II, alude à história de Árion quando, descrevendo sua jornada, apresenta um dos marinheiros tocando música para entreter o restante:

"A lua vem alta; uma noite adorável está no ar!
Longos feixes de luz sobre ondas dançantes se espalham;
Os rapazes na costa já podem suspirar e as donzelas acreditar;
Quando retornarmos à terra firme tais bênçãos nos esperam!
Enquanto isso, as mãos impacientes de algum rude Árion despertam
A vigorosa harmonia com que o marinheiro de deleita;
Ali, os jubilosos felizes ouvintes um círculo formam,
Ou se movem ao ritmo de alguma melodia afeita,
Despreocupados, na costa a vagar sua liberdade satisfeita."

Íbico

Para entender a história de Íbico, é necessário lembrar-se, primeiro, que os teatros da Antiguidade eram construções imensas, com capacidade para comportar algo entre dez e trinta mil espectadores e, como eram usados apenas nas ocasiões festivas e a entrada era gratuita para todos, ficavam geralmente cheios. Eles não tinham teto, ficando a céu aberto, e os espetáculos ocorriam durante o dia. Em segundo lugar, a terrível representação das Fúrias não é exagerada na história. É sabido que Ésquilo, o poeta trágico, tendo em uma ocasião representado as Fúrias em um coral de cinquenta pessoas, provocou tamanho terror nos espectadores que muitos desmaiaram e convulsionaram, e os magistrados proibiram apresentações do tipo no futuro.

Íbico, o poeta devoto, estava a caminho da corrida de bigas e competições musicais sediadas no Istmo de Corinto, que atraía todas as classes da Grécia. Febo (Apolo) lhe concedera o dom da música, os doces lábios do poeta, e ele seguia com passos leves, inspirado pelo deus. As torres de Corinto já podiam ser vistas e ele adentrara com reverente admiração o bosque de Netuno (Poseidon). Não havia ser vivo algum à vista, apenas um bando de garças voava no mesma direção que ele, migrando para o clima do sul.

— Boa sorte para vocês, esquadrão amistoso — exclamou ele —, meus companheiros do outro lado do mar. Considero sua companhia um bom presságio. Viemos de longe e voamos em busca de hospitalidade. Que ambos possamos encontrar o tipo de recepção que protege contra o perigo os estrangeiros.

Ele acelerou o passo e logo estava no meio da floresta. Ali, de repente, em uma passagem estreita, dois ladrões avançaram e bloquearam seu caminho. Ele deveria se render ou lutar. Mas suas mãos, acostumadas com a lira e não com lutas, abaixaram-se, impotentes. Ele gritou por ajuda de homens e deuses, mas seus clamores não alcançaram os ouvidos de nenhum defensor.

— Então, aqui devo morrer — disse ele —, em uma terra estrangeira, sem quem chore por mim, a vida roubada por bandidos, ninguém para vingar a minha causa.

Ferido, ele caiu ao chão, quando as garças gritaram roucas lá no alto.

— Garças, vinguem minha causa — disse ele —, já que nenhuma voz além das suas respondeu ao meu chamado.

Dizendo isso, fechou seus olhos e morreu.

O corpo, saqueado e mutilado, foi encontrado e, apesar de estar desfigurado devido aos ferimentos, foi reconhecido pelo amigo de Corinto que o aguardava como convidado.

— É assim que o encontro de volta para mim? — exclama ele. —Eu, que esperava colocar em sua cabeça a coroa do triunfo na competição musical!

Os convidados que se encontravam no festival ouviram a notícia com consternação. Toda a Grécia sentiu o golpe, todos os corações pesados com a perda. Eles se aglomeraram ao redor do tribunal dos magistrados e exigiram vingança contra os assassinos e expiação com o sangue deles.

Mas qual sinal ou marca deveria apontar o perpetrador dentre a vasta multidão atraída pelo esplendor do banquete? Ele sucumbira pelas mãos de assaltantes ou algum inimigo pessoal o assassinara? Somente o sol pode dizer, porque nenhum outro olho testemunhou a cena. Ainda assim, não é improvável que o assassino caminhe agora por entre a multidão e aproveite os frutos do seu crime, enquanto a vingança procura por ele em vão. Talvez no próprio recinto do templo ele desafie os deuses, misturando-se livremente nesta turba que agora se espreme para dentro do anfiteatro.

Pois agora reunida, fila pós fila, a multidão preenche o espaço até que parece que a própria construção vai ceder. O murmúrio de vozes soa como o rugido do mar, enquanto os círculos se alargam em sua subida nível a nível, como se fossem alcançar o céu.

E agora a vasta assembleia escuta a horrível voz do coral personificando as Fúrias que, em disfarce solene, avançam com passos comedidos e se movem em torno do circuito do teatro. Podem ser mulheres mortais as que compõem este medonho grupo, e aquele vasto conjunto de formas silenciosas é constituído de criaturas vivas?

As coristas, vestidas de preto, traziam em suas mãos descarnadas tochas queimando com uma chama sombria. Suas bochechas eram pálidas, e no lugar dos cabelos serpentes contorcidas enrolavam-se em torno de seus frontes. Formando um círculo, esses seres horripilantes cantaram seus hinos, penetrando os corações dos culpados e sequestrando todas as suas faculdades. Elevavam-se e ampliavam-se, sobrepondo-se ao som dos instrumentos, roubando o julgamento, paralisando o coração, coagulando o sangue.

— Feliz é o homem que conserva seu coração puro de pecado e crime! Nele, nós vingadoras não tocamos; ele trilha um caminho na vida que o deixa seguro em relação a nós. Mas ai de vós! Ai daquele que assassinou em segredo. Nós, a temida família da Noite, prendemos a todo o seu ser. Pensa ele escapar de nós voando? Nós vamos atrás ainda mais rápido, voando em perseguição, enroscamos nossas cobras em seus pés e o trazemos ao chão. Perseguimos implacavelmente; piedade não nos contém; continuamos sem parar, até o fim da vida, não lhe damos paz ou descanso. — Assim cantavam as Eumênides e movimentavam-se em cadência solene, enquanto um silêncio que lembrava o som sepulcral da morte instalava-se sobre toda a assembleia, como se na presença de seres sobre-humanos; e então, em marcha solene, completando o circuito do teatro, deixaram o palco pelos fundos.

Todo coração flutuava entre ilusão e realidade, e cada peito arfava com terror indefinido, acovardando-se ante o terrível poder que observa crimes secretos e controla a invisível meada do destino. Naquele momento, irrompeu um grito das cadeiras mais altas:

— Olhe! Olhe! Camarada, ali estão as garças de Íbico!

E, repentinamente, lá apareceu cruzando os céus um objeto escuro que, depois de mais detida observação, revelou ser um bando de garças voando diretamente sobre o teatro.

— De Íbico, disse ele?

O nome adorado reviveu a tristeza em cada peito. Como as ondas que quebram uma após a outra na costa, assim correram de boca em boca as palavras:

— De Íbico! Aquele a quem todos lamentamos, ao qual alguma mão assassina pôs fim! O que as garças têm a ver com ele?

E mais alto cresceu a multidão de vozes, quando, tal qual um relâmpago, o pensamento atravessou todos os corações:

— Observem o poder das Eumênides! O poeta devoto deve ser vingado! O assassino entregou a si mesmo. Agarrem o homem que soltou aquele grito e o outro com quem ele falou!

O culpado bem que gostaria voltar atrás com suas palavras, mas era tarde demais. Os rostos dos assassinos, pálidos de terror, atestaram sua culpa. O povo os levou para o juiz, eles confessaram seu crime e sofreram a punição que mereciam.

Simônides

Simônides foi um dos mais prolíficos poetas gregos antigos, mas apenas alguns fragmentos de sua obra alcançaram nossos dias. Ele escreveu hinos, odes triunfais e elegias. Ele se destacou particularmente neste último tipo de composição. Seu gênio era inclinado para o patético e ninguém podia tocar com mais primor as cordas do sentimento humano. O poema "Lamento de Dânae", fragmento mais importante que restou de sua poesia, é baseado na história de Dânae e seu bebê: por ordem de seu pai, Acrísio, os dois foram confinados em um baú e atirados ao mar. À deriva, o baú flutuou na direção da ilha de Serifo, onde ambos foram resgatados por Díctis, um pescador, e levados para Polidecto, rei do país, que os acolheu e protegeu. A criança, Perseu, tornou-se um famoso herói cujas aventuras foram narradas em um capítulo anterior.

Simônides passou boa parte de sua vida transitando por cortes de príncipes e com frequência empregava seus talentos em panegíricos e odes festivas, sendo recompensando com a generosidade daqueles cujos feitos celebrava. Esse trabalho não era depreciativo; na verdade, assemelhava-se bastante ao dos antigos bardos, como Demódoco, descrito por Homero, ou o próprio Homero, como conta a tradição.

Em uma ocasião, quando residia na corte de Escopa, rei de Tessália, o príncipe pediu que compusesse um poema em celebração aos seus feitos para ser recitado em um banquete. Para diversificar seu tema, Simônides, que era célebre por sua devoção, introduziu em seu poema as façanhas de Castor e Pólux. Tais digressões não eram incomuns para os poetas em ocasiões assim e seria de se imaginar que um mortal ficaria satisfeito em dividir as glórias com os filhos de Leda. Mas a vaidade é exigente; e quando Escopa sentou-se à mesa festiva entre seus cortesãos e aduladores, ressentiu-se de cada verso que não mencionava seus próprios feitos. Quando Simônides se aproximou para receber a recompensa prometida, Escopa pagou-lhe apenas metade da soma esperada, dizendo:

— Eis meu pagamento pela minha parte de vossa performance; decerto Castor e Pólux irão recompensá-lo pelo tanto que lhes compete.

O poeta, desconcertado, retornou a seu lugar em meio aos risos que se seguiram o gracejo do rei. Logo depois, ele recebeu uma mensagem de que dois jovens rapazes a cavalo aguardavam ansiosos para vê-lo do lado de fora. Simônides apressou-se até a porta, mas procurou em vão pelos visitantes. Contudo, mal saíra do salão do banquete quando o teto desabou com um estrondo, enterrando Escopa e todos seus convidados sob as ruínas. Ao questionar sobre a aparência dos jovens que mandaram buscá-lo, Simônides ficou satisfeito em saber que se tratava dos próprios Castor e Pólux.

Safo

Safo foi uma poetisa que floresceu bem no início da literatura grega. De suas obras, poucos fragmentos sobreviveram, mas o que restou é suficiente para assegurar seu lugar como eminente gênio poético. A história de Safo comumente alude ao fato de ela ter sido perdidamente apaixonada por um belo jovem chamado Faonte e, sendo seu afeto não correspondido, atirou-se ao mar do alto do promontório de Leucádia, confiando na superstição de que aqueles que davam o "salto dos apaixonados" seriam, se não destruídos, curados de seu amor.

Byron menciona Safo em *A peregrinação de Childe Harold*, Canto II:

"Childe Harold navegou e passou pelo local desolado
Onde a triste Penélope ficava as ondas a contemplar,
E mais à frente viu o promontório, incólume seu legado,
Refúgio dos amantes e túmulo da poetisa de Lesbos o lar.
Obscura Safo! Não pôde o verso imortal salvar
O peito imbuído de tamanho fogo imortal?
(...)
Foi em uma gentil tarde de outono grego
Que Childe Harold vislumbrou o cabo de Leucádia à distância," etc.

CAPÍTULO VINTE SEIS

Diana e Endimião — Órion — Aurora e Títono — Ácis e Galateia

Endimião era um belo jovem que alimentava seu rebanho no monte Latmos. Em uma noite calma e clara, Diana (Ártemis), a lua, olhou para baixo e o viu dormindo. O coração frio da deusa virgem se aqueceu com sua beleza estonteante e ela desceu até ele, beijou-o e o observou enquanto ele dormia.

Outra história conta que Júpiter (Zeus) lhe concedera o dom da juventude eterna acompanhada de sono eterno. Por causa de um dom tão peculiar, temos poucas aventuras a narrar. Dizem que Diana providenciou para que sua sorte não sofresse em consequência de sua vida inativa, pois ela fez seu rebanho aumentar e protegeu suas ovelhas e cordeiros das feras selvagens.

A história de Endimião carrega um charme peculiar pelo significado humano que tão sutilmente guarda. Vemos em Endimião o jovem poeta

cuja imaginação e coração procuram em vão por algo que possa satisfazê-los, encontrando seu momento favorito sob o luar tranquilo e alimentando ali, sob os raios da brilhante e silenciosa testemunha, a melancolia e o ardor que o consomem. A história sugere um amor inspirador e poético, uma vida vivida mais em sonhos do que na realidade e uma morte precoce e bem-vinda.
— S. G. B.

"Endimião", de Keats, é um poema selvagem e fantasioso, contendo belos versos, como estes, para a lua:

> "(...) Vacas sob tua luz com divinos campos sonham.
> Inumeráveis montanhas sobem e mais se elevam
> Almejando ser santificadas por teu olhar,
> E nem assim tua bênção conseguem conquistar;
> Mas vais até um refúgio obscuro, mesmo um ninho
> Se nisso te comprazes, e ali o passarinho
> Tranquilo tem teu belo rosto para admirar." etc.
> — Tradução de Guilherme Summa.

O dr. Young, em "Pensamentos noturnos", alude assim a Endimião:

> "(...) Esses pensamentos, ó noite, são teus;
> De ti vieram como suspiros secretos de amantes,
> Enquanto outros dormiam. Também Cíntia,[20] contam os poetas,
> Deslizando de sua esfera, suave e em sombras velada,
> Vai saudar seu pastor, menos enamorado dela
> Do que eu de ti."
> — Tradução de Guilherme Summa.

Fletcher, no poema "Fiel pastora", escreve:

> "Como a pálida Febe, caçando em um bosque,
> Viu pela primeira vez o jovem Endimião,
> De cujos olhos retirou a chama eterna;
> E como o transportou com delicadeza em seu sono,
> Com as têmporas adornadas com papoulas, para o íngreme

---

20   Cíntia era a alcunha de Ártemis, nascida, segundo a lenda, no Monte Cinto, na ilha de Delos. (N. P.)

Cume do velho Latmo, onde toda noite se curva
Iluminando a montanha com a luz de seu irmão,
Para beijar docemente o seu amado."
— Tradução de Guilherme Summa.

Órion

Órion era filho de Netuno (Poseidon). Era um belo gigante e um exímio caçador. Seu pai concedeu-lhe o poder de vagar pelas profundezas do mar ou, segundo dizem alguns, caminhar por sua superfície.

Órion amava Mérope, filha de Eunápio, rei de Quios, e a pediu em casamento. Ele dizimou as feras selvagens da ilha e trouxe os despojos da caçada como presentes para sua amada; entretanto, como Eunápio insistia em negar-lhe seu consentimento, Órion tentou se apossar da donzela por meio da violência. Seu pai se enfureceu diante de tal conduta e, embebedando Órion, cegou-o e o deixou às margens do mar. O herói, privado de sua visão, seguiu o som do martelo de um ciclope até chegar à ilha de Lemnos, alcançando a forja de Vulcano (Hefesto) que, apiedando-se do gigante, ofereceu-lhe Quedalião, um de seus homens, para ser seu guia até a morada do sol. Apoiando Quedalião em seu ombro, Órion seguiu para o leste e ali encontrando o deus sol, teve a visão restaurada por seus raios.

Depois disso, ele viveu como caçador com Diana, de quem era favorito, e dizem até que ela estava prestes a se casar com ele. Seu irmão, descontente com tal ideia, censurava-a com frequência, sem efeito. Um dia, observando Órion imerso no mar apenas com a cabeça acima da água, Febo (Apolo) indicou-o à irmã e a desafiou a acertar aquele ponto preto no oceano. A deusa arqueira disparou uma flecha com mira mortal. As ondas depositaram o corpo de Órion na terra e, lamentando seu erro fatal com copiosas lágrimas, Diana o colocou entre as estrelas, onde ele aparece como um gigante com um cinturão, espada, pele de leão e porrete. Sirius, seu cão, está ao seu lado, e as Plêiades voam à sua frente.

As Plêiades eram filhas de Atlas e ninfas do séquito de Diana. Um dia, Órion as viu, enamorou-se por elas e as perseguiu. Angustiadas, elas pediram para que os deuses mudassem suas formas, e Júpiter, apiedado, transformou-as em pombas e então fez delas uma constelação. Apesar de serem em sete, apenas seis estrelas são visíveis, pois, segundo contam, uma delas, Electra, deixou seu lugar por não conseguir observar a ruína de Troia, pois aquela cidade foi fundada por seu filho Dárdano. A visão provocou tamanho efeito sobre suas irmãs que elas ficaram pálidas desde então.

O sr. Longfellow, em seu poema "Ocultação de Órion", alude à história mitológica nos versos a seguir. Devemos pressupor que, no globo celeste, Órion é representado como vestido com uma pele de leão e empunhando um porrete. No momento que as estrelas da constelação, uma a uma, eram extintas na luz da lua, o poeta nos conta:

> "Tomba a rubra pele do leão,
> Que a água do rio a seus pés leva
> A grande clava já não se eleva
> Contra a testa do touro; agora
> Tropeça na costa como outrora
> Quando, cego por Enopião
> Na forja procurou o ferreiro
> E, sobre o estreito desfiladeiro,
> O sol devolveu sua visão."
> — Tradução de Guilherme Summa.

Tennyson tem uma teoria diferente a respeito das Plêiades:

> "Muitas noites vi as Plêiades, surgindo das sombras sossegadas,
> Brilharem como um enxame de vaga-lumes enredados em uma trança prateada.
> — "Locksley Hall", Dístico 5.

Byron menciona a Plêiade perdida:

> "Como a Plêiade perdida e nunca mais vista."

Veja também os versos de Hemans sobre o mesmo tema.

Aurora e Titono

A deusa do amanhecer, assim como sua irmã, a lua, às vezes se inspirava com o amor dos mortais. Seu favorito era Titono, filho de Laomedonte, rei de Troia. Ela o sequestrou e convenceu Júpiter a lhe conceder a imortalidade; mas, esquecendo-se de acrescentar a juventude a essa dádiva, após algum tempo começou a reparar, para seu grande tormento, que ele estava envelhecendo. Quando seus cabelos estavam bem brancos, ela o deixou; entretanto, ele ainda tinha acesso ao seu palácio, alimentava-se de ambrosia e trajava roupas celestiais. Mais tarde, Titono perdeu a capacidade de usar seus membros e então ela o trancou em seus aposentos, de onde sua voz fraca podia, às vezes, ser ouvida. Por fim, ela o transformou em um gafanhoto.

Mêmnon era filho de Aurora com Titono. Era o rei dos etíopes e morava no extremo leste às margens do Oceano. Ele partiu, acompanhado de seus guerreiros, para oferecer auxílio aos parentes do pai na Guerra de Troia. O rei Príamo o recebeu com grandes honras e ouviu com admiração suas narrativas sobre as maravilhas das margens do Oceano.

No dia após sua chegada, Mêmnon, impaciente com o repouso, liderou suas tropas ao campo de batalha. Antíloco, o bravo filho de Nestor, morreu por suas mãos, e os gregos bateram em retirada, quando Aquiles apareceu e restaurou o equilíbrio da batalha. Um longo e acirrado combate seguiu-se entre ele e o filho de Aurora; por fim, Aquiles foi declarado vitorioso, Mêmnon caiu e os troianos fugiram, consternados.

Aurora, que de sua tribuna no céu assistia com apreensão a atribulação do filho, ao vê-lo perecer, ordenou a seus irmãos, os Ventos, que carregassem seu corpo para as margens do rio Esepo na Paflagônia. À noite, Aurora, acompanhada das Horas e das Plêiades, foi chorar sobre seu filho. Noite, condoendo-se de sua tristeza, espalhou nuvens pelo céu; toda a natureza lamentou a morte do filho de Aurora. Os etíopes construíram sua tumba às margens do riacho no bosque das Ninfas, e Júpiter cuidou para que as faíscas e brasas de sua pira fúnebre se transformassem em pássaros que, dividindo-se em dois bandos, batalharam sobre a pira até que mergulharam nas chamas. Todo ano, no aniversário da sua morte, os pássaros retornam e celebram as exéquias da mesma forma. Aurora continua inconsolável pela perda de seu filho. Suas lágrimas ainda fluem e podem ser contempladas cedo pela manhã na forma de orvalho sobre a grama.

Diferente da maioria das maravilhas da mitologia antiga, ainda existe alguma memória desta. Nas margens do rio Nilo, no Egito, encontram-se duas estátuas colossais, sendo uma delas, dizem, a de Mêmnon. Escritores antigos relatam que, quando os primeiros raios do sol nascente projetavam-se sobre este monumento, podia-se ouvir dele o ressoar de um som, que se assemelhava ao vibrar da corda de uma harpa. Há dúvidas em relação à identificação da estátua existente com aquela descrita pelos antigos, e os tais sons misteriosos são ainda mais duvidosos. No entanto, não faltam testemunhos modernos de que esses sons ainda são ouvidos. Sugeriu-se que os sons produzidos pelo ar preso dentro de cavernas escapando por suas fendas podem oferecer certa sustentação à história. Sir Gardner Wilkinson, um viajante de grande autoridade já falecido, examinou a estátua e descobriu ser oca, e que "no colo da estátua há uma pedra que, ao ser golpeada, emite um som metálico, que ainda pode ser usado para enganar um visitante predisposto a acreditar em seus poderes".

A estátua falante de Mêmnon é tema sempre presente nas obras dos poetas. Darwin, em seu *Jardim Botânico*, escreve:

> "Então o sol sagrado o rosto de Mêmnon ilumina
> Ressoa o acorde da manhã espontânea harmonia
> Tocado por seu raio oriental vibra responsiva
> E dedilha todas as cordas a lira viva;
> Passagens conspiradoras as tonalidades tenras prolongam,
> E ecos sagrados a música adorável amplificam."
> — Livro Um, Parte 1, Estrofe 182.

Ácis e Galateia

Cila era uma bela virgem da Sicília, a favorita das ninfas do mar. Ela tinha muitos pretendentes, mas rejeitava a todos e costumava ir à gruta de Galateia para lhe contar como era perseguida. Um dia, a deusa, enquanto Cila arrumava seu cabelo, ouviu a história e então respondeu:

— Ainda assim, donzela, seus perseguidores são da raça não de todo bárbara dos homens, a quem, se você quiser, pode rejeitar; mas eu, filha de Nereu e protegida por tal grupo de irmãs, só encontrei escapatória da paixão do ciclope no fundo do mar.

Lágrimas interromperam sua fala. A donzela, compadecida, enxugou-as com dedos delicados e acalmou a deusa:

— Conte-me, querida — disse ela —, a causa de sua dor.

— Ácis era filho de Fauno com uma náiade — contou Galateia. — Seu pai e sua mãe o amavam muito, mas o amor deles não era igual ao meu. Pois o belo jovem se apegou somente a mim, e tinha apenas dezesseis anos, uma leve penugem mal começara a escurecer sua face. Eu buscava sua companhia da mesma forma que o ciclope buscava a minha; e se você me perguntar qual era maior, se meu amor por Ácis ou meu ódio por Polifemo, eu não saberia responder: eram equivalentes. Ó, Venus, como é grande o seu poder! Esse gigante feroz, terror das florestas, do qual nenhum estrangeiro desafortunado escapava ileso, que desafiava o próprio Jove, aprendeu a sentir o que era amor e, consumido de paixão por mim, esqueceu seu rebanho e suas cavernas bem abastecidas. Então, pela primeira vez, começou a tomar algum cuidado com a sua aparência e tentar se fazer parecer agradável; ele ajeitou aqueles cabelos ásperos com um pente e se barbeou com uma foice, olhou para suas feições grosseiras na água e tentou melhorar sua expressão. Seu amor pela matança, ferocidade e sede de sangue não mais prevaleciam, e navios que atracavam em sua ilha partiam em segurança. Ele perambulava pela costa de um lado para o outro, deixando pegadas profundas com seus pesados passos e, quando cansado, deitava tranquilo em sua caverna.

"Existe um penhasco que se projeta mar adentro, que o banha de ambos os lados. O enorme ciclope subiu lá um dia e sentou-se enquanto seu rebanho se espalhava pelo entorno. Colocando seu cajado no chão, cajado este que serviria de mastro para segurar a vela de uma embarcação, e pegando seu instrumento composto de inúmeros tubos, ele fez as colinas e as águas ecoarem a melodia de sua canção. Eu estava escondida debaixo de uma rocha ao lado de meu amado Ácis e ouvi a melodia distante. Ela era repleta de extravagantes louvores à minha beleza, misturados com fervorosa censura à minha frieza e crueldade.

"Ele se levantou ao terminar e, como um touro indomável que não consegue ficar parado, partiu na direção da floresta. Ácis e eu não pensamos mais nele, até que repentinamente ele chegou a um lugar de onde podia nos ver sentados. 'Estou vendo vocês', ele exclamou, 'e farei com que este seja o último de seus encontros amorosos.' Sua voz era um rugido que apenas um ciclope raivoso poderia conceber. O monte Etna tremeu com o som. Eu, tomada pelo terror, mergulhei dentro da água. Ácis virou e fugiu, gritando: 'Salve-me, Galateia, salvem-me, meus pais!'. O ciclope o perseguiu e, arrancando uma rocha da encosta da montanha, arremessou-a nele. Embora apenas uma ponta tenha tocado Ácis, ele foi esmagado.

"Tudo que o destino deixou em meu poder, eu fiz por Ácis. Eu o dotei com as honras de seu avô, o deus-rio. O sangue roxo escorria por debaixo da rocha, mas aos poucos perdeu a cor e parecia o fluxo de um rio turvo pela ação da chuva e logo ficou transparente. A rocha se fendeu em duas e a água, enquanto jorrava da fenda, emitia um murmúrio agradável."

Assim, Ácis foi transformado em um rio, que conservou o nome de Ácis.

Dryden, em seu poema "Simão e Efigênia", escreve sobre um bufão que se transformou em um cavalheiro pelo poder do amor, enredo que guarda certa semelhança com a antiga história de Galateia e o ciclope.

> "Nem os cuidados do pai nem do tutor a dedicação
> Foram capazes de plantar em seu tosco coração
> O que Cupido, melhor mestre, logrou de imediato:
> Solo fértil, cultivado, onde antes era só mato.
> Amor lhe ensinou vergonha, e a disputa então surgida
> Logo o fez aprender doces civilidades da vida."
> — Tradução de Guilherme Summa.

CAPÍTULO VINTE E SETE

A GUERRA DE TROIA

MINERVA (ATENA) ERA A deusa da sabedoria, mas em uma ocasião, ela fez algo muito tolo: disputou um concurso de beleza concorrendo com Juno (Hera) e Vênus (Afrodite). Aconteceu assim: no casamento de Peleu e Tétis, todos os deuses foram convidados com exceção de Éris, ou Discórdia. Enfurecida com sua exclusão, a deusa jogou um pomo dourado entre os convidados com a inscrição: "para a mais bela". Imediatamente, Juno, Vênus e Minerva reivindicaram a fruta. Júpiter (Zeus), evitando precisar decidir uma questão tão delicada, mandou as deusas para o monte Ida, onde o belo pastor Páris cuidava de seu rebanho e sobre ele recaiu a responsabilidade da decisão. As deusas então apareceram à sua frente. Juno prometeu-lhe poder e riquezas; Minerva, glória e renome na guerra; e Vênus, a mais bela mulher, como sua esposa, cada qual tentando influenciar a decisão em seu próprio favor. Páris decidiu em favor de Vênus e lhe entregou o pomo dourado, tornando assim as duas outras deusas suas inimigas. Sob a proteção de Vênus, Páris velejou para a Grécia e foi recebido com hospitalidade por Menelau, rei de Esparta. Helena, esposa de Menelau, era a mulher a quem Vênus prometera a Páris como esposa, a mais bela de todas. Vários pretendentes haviam cobiçado fazer dela sua esposa e, antes que sua decisão fosse comunicada, todos eles, sob uma sugestão de Ulisses, também um dos pretendentes, fizeram um juramento que a protegeriam de todo mal e a vingariam se fosse necessário. Ela escolheu Menelau e vivia feliz com ele quando Páris se tornou seu convidado. Páris, ajudado por Vênus, persuadiu-a a fugir com ele e a levou para Troia, dando início à famosa Guerra de Troia, tema dos maiores poemas da Antiguidade, os de Homero e Virgílio.

Menelau chamou seus irmãos líderes da Grécia para honrar seu juramento e juntar-se a ele em seus esforços para recuperar sua esposa. Quase todos atenderam, mas Ulisses, que havia se casado com Penélope e estava muito feliz com sua esposa e filho, não estava disposto a embarcar em um caso tão problemático. Ele, portanto, ficou para trás, e Palamedes foi enviado para instá-lo a vir. Quando Palamedes chegou em Ítaca, Ulisses fingiu demência. Ele atrelou o arado a um burro e um touro e começou a semear sal. Palamedes, para testá-lo, colocou o ainda criança Telêmaco na frente do arado, o que fez o pai desviar, mostrando claramente que ele não era nenhum louco; depois disto, não pôde mais se recusar a cumprir sua promessa. Estando ele mesmo agora comprometido com a missão, ajudou a convencer outros líderes relutantes, especialmente Aquiles. Este era o filho da mesma Tétis em cujo casamento o fruto da discórdia foi atirado entre as deusas. Tétis era, ela própria, uma das imortais, uma ninfa do mar, e, sabendo que seu filho estava destinado a perecer diante de Troia se embarcasse em tal empreitada, esforçou-se para impedir sua partida. Ela o mandou embora para a corte do rei Licomedes e o induziu a se disfarçar como uma donzela entre as filhas do rei. Ulisses, ouvindo que ele estava lá, foi ao palácio disfarçado de mercador e ofereceu para venda ornamentos femininos, entre os quais colocou algumas armas. Enquanto as filhas do rei estavam concentradas nos outros conteúdos da bolsa do mercador, Aquiles manuseou as armas, denunciando a si mesmo aos olhos atentos de Ulisses, que não encontrou grande dificuldade em convencê-lo a ignorar os prudentes conselhos de sua mãe e se juntar aos seus conterrâneos na guerra.

Príamo era rei de Troia e Páris, o pastor que seduzira Helena, seu filho. Páris foi criado na obscuridade, pois havia certas previsões sinistras relacionadas a ele desde a infância dizendo que Páris seria a ruína do país. Tais profecias pareciam, afinal, prestes a se realizar, pois o armamento grego em preparação era o maior que já havia sido utilizado. Agamenon, rei de Mecenas e irmão de Menelau, foi escolhido como comandante chefe. Aquiles era seu mais ilustre guerreiro. Depois dele vinha Ájax, gigante em tamanho e de grande coragem, mas de intelecto limitado; Diomedes, que perdia apenas para Aquiles nas qualidades de herói; Ulisses, famoso por sua sagacidade; e Nestor, o mais velho dos líderes gregos e aquele a quem todos procuravam em busca de conselhos. Mas Troia não era um inimigo fraco. Príamo, o rei, estava velho, mas fora um príncipe sábio e fortaleceu seu estado com um bom governo em casa e inúmeras alianças com seus vizinhos. Porém o principal alicerce de seu trono era o filho Heitor, um dos mais nobres personagens descritos pela antiguidade pagã. Desde o princípio, teve um pressentimento de que seu país cairia, mas perseverou em sua resistência heroica; ainda assim, de forma alguma justificou o erro que culminou em tal perigo para Troia. Ele era casado com Andrômaca e, como marido e pai, seu caráter não era menos admirável do que como guerreiro. O principal líder do lado dos troianos, além de Heitor, eram Enéas, Deífobo, Glauco e Sarpedão.

Depois de dois anos de preparação, a frota e o exército gregos reuniram-se no porto de Áulis na Beócia. Ali, Agamenon, caçando, matou um cervo que era sagrado para Diana (Ártemis), e a deusa, em retaliação, disseminou a peste entre o exército e produziu uma calmaria que impediu os barcos de deixarem o porto. Calcas, o vidente, imediatamente anunciou que a ira da deusa virgem somente seria apaziguada com o sacrifício de uma virgem em seu altar, e que ninguém mais além da filha do ofensor seria aceitável. Agamenon, apesar de relutante, consentiu, e a jovem Ifigênia foi convocada sob o pretexto de que se casaria com Aquiles. Quando estava prestes a ser sacrificada, a deusa compadeceu-se dela e a sequestrou, deixando uma corsa em seu lugar, e Ifigênia, envolta em uma nuvem, foi levada a Táuris, onde Diana a fez sacerdotisa de seu templo.

Tennyson, em seu poema "Sonho de uma linda mulher", faz Ifigênia descrever assim seus sentimentos no momento do sacrifício:

"Abandonou-me a esperança naquele triste lugar,
Que, desconhecido então, meu espírito tem medo e aversão;
Meu pai a mão seu rosto consolar;
Eu, lágrimas turvando minha visão,

Ainda me esforcei a falar, suspiros deturpando minha voz,
Como num sonho. Vagamente pude ver;
Os severos reis de barba preta, sua expressão atroz.,
Esperando para me ver morrer.

Os altos mastros balançavam, pelas ondas tocados
Os templos, as pessoas e a enseada;
Alguém correu em meu tenro pescoço um punhal afiado
Devagar... e... fui arrebatada."

Com o vento agora propício, a frota içou velas e levou suas forças para a costa de Troia. Os troianos procuraram impedir o desembarque e, no primeiro ataque, Protesilau foi morto por Heitor. Protesilau havia deixado em casa sua esposa, Laodâmia, que era muito apegada a ele. Quando recebeu a notícia de sua morte, implorou aos deuses que permitissem conversar com o marido por apenas três horas. O pedido foi atendido. Mercúrio (Hermes) levou Protesilau de volta ao mundo superior e, quando ele morreu pela segunda vez, Laodâmia morreu com ele. Conta-se que as ninfas plantaram ao redor de sua sepultura olmos que cresciam até o ponto em que, de seu topo, era possível avistar Troia, e então secavam, enquanto galhos frescos brotavam de suas raízes.

Wordsworth emprestou a história de Protesilau e Laodâmia como tema de um poema. O oráculo havia declarado que a vitória estaria garantida ao lado ao qual pertencesse a primeira vítima da guerra. O poeta representa Protesilau em seu breve retorno à terra, narrando a história de seu destino a Laodâmia:

"O vento desejado foi concedido; então, revolvi
No pensamento o oráculo, no silencioso mar;
E como ninguém de maior valor avançou, resolvi
Que dentre mil navios o meu deveria a frente tomar
E sua proa ser a primeira a chegar ao litoral,
— O meu, o primeiro sangue a tingir o troiano areal.
Ainda assim, como foi amarga a dor — quão descomunal! —

Que me devastava ao pensar na tua perda, esposa amada!
Toda a alegria que compartilhamos na vida mortal,
As lembranças carinhosas são todas a ti vinculadas
Os passeios que fazíamos — aquelas fontes e flores
Minhas cidades planejadas, as inacabadas torres.
Mas deveria a hesitação dar ao inimigo a chance
De gritar: 'Vede como tremem!', com superioridade,
Ainda que dentre eles, ninguém para morrer avance?
Então, firme, da minha alma varri a indignidade:
As velhas fraquezas suplantei com pensamento elevado
Incorporando no ato meu heroísmo trabalhado.
(...)
... Ao lado
Do Helesponto (pelo menos, é o que se acreditava)
Por muitos anos cresceu um bosque de árvores frondosas
Onde aquele por quem ela morreu estava sepultado;
E sempre que o bosque determinada altura alcançava
E as muralhas de Ilium[21] eram uma visão forçosa
Para as copas, as árvores secavam por consternação,
Alternância contínua entre vida e destruição!"
— Tradução de Guilherme Summa.

A Ilíada

A guerra continuou sem resultados decisivos por nove anos. Então, ocorreu um evento que aparentava ser fatal para a causa dos gregos, que foi a desavença entre Aquiles e Agamenon. É neste ponto que o grande poema de Homero, *"Ilíada"*, começa. Os gregos, apesar de não terem sido bem-sucedidos contra Troia, tomaram as cidades vizinhas e aliadas e, na divisão dos espólios, uma prisioneira de nome Criseida, filha de Crises, sacerdote de Febo, ficou na parte de Agamenon. Crises veio carregando os emblemas sagrados de seu ofício e implorou para que libertassem sua filha. Agamenon recusou-se. Imediatamente, Crises implorou a Febo para afligir os gregos até que eles fossem forçados a liberar sua cativa. Febo atendeu às preces de seu sacerdote e infestou o acampamento grego com uma peste. Então, um conselho foi convocado para deliberar sobre como acalmar a ira dos deuses e acabar com a praga. Aquiles corajosamente acusou Agamenon pelos infortúnios deles por manter Criseida

---

21   Outro nome para Troia (N.P.)

prisioneira. Agamenon, furioso, concordou em libertá-la, mas exigiu que Aquiles lhe entregasse Brisei, uma donzela que havia caído com Aquiles na divisão dos espólios. Aquiles aceitou, mas logo avisou que não tomaria mais parte na guerra. Ele retirou seus homens do acampamento geral e declarou abertamente sua intenção de retornar à Grécia.

Os deuses e deusas se interessavam por esta guerra infame tanto quanto as próprias partes envolvidas. Era do conhecimento deles que o destino havia decretado que Troia cairia no final, se seus inimigos perseverassem e não abandonassem voluntariamente a empreitada. Ainda assim, havia espaço suficiente para o acaso empolgar devido às reviravoltas dos desejos e medos dos poderes superiores que tomavam partido de um lado ou de outro. Juno e Minerva, em consequência da ofensa sofrida sobre seus encantos da parte de Páris, eram hostis aos troianos; Vênus, pelo motivo oposto, os favorecia. Vênus arrastou seu admirador Marte (Ares) para seu lado, mas Netuno (Poseidon) favorecia os gregos. Já Febo era neutro, às vezes tomando partido de um, às vezes de outro, e Jove, apesar de amar o bom rei Príamo, ainda assim exercia certo grau de imparcialidade; mas havia exceções.

Tétis, a mãe de Aquiles, ressentia-se da injustiça causada a seu filho. Ela reapareceu imediatamente no palácio de Jove e suplicou-lhe para que fizesse os gregos se arrependerem da injustiça cometida contra Aquiles, garantindo o sucesso do exército troiano. Júpiter aceitou e, na batalha que se seguiu, os troianos foram completamente bem-sucedidos. Os gregos foram expulsos do campo de batalha e se refugiaram em seus navios.

Então, Agamenon convocou um conselho com seus líderes mais sábios e bravos. Nestor aconselhou que um representante fosse enviado até Aquiles para persuadi-lo a retornar ao campo de batalha; e que Agamenon deveria entregar a donzela, causa da disputa, e vários outros presentes para compensar o mal que havia provocado. Agamenon aceitou, e Ulisses, Ájax e Fênix foram enviados para entregar a Aquiles a mensagem penitente. Assim eles o fizeram, mas Aquiles não deu ouvidos a seus argumentos. Ele se recusava com veemência a voltar ao campo de batalha e insistia em sua decisão de embarcar para a Grécia sem demora.

Os gregos construíram uma muralha ao redor de seus navios e agora, em vez de um cerco a Troia, estavam eles mesmos sitiados dentro de sua muralha. No dia seguinte ao da investida malsucedida para repatriar Aquiles, uma batalha foi travada, e os troianos, favorecidos por Jove, tiveram sucesso e conseguiram forçar passagem através da muralha grega, estando prestes a incendiar os navios. Netuno, vendo os gregos tão pressionados, veio ao resgate deles. Ele apareceu na forma de Calcas, o profeta, encorajando os guerreiros com seus gritos e apelando para cada indivíduo, até elevar o ardor deles a um ponto que forçaram os troianos a desistir. Ájax executou atos valorosos e finalmente enfrentou Heitor. Ájax gritou um desafio, ao qual Heitor respondeu e arremessou sua lança contra o enorme guerreiro. A mira foi perfeita e acertou Ájax, onde as alças que carregavam seu escudo e espada se cruzavam no peito. A dupla proteção evitou que a lança penetrasse e ela caiu ao chão, inofensiva. Então, Ájax, agarrando uma rocha enorme, uma daquelas que serviam de escora para os navios, atirou-a em Heitor. Ela o acertou no pescoço e o deixou estirado no chão. Seus seguidores imediatamente o agarraram e o levaram embora, atordoado e ferido.

Enquanto Netuno assim ajudava aos gregos e expulsava os troianos, Júpiter não viu nada do que acontecia, pois sua atenção havia sido atraída para longe do campo de batalha pelas artimanhas de Juno. A deusa havia se vestido de todos os seus encantos, e para coroar tudo, emprestou de Vênus seu cinto, chamado *Cesto*, que tinha o poder de aumentar o charme de quem o usava de maneira que o tornava irresistível. Assim preparada, Juno foi se juntar ao marido, que estava sentado no Olimpo, assistindo à batalha. Quando ele a viu, estava tão encantadora que o fogo de seu antigo amor reviveu e, esquecendo-se do conflito e de todos os outros assuntos de Estado, pensou somente nela e deixou-o seguir seu curso natural.

Mas esta absorção não perdurou por muito tempo, e quando, ao olhar para baixo, viu Heitor estendido no chão quase sem vida entregue à dor e aos ferimentos, ele dispensou Juno, furioso, ordenando que mandasse Íris e Febo até ele. Quando Íris chegou, ele a enviou com uma severa mensagem a Netuno, ordenando que este deixasse o campo de batalha imediatamente. Febo foi enviado para curar os ferimentos de Heitor e encorajar seu coração. Essas ordens foram obedecidas com tamanha velocidade que, enquanto a batalha ainda fervilhava, Heitor retornou para o campo de batalha e Netuno retirou-se para seus domínios.

Uma flecha que partiu do arco de Páris feriu Macaão, filho de Esculápio, que herdara do pai o dom da cura e era, portanto, de grande valor para os gregos como seu cirurgião, além de ser um dos guerreiros mais valentes. Nestor apanhou Macaão em sua biga e o retirou do campo de batalha. Quando passaram pelos navios de Aquiles, aquele herói, contemplando o campo de batalha, viu o veículo de Nestor e reconheceu o velho líder, mas não identificou quem era o ferido. Então, chamando Pátroclo, seu companheiro e amigo querido, enviou-o até a tenda de Nestor para perguntar.

Pátroclo, chegando à tenda de Nestor, viu Macaão ferido e, após contar o motivo de sua vinda, teria se apressado para sair, mas Nestor o deteve para lhe contar a extensão da calamidade grega. Ele também o relembrou como, no momento em que deixaram Troia, Aquiles e ele foram encarregados pelos seus respectivos pais com conselhos diferentes: para Aquiles, que ambicionasse ao mais alto píncaro da glória; para Pátroclo, como o mais velho dos dois, para que vigiasse seu amigo e o guiasse em sua inexperiência.

— Agora — disse Nestor — é a hora de tal influência. Se os deuses assim quiserem, tu conseguirás reconquistá-lo para a causa comum; mas se não, que ele ao menos mande seus soldados para o campo de batalha e venhas tu, Pátroclo, envolto na armadura de Aquiles e talvez a simples visão dela possa afugentar os troianos.

Pátroclo foi fortemente afetado por estas palavras e se apressou de volta para Aquiles, remoendo em sua mente tudo o que vira e ouvira. Ele contou ao príncipe a triste situação no acampamento de seus ex-associados: Diomedes, Ulisses, Agamenon, Macaão, todos feridos, a muralha destruída, o inimigo entre os barcos se preparando para queimá-los e assim cortando todos os meios de retorno para a Grécia. Enquanto conversavam, surgiram chamas em um dos navios. Aquiles, ao ver isso, cedeu apenas ao pedido de Pátroclo de deixá-lo liderar os mirmidões (pois assim eram chamados os soldados de Aquiles) no campo de batalha e emprestar-lhe sua armadura para que ele pudesse instilar o terror nas mentes dos troianos. Sem demora, os soldados foram convocados, Pátroclo colocou a armadura radiante, subiu na biga de Aquiles e liderou os homens fervorosos pela batalha. Mas antes que partisse, Aquiles o instruiu estritamente a se contentar em repelir o inimigo.

— Não procures pressionar os troianos sem mim — disse Aquiles —, para não acrescentar mais às desgraças que já possuo.

Então, aconselhando as tropas a fazer o seu melhor, ele os dispensou inflamados para a luta.

Pátroclo e seus mirmidões logo se envolveram na disputa no local mais acalorado; vendo isto, os gregos gritaram, jubilosos, e os navios ecoaram o clamor. Os troianos, ao avistarem a célebre armadura, foram tomados pelo terror e procuraram por todos os lados por refúgio. Primeiro, aqueles que se apoderaram do navio e atearam fogo nele saíram, possibilitando aos gregos sua retomada e extinção do fogo. Então, os outros troianos fugiram, consternados. Ájax, Menelau e os dois filhos de Nestor executaram atos de valor. Heitor foi forçado a virar as cabeças de seus cavalos e se retirar do cerco, deixando seus homens emaranhados na vala para escaparem como pudessem. Pátroclo os escorraçou, matando muitos, sem que ninguém ousasse fazer-lhe frente.

Enfim, Sarpedão, filho de Jove, aventurou-se ele mesmo a lutar com Pátroclo. Júpiter olhou para baixo e o teria arrancado do destino que o aguardava, mas Juno insinuou que, se assim o fizesse, ele induziria todos os outros habitantes do céu a intervir da mesma forma quando algum de seus filhos estivesse em perigo; a esta ponderação, Jove cedeu. Sarpedão arremessou sua lança, mas não acertou Pátroclo; Pátroclo, porém, atirou a dele e obteve maior sucesso. Ela perfurou o peito de Sarpedão, que tombou; chamando por seus amigos para que salvassem seu corpo do inimigo, morreu. Então, uma furiosa disputa pelo corpo surgiu. Os gregos ganharam e tiraram a armadura de Sarpedão; mas Jove não permitiria que os restos do seu filho fossem desonrados e, por um comando seu, Febo retirou do meio dos combatentes o corpo de Sarpedão e o deixou sob os cuidados dos irmãos gêmeos Morte e Sono, pelos quais foi transportado para a Lísca, a terra natal de Sarpedão, onde recebeu os devidos ritos funerários.

Até então, Pátroclo fora bem-sucedido em seu desejo maior de afastar os troianos e ajudar seus conterrâneos, mas agora viria uma mudança na sorte. Heitor, levado em sua biga, o confrontou. Pátroclo jogou uma grande pedra em Heitor, que errou seu alvo, mas esmagou Cebrion, seu condutor, derrubando-o do veículo. Heitor pulou da biga para salvar seu amigo e Pátroclo também desceu para completar sua vitória. Assim os dois heróis se encontraram cara a cara. Neste momento decisivo, o poeta, como se relutante a dar a glória a Heitor, relata que Febo tomou partido contra Pátroclo. Ele arrancou o elmo de sua cabeça e a lança de sua mão. Ao mesmo tempo, um troiano obscuro o feriu pelas costas e Heitor, avançando, o atravessou com sua lança. Ele caiu ferido mortalmente.

Então, teve início uma tremenda disputa pelo corpo de Pátroclo, mas sua armadura foi enfim tomada por Heitor que, recuando a certa distância, tirou sua própria armadura e vestiu a de Aquiles, retornando então para batalha. Ájax e Menelau defenderam o corpo e Heitor e seus mais bravos guerreiros tiveram trabalho para capturá-lo. A batalha seguia com sortes iguais, quando Jove cobriu todo o céu com uma nuvem escura. Os relâmpagos brilharam, os trovões rugiram, e Ájax, procurando em volta por alguém que ele pudesse despachar até Aquiles para avisá-lo da morte de seu amigo e do perigo iminente de que seus restos mortais pudessem cair nas mãos do inimigo, não conseguia identificar ninguém adequado. Foi então que exclamou estes famosos versos, tão frequentemente citados:

> "Pai do céu e da terra! Livrai
> A hoste de Acaia da escuridão; limpe os céus;
> Faça dia; e, já que este é o desejo de vosso soberano,
> Nos destrua, mas, ó, nos dê a luz do dia."
> — *Ilíada*, Canto XVII.

Ou, como escrito por Pope:

> "... Senhor da terra e do ar!
> Ó rei! Ó pai! Ouve meu humilde implorar!
> Dissipai esta nuvem, a luz do céu restaurai;
> Deixa-me enxergar e Ájax não pedirá por nada mais;
> Se a Grécia deve perecer, cabe-nos vos obedecer,
> Mas deixai-nos à luz do dia perecer."

Júpiter ouviu a prece e dispersou as nuvens. Então, Ájax mandou Antíloco até Aquiles com a notícia da morte de Pátroclo e da disputa por seu corpo. Os gregos enfim conseguiram trazer o corpo para os navios, perseguidos de perto por Heitor, Enéas e o restante dos troianos.

Aquiles recebeu o destino de seu amigo com tanta angústia que Antíloco temeu por um tempo que ele pudesse se matar. Seus gemidos alcançaram os ouvidos de sua mãe, Tétis, nas profundezas do oceano onde habitava e se apressou até ele para saber o motivo. Ela o encontrou tomado pela culpa de que havia levado seu ressentimento longe demais e seu amigo perecera vítima disto. Porém, seu único consolo era a esperança de vingança. Ele teria ido sem demora à procura de Heitor. Mas sua mãe o lembrou que ele estava agora sem armadura, e prometeu que, se ele aguardasse até o dia seguinte, conseguiria para ele uma armadura de Vulcano (Hefesto) melhor do que a que se perdera. Ele aceitou e Tétis imediatamente partiu para o palácio de Vulcano. Ela o encontrou ocupado em sua forja produzindo trípodes para uso próprio, construídos tão habilmente que eles se moviam sozinhos quando queriam e se retiravam quando dispensados. Ao ouvir o pedido de Tétis, Vulcano logo deixou de lado o que fazia e se apressou a cumprir o desejo dela. Ele fabricou um esplêndido conjunto de armadura para Aquiles: primeiro, um escudo adornado com desenhos elaborados; em seguida, um elmo coroado com ouro; por fim, um peitoral e caneleiras de rigidez impenetrável, tudo perfeitamente adaptado à sua forma e de habilidade consumada. Tudo foi criado em uma noite e Tétis, recebendo a armadura, desceu com ela à terra e a deixou aos pés de Aquiles ao amanhecer.

A visão da magnífica armadura trouxe a Aquiles algum prazer pela primeira vez desde a morte de Pátroclo. E agora, trajando-a, ele se dirigiu até o acampamento, chamando todos os líderes para uma reunião. Quando estavam todos reunidos, falou-lhes. Renunciando seu descontentamento com Agamenon e lamentando amargamente as desgraças resultantes, pediu que se encaminhassem imediatamente ao campo de batalha. Agamenon respondeu à altura, colocando toda a culpa em Éris, a deusa da discórdia; e ali mesmo os heróis se reconciliaram.

Então, Aquiles foi para a batalha inspirado com a fúria e sede de vingança que o tornavam invencível. Os mais valentes dos guerreiros fugiam em sua presença ou caíam por sua lança. Heitor, advertido por Febo, manteve-se distante; mas o deus, assumindo a forma de um dos filhos de Príamo, Licão, pediu que Enéas enfrentasse o formidável guerreiro. Enéas, apesar de não se sentir no mesmo nível, não fugiu do combate. Ele atirou sua lança com toda sua força contra o escudo forjado por Vulcano. Era constituído de cinco placas de metal; duas eram de bronze, duas de estanho e uma de ouro. A lança penetrou duas camadas, mas foi contida na terceira. Aquiles atirou a sua lança com maior sucesso. Ela atravessou o escudo de Enéas, mas parou próximo de seu ombro e não o feriu. Então, Enéas pegou uma pedra que dois homens dos tempos modernos mal conseguiriam levantar e estava prestes a arremessá-la e Aquiles, de espada em riste, estava prestes a avançar em sua direção quando Netuno, que observava a disputa, movido pela piedade por Enéas, que, com certeza, seria morto caso não o resgatassem rapidamente, espalhou uma nuvem entre os combatentes e levantou Enéas do chão, carregando-o acima das cabeças de guerreiros e montarias para a retaguarda da batalha. Aquiles, quando a neblina se dissipou, em vão olhou em volta procurando seu adversário, e reconhecendo o feito, voltou seus braços para outros campeões. Mas nenhum ousou enfrentá-lo, e Príamo, olhando de cima das muralhas da cidade, presenciou todo seu exército fugindo em direção à cidade. Ele ordenou que abrissem totalmente os portões para receber os fugitivos e fechá-los assim que os troianos tivessem passado, para que o inimigo não pudesse entrar da mesma forma. Mas Aquiles os perseguia tão de perto que isso seria impossível, não fosse por Febo, que, na forma de Agenor, filho de Príamo, combateu Aquiles por um tempo, virando-se então para fugir e tomando uma rota diferente daquela da cidade. Aquiles perseguiu sua suposta vítima para longe das muralhas, quando Febo então se revelou e Aquiles, percebendo que fora enganado, desistiu da perseguição.

Mas quando o restante havia escapado para dentro da cidade, Heitor ficou parado do lado de fora, determinado a esperar pelo combate. Seu velho pai chamou por ele das muralhas e implorou para que se retirasse e não provocasse um confronto. Sua mãe, Hécuba, também implorou, mas com o mesmo efeito: tudo em vão.

"Como posso eu", pensou Heitor consigo mesmo, "sob cujas ordens o povo chegou nas provações do dia de hoje, nas quais muito sucumbiram, procurar a segurança para mim contra um único inimigo? Mas e se eu oferecer a ele a rendição de Helena e todos os seus tesouros e aumentá-los como nossos próprios tesouros? Ah, não! É tarde demais. Ele nem terminaria de me ouvir, me mataria enquanto falo." Enquanto ele ruminava, Aquiles se aproximava, terrível como Marte, com sua armadura relampejando ao se mover. Vendo isso, a coragem de Heitor vacilou, e ele fugiu. Aquiles não tardou em persegui-lo. Eles correram, mantendo-se próximos à muralha, até que haviam dado a volta três vezes em torno da cidade. Sempre que Heitor chegava perto da muralha, Aquiles o interceptava e o forçava a se afastar em um círculo maior. Mas Febo sustentou as forças de Heitor e não o deixou ser consumido pelo cansaço. Então, Palas, assumindo a forma de Deífobo, o irmão mais corajoso de Heitor, apareceu repentinamente ao seu lado. Heitor alegrou-se ao vê-lo e, fortalecido, encerrou sua fuga e encarou Aquiles. Heitor atirou sua lança, que acertou o escudo de Aquiles e ricocheteou. Ele se virou para receber outra lança das mãos de Deífobo, mas Deífobo havia sumido. Então, Heitor compreendeu seu destino e disse:

— Bem, está claro que esta é minha hora de morrer! Achei que Deífobo estava aqui, mas Palas me enganou, e ele continua em Troia. Mas não tombarei de forma desonrosa.

Dizendo isto, ele desembainhou a espada da cintura e partiu de uma vez para o combate. Aquiles, protegido atrás de seu escudo, esperou a aproximação de Heitor. Quando ele entrou no alcance de sua lança, Aquiles, escolhendo com os olhos uma parte vulnerável da armadura que deixava o pescoço exposto, mirou sua arma naquela parte e Heitor caiu, ferido de morte, e disse, debilmente:

— Poupe meu corpo! Deixe que meus pais paguem um resgate e que eu receba os ritos funerários dos filhos e filhas de Troia.

— Verme! — respondeu Aquiles. — Não fale de resgate e nem de piedade a quem você trouxe tanto sofrimento. Não! Acredite, não salvaria sua carcaça dos cães. Nem que me fossem oferecidos vinte resgates e teu peso em ouro, ainda assim os recusaria.

Dizendo isto, ele retirou do corpo o peitoral da armadura e, amarrando cordas aos pés de Heitor, atou-as atrás de sua biga, permitindo que o corpo fosse arrastado pelo chão. Então, subindo no veículo, ele açoitou os cavalos e assim arrastou o corpo de um lado para o outro diante da cidade. Palavras não poderiam descrever a tristeza do rei Príamo e da rainha Hécuba ao presenciar tal cena! Seu povo mal conseguiu impedir o rei de correr em direção ao palco dos acontecimentos. Ele se jogou na terra e implorou a cada um para que lhe dessem passagem, chamando-os pelo nome. O sofrimento de Hécuba não foi menos violento. Os cidadãos permaneceram ao lado deles, chorando. O som do lamento chegou aos ouvidos de Andrômaca, esposa de

Heitor, enquanto estava sentada entre suas atarefadas criadas; pressentindo o pior, ela foi até as muralhas. Quando viu o que estava acontecendo, teria se atirado de cabeça dali, mas desmaiou e caiu nos braços de suas criadas. Recuperando-se, lamentou seu destino, imaginando seu país arruinado, ela, uma prisioneira, e seu filho, dependendo da caridade de estranhos para seu sustento.

Quando Aquiles e os gregos perpetraram sua vingança sobre o assassino de Pátroclo, eles se ocuparam em celebrar os ritos funerários ao seu amigo. Uma pira foi construída, e o corpo, queimado com a devida solenidade e, em seguida, seguiram-se jogos de força e habilidade, corridas de biga, luta, boxe e arquearia. Então, os líderes se sentaram para o banquete funerário e depois se retiraram para descansar. Mas Aquiles não compartilhou nem do banquete, nem do sono. As lembranças do amigo perdido o mantiveram acordado, rememorando-o do companheirismo deles no trabalho e nos perigos, em batalha ou nas aventuras mais arriscadas. Antes do amanhecer, ele deixou sua tenda e, atrelando à sua carruagem seus rápidos cavalos, amarrou o corpo de Heitor para ser arrastado atrás dele. Ele o arrastou por duas vezes em torno da sepultura de Pátroclo, deixando-o, por fim, estirado na terra. Mas Febo não permitiria que o corpo fosse despedaçado e desfigurado com todo este abuso e o preservou de toda mácula e profanação.

Enquanto Aquiles assim se entregava à sua ira, ultrajando o bravo Heitor, Júpiter, com pena, chamou Tétis em sua presença. Ele lhe disse para que fosse até seu filho e exigisse que ele devolvesse o corpo de Heitor a seus amigos. Então, Júpiter mandou Íris até o rei Príamo para encorajá-lo a ir até Aquiles, implorar pelo corpo de seu filho. Íris entregou sua mensagem e Príamo se preparou imediatamente para obedecer. Ele abriu seu tesouro e retirou ricas vestimentas e tecidos, com dez talentos em ouros e dois esplêndidos trípodes e uma taça de ouro elaborada com incomparável habilidade. Então, convocou seus filhos e pediu-lhes que trouxessem sua liteira e a guarnecessem com os vários artigos destinados ao resgate para Aquiles. Quando tudo estava pronto, o velho rei, acompanhado de uma única pessoa tão velha quanto ele, o mensageiro Idaeu, partiu pelos portões, separando-se ali de Hécuba, sua rainha, e de todos seus amigos, que lamentavam sua partida em direção à morte certa.

Mas Júpiter, observando com compaixão o venerável rei, mandou Mercúrio para ser seu guia e protetor. Mercúrio, assumindo a forma de um jovem guerreiro, apresentou-se à dupla de anciões e, enquanto eles o observavam, hesitaram entre fugir ou curvar-se diante dele. O deus se aproximou e, pegando a mão de Príamo, ofereceu-se como guia até a tenda de Aquiles. Príamo aceitou de bom grado o serviço oferecido e, subindo na carruagem, assumiu as rédeas e logo os levou até a tenda de Aquiles. O caduceu de Mercúrio colocou todos os guardas para dormir e, sem mais delongas, ele conduziu Príamo até a tenda onde Aquiles ficava, assistido por dois de seus guerreiros. O velho rei se atirou aos pés de Aquiles e beijou aquelas terríveis mãos que haviam matado tantos de seus filhos.

— Pense, ó Aquiles — disse ele —, em seu próprio pai, já idoso como eu, e tremendo no sombrio limiar da vida. Talvez agora mesmo algum líder vizinho o oprime e não há ninguém por perto para socorrê-lo do perigo. Mesmo assim, indubitavelmente, por saber que Aquiles ainda vive, ele se alegra, esperançoso que um dia ainda deverá ver seu rosto novamente. Mas nenhum conforto me alegra, eu, cujos filhos mais valentes, a flor do Ilium, todos caíram. Mas ainda tenho um, mais um do que resta das forças da minha idade, que, lutando por seu país, foi assassinado. Eu venho para recuperar seu corpo, trazendo um resgate inestimável comigo. Aquiles! Reverencie os deuses! Lembre-se de seu pai! Em nome dele, mostre compaixão por mim!

Estas palavras tocaram Aquiles e ele chorou, relembrando alternadamente de seu pai ausente e seu amigo perdido. Movido pela pena dos cabelos e barba brancos de Príamo, ele o levantou do chão e falou assim:

— Príamo, sei que vós alcançaste este lugar guiado por algum deus, pois sem ajuda divina nenhum mortal, mesmo no auge da juventude, ousaria tentar. Eu concedo vosso desejo, movido a isso pela evidente vontade de Jove.

Dizendo assim, levantou-se e saiu com seus dois amigos e descarregaram a carga da liteira, deixando duas mantas e uma túnica para o transporte do corpo, o qual depositaram no transporte espalharam as vestes sobre ele para que não retornasse descoberto para Troia. Então, Aquiles dispensou o velho rei com seus acompanhantes, primeiro permitindo, contudo, uma trégua de doze dias para as solenidades fúnebres.

Conforme a liteira se aproximava da cidade e foi vista das muralhas, as pessoas se adiantaram para olhar uma vez mais para o rosto de seu herói.

Acima de todos, a mãe e a esposa de Heitor vieram e, ao verem o corpo sem vida, renovaram suas lamentações. Todo o povo chorou com elas, e até o pôr do sol não ouve pausa ou atenuação do sofrimento deles.

No dia seguinte, foram feitos os preparos para as solenidades funerárias. Por nove dias, o povo trouxe madeira e construiu uma pira; no décimo dia, colocaram o corpo no topo e jogaram uma tocha enquanto toda Troia cercava a pira. Quando ela queimou completamente, eles apagaram as brasas com água, recolheram os ossos e os colocaram em uma urna de ouro, que foi então enterrada, e empilharam pedras no local.

> "Tais honras Ilium a seu herói prestou,
> E pacificamente dormiu à sombra do poderoso Heitor."
> — *Ilíada*, Canto XXI.

Ájax carregando o corpo de Pátroclo (Capitol Roma)

CAPÍTULO VINTE E OITO

A QUEDA DE TROIA — RETORNO DOS GREGOS — ORESTES E ELECTRA

A HISTÓRIA DA ILÍADA TERMINA com a morte de Heitor, e é através da Odisseia e de poemas posteriores que ficamos sabendo sobre o destino dos outros heróis. Depois da morte de Heitor, Troia não sucumbiu imediatamente; recebendo ajuda de novos aliados, continuou sua resistência. Um desses aliados foi Mêmnon, o príncipe etíope, cuja história já contamos. Outro foi Pentesileia, rainha das amazonas, que veio com um grupo de guerreiras. Todas as autoridades atestam o valor delas e o efeito aterrorizante de seu grito de guerra. Pentesileia matou muitos dos guerreiros mais temidos, mas foi enfim morta por Aquiles. Contudo, quando o herói se inclinou sobre a inimiga abatida e contemplou sua beleza, juventude e coragem, arrependeu-se amargamente de sua vitória. Térsites, um brigão insolente e demagogo, ridicularizou sua tristeza e foi morto por isso pelo herói.

Aquiles por acaso viu Polixena, filha do rei Príamo, talvez na ocasião da trégua permitida aos troianos para o funeral de Heitor. Ele viu-se fascinado por seus encantos e, para que ela se casasse com ele, concordou em usar sua influência com os gregos para levar paz a Troia. Enquanto estava no templo de Apolo negociando seu casamento, Páris atirou nele uma flecha envenenada, que, guiada por Febo, feriu Aquiles no calcanhar, a única parte vulnerável de seu corpo. Pois sua mãe, Tétis, o havia mergulhado quando criança no tio Estige, o que tornou cada parte dele invulnerável, com exceção do calcanhar por onde ela o segurou.[22]

O corpo de Aquiles, morto de forma tão traiçoeira, foi resgatado por Ájax e Ulisses. Tétis deu instruções aos gregos para entregarem a armadura de seu filho ao herói que dos sobreviventes fosse mais merecedor dela. Ájax e Ulisses foram os únicos a reivindicá-la; um número seleto de outros líderes foi indicado para ganhar o prêmio. Ela foi dada a Ulisses, colocando assim a sabedoria à frente da coragem; por isso, Ájax se suicidou. Na terra onde seu sangue foi absorvido, brotou uma flor, chamada jacinto, levando em suas folhas as duas primeiras letras do nome de Ájax, Ai, "infortúnio" em grego. Portanto, Ájax concorre com o garoto Jacinto pela honra de dar origem a esta flor. Existe uma espécie de flor de Delfino que representa o jacinto dos poetas preservando a memória deste evento, o Delfino de Ájax.

Descobriu-se então que Troia não poderia ser tomada sem a ajuda das flechas de Hércules (Héracles). Elas estavam com Filoctetes, o amigo que esteve com Hércules até o fim e acendeu sua pira funerária. Filoctetes se juntara à expedição grega contra Troia, mas se machucou acidentalmente no pé com uma das flechas envenenadas, e o fedor de seu ferimento se tornou tão terrível que seus companheiros o carregaram para a ilha de Lemnos e lá o deixaram. Diomedes então foi mandado para convencê-lo a se juntar ao exército novamente. Ele foi bem-sucedido. Filoctetes teve seu ferimento curado por Macaão e Páris foi a primeira vítima das temidas flechas. Em seu sofrimento, Páris se lembrou de alguém que em sua prosperidade havia esquecido. Este alguém era a ninfa Enone, com quem ele havia casado quando jovem e a quem abandonara pela beleza fatal de Helena. Enone, rememorando

---

22   A história da invulnerabilidade de Aquiles não é encontrada em Homero e é inconsistente com sua versão. Afinal, se era invulnerável, por que Aquiles precisaria da ajuda de armadura celestial?

as injustiças que sofrera, recusou-se a curar-lhe as feridas e Páris voltou para Troia e morreu. Enone logo se arrependeu e se apressou até ele com remédios, mas chegou tarde demais e se enforcou de tristeza.[23]

Havia em Troia uma célebre estátua de Minerva (Atena) chamada Paládio. Dizia-se que havia caído do céu e acreditava-se que a cidade não poderia ser tomada enquanto a estátua permanecesse dentro dela. Ulisses e Diomedes entraram na cidade disfarçados e conseguiram subtrair o Paládio, que levaram para o acampamento grego.

Mas Troia ainda resistia e os gregos começaram a se desesperar de algum dia conquistá-la pela força e, por conselho de Ulisses, resolveram recorrer a um estratagema. Eles fingiram fazer preparativos para abandonar o cerco e uma parte dos navios foi retirada e ficou escondida atrás de uma ilha vizinha. Os gregos então construíram um imenso *cavalo de madeira*, com o qual presentearam Troia com o propósito de ser uma oferenda a Minerva, mas que, na verdade, estava cheio de homens armados. Os gregos restantes então se dirigiram a seus navios e partiram, como se definitivamente. Os troianos, vendo o acampamento desmantelado e a partida da frota, concluíram que o inimigo havia abandonado o cerco. Os portões foram abertos e toda a população saiu, exultante com a liberdade de transitarem livremente pelo local do antigo acampamento, coisa de que há muito eles haviam sido privados. O grande cavalo foi o principal objeto de curiosidade. Todos se perguntaram para que serviria. Alguns recomendaram levá-lo para a cidade como troféu; outros ficaram receosos diante da ideia.

Enquanto hesitavam, Laocoonte, o sacerdote de Netuno, bradou:

— Que loucura, é essa, cidadãos? Vocês não aprenderam o suficiente sobre as artimanhas gregas para ficar em alerta contra elas? De minha parte, temo os gregos, mesmo quando eles oferecem presentes.

Dizendo isso, ele jogou sua lança no flanco do cavalo. Ao atingi-lo, um som oco reverberou como um gemido. Então, talvez o povo pudesse ter seguido seu conselho e destruído o cavalo fatal e todo o seu conteúdo; mas naquele momento apareceu um grupo de pessoas, arrastando para frente alguém que parecia um prisioneiro grego. Estupefato de terror, foi levado perante os

---

23   Tennyson tem Enone como tema de um curto poema; mas ele omitiu a parte mais poética da história, o retorno de Páris ferido, sua crueldade e subsequente arrependimento.

líderes, que o tranquilizaram, prometendo que sua vida seria poupada sob a condição de que respondesse a verdade às perguntas que lhe eram feitas. Informou-os que era grego, de nome Sinon e que, por causa da maldade de Ulisses, fora deixado para trás por seus conterrâneos quando partiram. Com relação ao cavalo de madeira, contou-lhes que era uma oferenda a Minerva e que foi construída com tamanha dimensão com o único propósito de impedir que fosse levada para o interior da cidade; pois Calcas, o profeta, lhes dissera que, se os troianos aceitassem o presente, certamente triunfariam sobre os gregos. Estas palavras mudaram a maré dos sentimentos do povo e eles começaram a pensar como poderiam proteger melhor o cavalo colossal e os augúrios favoráveis relacionados com ele, quando de repente ocorreu um evento que não deixou margem para dúvidas. Apareceram, avançando sobre o mar, duas imensas serpentes. Elas chegaram à terra e a multidão fugiu em todas as direções. As serpentes seguiram diretamente para o local onde Laocoonte estava com seus dois filhos. Elas primeiro atacaram as crianças, enroscando--se em torno de seus corpos e soprando seu hálito pestilento em seus rostos. O pai, tentando resgatá-las, foi em seguida agarrado e envolvido nas espirais das serpentes. Ele lutou para arrancá-las, mas elas superaram todos os seus esforços e estrangularam a ele e às crianças em suas dobras venenosas. Esse acontecimento foi considerado uma clara indicação do desagrado dos deuses com o tratamento desrespeitoso de Laocoonte com o cavalo de madeira, que eles não hesitaram mais em considerar um objeto sagrado e se prepararam para levá-lo com a devida solenidade para a cidade. Isso foi feito com cantos e aclamações triunfais e o dia terminou em festividades. À noite, os homens armados que estavam escondidos no corpo do cavalo, libertados pelo traidor Sinon, abriram as portas da cidade aos seus amigos, que tinham regressado sob a proteção da noite. A cidade foi incendiada; o povo, dominado pela festa e pelo sono, foi morto pela espada e Troia, subjugada.

Um dos conjuntos escultóricos mais celebrados que existem é o de Laocoonte e seus filhos no abraço das serpentes. Uma réplica dele é propriedade do Ateneu de Boston; o original está no Vaticano, em Roma. Os versos a seguir são de *A peregrinação de Childe Harold*, de Byron:

"Agora, voltando-se para o Vaticano, ver não faz mal
A dignificante dor da tortura de Laocoonte;
O amor de um pai e a agonia de um mortal
Mesclada à paciência de um deus, simbionte;
Esforço vão! Pois contra a força de tensão tal
Controle e enroscar crescente do dragão, é inútil
O velho lutar; venenosa corrente descomunal
Prende seus elos vivos todo o corpo; o enorme réptil emplaca
Dor sobre dor, um gemido após o outro abafa."
— Canto IV.

Os poetas cômicos também ocasionalmente usam uma alusão clássica.
A seguinte é do poema "Descrição de um temporal urbano", de Swift:

"Enfiado em uma poltrona senta-se o beau impaciente,
Enquanto o aguaceiro castiga o telhado ruidosamente;
E quando vez por outra irrompem com estrondo assustador
Relâmpagos e trovões, ele treme por dentro de pavor;
Como quando Troia aceitou o corcel de madeira ofertado
Grávido de gregos que ansiavam para serem libertados
(Aqueles gregos valentões, que, como os modernos agora,
Em vez de pagarem aos próceres, atropelam-nos sem demora)
Laocoonte empunhando sua lança a carapaça acertou
E cada herói aprisionado ali dentro de medo gelou."
— Tradução de Guilherme Summa.

O rei Príamo viveu para ver a queda de seu reino e foi finalmente morto na derradeira noite em que os gregos tomaram a cidade. Ele havia se armado e estava prestes a se misturar com os combatentes, mas foi persuadido por Hécuba, sua velha rainha, a buscar refúgio com ela e com suas filhas como suplicante no altar de Júpiter (Zeus). Enquanto estava lá, seu filho mais novo, Polites, perseguido por Pirro, filho de Aquiles, avançou ferido e morreu aos pés de seu pai; com o que Príamo, tomado pela indignação, arremessou sua lança com mão fraca contra Pirro[24] e foi imediatamente morto por ele.

---

24   A exclamação de Pirro: "Nem tal auxílio, nem tais defensores exige o momento", tornou-se proverbial.

A rainha Hécuba e sua filha Cassandra foram levadas como cativas para a Grécia. Cassandra foi amada por Febo (Apolo), que concedeu-lhe o dom da profecia; mas, depois ofendido por ela, tornou o presente inútil ao ordenar que suas previsões nunca fossem levadas a sério. Polixena, outra filha, que havia sido amada por Aquiles, foi pedida pelo fantasma do guerreiro e sacrificada pelos gregos em seu túmulo.

Menelau e Helena

Nossos leitores estarão ansiosos para saber o destino da bela Helena, motivo de tanta matança. Na queda de Troia, Menelau recuperou a posse de sua esposa, que não deixara de amá-lo, embora tivesse se rendido ao poder de Vênus (Afrodite) e o abandonado por outro. Após a morte de Páris, ela ajudou os gregos secretamente em várias ocasiões e, em particular, quando Ulisses e Diomedes entraram na cidade disfarçados para roubar o Paládio. Ela viu e reconheceu Ulisses, mas manteve o segredo e até ajudou na obtenção da imagem. Assim, ela se reconciliou com o marido, e eles foram os primeiros a deixar a costa de Troia para sua terra natal. No entanto, por terem incorrido no desagrado dos deuses, foram impelidos por tempestades de costa a costa do Mediterrâneo, visitando o Chipre, a Fenícia e o Egito. No Egito, foram tratados com gentileza e receberam ricos presentes, dos quais a parte de Helena foi um fuso de ouro e uma cesta com rodas. A cesta deveria conter a lã e os carretéis para o trabalho da rainha.

Dyer, em seu poema "O Velocino", alude assim a este incidente:

> "... Muitos ainda aderem
> À antiga roca fixa no peito.
> Fazendo o fuso girar enquanto caminham.
> (...)
> Era essa antigamente, em dias não inglórios,
> A maneira de fiar, quando o príncipe egípcio
> Uma roca de ouro deu àquela formosa ninfa,
> A belíssima Helena; um presente nada indelicado."
> — Tradução de Guilherme Summa.

Milton também alude à famosa receita de uma bebida revigorante chamada Nepente, que a rainha egípcia deu a Helena:

> "Nem a nepente, que a esposa de Tone
> No Egito deu a Helena nascida de Jove,
> Tem o poder de despertar alegria como esta,
> De tão fácil revigorar, tão bem a sede matar."
> — "Comus".

Menelau e Helena finalmente chegaram em segurança a Esparta, retomaram sua dignidade real e viveram e reinaram em esplendor; e quando Telêmaco, filho de Ulisses, chegou a Esparta em busca de seu pai, encontrou Menelau e Helena celebrando o casamento de sua filha Hermione com Neoptólemo, filho de Aquiles.

Agamenon, Orestes e Electra

Agamenon, o general chefe dos gregos, irmão de Menelau e que fora arrastado para a briga para vingar os erros de seu irmão, não os seus, não teve tanta sorte nessa questão. Durante sua ausência, sua esposa Clitemnestra teve um caso, e quando seu retorno era esperado, ela e seu amante, Egisto, traçaram um plano para matá-lo e, no banquete oferecido para celebrar seu retorno, o assassinaram.

Os conspiradores tinham a intenção de matar também seu filho Orestes, um rapaz que ainda não tinha idade para ser motivo de preocupação, mas que, se o deixassem crescer, poderia se tornar perigoso. Electra, a irmã de Orestes, salvou a vida de seu irmão enviando-o secretamente para seu tio Estrófio, rei da Fócida. No palácio de Estrófio, Orestes cresceu com o filho do rei, Pílades, e criou um laço de amizade tão forte com ele que se tornou proverbial. Electra frequentemente lembrava ao irmão, por meio de mensageiros, do dever de vingar a morte do pai e, quando adulto, ele consultou o oráculo de Delfos, que lhe confirmou seu desígnio. Ele então se dirigiu disfarçado a Argos, fingindo ser um mensageiro de Estrófio, vindo anunciar a morte de Orestes e levando as cinzas do falecido em uma urna funerária. Depois de visitar a tumba de seu pai e oferecer sacrifício nela, de acordo com os ritos antigos, ele se revelou à sua irmã, Electra, e logo depois matou Egisto e Clitemnestra.

Este ato revoltante, a morte da mãe pelas mãos do filho, embora aliviado pela culpa da vítima e pelo comando expresso dos deuses, não deixou de despertar no peito dos antigos a mesma aversão que desperta nos nossos. As Eumênides, divindades vingadoras, agarraram-se a Orestes e o forçaram a fugir, frenético, de cidade em cidade. Pílades o acompanhou em suas andanças, zelando por ele. Por fim, em resposta a um segundo apelo ao oráculo, ele foi instruído a ir para Táuris, na Cítia, e trazer de lá uma estátua de Diana (Ártemis) que se acreditava ter caído do céu. Assim, Orestes e Pílades foram para Táuris, onde o povo bárbaro costumava sacrificar à deusa todos os estranhos que caíssem em suas mãos. Os dois amigos foram presos e carregados ao templo para serem vítimas. Mas a sacerdotisa de Diana não era outra senão Ifigênia, a irmã de Orestes, que, como nossos leitores se lembrarão, foi arrebatada por Diana no momento em que estava para ser sacrificada. Sabendo dos próprios prisioneiros quem eles eram, Ifigênia revelou-se a eles, e os três fugiram com a estátua da deusa e retornaram para Micenas.

Mas Orestes ainda não se livrou da vingança das Erínias. Por fim, ele se refugiou com Minerva em Atenas. A deusa concedeu-lhe proteção e designou a corte do Areópago para decidir seu destino. As Erínias apresentaram sua acusação e Orestes fez da ordem do oráculo de Delfos sua desculpa. Quando o tribunal votou e as vozes ficaram igualmente divididas, Orestes foi absolvido pelo comando de Minerva.

Byron, em *A peregrinação de Childe Herold*, Canto IV, alude à história de Orestes:

> "Ó tu, que as injustiças do homem
> Nunca deixou impunes, poderosa Nêmesis!
> Tu, que as Fúrias do abismo convocaste,
> Para que em torno de Orestes uivassem e sibilassem,
> Por tal vingança por ti perpetrada, — justa tese,
> Tivesse vindo de mãos não tão próximas, — neste,
> Teu reino anterior, eu te evoco do pó que jazes!"

Uma das cenas mais patéticas do drama antigo é aquela em que Sófocles representa o encontro de Orestes e Electra, na sua volta de Fócida. Orestes, confundindo Electra com uma das criadas e desejoso de manter sua chegada em segredo até a hora da vingança, mostra a urna onde suas cinzas deveriam repousar. Electra, acreditando que ele estava realmente morto, pega a urna e, abraçando-a, derrama sua dor em uma linguagem cheia de ternura e desespero.

Milton, em um de seus sonetos, diz:

> "(...) Versos repetidos com emoção
> Pelo poeta sobre a dor de Electra
> Pouparam Atenas da destruição."
> — Tradução de Guilherme Summa.

Isso faz alusão à história de quando, numa ocasião em que a cidade de Atenas estava à mercê de seus inimigos espartanos e foi proposto destruí-la, o pensamento foi rejeitado pela citação acidental, por um indivíduo desconhecido, de uns versos de Eurípides.

Troia

Os fatos relativos à cidade de Troia ainda são desconhecidos para a História. Os arqueólogos há muito buscam a cidade real e alguns registros de seus governantes. As explorações mais interessantes foram aquelas conduzidas por volta de 1890, pelo estudioso alemão Henry Schliemann, que acreditava que no monte de Hissarlik, localização tradicional de Troia, ele havia descoberto a antiga capital. Schliemann escavou abaixo das ruínas de três ou quatro assentamentos, cada um revelando uma civilização anterior, e por fim encontrou algumas joias reais e outras relíquias consideradas "O tesouro de Príamo". Os estudiosos não concordam de forma alguma quanto ao valor histórico de tais descobertas.

CAPÍTULO VINTE E NOVE

O REGRESSO DE ULISSES — CILA E CARÍBDIS — CALIPSO

O REGRESSO DE ULISSES

O POEMA DE AVENTURAS DA Odisseia terá agora nossa atenção. Narra as andanças de Ulisses (Odisseu, na língua grega) em seu retorno de Troia ao seu próprio reino, Ítaca.

Os Comedores de lótus

De Troia, os navios desembarcaram em Ísmaro, cidade dos ciconianos, onde, em uma escaramuça com os habitantes, Ulisses perdeu seis homens de cada embarcação. Partindo dali, foram surpreendidos por uma tempestade que os levou nove dias ao longo do mar, até que chegaram à terra dos Comedores de lótus. Ali, depois de reabastecer de água potável, Ulisses enviou três de seus homens para descobrir quem eram os habitantes. Esses emissários, ao chegarem entre os Comedores de lótus, foram gentilmente recepcionados por eles e receberam um pouco de seu próprio alimento, a planta de lótus, para comer. O efeito dessa comida era tal que aqueles que ela consumiam perdiam todos os pensamentos sobre o lar e desejavam permanecer naquele país. Foi à força que Ulisses arrastou esses homens, sendo mesmo obrigado a amarrá-los aos navios.

Tennyson, no poema "Comedores de lótus", expressou de maneira encantadora o sentimento lânguido e inebriante que a lótus teria produzido quando consumida.

"Como era doce ouvir o riacho descer
Com os olhos semicerrados para sempre parecer
Em meio a um sonho adormecer!
Sonhar e sonhar, como aquela luz âmbar
Que não deixa o arbusto de mirra descambar;
Ouvir a fala sussurrada uns dos outros;
Comer a lótus, dia a dia, gloriosa
Observar das ondas na praia os tons roucos
E linhas curvas suaves da espuma cremosa:
Oferecer nossos corações e espíritos, sem amarras
À suave melancolia que se agarra;
Meditar e matutar e reviver com lembranças,
Com aqueles rostos antigos da nossa infância
Num monte de grama empilhados,
Dois punhados de poeira branca na urna de latão encerrados."

Os ciclopes

Em seguida, eles chegaram à terra dos ciclopes. Os ciclopes eram gigantes que habitavam uma ilha da qual eram os únicos moradores. O nome significa "olho redondo" e essas criaturas eram assim chamadas porque tinham apenas um olho, localizado no meio da testa. Eles moravam em cavernas e se alimentavam daquilo que a ilha gerava naturalmente e do que seus rebanhos produziam, pois eram pastores. Ulisses deixou o corpo principal de seus navios ancorados e com um deles foi para a ilha dos ciclopes em busca de suprimentos. Ele atracou com seus companheiros, carregando uma jarra de vinho como presente e, chegando a uma grande caverna, penetraram-na, e, destituída de qualquer presença, examinaram seu interior. Eles a encontraram recheada com as riquezas do rebanho: muitos queijos, baldes e tigelas de leite, cordeiros e cabritos em seus currais, tudo em boa ordem.

Logo chegou o mestre da caverna, Polifemo, trazendo um imenso feixe de lenha, que jogou diante da entrada. Ele então levou para dentro as ovelhas e cabras a serem ordenhadas e, entrando, rolou até a passagem que dava acesso ao interior da caverna uma enorme rocha, que vinte bois não conseguiriam puxar. Em seguida, sentou e ordenhou suas ovelhas, preparando uma parte para o queijo e reservando o restante para sua bebida de costume. Então, virando seu grande olho, ele percebeu os estranhos e rosnou para eles, perguntando quem eram e de onde vinham. Ulisses respondeu com muita humildade, afirmando que eram gregos da grande expedição que recentemente tanta glória obtivera na conquista de Troia; que eles estavam agora a caminho de casa e terminaram implorando por hospitalidade em nome dos deuses. Polifemo não se dignou a responder; estendendo a mão, agarrou dois deles e os atirou contra a parede da caverna, esmagando seus crânios. Ele passou a devorá-los com grande prazer e, depois de fazer uma refeição farta, deitou-se no chão para dormir. Ulisses sentiu-se tentado a aproveitar a oportunidade e cravar sua espada nele em seu sono, mas lembrou-se de que isso apenas os exporia a uma morte certa, pois a pedra com a qual o gigante selara a porta estava muito além de seu poder de remoção e eles se encontrariam, portanto, em uma prisão sem esperança. Na manhã seguinte, o gigante agarrou mais dois gregos e os despachou da mesma maneira que seus companheiros, banqueteando-se com sua carne até que não restasse nenhum fragmento. Ele então afastou a pedra da passagem, expulsou seus rebanhos e saiu, tornando a rolar cuidadosamente a barreira atrás de si. Quando ele partiu, Ulisses planejou como poderia vingar seus amigos assassinados e escapar com seus companheiros sobreviventes. Ele ordenou a seus homens que preparassem uma enorme barra de madeira cortada pelo ciclope para servir de cajado, que encontraram na caverna. Eles afiaram a ponta, temperaram no fogo e esconderam sob a palha do chão da habitação. Em seguida, foram escolhidos quatro dos mais valentes, aos quais Ulisses se juntou como quinto integrante. O ciclope retornou para casa à noite, rolou a pedra e conduziu seu rebanho para dentro como de costume. Depois de ordenhá-lo e fazer seus preparativos como antes, ele agarrou mais dois companheiros de Ulisses, partiu-lhes os miolos e fez deles a refeição da noite, como se sucedera com os outros. Depois de jantar, Ulisses aproximou-se dele e lhe entregou uma tigela de vinho, dizendo:

— Ciclope, isto é vinho; prove e beba depois da refeição de carne de homem.

Ele aceitou e bebeu, ficou extremamente satisfeito e pediu mais. Ulisses voltou a servi-lo, o que agradou tanto ao gigante que lhe prometeu como favor que fosse o último do grupo a ser devorado. Ele perguntou seu nome, ao que Ulisses respondeu:

— Meu nome é Ninguém.

Depois da ceia, o gigante deitou-se para repousar e logo adormeceu profundamente. Em seguida, Ulisses, com seus quatro amigos selecionados, enfiou a ponta da estaca no fogo até que ficasse toda em brasa; depois, posicionando-a exatamente acima do único olho do gigante, eles a enterraram profundamente na cavidade, girando-a como um carpinteiro faz com sua broca. O monstro encheu a caverna com seu grito, e Ulisses, com a ajuda deles, agilmente saiu de seu caminho e se escondeu na caverna. Aos berros, o ciclope chamou em voz alta todos os outros que moravam nas cavernas ao seu redor, distantes e próximas. Atendendo ao seu chamado, eles reuniram-se ao redor da caverna e perguntaram que dor grave o fizera gritar tanto e interromper seu sono. Ele respondeu:

— Ó amigos, estou morrendo e ninguém me golpeou.

— Se ninguém o machucou — responderam eles —, o golpe é de Jove e você deve suportá-lo.

Dizendo isso, eles deixaram-no gemendo.

Na manhã seguinte, o ciclope rolou a pedra para deixar seu rebanho pastar, mas se plantou na porta da caverna para impedir que Ulisses e seus homens escapassem por entre os animais. Ulisses, porém, mandara seus homens atrelarem os carneiros do rebanho em trios lado a lado com o vime que encontraram no chão da caverna. Os gregos agarraram-se nos carneiros do meio, protegidos pelos carneiros de cada lado. Ao passarem, o gigante apalpou as costas e os flancos dos animais, mas nem pensou em suas barrigas; então, todos os homens escaparam a salvo, sendo o próprio Ulisses o último a passar. Depois de darem alguns passos para fora da caverna, Ulisses e seus amigos se soltaram dos carneiros e levaram boa parte do rebanho até a costa para o barco. Eles os colocaram a bordo com toda pressa, depois se afastaram da costa e, quando se encontravam a uma distância segura, Ulisses gritou:

— Ciclope, os deuses bem o retribuíram por seus atos atrozes. Saiba que é Ulisses a quem você deve a vergonhosa perda de sua visão.

O ciclope, ao ouvir isso, agarrou uma pedra que se projetava da encosta da montanha e, arrancando-a, ergueu-a bem alto; então, usando toda a sua força, arremessou-a na direção da voz. A pedra mergulhou, passando de raspão pela popa do navio. O mar, recebendo a enorme rocha em suas águas, empurrou a embarcação em direção à terra, de modo que ela quase não escapou de ser inundada pelas ondas. Quando com dificuldade conseguiram se afastar da costa, Ulisses estava prestes a provocar novamente o gigante, mas seus amigos imploraram para que não o fizesse. Ele não pôde evitar de deixar, entretanto, o gigante saber que eles haviam escapado de seu ataque, mas esperou até que alcançassem uma distância mais segura do que antes. O gigante respondeu com imprecações, mas Ulisses e seus amigos manobraram os remos com vigor e logo alcançaram seus companheiros.

Em seguida, Ulisses chegou à ilha de Éolo. A este monarca, Júpiter (Zeus) confiou o governo dos ventos, para enviá-los ou retê-los à vontade. Ele tratou Ulisses com hospitalidade e, na sua partida, deu-lhe, amarrado numa bolsa de couro com um cordão de prata, os ventos que podiam ser dolorosos e perigosos, ordenando que os bons ventos soprassem as embarcações para o seu país. Nove dias eles correram em frente ao vento e, durante todo esse tempo, Ulisses permaneceu ao leme, sem dormir. Por fim, bastante exausto, deitou-se e cochilou. Enquanto dormia, a tripulação conversou sobre a misteriosa bolsa e concluiu que ela deveria conter tesouros oferecidos pelo hospitaleiro rei Éolo a seu comandante. Tentados a garantir alguma parte para si próprios, eles soltaram o cordão, quando imediatamente os ventos ruins sopraram. Os navios foram afastados de seu curso e de volta à ilha de onde haviam acabado de sair. Éolo ficou tão indignado com a loucura deles que se recusou a ajudá-los mais, e eles foram obrigados a trabalhar pelo curso mais uma vez por meio de seus remos.

Os lestrigões

Sua próxima aventura foi com a tribo bárbara dos lestrigões. Todos os navios seguiram para o porto, tentados pela aparência segura da enseada, cercada de terra por todos os lados; apenas Ulisses atracou sua embarcação a uma distância segura. Assim que os lestrigões encontraram os navios completamente em seu poder, eles os atacaram, levantando pedras enormes que os quebraram e tombaram e com suas lanças despacharam os marinheiros enquanto ainda estavam na água. Todas as embarcações foram destruídas com suas tripulações, exceto o próprio navio de Ulisses, que se mantivera afastado e, não encontrando segurança a não ser na fuga, pediu que seus homens remassem com vigor, e eles fugiram.

Circe

Triste por seus companheiros mortos, mas alegre por sua própria fuga, eles seguiram seu caminho até chegarem à ilha Eana, onde residia Circe, a filha do sol. Ao chegar, Ulisses subiu uma colina e, olhando em volta, não viu nenhum sinal de habitação, exceto em um ponto no centro da ilha, onde percebeu um palácio cercado de árvores. Ele enviou metade de sua tripulação, sob o comando de Euríloco, para averiguar que perspectiva de hospitalidade poderiam encontrar. Ao se aproximarem do palácio, eles se viram cercados por leões, tigres e lobos, não ferozes, mas domados pelo poder de Circe, pois ela era uma feiticeira poderosa. Todos esses animais já haviam sido homens, mas foram transformados em feras pelos encantos de Circe. Os sons de uma música suave foram ouvidos de seu interior e uma doce voz feminina cantando. Euríloco chamou em voz alta e a deusa apareceu e os convidou a entrar; todos o fizeram com alegria, exceto Euríloco, que suspeitava de perigo. A deusa conduziu seus convidados aos assentos e serviu-lhes vinho e outras iguarias. Quando eles se fartaram, ela os tocou um a um com sua varinha e eles se transformaram imediatamente em *porcos*, suas cabeças, corpos, voz e pelos, mas com o intelecto como antes. Ela os trancou em seus chiqueiros e os alimentava com bolotas e coisas do tipo, pois amava os animais.

Euríloco correu de volta ao navio e relatou o ocorrido. Então, Ulisses decidiu ir pessoalmente e tentar de alguma forma libertar seus companheiros. Enquanto caminhava sozinho, encontrou um jovem que se dirigiu a ele com familiaridade, parecendo estar informado sobre suas aventuras. Ele se anunciou como Mercúrio (Hermes) e informou a Ulisses dos poderes de Circe e do perigo de se aproximar dela. Como Ulisses não podia ser convencido a desistir de sua missão, Mercúrio deu-lhe um ramo da planta Moli, de maravilhoso poder para resistir a feitiçarias, e o instruiu como agir. Ulisses prosseguiu e, chegando ao palácio, foi gentilmente recebido por Circe, que o entreteve como fizera com seus companheiros, e depois que ele comeu e bebeu, tocou-o com sua varinha, dizendo:

— Pois então, procure o chiqueiro e chafurde com seus amigos.

Mas ele, em vez de obedecer, desembainhou a espada e avançou sobre ela com fúria em seu semblante. Ela caiu de joelhos e implorou por misericórdia. Ele ditou um juramento solene de que ela libertaria seus companheiros e não faria mais mal algum a ele ou aos amigos; e ela o repetiu, ao mesmo tempo prometendo libertá-los todos em segurança depois de entretê-los hospitaleiramente. Ela cumpriu sua palavra. Os homens foram restaurados a suas formas originais, o restante da tripulação foi convocado da costa e todos foram magnificamente entretidos dia após dia, até que Ulisses parecia ter esquecido de sua terra natal e se afeiçoado a uma vida inglória de conforto e prazer.

As sereias

Por fim, seus companheiros lembraram-no de sentimentos mais nobres e ele recebeu essa advertência com gratidão. Circe ajudou na partida e os instruiu como passar com segurança pela costa das sereias. As sereias eram ninfas do mar com o poder de encantar com seu canto a todos que as ouviam, de modo que os infelizes marinheiros eram irresistivelmente impelidos a se lançar ao mar para sua morte. Circe instruiu Ulisses a encher de cera os ouvidos de seus marinheiros para que não escutassem a melodia; e fazer com que ele mesmo fosse amarrado ao mastro e seu pessoal estritamente instruído de que, o que quer que ele dissesse ou fizesse, de modo algum deviam libertá-lo até que tivessem passado pela ilha das sereias. Ulisses obedeceu a essas instruções. Ele encheu de cera os ouvidos de sua tripulação e permitiu que o prendessem com cordas firmemente ao mastro. Ao se aproximarem da ilha das sereias, o mar estava calmo e sobre as águas vinham as notas musicais tão arrebatadoras e atraentes que Ulisses lutou para se soltar e, por gritos e sinais, implorou a seus companheiros para ser solto; mas eles, obedientes às suas ordens anteriores, avançaram e o amarraram ainda mais firme. Eles mantiveram seu curso e a música foi ficando mais fraca até parar de ser ouvida, quando com alegria Ulisses deu a seus companheiros o sinal para desobstruírem seus ouvidos e eles o libertaram de suas amarras.

A imaginação de um poeta moderno, Keats, traduziu para nós os pensamentos que passaram pela mente das vítimas de Circe após sua transformação.

Em seu poema "Endimião", ele descreve uma delas, um monarca sob a forma de um elefante, dirigindo-se à feiticeira em linguagem humana, assim:

> "Não peço novamente meu reinado venturoso;
> Não peço em campo meu exército poderoso;
> Não peço por minha boa esposa, viúva e sozinha;
> Não peço por minha antiga vida, nada comezinha;
> Meus lindos meninos e meninas, meus filhos amados;
> Vou esquecê-los; vou deixar tais alegrias de lado,
> Não peço nada tão sublime; tão... tão alto demais;
> Somente peço para morrer, só isso e nada mais;
> Morrer para desta carne incômoda ser libertado,
> Deste grosseiro, imundo e abominável estado,
> Ser simplesmente lançado ao cinzento e frio ar.
> Ó tenha piedade, deusa! Circe, estou a clamar!"
> — Tradução de Guilherme Summa.

Cila e Caríbdis

Ulisses foi advertido por Circe sobre os dois monstros, Cila e Caríbdis. Já nos encontramos com Cila na história de Glauco e lembramos que ela já foi uma bela jovem, transformada em um monstro ofídico por Circe. Ela habitava uma caverna no alto do penhasco, de onde estava acostumada a esticar seus longos pescoços (pois tinha seis cabeças) e agarrar com cada uma de suas bocas um membro da tripulação de cada navio que passasse a seu alcance. O outro terror, Caríbdis, era um golfo, quase no mesmo nível da água. Três vezes por dia, a água corria para um abismo terrível e três vezes era cuspida. Qualquer embarcação que se aproximasse do redemoinho quando a maré estava subindo seria inevitavelmente engolida; nem Netuno (Poseidon) em pessoa poderia salvá-lo.

Ao se aproximar do esconderijo dos terríveis monstros, Ulisses manteve vigilância estrita para descobri-los. O rugido das águas em que Caríbdis os engoliria deu um aviso à distância, mas Cila não pôde ser avistada em lugar algum. Enquanto Ulisses e seus homens observavam com olhos ansiosos o terrível redemoinho, eles não se colocaram igualmente em guarda para o ataque de Cila, e a criatura, lançando suas cabeças serpenteantes, capturou seis de seus homens e os levou, aos guinchos, para seu covil. Foi a cena mais triste que Ulisses já vira; assistir seus amigos assim sacrificados e ouvir seus gritos, incapaz de oferecer-lhes qualquer ajuda.

Circe o advertira sobre outro perigo. Depois de passar por Cila e Caríbdis, a próxima terra a que ele chegaria seria Trináquio, uma ilha onde pastava o gado de Hipérion, o Sol, cuidado por suas filhas Lampetia e Fetusa. Esses rebanhos não deveriam ser violados, sejam quais forem as necessidades dos viajantes. Se essa ordem fosse transgredida, a morte certamente se abateria sobre os infratores.

Ulisses teria de boa vontade passado a ilha do Sol sem parar, mas seus companheiros imploraram com tanta urgência pelo descanso e pelo refresco que adviriam de ancorar e passar a noite na praia, que Ulisses cedeu. Ele os fez jurar, entretanto, que não tocariam em nenhum dos animais dos rebanhos sagrados, mas se contentariam com a provisão que ainda lhes restava do suprimento que Circe pusera a bordo. Enquanto esse suprimento durou, as pessoas mantiveram seu juramento, mas os ventos contrários os detiveram na ilha por um mês e, depois de consumir todo o estoque de provisões, foram forçados a confiar nos pássaros e peixes que podiam capturar. A fome apertou e, por fim, um dia, na ausência de Ulisses, mataram parte do rebanho, tentando em vão reparar o ato, oferecendo uma porção da carne aos poderes ofendidos. Ulisses, de volta à praia, ficou horrorizado ao perceber o que haviam feito e ainda mais por causa dos sinais agourentos que se seguiram. As peles rastejaram pelo chão e os pedaços de carne caíram dos espetos enquanto assavam.

Com a força do vento se intensificando, eles deixaram a ilha. Ainda não tinham se afastado muito quando o tempo mudou e uma tempestade de trovões e relâmpagos se seguiu. O golpe de um raio quebrou o mastro que, em sua queda, matou o timoneiro. Por fim, o próprio navio se despedaçou. Com a quilha e o mastro flutuando lado a lado, Ulisses construiu com eles uma jangada, à qual se agarrou e, com a mudança do vento, as ondas o levaram até a ilha de Calipso. Todo o restante da tripulação pereceu.

A seguinte alusão aos tópicos que acabamos de considerar é do poema "Comus", de Milton, Estrofe 252:

"(...) Tenho muitas vezes ouvido
Minha mãe Circe e as três sereias,
Em meio às náiades de vestido florido,

> Colhendo suas ervas potentes e drogas nocivas,
> Que aprisionam a alma com seu canto
> Aos Elíseos relegando. Cila em prantos,
> Suas ondas barulhentas repreendeu,
> E Caríbdis murmurar aplausos suaves sentiu."

Cila e Caríbdis tornaram-se proverbiais para denotar os perigos opostos que atrapalham o curso de uma pessoa.

Calipso

Calipso era uma ninfa do mar, cujo nome denota uma numerosa classe de divindades femininas de categoria inferior, ainda assim compartilhando muitos dos atributos dos deuses. Calipso recebeu Ulisses com hospitalidade, acolheu-o magnificamente, apaixonou-se por ele e desejou mantê-lo ali para sempre, conferindo-lhe a imortalidade. Mas ele insistiu em sua decisão de retornar ao seu país para a esposa e o filho. Calipso, por fim, teve ordem expressa de Jove para dispensá-lo. Mercúrio trouxe-lhe a mensagem e a encontrou em sua gruta, que é assim descrita por Homero:

> "Uma exuberante videira por toda parte,
> Envolvia a espaçosa caverna, pensa em cachos,
> Profusão só; quatro fontes de serena linfa,
> Seu curso sinuoso seguindo de um lado a outro,
> Corriam a perder de vista, e onde quer que se olhasse
> Prados de vegetação amena havia, tom arroxeado,
> Violetas eram; uma visão de encher, enfim,
> Um deus dos céus com maravilha e deleite."

Calipso, com muita relutância, obedeceu aos comandos de Júpiter. Ela forneceu a Ulisses os meios para construir um barco, abasteceu-o bem para ele e deu-lhe um vento favorável. Ele seguiu seu curso por muitos dias, avançando sem incidentes, até que finalmente, quando avistou terra, uma tempestade surgiu, partindo seu mastro e ameaçando despedaçar a embarcação. Refém de tal situação, ele foi visto por uma ninfa do mar compassiva que, na forma de um cormorão, pousou no barco, e lhe ofereceu um cinto, orientando-o a amarrá-lo sob o peito e, caso fosse jogado ao mar pelas ondas, ela o faria flutuar e lhe permitiria, nadando, alcançar terra firme.

Fénelon, em seu romance *Telêmaco*, nos conta as aventuras do filho de Ulisses em busca de seu pai. Entre outros lugares nos quais aportou, seguindo os passos do pai, estava a ilha de Calipso e, assim como no caso anterior, a deusa fez uso de toda sorte de artifícios para mantê-lo ali em sua companhia, oferecendo compartilhar sua imortalidade com ele. Mas Minerva (Atena), que, na forma de Mentor, o acompanhava e controlava todos os seus movimentos, fez com que rejeitasse seus atrativos e, quando nenhum outro meio de fuga foi encontrado, os dois amigos pularam de um penhasco no mar e nadaram até um navio que estava ancorado na costa. Byron alude a este salto de Telêmaco e Mentor na seguinte estrofe:

> "Mas pelas ilhas de Calipso não passemos batido,
> Irmãs fraternas que se erguem do Oceano o coração;
> Ali sorri um refúgio mesmo para o navegante abatido,
> Embora a bela deusa tenha parado de chorar há um tempão,
> No topo de seus penhascos aguardando em vão
> Pelo regresso daquele que ousou preferir uma noiva mortal,
> Tal cume também a seu filho ensejou o salto da libertação,
> Que para o meio das ondas o severo Mentor induziu, momento abismal;
> Deixando assim a ninfa a lamentar por duplamente levar um balão."
> — "A peregrinação de Childe Harold", Canto II, Estrofe 29.

CAPÍTULO TRINTA

Os feácios — O destino dos pretendentes

ULISSES AGARROU-SE AO BARCO enquanto algumas das tábuas de madeira se mantiveram unidas e, quando já não lhe ofereciam sustentação, prendendo o cinto em torno de si mesmo, nadou. Minerva (Atena) acalmou as ondas à sua frente e soprou-lhe um vento que fez a maré direcionar até a costa. As ondas açoitavam alto nas rochas e pareciam proibir a aproximação; mas, por fim, encontrando águas calmas na foz de um tranquilo riacho, ele chegou em terra, exausto com o esforço, sem fôlego e sem palavras, quase morto. Depois de algum tempo, recuperado, ele beijou o solo, regozijando-se, mas perdido quanto ao que fazer a seguir. A uma curta distância, vislumbrou um bosque, para onde dirigiu seus passos. Lá, encontrando um abrigo formado por galhos emaranhados que o protegia do sol e da chuva, ele juntou uma pilha de folhas e fez uma cama na qual se esticou e, puxando as folhas sobre si, adormeceu.

  A terra onde fora lançado chamava-se Esquéria, o país dos feácios. Esse povo morava originalmente perto dos ciclopes; entretanto, sendo oprimidos por aquela raça selvagem, migraram para a ilha de Esquéria, sob o comando de Nausítoo, seu rei. Eram, conta-nos o poeta, indivíduos semelhantes aos deuses, que apareciam manifestamente e festejavam entre eles quando ofereciam sacrifícios e não se escondiam dos viajantes solitários quando os encontravam. Eles possuíam riquezas em abundância e gozavam delas sem serem perturbados pelos alarmes da guerra, pois como viviam longe da ganância dos homens, nenhum inimigo jamais se aproximava de suas praias e eles nem mesmo precisavam fazer uso de arcos e aljavas. Sua principal ocupação era a navegação. Suas embarcações, que galgavam as águas com a velocidade dos pássaros, eram dotadas de inteligência; elas conheciam todos os portos e não necessitavam de timoneiro. Alcínoo, filho de Nausítoo, era agora seu rei, um soberano sábio e justo, amado por seu povo.

Aconteceu que, na mesma noite em que Ulisses alcançou terra firme na ilha feácia e enquanto dormia em sua cama de folhas, Nausicaa, a filha do rei, teve um sonho enviado por Minerva, lembrando-a de que o dia de seu casamento não estava distante e que seria uma preparação prudente para aquele evento uma lavagem geral das roupas da família. Não era uma tarefa fácil, pois as fontes situavam-se a alguma distância e as vestes deviam ser levadas para lá. Ao acordar, a princesa correu para seus pais para dizer-lhes o que estava em sua mente; sem aludir ao dia do casamento, mas encontrando outras razões igualmente boas. Seu pai concordou prontamente e ordenou aos cavalariços que providenciassem uma carroça para tal propósito. As roupas foram carregadas nela e a rainha-mãe acrescentou ao transporte um suprimento abundante de comida e vinho. A princesa sentou-se e chicoteou as mulas, as virgens acompanhantes seguiram-na a pé. Chegando à margem do rio, soltaram as mulas para pastar e, desamarrando a carruagem, levaram as vestes para a água e, trabalhando com alegria e entusiasmo, logo terminaram seu serviço. Então, tendo estendido as roupas na praia para secar e se banhado, elas se sentaram para saborear sua refeição; em seguida, levantaram-se e se divertiram com um jogo de bola, a princesa cantando para elas enquanto jogavam. Mas quando elas dobraram as vestimentas e estavam para retomar o caminho para a cidade, Minerva fez com que a bola lançada pela princesa caísse na água, ao que todas gritaram, despertando Ulisses com o som.

Agora devemos imaginar Ulisses, um marinheiro naufragado que há pouco escapara da fúria das ondas, destituído de roupas, acordando e descobrindo que apenas alguns arbustos se interpunham entre ele e um grupo de jovens donzelas que, por sua conduta e vestimenta, descobriu não serem meras camponesas, mas de uma classe superior. Precisando tristemente de ajuda, como ele poderia se aventurar, nu como estava, para se apresentar e declarar suas intenções? Certamente era um caso digno da intervenção de sua deusa padroeira, Minerva, que nunca falhara com ele em uma crise. Quebrando um galho frondoso de uma árvore, ele o segurou diante do corpo e saiu do matagal. As virgens que o viram fugiram em todas as direções, exceto Nausicaa, pois *sua* Minerva veio em seu auxílio, dotando-a de coragem e discernimento. Ulisses, respeitosamente distante, relatou seu infortúnio e rogou à bela criatura (fosse rainha ou deusa que ele professava não conhecer) por alimento e roupas. A princesa respondeu com cortesia, prometendo ajuda imediata e a hospitalidade de seu pai quando ele se inteirasse dos fatos. Ela chamou de volta suas criadas dispersas, repreendendo-as por seu comportamento e lembrando-as de que os feácios não tinham inimigos a temer. Este homem, ela lhes disse, era um andarilho infeliz, a quem era dever delas cuidar, pois os pobres e os estrangeiros são de Jove. Ela ordenou que trouxessem comida e roupas, pois algumas peças de seu irmão estavam entre o conteúdo da carroça. Quando isso foi feito, e Ulisses, retirando-se para um lugar abrigado, lavou seu corpo da espuma do mar, vestiu-se e recuperou as forças comendo, Palas aumentou sua forma e transmitiu graça sobre seu peito amplo e sobrancelhas viris.

A princesa, ao vê-lo, ficou cheia de admiração e não hesitou em dizer às donzelas que gostaria que os deuses lhe enviassem um marido assim. A Ulisses recomendou que fosse à cidade, seguindo ela e seu séquito pelo caminho que atravessa o campo; mas pediu que, quando se aproximassem do lugar, ele não fosse mais visto em sua companhia, pois temia os comentários que pessoas rudes e vulgares poderiam fazer ao vê-la retornar junto a um estranho tão galante. Para evitar isso, ela o instruiu a parar em um bosque vizinho à cidade, no qual havia uma fazenda e um jardim pertencentes ao rei. Depois de dar tempo para a princesa e suas companheiras chegarem à cidade, ele então seguiria seu caminho até lá e seria facilmente guiado até a residência real por qualquer um que encontrasse.

Ulisses obedeceu às instruções e no devido tempo dirigiu-se à cidade; ao se aproximar, encontrou uma jovem carregando uma jarra de água. Era Minerva, que assumira essa forma. Ulisses a abordou e desejou ser encaminhado ao palácio do rei Alcínoo. A donzela respondeu respeitosamente, oferecendo-se para ser sua guia; pois o palácio, ela informou, ficava perto da casa de seu pai. Sob a orientação da deusa e por seu poder que o envolveu em uma nuvem que o protegia da observação, Ulisses passou por entre a multidão ocupada e observou maravilhado seu porto, seus navios, seu fórum (o refúgio dos heróis) e suas ameias, até que chegaram ao palácio, onde a deusa, tendo-lhe dado algumas informações sobre o país, o rei e as pessoas que ele estava prestes a encontrar, o deixou. Ulisses, antes de entrar no pátio do palácio, levantou-se e observou a cena. Seu esplendor o surpreendeu. Paredes de bronze estendiam-se da entrada até o interior da construção, cujas portas eram de ouro, os batentes de prata e as vergas de prata ornamentadas com ouro. Em ambos os lados, havia figuras de mastins trabalhadas em ouro e prata, posicionados em fileiras como se para proteger da aproximação. Ao longo das paredes, havia assentos espalhados por toda a sua extensão com mantos da melhor textura, obra de donzelas feácias. Príncipes ocupavam os assentos e festejavam, enquanto estátuas de ouro de jovens graciosos seguravam em suas mãos tochas que iluminavam a cena. Cinquenta criadas cuidavam dos trabalhos domésticos, algumas se encarregavam de moer o trigo; outras, desenrolar a lã roxa ou dobrar o tear. Pois as mulheres feácias eram muito melhores do que todas as outras em tais afazeres, assim como os marinheiros daquele país superavam os outros homens na administração de navios. Na parte externa da corte, havia um amplo jardim, de quatro quilômetros quadrados de extensão. Nele, cresciam muitas árvores altas, romãs, peras, maçãs, figos e oliveiras. Nem o frio do inverno, nem a seca do verão impediam seu desenvolvimento, mas floresciam em sucessão constante, algumas brotando enquanto outras estavam amadurecendo. O vinhedo era igualmente prolífico. Em um trecho era possível ver as vinhas, algumas em flor, outras carregadas de uvas maduras, e em outro, observar os vinicultores pisando no lagar. Nas bordas do jardim, flores de todos os tons desabrochavam o ano todo, decoradas com a mais pura arte. No centro, duas fontes derramavam suas águas, uma fluindo por canais artificiais sobre todo o jardim, a outra conduzida pelo pátio do palácio, de onde cada cidadão podia beber.

Ulisses contemplou com admiração, ele mesmo caminhando despercebido, pois a nuvem na qual Minerva o envolvera ainda o protegia. Por fim, tendo observado suficientemente a cena, ele avançou a passos rápidos para o salão onde os chefes e senadores estavam reunidos, oferecendo libações a Mercúrio (Hermes), cujo culto se seguia à refeição da noite. Só então Minerva dissolveu a nuvem e o revelou aos líderes reunidos. Avançando até o local onde a rainha estava sentada, ele se ajoelhou aos seus pés e implorou sua ajuda para que pudesse retornar ao seu país natal. Em seguida, retirando-se, ele se sentou como fazem os pedintes, ao lado da lareira.

Por algum tempo, ninguém falou. Por fim, um estadista idoso, dirigindo-se ao rei, disse:

— Não é adequado que um estranho que solicita nossa hospitalidade fique aguardando como um pedinte, sem que ninguém o receba. Que ele seja, portanto, conduzido a um assento entre nós e servido com comida e vinho.

Diante dessas palavras, o rei, levantando-se, estendeu a mão a Ulisses e o conduziu até um assento, deslocando de lá seu próprio filho para dar lugar ao estranho. Comida e vinho foram colocados diante dele, que comeu e se refrescou.

O rei então dispensou seus convidados, comunicando-os de que no dia seguinte os chamaria ao conselho para considerar o que poderia ser feito pelo estranho.

Quando os convidados partiram e Ulisses foi deixado sozinho com o rei e a rainha, a soberana perguntou-lhe quem era e de onde vinha, e — reconhecendo as vestes que usava como aquelas que suas criadas e ela própria haviam confeccionado — de quem ele havia recebido aquelas roupas. Ele contou-lhes sobre sua permanência na ilha de Calipso e sua partida de lá; dos destroços de seu barco, sua fuga a nado e o alívio proporcionado pela princesa. Os pais ouviram com aprovação, e o rei prometeu fornecer um navio no qual seu hóspede pudesse retornar à sua terra natal.

No dia seguinte, os chefes reunidos confirmaram a promessa do rei. Uma embarcação foi preparada e uma tripulação de robustos remadores selecionada e todos se dirigiram ao palácio, onde uma farta refeição foi oferecida. Depois da celebração, o rei propôs que os jovens mostrassem a seus convidados sua proficiência em esportes masculinos e todos se dirigiram à arena para jogos de corrida, luta livre e outros exercícios. Após todos terem dado o seu melhor, Ulisses, sendo desafiado a mostrar o que era capaz de fazer, a princípio recusou, mas sendo insultado por um dos jovens, agarrou uma corda de peso muito maior do que qualquer um dos feácios tinha jogado e a arremessou mais longe do que o melhor lançamento deles. Todos ficaram surpresos e viram seu convidado com um respeito muito maior.

Após os jogos, eles voltaram para o salão e o arauto apresentou Demódoco, o bardo cego,

> "... Estimado pela Musa,
> Que apontando-o de volúvel moral,
> Privou-lhe da visão, mas concedeu-lhe divina aptidão."

Ele tomou como tema o "Cavalo de Madeira", por meio do qual os gregos entraram em Troia. Febo (Apolo) o inspirou, e ele cantou com tamanho sentimento os terrores e as façanhas daquele período turbulento que todos ficaram maravilhados, mas Ulisses foi às lágrimas. Observando isso, Alcínoo, quando a canção acabou, perguntou-lhe a razão, à menção de Troia, suas tristezas afloraram. Ele havia perdido lá o pai, ou irmão, ou algum amigo querido? Ulisses respondeu anunciando-se pelo seu verdadeiro nome e, a pedido deles, relatou as aventuras que lhe aconteceram desde a sua partida de Troia. Essa narrativa elevou a simpatia e admiração dos feácios por seu convidado ao mais alto nível. O rei propôs que todos os chefes o regalassem com um presente cada um, dando o exemplo ele mesmo. Eles obedeceram e competiram entre si para encher o ilustre estrangeiro de ofertas caras.

No dia seguinte, Ulisses zarpou na embarcação feácia e em pouco tempo chegou a salvo a Ítaca, sua própria ilha. Quando o navio tocou a praia, ele estava dormindo. Os marinheiros, sem acordá-lo, carregaram-no para a costa, desembarcaram com ele a arca com seus presentes e partiram.

Netuno (Poseidon) ficou tão desgostoso com a conduta dos feácios em resgatar Ulisses de suas mãos que, quando o navio retornou ao porto, ele o transformou em uma rocha, bem em frente à foz do porto.

A descrição de Homero dos navios dos feácios parece uma antecipação das maravilhas da moderna navegação a vapor. Alcínoo diz a Ulisses:

> "Diga de qual cidade, de que regiões,
> E de que habitantes essas regiões se gabam?
> Então, tu rapidamente alcançarás o reino designado,

Em maravilhosos navios, que se movem sozinhos,
como que conduzidos pela mente;
Nenhum leme ou comandante orienta seu curso;
Com a inteligência do homem, singram os mares,
Cientes de todas as costas e de todas as baías
Que há debaixo do sol que tudo vê."
— *Odisseia*, Canto VIII.

Lord Carlisle, em seu *Diário nas águas turcas e gregas*, fala assim de Corfu, que ele considera ser a antiga ilha feácia:

"Os locais explicam a *Odisseia*. O templo do deus do mar não poderia ter sido mais bem situado, sobre uma plataforma gramada da turfa mais adaptável na sobrancelha de um rochedo que abriga um porto, um e canal, e o mar. Logo na entrada do porto interno, há uma rocha pitoresca com um pequeno convento empoleirado que, segundo uma lenda, é o barco transformado de Ulisses.

Quase o único rio da ilha está a uma distância adequada da provável localização da cidade e palácio do rei para justificar a princesa Nausicaa ter recorrido à sua carruagem e refeição quando se juntou às criadas da corte para lavar suas roupas."

O destino dos pretendentes

Ulisses já estava longe de Ítaca há vinte anos e, quando acordou, não reconheceu sua terra natal. Minerva apareceu para ele na forma de um jovem pastor, informou-o onde se encontrava e contou-lhe o estado das coisas em seu palácio. Mais de cem nobres de Ítaca e das ilhas vizinhas vinham há anos disputando a mão de Penélope, sua esposa, dando-o como morto e dominando seu palácio e seu povo, como se fossem donos de ambos. Para que pudesse se vingar deles, era importante que não fosse reconhecido. Minerva consequentemente o metamorfoseou em um mendigo, e como tal, ele foi gentilmente recebido por Eumeu, o pastor de porcos, um servo fiel de sua casa.

Telêmaco, seu filho, estava ausente em busca de seu pai. Ele tinha ido às cortes dos outros reis, que haviam retornado da expedição de Troia. Durante a busca, foi aconselhado por Minerva a voltar para casa. Ele chegou e procurou Eumeu para se inteirar sobre a situação no palácio antes de se apresentar entre os pretendentes. Encontrando um estranho com Eumeu, tratou-o com cortesia, apesar dos trajes de mendigo, e prometeu-lhe ajuda. Eumeu foi enviado ao palácio para informar a Penélope em particular sobre a chegada de seu filho, pois era preciso cautela com relação aos pretendentes, que, como soubera Telêmaco, planejavam interceptá-lo e matá-lo. Quando Eumeu partiu, Minerva apareceu a Ulisses e o instruiu a se revelar ao seu filho. Ao mesmo tempo, ela o tocou, retirou imediatamente dele a aparência de idade e penúria e deu-lhe o aspecto de vigorosa masculinidade que lhe era característico. Telêmaco o olhou com espanto e a princípio pensou que ele devia ser mais do que mortal. Mas Ulisses se anunciou como seu pai e explicou a mudança de aparência, esclarecendo que se tratava de obra de Minerva.

> "(...) Então jogou Telêmaco
> Seus braços em volta do pescoço de seu pai e chorou.
> Desejo intenso de lamentação se apoderou de
> Ambos; proferindo murmúrios suaves, cada um se entregou
> À sua dor."

Pai e filho se aconselharam sobre como poderiam levar a melhor sobre os pretendentes e puni-los por seus ultrajes. Ficou combinado que Telêmaco deveria seguir para o palácio e se misturar com os pretendentes como antes; que Ulisses também deveria ir como um mendigo, figura que nos rudes e velhos tempos gozava de privilégios diferentes dos que lhes concedemos agora. Como viajante e contador de histórias, o mendigo era admitido nos salões dos chefes e frequentemente tratado como um convidado; embora, às vezes, também, sem dúvida, com desrespeito. Ulisses instruiu o filho a não trair-se, por qualquer demonstração de interesse incomum por ele, revelando saber que o mendigo não era quem parecia ser e, mesmo que o visse sendo insultado ou espancado, que não interferisse de forma diferente do que faria por qualquer estranho. No palácio, eles encontraram a cena usual de festa e tumulto acontecendo. Os pretendentes fingiram receber o retorno de Telêmaco com alegria, embora secretamente mortificados com o fracasso de seus planos para tirar sua vida. O velho mendigo teve permissão para entrar e recebeu uma porção da mesa. Uma cena comovente ocorreu quando Ulisses entrou no pátio do palácio. Um cachorro velho jazia no quintal quase morto da idade e, vendo um estranho entrar, levantou a cabeça, com as orelhas erguidas. Era Argo, o cachorro do próprio Ulisses, que em outros tempos costumava liderar as caçadas.

> "... Assim que ele percebeu
> Ulisses há muito perdido perto, caíram suas orelhas
> Junto à cabeça e, com seu rabo, um sinal alegre ele deu
> De saudação, impotente para se levantar,
> E seu mestre como antigamente se aproximar.
> Ulisses, notando-o, enxugou uma lágrima
> Invisível.
> (...) Então seu destino o Velho Argo libertou
> Tão logo viveu para ver Ulisses
> No vigésimo ano retornou."

Enquanto Ulisses comia sentado sua porção no salão, os pretendentes começaram a demonstrar sua insolência. Quando ele protestou levemente, um deles levantou um banquinho e com ele deu-lhe um golpe. Telêmaco esforçou-se muito para conter a indignação ao ver o pai assim tratado em seu próprio salão, mas, lembrando-se de suas ordens, não disse mais do que o que se esperava dele como dono da casa, embora jovem e protetor de seus hóspedes.

Penélope havia protelado sua decisão em favor de qualquer um de seus pretendentes por tanto tempo que parecia não haver mais motivo de adiamento. A ausência contínua de seu marido parecia provar que seu retorno não era mais aguardado. Enquanto isso, seu filho havia crescido e era capaz de cuidar de seus próprios negócios. Ela, portanto, consentiu em submeter a questão de sua escolha a uma prova de habilidade entre os pretendentes. O teste selecionado foi o tiro com arco. Doze anéis foram dispostos alinhados e aquele que fizesse passar a flecha por todos deveria ter a rainha como prêmio. Um arco com que um de seus irmãos heróis presenteou Ulisses em tempos passados foi trazido do arsenal e, com a aljava cheia de flechas, deixado no corredor. Telêmaco tomara cuidado para que todas as outras armas fossem retiradas, sob o pretexto de que, no calor da competição, existia o perigo, em algum momento precipitado, de colocá-las em uso indevido.

Estando tudo preparado para a prova, a primeira coisa a fazer era dobrar o arco para prender a corda. Telêmaco empenhou-se em fazê-lo, mas descobriu que todos os seus esforços foram infrutíferos; e, modesto, confessando que havia tentado uma tarefa além de suas forças, entregou o arco a outro. Este tentou sem sucesso e, em meio às risadas e zombarias de seus companheiros, desistiu. Um terceiro tentou e mais um depois dele; esfregaram o arco com sebo, mas sem nenhum resultado; ele não envergava. Então, Ulisses se pronunciou, sugerindo humildemente que deveriam permitir que ele tentasse; pois, disse ele:

— Apesar de ser mendigo, já fui um soldado e ainda há alguma força nestes meus velhos braços.

Os pretendentes riram com desdém e ordenaram que o expulsassem do salão por sua insolência. Mas Telêmaco falou por ele e, apenas para satisfazer o velho, pediu-lhe que tentasse. Ulisses pegou o arco e segurou-o com a mão de um mestre. Com facilidade, ajustou a corda em seu entalhe; em seguida, encaixando uma flecha no arco, ele puxou a corda e disparou a flecha certeira através dos anéis.

Sem lhes dar tempo para expressar seu espanto, ele disse:

— Agora, outro alvo!

E mirou diretamente no mais insolente dos pretendentes. A flecha perfurou-lhe a garganta e ele caiu morto. Telêmaco, Eumeu e outro fiel seguidor, bem armados, saltaram para o lado de Ulisses. Os pretendentes, espantados, olharam em volta em busca de armas, mas não encontraram nenhuma. Nem havia como escapar, pois Eumeu trancara a porta. Ulisses não os deixou muito tempo na incerteza; ele se anunciou como o chefe há muito perdido cuja casa eles haviam invadido, cujos bens eles haviam desperdiçado, cuja esposa e filho perseguiram por dez longos anos; e disse-lhes que pretendia vingança ampla. Todos foram mortos, e Ulisses terminou senhor de seu palácio e dono de seu reino e de sua esposa.

O poema "Ulisses" de Tennyson representa o velho herói, depois dos perigos passados, nada lhe restando a não ser ficar em casa e ser feliz, cansando-se da inércia e resolvendo partir novamente em busca de novas aventuras.

> "(...) Venham, meus amigos,
> Não é tarde demais para um mundo novo buscar.
> Empurrem, não se importem de rasgar
> Sonoros sulcos na areia; pois o meu propósito detém

Do pôr do sol navegar além
Banhar-me das estrelas ocidentais, até eu morrer.
Pode ser que os abismos enfrentemos;
Que toquemos as Ilhas Afortunadas, pode acontecer,
E vejamos o grande Aquiles que conhecemos;" etc.

CAPÍTULO TRINTA E UM

AS AVENTURAS DE ENÉAS — DIDO — PALINURO

TEMOS SEGUIDO UM DOS heróis gregos, Ulisses, em suas andanças em seu retorno de Troia para casa, e agora nos propomos a compartilhar a sorte dos remanescentes do povo conquistado sob seu líder, Enéas, na busca por um novo lar, após a ruína de sua cidade natal. Naquela noite fatal, quando da barriga do cavalo de madeira derramaram-se homens armados, resultando na tomada e incêndio da cidade, Enéas escapou da cena da destruição com o pai, a esposa e o filho pequeno. O pai, Anquises, estava velho demais para andar com a velocidade exigida, e Enéas o carregou sobre os ombros. Assim sobrecarregado, levando seu filho e seguido por sua esposa, ele fez o melhor para sair da cidade em chamas; mas, na confusão, sua esposa foi arrastada e perdida.

Ao chegar ao ponto de encontro, depararam-se com vários fugitivos de ambos os sexos, que se colocaram sob a orientação de Enéas. Alguns meses foram gastos na preparação e, por fim, eles zarparam. Desembarcaram primeiro nas costas vizinhas da Trácia e se preparavam para construir uma cidade, mas Enéas foi dissuadido por uma visão. Preparando-se para oferecer sacrifício, ele arrancou alguns galhos de um dos arbustos. Para sua consternação, a parte ferida derramou sangue. Quando ele repetiu o ato, uma voz vinda do solo gritou:

— Poupe-me, Enéas; sou seu parente, Polidoro, assassinado aqui com muitas flechas, das quais cresceu um arbusto alimentado com meu sangue.

Estas palavras trouxeram à memória de Enéas que Polidoro havia sido um jovem príncipe de Troia, a quem o pai enviara com grandes tesouros à vizinha Trácia para lá ser criado, longe dos horrores da guerra. O rei a quem ele foi enviado o assassinou e confiscou seus tesouros. Enéas e seus companheiros, examinando a terra amaldiçoada pela mancha de tal crime, apressaram-se a sair.

Em seguida, desembarcaram na ilha de Delos, que já foi uma ilha flutuante, até que Júpiter (Zeus) a prendeu com correntes de adamantina ao fundo do mar. Febo (Apolo) e Diana (Ártemis) nasceram lá e a ilha era sagrada para Febo. Aqui, Enéas consultou o oráculo de Apolo e recebeu uma resposta, ambígua como de costume:

— Procure sua mãe ancestral; ali habitará o povo de Enéas e submeterá todas as outras nações a seu domínio.

Os troianos ouviram com alegria e imediatamente começaram a se perguntar:

— Onde fica o local ao qual o oráculo se referiu?

Anquises lembrou-se de que havia uma lenda de que seus antepassados vieram de Creta e para lá decidiram navegar. Eles chegaram à ilha e começaram a construir sua cidade, mas a doença se espalhou entre eles e os campos que haviam plantado não deram frutos. Nessa situação sombria, Enéas foi avisado em sonho para deixar o país e buscar uma terra ocidental chamada Hespéria, de onde Dardano, o verdadeiro fundador do povo de Troia, havia originalmente migrado. Para Hespéria, agora chamada Itália, portanto, eles dirigiram seu curso futuro e só depois de muitas aventuras e tempo suficiente para um navegador moderno dar várias voltas ao redor do mundo eles lá chegaram.

Desembarcaram primeiro na ilha das harpias. Eram pássaros repulsivos com cabeças de mulher, garras compridas e rostos macilentos de fome. Elas foram enviadas pelos deuses para atormentar um certo Fineu, a quem Júpiter havia privado de sua visão como punição por sua crueldade; e sempre que uma refeição era colocada diante dele, as harpias disparavam do ar e a levavam. Elas foram afastadas de Fineu pelos heróis da expedição dos argonautas e se refugiaram nessa ilha em que Enéas as encontrou.

Quando entraram no porto, os troianos viram rebanhos vagando pela planície. Eles mataram quantos desejaram e se prepararam para um banquete. Entretanto, mal se sentaram à mesa, ouviu-se um clamor horrível no ar e um bando dessas odiosas criaturas desceu sobre eles, pegando com as garras a carne dos pratos e fugindo com ela. Enéas e seus companheiros desembainharam as espadas e desferiram golpes vigorosos nos monstros, mas sem nenhum efeito, pois eram tão ágeis que era quase impossível acertá-las e suas penas eram como armaduras impenetráveis ao aço. Uma delas, empoleirada em um penhasco vizinho, gritou:

— É assim, troianos, que vocês nos tratam, pássaros inocentes? Primeiro abatem nosso rebanho, depois guerreiam contra nós?

Ela então previu sofrimentos terríveis para eles em seu futuro e, tendo descarregado sua ira, voou para longe. Os troianos apressaram-se a deixar o país e, a seguir, viram-se margeando a costa do Épiro. Aqui eles desembarcaram e, para sua surpresa, souberam que certos exilados troianos, que tinham sido levados para lá como prisioneiros, haviam se tornado governantes do país. Andrômaca, viúva de Heitor, tornou-se esposa de um dos chefes gregos vitoriosos, de quem teve um filho. Com a morte do marido, ela foi deixada como regente do país e guardiã de seu filho, e casou-se com um companheiro de cativeiro, Heleno, do povo real de Troia. Heleno e Andrômaca trataram os exilados com a maior hospitalidade e os dispensaram carregados de presentes.

A partir daí, Enéas navegou ao longo da costa da Sicília e passou pelo país dos ciclopes. Ali, foram saudados da costa por uma pessoa de aspecto miserável que, por suas vestes, mesmo esfarrapadas como estavam, perceberam tratar-se de um grego. Disse-lhes que era um dos companheiros de Ulisses, deixado para trás por aquele líder em sua partida apressada. Ele contou a história da aventura de Ulisses com Polifemo e rogou-lhes que o levassem com eles, pois não tinha meios de sustentar sua existência onde estava com algo além de frutos silvestres e raízes e vivia com medo constante dos ciclopes. Enquanto falava, Polifemo fez sua aparição; um monstro terrível, disforme, robusto, cujo único olho havia sido arrancado. Ele se deslocava com passos cautelosos, tateando o caminho com um cajado até a beira-mar para lavar a órbita do olho nas ondas. Quando chegou à água, avançou na direção deles e sua imensa estatura permitiu-lhe avançar mar adentro, de modo que os troianos, aterrorizados, puseram-se a remar para se desviar de seu caminho. Ouvindo os remos, Polifemo gritou atrás deles, fazendo as margens ressoarem e, com o barulho, os outros ciclopes saíram de suas cavernas e bosques e alinharam-se na costa, como uma fileira de pinheiros elevados. Os troianos dobraram a velocidade com que remavam e logo os deixaram para trás.

Enéas havia sido advertido por Heleno a evitar o estreito guardado pelos monstros Cila e Caríbdis. Lá, Ulisses, o leitor se lembrará, perdera seis de seus homens, capturados por Cila enquanto os navegadores estavam totalmente concentrados em evitar Caríbdis. Enéas, seguindo o conselho de Heleno, evitou a perigosa passagem e seguiu ao longo da ilha da Sicília.

Juno (Hera), vendo os troianos avançando com sucesso em direção a seu destino, sentiu ressurgir seu antigo ressentimento contra eles, pois não podia esquecer o desprezo que Páris lhe dispensara ao conceder o prêmio de beleza a outra. Em mentes celestiais tais ressentimentos podem habitar. Consequentemente, ela correu para Éolo, o governante dos ventos — o mesmo que supriu Ulisses com ventos favoráveis, dando-lhe os ventos contrários amarrados em um saco. Éolo obedeceu à deusa e enviou seus filhos, Bóreas, Tifão e os outros ventos, para agitar o mar. Uma terrível tempestade se seguiu e os navios de Troia foram desviados de seu curso em direção à costa da África. Eles corriam o perigo iminente de naufragar e foram separados, de modo que Enéas pensou que todos estavam perdidos exceto o seu.

Nessa crise, Netuno (Poseidon), ouvindo a tempestade rugindo e sabendo que não havia dado ordens a ninguém, ergueu a cabeça acima das ondas e viu a frota de Enéas avançando em frente ao vendaval. Conhecendo a hostilidade de Juno, não foi difícil deduzir quem era a responsável por aquilo, e sua raiva não foi pequena por aquela interferência em seus domínios. Ele chamou os ventos e os dispensou com uma severa reprimenda. Em seguida, acalmou as ondas e afastou as nuvens da frente do sol. Algumas das embarcações que haviam encalhado nas rochas, ele arrancou com seu próprio tridente, enquanto Tritão e uma ninfa do mar, colocando os ombros contra os barcos, os trouxeram novamente à tona. Os troianos, quando o mar ficou calmo, procuraram a costa mais próxima, que era a de Cartago, onde Enéas ficou muito feliz ao descobrir que, um por um, os navios chegavam, todos sãos e salvos, embora bastante avariados.

Waller, em seu poema "Panegírico ao Senhor Protetor" (Cromwell), alude a este acalmar da tempestade por Netuno:

> "Acima das ondas, quando Netuno mostrou seu rosto,
> Para repreender os ventos e o povo de Troia salvar,
> O mesmo fez sua Alteza, elevada acima do resto,
> Tempestades de ambição pararam de nos chacoalhar."

Dido

Cartago, onde os exilados agora haviam chegado, era uma região na costa da África cuja face estava voltada para a Sicília. Naquela época, era uma colônia tíria governada por Dido, sua rainha, que lançava as bases de um estado destinado em épocas posteriores a ser o rival de Roma. Dido era filha de Belo, rei de Tiro, e irmã de Pigmalião, que sucedeu ao pai no trono. Seu marido era Siqueu, um homem de imensa riqueza, mas Pigmalião, que cobiçava seus tesouros, fez com que fosse morto. Dido, com um numeroso corpo de amigos e seguidores, tanto homens como mulheres, conseguiu efetuar a sua fuga de Tiro em várias embarcações, levando consigo os tesouros de Siqueu. Ao chegarem ao local que escolheram como seio de seu futuro lar, pediram aos nativos apenas a quantidade de terra que pudessem delimitar com o couro de um touro. Quando isso foi prontamente concedido, ela fez com que a pele fosse cortada em tiras e com elas demarcou um local no qual construiu uma cidadela, e chamou-a de Birsa (uma pele). Em torno deste forte, ergueu-se a cidade de Cartago, que logo se tornou um lugar poderoso e próspero.

Tal era a situação quando Enéas e seus troianos chegaram lá. Dido recebeu os ilustres exilados com simpatia e hospitalidade.

— Não desconheço o sofrimento — disse ela. — Aprendi a socorrer os desafortunados.

A hospitalidade da rainha se mostrava em festividades nas quais eram executadas competições de força e habilidade. Os forasteiros disputavam os prêmios com os locais, em termos iguais, a rainha declarando que se o vencedor fosse "troiano ou tírio, não faria diferença para ela". Na festa que se seguiu aos jogos, Enéas fez, a pedido dela, um recital dos eventos finais da história de Troia e suas próprias aventuras após a queda da cidade. Dido ficou encantada com sua narração e cheia de admiração por suas façanhas. Ela concebeu uma paixão ardente por ele, e Enéas, por sua vez, parecia bem contente em aceitar a oportunidade que a fortuna aparentava lhe oferecer para colocar um final feliz em suas andanças, com um lar, um reino e uma noiva. Meses se passaram no gozo de um convívio agradável e parecia que a Itália e o império destinado a ser fundado em suas margens haviam sido esquecidos. Vendo isso, Júpiter despachou Mercúrio (Hermes) com uma mensagem a Enéas, lembrando-o de seu grande destino e ordenando-lhe que retome sua viagem.

Enéas separou-se de Dido, embora ela se valesse de toda sedução e persuasão para detê-lo. O golpe em seu afeto e orgulho foi demais para ela suportar, e quando descobriu que ele havia partido, ela subiu em uma pira funerária que mandou erguer e, apunhalando a si mesma, foi então consumida pelo fogo. As chamas elevando-se sobre a cidade foram vistas pelos troianos que partiam e, embora a causa fosse desconhecida, deu a Enéas algum indício do evento fatal.

Encontramos o seguinte epigrama em "Extratos Elegantes":

Do latim
    "Foi tua sina, Dido, ó lamento
    No primeiro e segundo casamentos!
    Causou a tua fuga ao morrer um marido,
    Tua morte provocou o outro tendo fugido."

Palinuro

Depois de alcançarem a ilha da Sicília, comandada por Acestes, um príncipe da linhagem troiana que lhes ofereceu uma recepção hospitaleira, os troianos tornaram a zarpar e seguiram seu curso para a Itália. Vênus (Afrodite) agora intercedeu com Netuno para permitir que seu filho finalmente atingisse a meta desejada e encontrasse um fim para seus perigos nas profundezas. Netuno atendeu ao pedido, estipulando apenas uma vida como sacrifício pelo resgate dos outros. A vítima foi Palinuro, o comandante. Enquanto ele observava as estrelas, com a mão no leme, Somnus (Hipnos), enviado por Netuno, aproximou-se disfarçado de Forbas e disse:

— Palinuro, a brisa é boa, a água é tranquila e o navio segue imperturbável em seu curso. Deite-se um pouco e descanse o necessário. Vou ficar ao leme em seu lugar.

— Não me fale de mares calmos ou ventos favoráveis — respondeu Palinuro. — Logo eu, que tanto presenciei atos traiçoeiros seus. Devo confiar Enéas às mudanças do tempo e dos ventos?

E ele continuou a segurar o leme e a manter os olhos fixos nas estrelas. Mas Somnus sacudiu sobre ele um galho umedecido com orvalho do Letes e seus olhos se fecharam, apesar de todos os seus esforços. Então, Somnus o empurrou ao mar e ele caiu; contudo, mantendo as mãos firme no leme, este se soltou e mergulhou com ele. Netuno cumpriu sua promessa e manteve o navio em sua rota sem leme ou comandante, até que Enéas descobriu sua perda e, lamentando profundamente por seu fiel timoneiro, assumiu o controle da embarcação.

Há uma bela alusão à história de Palinuro no poema "Marmion", de Scott, Introdução ao Canto I, na qual o poeta, falando sobre a recente morte de William Pitt, diz:

"Ó, pense como, no último suspiro que exalou,
Quando a morte pairando sua presa reivindicou,
Com a convicção inalterada de Palinuro,
Firme em seu perigoso posto, um muro;
Cada pedido de descanso necessário repelido,
Com a mão moribunda, do leme incumbido,
Até em sua queda, com influência fatídica, largou não
Assumindo assim o reino sua condução."

Os navios finalmente alcançaram as praias da Itália e alegremente os aventureiros pularam para a terra. Enquanto seu povo trabalhava para montar acampamento, Enéas buscava a morada da sibila. Era uma caverna conectada a um templo e um bosque, consagrada a Febo e Diana. Enquanto Enéas contemplava a cena, a sibila o abordou. Ela parecia conhecer sua missão e, sob a influência da divindade do lugar, irrompeu em um tom profético, dando sombrias sugestões de provações e perigos através dos quais ele estava destinado a abrir seu caminho para o sucesso final. Ela encerrou com as palavras encorajadoras que se tornariam proverbiais:

— Não ceda aos desastres, mas prossiga com mais bravura.

Enéas respondeu que havia se preparado para tudo o que viesse. Ele tinha apenas um pedido a fazer. Tendo sido instruído em um sonho a buscar a morada dos mortos a fim de conversar com seu pai, Anquises, para receber dele uma revelação sobre sua sorte futura e a da sua descendência, ele pediu a ajuda dela para cumprir a tarefa. A sibila respondeu:

— A descida até Averno é fácil: os portões de Plutão (Hades) permanecem aberto noite e dia; mas refazer os próprios passos e retornar ao ar da superfície, esse é o problema, essa é a dificuldade.

Ela o orientou a procurar na floresta uma árvore em que crescesse um ramo de ouro. Esse ramo deveria ser arrancado e carregado como um presente a Prosérpina (Perséfone) e, se o destino fosse propício, ele cederia à mão e deixaria seu tronco, mas de outra forma nenhuma força poderia arrancá-lo. Se arrancado, outro surgiria em seu lugar.

Enéas seguiu as instruções da sibila. Sua mãe, Vênus, enviou duas de suas pombas para voar à sua frente e mostrar-lhe o caminho e, com a ajuda delas, ele encontrou a árvore, arrancou o galho e correu com ele de volta para a sibila.

CAPÍTULO TRINTA E DOIS

As regiões infernais — A sibila

Como no início de nossa obra demos o relato pagão da criação do mundo, à medida que nos aproximamos de sua conclusão, apresentamos uma visão das regiões dos mortos, descrita por um de seus poetas mais iluminados, que absorveu suas doutrinas de seus filósofos mais estimados. A localização da entrada para esta morada dada por Virgílio é talvez a mais contundentemente adequada para despertar as ideias do terrível e sobrenatural em qualquer pessoa na face da terra. Trata-se da região vulcânica perto do Vesúvio, onde todo o país é fendido por abismos, dos quais erguem-se chamas sulfurosas, enquanto o solo é sacudido por vapores reprimidos e sons misteriosos escapam das entranhas da terra. O lago Averno supostamente preenche a cratera de um vulcão extinto. É circular, com cerca de oitocentos metros de diâmetro e muito profundo, rodeado por margens altas, que na época de Virgílio eram cobertas por uma floresta sombria. Vapores mefíticos elevam-se de suas águas, de modo que nenhuma vida é encontrada em suas margens e os pássaros não a sobrevoam. Ali, segundo o poeta, situava-se a caverna que dava acesso às regiões infernais e ali Enéas oferecia sacrifícios às divindades infernais, Prosérpina (Perséfone), Hecate e as Fúrias. Então, um rugido foi ouvido na terra, a floresta no topo das colinas foi abalada e o uivo dos cães anunciou a aproximação das divindades.

— Agora — disse a sibila —, reúna sua coragem, pois você vai precisar dela.

Ela desceu para a caverna e Enéas a seguiu. Antes do limiar do inferno, eles passaram por um grupo de seres que são conhecidos como Pentos, ou Sofrimentos; as Nosoi, pálidas Doenças, e a melancólica Geras, ou Velhice; Fobos e Limos, ou Medo e Fome, que tentam ao crime; Ponos, a labuta; Aporia e Tânatos, pobreza e morte — formas horríveis de se ver. As Fúrias ali descansam e a Discórdia, cujos cabelos eram víboras amarradas com um filete ensanguentado. Aqui também estavam os monstros, Briareu, com seus cem braços, a hidra sibilando e a quimera cuspindo fogo. Enéas estremeceu com a visão, desembainhou a espada e teria atacado, mas a sibila o conteve. Eles então chegaram ao rio negro Cócito, onde encontraram o barqueiro Caronte, velho e esquálido, mas forte e vigoroso, que recebia passageiros de todos os tipos em seu barco, heróis magnânimos, garotos e meninas soltei-ras, tão numerosos quanto as folhas que caem no outono, ou as aves que em bando voam para o sul com a aproximação do inverno. Ali permaneceram, pressionando por passagem, ansiando por chegar à margem oposta. Mas o inflexível barqueiro aceitava apenas os escolhidos, rejeitando o restante. Enéas, tentando entender o que via, perguntou à sibila:

— Por que essa diferenciação?

— Os que são admitidos a bordo do barco — respondeu ela — são as almas daqueles que receberam os devidos ritos funerários; os muitos outros que permaneceram insepultos não têm permissão para passar pelo rio, devendo vagar por cem anos e flutuar pela costa até que finalmente sejam levados.

Enéas lamentou ao se lembrar de alguns de seus próprios companhei-ros que pereceram na tempestade. Naquele momento, ele avistou Palinuro, seu timoneiro, que caiu no mar e se afogou. Ele se dirigiu a ele e pergun-tou-lhe a causa de sua desgraça. Palinuro respondeu que o leme foi levado embora e ele foi arrastado junto. Implorou com muita urgência a Enéas que lhe estendesse a mão e o acompanhasse até a margem oposta. Porém, a sibila o repreendeu pelo desejo de transgredir as leis de Plutão (Hades);

mas o consolou, informando-o de que o povo da orla onde seu corpo foi parar carregado pelas ondas seria instigado por visões a lhe dar o devido sepultamento e que o promontório deveria levar o nome de Cabo Palinuro, como é chamado até hoje. Deixando Palinuro confortado por essas palavras, eles se aproximaram do barco. O Caronte, fixando seus olhos severamente no guerreiro que avançava, perguntou com que direito ele, vivo e armado, aproximava-se da margem. Ao que Sibila respondeu que eles não cometeriam violência, que o único objetivo de Enéias era ver seu pai e, por fim, mostrou o galho de ouro; ao vê-lo, o Caronte se acalmou e se apressou em retornar com seu barco para as margens e recebê-los a bordo. O barco, adaptado apenas à carga leve de espíritos incorpóreos, rangia sob o peso do herói. Logo foram transportados para a margem oposta. Lá, eles se depararam com o cão de três cabeças, Cérbero, com seus pescoços eriçados de cobras. Ele latiu com todas as suas três gargantas até que a sibila lhe jogou um bolo tranquilizante que ele devorou avidamente e, então, se esticou em seu covil e adormeceu. Enéas e a sibila pularam para a terra. O primeiro som que atingiu seus ouvidos foi o choro de crianças pequenas que pereceram no limiar da vida; perto delas, estavam os que morreram sob falsas acusações. Minos os ouve como juiz e examina as ações de cada um. O próximo grupo era daqueles que partiram por suas próprias mãos, odiando a vida e buscando refúgio na morte. Ó, com que boa vontade agora suportariam a pobreza, o trabalho e qualquer outra tribulação, se ao menos pudessem retornar à vida! Então, prosseguiram pelas regiões de tristeza, divididas em caminhos isolados, que conduzem por bosques de murta. Vagavam ali as vítimas do amor não correspondido, nem mesmo pela própria morte libertando-se da dor. Entre elas, Enéas pensou ter visto Dido, com um ferimento ainda recente. Na penumbra, ficou em dúvida por um momento, mas, ao se aproximar, percebeu que de fato era ela. Lágrimas derramaram-se de seus olhos e ele se dirigiu a ela com um tom de amoroso:

— Pobre Dido! Era então verdade o boato de que você morreu? E eu fui, infelizmente, a causa? Eu convoco os deuses a testemunhar que minha partida foi relutante e em obediência às ordens de Júpiter (Zeus); nem pude acreditar que minha ausência lhe seria tão sentida. Pare, eu imploro, e não me recuse um último adeus.

Ela ficou parada por um momento com o semblante desviado e os olhos fixos no chão e então continuou em silêncio, tão insensível às súplicas dele quanto uma rocha. Enéas a seguiu por alguma distância; então, com o coração pesado, juntou-se à companheira e retomou seu caminho.

Em seguida, eles entraram nos campos onde vagam os heróis que caíram em batalha. Aqui viram muitos espectros de guerreiros gregos e troianos. Os troianos se aglomeraram ao redor dele e não ficaram satisfeitos com a visão. Eles questionaram a causa de sua vinda e encheram-no de inúmeras perguntas. Mas os gregos, ao ver sua armadura brilhando na atmosfera tenebrosa, reconheceram o herói e, aterrorizados, deram meia-volta e fugiram, como costumavam fazer nas planícies de Troia.

Enéas teria ficado mais tempo com seus amigos troianos, mas a sibila o apressou. Então, eles chegaram a um lugar onde a estrada se bifurcava, uma levava ao Elísio e a outra às regiões dos condenados. Enéas viu de um lado as muralhas de uma cidade imponente, em torno da qual Flegetonte rolava suas águas agitadas. Diante dele, estava o intransponível portão que nem homens nem deuses podem invadir. Uma torre de ferro erguia-se próxima ao portão, na qual Tisífone, a Fúria vingadora, mantinha guarda. Do interior da cidadela, ouviam-se os gemidos e a sinfonia do tormento, o ranger de ferro e o tilintar de correntes. Enéas, horrorizado, perguntou a seu guia que crimes eram aqueles cujas punições produziam os sons que ouvia.

— Aqui está a sala de julgamento de Radamanto — respondeu a sibila —, que traz à tona os crimes cometidos em vida que o perpetrador em vão pensou que estavam escondidos de forma impenetrável. Tisífone aplica seu chicote de escorpiões e entrega o ofensor às suas irmãs Fúrias.

Nesse momento, com um barulho medonho, os portões de bronze se abriram e Enéas vislumbrou em seu interior uma hidra com cinquenta cabeças guardando a entrada. A sibila contou-lhe que o golfo do Tártaro era profundo, de modo que seus recessos ficavam tão abaixo de seus pés quanto o céu ficava acima de suas cabeças. No fundo desta cova, a raça Titã, que guerreou contra os deuses, jaz prostrada; também Salmoneu, que presumiu ser capaz de competir com Júpiter e construiu uma ponte de bronze sobre a qual dirigiu sua biga para que o som pudesse se assemelhar a um trovão, lançando chamas em seu povo num arremedo de um raio, até que Júpiter o atingiu com um raio real e ensinou-lhe a diferença entre armas humanas e divinas. Aqui, também, está Titio, o gigante, cuja estatura é tão imensa que, quando está deitado, ele se estende por quase quatro hectares, enquanto um abutre se alimenta de seu fígado, que tão rápido quanto é devorado cresce novamente, de modo que seu castigo não terá fim.

Enéas viu grupos sentados em mesas repletas de guloseimas, enquanto pairava por perto uma Fúria que arrebatava as iguarias de seus lábios tão rápido quanto se preparavam para prová-las. Outros viam enormes rochas suspensas sobre suas cabeças, ameaçando cair, mantendo-os em estado de alarme constante. Eram aqueles que odiavam seus irmãos ou batiam em seus pais ou enganavam os amigos que neles confiavam ou que, tendo enriquecido, guardavam seu dinheiro para si próprios e não o compartilhavam, sendo a última a classe mais numerosa. Aqui também estavam aqueles que haviam violado o voto matrimonial ou lutado por uma causa ruim ou faltado com fidelidade aos seus patrões. Encontrava-se ali alguém que vendera seu país por ouro, e aquele que pervertera as leis, fazendo-as dizer uma coisa num dia e outra no dia seguinte.

Íxion estava lá, preso a uma roda que girava incessantemente; e Sísifo, cuja tarefa era rolar uma pedra enorme até o topo de uma colina, mas quando o aclive estava quase chegando ao fim, a rocha, repelida por alguma força repentina, tornava a rolar morro abaixo, em direção à planície. Ele, então, retomava o trabalho, enquanto o suor banhava todos os seus membros cansados, mas em vão. Havia Tântalo, que se encontrava em uma lagoa, coberto com água na altura do queixo, mas sedento e sem nada para aplacar a sede; pois quando curvava sua cabeça grisalha, ávido para beber, a água fugia, deixando o solo a seus pés totalmente seco. Árvores altas carregadas de frutas inclinavam suas copas para ele — peras, romãs, maçãs e figos saborosos —, mas quando com um movimento repentino ele tentava agarrá-los, o vento os elevava para fora de seu alcance.

A sibila agora advertia Enéas que era hora de deixar essas regiões melancólicas e buscar a cidade dos bem-aventurados. Eles passaram por uma estrada intermediária de escuridão e chegaram aos Campos Elísios, os bosques onde reside a felicidade. Eles respiraram um ar mais puro e viram todos os objetos revestidos de uma luz púrpura. A região tinha sol e estrelas próprias. Os habitantes estavam se divertindo de várias maneiras, alguns em esportes na grama, em jogos de força ou habilidade. Outros, dançando ou cantando. Orfeu tocava os acordes de sua lira e evocava sons arrebatadores. Aqui Enéas viu os fundadores do estado de Troia, heróis magnânimos que viveram em tempos mais felizes. Ele olhou com admiração para as bigas de guerra e as armas reluzentes que agora repousavam em desuso. As lanças estavam fixas no solo, e os cavalos, sem as selas, trotavam pela planície. Acompanhava-os ali o mesmo orgulho pelas armaduras esplêndidas e belos garanhões que sentiam em vida. Ele viu outro grupo festejando e ouvindo os acordes musicais. Eles estavam em um bosque de loureiros, onde o grande rio Pó tem sua origem e flui entre os homens. Aqui habitavam aqueles que caíram por ferimentos recebidos em nome da causa de seu país, assim como santos sacerdotes e poetas que proferiram pensamentos dignos de Febo (Apolo) e outros que contribuíram para alegrar e adornar a vida com suas descobertas nas artes úteis e fizeram de sua memória abençoada por prestarem serviços à humanidade. Eles usavam fitas brancas como a neve atadas a suas testas. A sibila dirigiu-se a um grupo deles e perguntou sobre o paradeiro de Anquises. Eles foram orientados sobre onde procurá-lo e logo o encontraram em um vale verdejante, onde ele contemplava suas várias descendências, seus destinos e feitos notáveis a serem realizados nos tempos vindouros. Ao reconhecer Enéas se aproximando, estendeu as duas mãos para ele, enquanto as lágrimas corriam livremente.

— Finalmente você veio — disse ele. — Há muito tempo o aguardava e eu o vejo depois de tantos perigos passados? Ó meu filho, como tenho temido por você ao observar sua carreira!

— Ó pai! — respondeu Enéas. — Sua imagem sempre esteve diante de mim para me guiar e proteger.

Em seguida, ele tentou abraçar o pai, mas seus braços envolveram apenas uma imagem intangível.

Enéas percebeu à sua frente um amplo vale, com árvores balançando suavemente ao vento, uma paisagem tranquila, por onde corria o rio Letes. Ao longo de suas margens, vagava uma multidão incalculável, numerosa como insetos no ar de verão. Enéas, surpreso, perguntou quem eram eles. Anquises respondeu:

— São almas às quais os corpos devem ser dados no devido tempo. Enquanto isso, eles habitam a margem do Letes e sorvem o esquecimento de suas vidas anteriores.

— Ó pai! — disse Enéas. — É possível que alguém possa estar tão apaixonado pela vida a ponto de desejar abandonar a serenidade destes lugar para o mundo superior?

Anquises respondeu explicando o plano da criação. O Criador, ele disse, criou originalmente o material do qual as almas são compostas dos quatro elementos, fogo, ar, terra e água, todos os quais, quando unidos, tomam a forma da parte mais excelente, o fogo, e se transforma em *chama*. Este material foi espalhado como semente entre os corpos celestes, o sol, a lua e as estrelas. Desta semente, os deuses inferiores criaram o homem e todos os outros animais, misturando-os com várias proporções de terra, o que dosou e reduziu sua pureza. Assim, quanto mais terra predomina na composição, menos puro é o indivíduo; e vemos que homens e mulheres com seus corpos já adultos não têm a pureza da infância. Portanto, em proporção ao tempo que durou a união de corpo e alma, está a impureza contraída pela parte espiritual. Esta impureza deve ser eliminada após a morte, o que é feito ventilando as almas na corrente de ventos, ou infundindo-as na água, ou extinguindo suas impurezas pelo fogo. Alguns poucos, dos quais Anquises dá a entender ser o seu caso, são admitidos imediatamente no Elísio, para ali ficarem. Mas o restante, depois que as impurezas da terra são removidas, são mandados de volta à vida dotados de novos corpos, tendo a lembrança de suas vidas anteriores totalmente expurgada pelas águas do Letes. Existem ainda alguns, tão completamente corrompidos, que não são adequados para lhe serem confiados corpos humanos e estes são transformados em animais, leões, tigres, gatos, cães, macacos etc. Metempsicose, ou transmigração de almas; uma doutrina que ainda é conservada pelos nativos da Índia, que hesitam em destruir a vida mesmo do mais insignificante animal, cientes de que pode ser um de seus conhecidos em uma forma alterada, embora não tenham como sabê-lo de fato.

Anquises, tendo explicado tantas coisas, passou a indicar a Enéas indivíduos de seu povo que dali em diante nasceriam e a relatar-lhe as façanhas que deveriam realizar no mundo. Depois disso, ele voltou ao presente e contou a seu filho os eventos que lhe restavam ser vivenciados antes do estabelecimento completo de si mesmo e de seus seguidores na Itália. Guerras deveriam ser travadas, batalhas disputadas, uma noiva a ser conquistada e, como resultado, um Estado Troiano seria fundado, do qual surgiria o poder romano, para se tornar, com o tempo, o soberano do mundo.

Enéas e a sibila então se despediram de Anquises e retornaram por algum atalho, que o poeta não explica, para o mundo superior.

Campos Elísios

Virgílio, como vimos, coloca os Campos Elísios sob a terra e os identifica como habitação para os espíritos dos bem-aventurados. Mas, na obra de Homero, os Campos Elísios não fazem parte do reino dos mortos. Ele os situa na parte ocidental da terra, próximo ao Oceano, e os descreve como uma terra feliz, onde não há neve, nem frio, nem chuva e sempre arejada pelas deliciosas brisas de Zéfiro. Ali, os heróis favorecidos passam sem morrer e vivem felizes sob o comando de Radamanto. Os Elísios de Hesíodo e Píndaro ficam nas Ilhas dos Abençoados, ou Ilhas Afortunadas, no Oceano Ocidental. Daí surgiu a lenda da venturosa ilha de Atlântida. Esta região abençoada pode ter sido totalmente imaginária, mas possivelmente deve seu surgimento aos relatos de alguns navegantes que, conduzidos pela tempestade, tiveram um vislumbre da costa da América.

J. R. Lowell, em um de seus poemas mais curtos, reivindica para a época presente alguns dos privilégios daquele reino glorioso. Dirigindo-se ao passado, ele diz:

> "O que quer da verdadeira vida que houvesse em ti,
> Pulsa nas veias da nossa era.
> (...)
> Aqui, em meio às ondas sombrias de nossa luta e preocupação,
> Flutuam as verdes 'Ilhas Afortunadas',
> Onde todos os teus espíritos de heróis habitam e compartilham
> Nossos martírios e labutas.
> O presente se move com a ajuda
> De todos os bravos e excepcionais e justos
> Isso tornou os velhos tempos esplêndidos."

Milton também alude à mesma fábula em *Paraíso Perdido*, Canto III, Estrofe 1. 568:

> "Parelhas aos jardins de Héspero ingentes,
> Tão celebrados nas antigas eras

Pelas delícias por ali gozadas
Nos flóreos vales, nos amenos bosques."
— Tradução de António José de Lima Leitão.

E no Livro II, ele caracteriza os rios do Érebo de acordo com o significado de seus nomes na língua grega:

"Ódios mortais ali o Estige rola;
O atro Aqueronte de pesar se impregna;
Em seu álveo choroso ouve o Cócito
Alto clamor, e dele assim se chama;
O Flegetonte em si feroz impele
Raiva enrolada em borbotões de flamas.
Destes mui longe, silencioso e tardo,
Seus fluidos labirintos vai volvendo
O Letes, rio do torrente olvido:
Quem dele bebe, logo esquece tudo,
Tudo, até mesmo de si; Nem mais lhe lembram
Dores, prazeres, alegrias, mágoas."
— Tradução de António José de Lima Leitão.

A sibila

Enquanto Enéas e a sibila seguiam seu caminho de volta à terra, ele lhe disse:

— Seja você uma deusa ou uma mortal amada dos deuses, por mim você sempre será tida em reverência. Quando eu alcançar a superfície, farei com que um templo seja construído em sua honra, e eu mesmo trarei oferendas.

— Eu não sou uma deusa — contou a sibila. — Não tenho direito a sacrifício ou oferendas. Sou mortal; no entanto, se tivesse aceitado o amor de Febo, seria imortal. Ele me prometeu a realização de meu desejo, se eu consentisse em ser dele. Peguei um punhado de areia e estendendo-o, disse: "Conceda-me ver tantos aniversários quantos grãos de areia houver em minha mão". Infelizmente, esqueci-me de pedir por uma juventude duradoura. Isso também ele teria concedido, se eu tivesse aceitado o seu amor, mas ofendido com a minha recusa, ele me deixou envelhecer. A minha juventude e a minha força juvenil desapareceram há muito. Vivi setecentos anos, e para igualar o número de grãos de areia, ainda tenho que ver trezentas primaveras e trezentas colheitas. Meu corpo encolhe com o passar dos anos e, com o tempo, terei sumido, mas minha voz permanecerá e eras futuras respeitarão o que digo.

Essas palavras finais da sibila aludiam ao seu poder profético. Em sua caverna, ela costumava inscrever nas folhas colhidas nas árvores os nomes e destinos dos indivíduos. As folhas assim inscritas eram dispostas em ordem dentro da caverna e podiam ser consultadas por seus devotos. Mas se por acaso, ao abrir a porta, o vento soprasse e espalhasse as folhas, a sibila não ajudava a recolhê-las novamente e o oráculo era irreparavelmente perdido.

A seguinte lenda da sibila é de uma data posterior. No reinado de um dos Tarquínios, apareceu perante o rei uma mulher que lhe ofereceu nove livros para venda. O rei recusou-se a comprá-los, então a mulher foi embora e queimou três dos livros e, retornando, ofereceu os livros restantes pelo mesmo preço que ela havia pedido pelos nove. O rei voltou a rejeitá-los; mas quando a mulher, depois de queimar mais três livros, voltou e pediu pelos três restantes o mesmo preço que pedira antes pelos nove, sua curiosidade foi despertada e ele os comprou. Descobriu-se que continham os destinos do Estado romano. Eles foram mantidos no templo de Júpiter Capitolino, preservados em um baú de pedra e liberados para inspeção apenas por oficiais especiais designados para essa função, que, em grandes ocasiões, os consultavam e interpretavam suas previsões para o povo.

Havia várias sibilas; mas a sibila de Cumas, sobre a qual escrevem Ovídio e Virgílio, é a mais célebre delas. A história de Ovídio de sua vida prolongada por mil anos pode ter a intenção de representar as várias sibilas como apenas o reaparecimento de um mesmo indivíduo.

Young, em seu poema "Pensamentos noturnos", faz alusão à sibila. Falando sobre a Sabedoria do Mundo, ele diz:

> "Se o ela planeja nas folhas o que aconteceria,
> Como a sibila, etérea e efêmera alegria;
> Na primeira ventania, desaparece no ar.
> (...)
> Como se assemelham às folhas da sibila as ações mundanas,
> Os dias do homem bom se comparam com os livros de Sibila,
> O preço continua subindo e o número diminuindo."

CAPÍTULO TRINTA E TRÊS

CAMILA — EVANDRO — NISO E EURÍALO — MEZÊNCIO — TURNO

ENÉAS, TENDO SE SEPARADO da sibila e se juntado à sua frota, navegou ao longo da costa da Itália e lançou âncora na foz do Tibre. O poeta, tendo trazido seu herói a este lugar, onde deveriam concluir sua peregrinação, invoca sua musa para lhe contar a situação das coisas naquele momento agitado. Latino, terceiro na sucessão de Saturno, governava o país. Ele agora estava velho e não tinha nenhum descendente homem, mas tinha uma filha encantadora, Lavínia, que foi pedida em casamento por muitos líderes vizinhos, um dos quais, Turno, rei dos rútulos, foi favorecido pelos desejos dos pais dela. Mas Latino havia sido advertido em um sonho por seu pai Fauno que o marido destinado a Lavínia deveria vir de uma terra estrangeira. Dessa união deveria surgir um povo destinado a subjugar o mundo.

Nossos leitores se lembrarão de que, no conflito com as Harpias, uma dessas aves meio humanas ameaçou os troianos com sofrimentos terríveis.

Em particular, ela previu que, antes que cessassem suas perambulações, eles seriam pressionados pela fome a devorar suas próprias mesas. Este presságio agora se tornava realidade; pois enquanto comiam sua escassa refeição, sentados na grama, os homens colocavam seus biscoitos duros no colo e colocavam neles tudo o que haviam colhido na floresta. Tendo comido o último biscoito, acabaram comendo as cascas. Vendo isso, o menino Iulo disse, brincando:

— Veja, estamos comendo nossas mesas.

Enéas captou as palavras e aceitou o presságio.

— Salve, terra prometida! — exclamou ele. — Esta é a nossa casa, este nosso país.

Ele então tomou medidas para descobrir quem eram os atuais habitantes da terra e quem eram seus governantes. Cem homens escolhidos foram enviados à aldeia de Latino, levando presentes e um pedido de amizade e aliança. Eles partiram e foram bem recebidos. Latino deduziu imediatamente que o herói troiano não era outro senão o genro prometido anunciado pelo oráculo.

Ele alegremente concedeu sua aliança e mandou de volta os mensageiros montados em corcéis de seus estábulos, carregados de presentes e mensagens amigáveis.

Juno (Hera), vendo as coisas indo tão bem para os troianos, sentiu sua antiga animosidade reviver, convocou Alecto do Érebo e a enviou para incitar a discórdia. A Fúria primeiro tomou posse da rainha, Amata, e a incitou a se opor de todas as formas à nova aliança. Alecto então correu para a cidade de Turno e, assumindo a forma de uma velha sacerdotisa, informou-o da chegada dos estrangeiros e das tentativas de seu príncipe de roubar-lhe a noiva. Em seguida, ela voltou sua atenção para o acampamento dos troianos. Lá, ela viu o menino Iulo e seus companheiros se divertindo caçando. Ela aguçou o cheiro dos cães e os levou a despertar do matagal um veado domesticado, o favorito de Sílvia, filha de Tirreu, o pastor do rei. Um dardo da mão de Iulo feriu o animal e ele só teve forças para correr de volta para casa, e morreu aos pés de sua dona. Seus gritos e lágrimas despertaram seus irmãos e pastores, e eles, agarrando todas as armas que estavam à mão, atacaram furiosamente o grupo de caçadores. Estes foram protegidos por seus amigos e os pastores foram finalmente vencidos com a perda de dois deles.

Essas coisas foram suficientes para despertar a tempestade da guerra, e a rainha, Turno e os camponeses, todos insistiram com o velho rei para expulsar os estrangeiros do país. Ele resistiu o máximo que pôde, mas, descobrindo que sua oposição era inútil, finalmente cedeu e se retirou para sua aposentadoria.

Abrindo os portões de Jano

Era costume do país, quando se travava a guerra, que o magistrado-chefe, vestido com suas vestes de ofício, com solene pompa, abrisse os portões do templo de Jano, que eram mantidos fechados enquanto durasse a paz. Seu povo agora exortava o velho rei a cumprir aquele ofício solene, mas ele se recusou a fazê-lo. Enquanto contestavam, a própria Juno, descendo dos céus, bateu nas portas com força irresistível e as abriu de repente. Imediatamente, o país inteiro pegou fogo. As pessoas correram de todos os lados, respirando nada além de guerra.

Turno foi reconhecido por todos como líder; outros se juntaram como aliados dos quais o chefe era Mezêncio, um soldado valente e capaz, mas de crueldade detestável. Ele tinha sido o líder de uma das cidades vizinhas, mas seu povo o expulsou. Com ele, juntou-se seu filho Lauso, um jovem generoso, digno de um pai melhor.

Camila

Camila, a favorita de Diana (Ártemis), uma caçadora e guerreira, à moda das amazonas, veio com seu bando de seguidores montados, incluindo um número seleto de seu próprio sexo, e alinhou-se ao lado de Turno. Esta jovem nunca tinha antes usado a roca ou o tear, mas aprendera a suportar as labutas da guerra e, com velocidade, superar o vento. Parecia que ela poderia correr sobre o trigo em pé sem esmagá-lo ou sobre a superfície da água sem mergulhar os pés. A história de Camila foi singular desde o início. Seu pai, Métabo, expulso de sua cidade pela guerra civil, carregou consigo em sua fuga sua filha pequena. Enquanto fugia pela floresta, seus inimigos o perseguiam, ele alcançou a margem do rio Amazeno, que, transbordado pelas chuvas, parecia impedir a travessia. Ele parou por um momento, então decidiu o que fazer. Ele amarrou a criança à sua lança com pedaços de casca de árvore e, posicionando a arma em sua mão erguida, dirigiu-se a Diana:

— Deusa dos bosques! Eu consagro esta jovem a você.

Então, arremessou a arma com seu fardo para a margem oposta. A lança voou através da água barulhenta. Seus perseguidores já estavam sobre ele, mas ele mergulhou no rio e nadou até o outro lado e encontrou a lança, com a criança segura do outro lado. Dali em diante, ele viveu entre os pastores e criou sua filha nas artes da floresta. Quando criança, ela foi ensinada a usar o arco e lançar o dardo. Com a funda, ela podia derrubar uma garça ou um cisne selvagem. Suas roupas eram de pele de tigre. Muitas mães a queriam como nora, mas ela continuou fiel a Diana e repeliu a ideia de casamento.

Evandro

Tais eram os aliados formidáveis que se alinharam contra Enéas. Era noite e ele estava deitado, dormindo na margem do rio sob o céu aberto. O deus do riacho, Pai Tibre, parecia erguer sua cabeça acima dos salgueiros e dizer:

— Ó nascido de uma deusa, possuidor destinado dos reinos latinos, esta é a terra prometida, aqui será sua casa, aqui terminará a hostilidade dos poderes celestiais, se você perseverar fielmente. Há amigos não muito distantes. Prepare seus barcos e reme por meu riacho; vou levá-lo a Evandro, o chefe arcadiano; ele está há muito tempo em conflito com Turno e os rútulos e está preparado para se tornar um aliado seu. Levante-se! Ofereça seus votos a Juno e aplaque a raiva dela. Quando você tiver alcançado sua vitória, pense em mim.

Enéas acordou e obedeceu imediatamente à visão amigável. Ele fez sacrifício a Juno e invocou o deus do rio e todas as suas fontes afluentes para ajudá-los. Então, pela primeira vez, um navio cheio de guerreiros armados flutuou no rio Tibre. O rio suavizou suas ondas e ordenou que sua corrente fluísse gentilmente, enquanto, impelidos pelas braçadas vigorosas dos remadores, as embarcações rumaram rapidamente rio acima.

Mais ou menos no meio do dia eles entraram no campo de visão da jovem cidade, onde em tempos vindouros a orgulhosa cidade de Roma cresceu, cuja glória alcançou as estrelas. Por acaso, o velho rei, Evandro, estava celebrando as solenidades anuais a Hércules (Héracles) e a todos os deuses naquele dia. Palas, seu filho e todos os líderes da pequena comunidade estavam ali. Quando eles avistaram a embarcação avançando pelas águas perto da floresta, ficaram alarmados com a visão e se levantaram das mesas. Mas Palas proibiu que as solenidades fossem interrompidas e, pegando uma arma, foi até a margem do rio. Ele ergueu a voz, exigindo saber quem eram e qual era seu objetivo. Enéas, acenando com um galho de oliveira, respondeu:

— Somos troianos, amigos de vocês e inimigos dos rútulos. Procuramos por Evandro e oferecemos juntar nossas forças com a de vocês.

Palas, maravilhado com o som de tão grandioso nome, os convidou para aportar e, quando Enéas desceu à praia, tomou sua mão e a segurou em um longo e amistoso cumprimento. Prosseguindo através da floresta, juntaram-se ao rei e seu grupo e foram muito bem recebidos. Cadeiras foram providenciadas para elas à mesa e o banquete prosseguiu.

Jovem Roma

Quando as solenidades terminaram, todos foram em direção à cidade. O rei, curvado pela idade, caminhou entre seu filho e Enéas, segurando ora o braço de um, ora o de outro e, com uma grande variedade de assuntos agradáveis, fizeram o trajeto parecer mais curto. Enéas observava e ouvia com prazer, contemplando todas as belezas da paisagem e aprendendo muito sobre heróis renomados de tempos passados. Evandro disse:

— Estes vastos bosques foram outrora habitados por faunos e ninfas e uma raça rústica de homens que brotavam das árvores e não tinham nem leis nem cultura social. Eles não sabiam como prender o gado ao arado e nem cultivar e nem prover do presente as necessidades futuras; mas se moviam como bestas nos galhos ou se alimentava vorazmente de sua presa. Eram assim até que Saturno (Cronos), expulso do monte Olimpo por seus filhos, veio entre eles e juntou os selvagens ferozes, organizando-os em sociedade e lhes dando leis. Paz e fartura foram tantas que os homens desde então chamaram seu reinado de era de ouro; mas aos poucos outros tempos sucederam e a sede pelo ouro e pelo sangue prevaleceram. A terra foi vítima de sucessivos tiranos, até que a sorte e o destino me trouxeram aqui, um exilado de minha terra nativa, Arcádia.

Tendo assim dito, mostrou-lhe a rocha Tarpeia e o lugar rústico agora tomado por mato que em tempos futuros se ergueu o capitólio em toda sua magnificência. Ele então apontou para uma muralha em ruínas e disse:

— Ali ficava o Janículo, construído por Jano, e ali Satúrnia, a cidade de Saturno.

Esta conversa os conduziu até a cabana do pobre Evandro; onde eles viam o gado andando e mugindo na planície é agora onde fica o orgulhoso e imponente Fórum. Eles entraram e um assento foi preparado para Enéas, bem forrado de folhas e coberto com a pele de um urso da Líbia.

Na manhã seguinte, despertado pelo amanhecer e pelo canto estridente dos pássaros sob os beirais de sua residência, o velho Evandro se levantou. Vestido com uma túnica e pele de pantera apoiada sobre os ombros, com sandálias nos pés e sua boa espada cingida ao lado, saiu em busca de seu hóspede. Dois mastins, todo o seu séquito e guarda-costas o seguiram. Ele encontrou o herói com a presença de seu fiel companheiro Ácates, e Palas logo se juntou a eles. O velho rei falou assim:

— Ilustre troiano, pouco podemos fazer por tão grande causa. Nosso estado é débil, cercado de um lado pelo rio, do outro pelos rútulos. Mas proponho aliar-te a um povo numeroso e rico, a quem o destino trouxe você no momento propício. Os etruscos controlam o país além do rio. Mezêncio era seu rei, um monstro cruel que inventou torturas inéditas para satisfazer sua vingança. Ele prendia os mortos aos vivos, mãos dadas e cara a cara e deixava os miseráveis morrerem nesse terrível abraço. Por fim, o povo o expulsou, ele e sua família. Queimaram seu palácio e mataram seus amigos. Ele fugiu e se refugiou com Turno, que o protege com as armas. Os etruscos exigem que ele seja entregue ao castigo merecido e, antes disso, já tentaram fazer valer sua exigência; mas seus sacerdotes os restringem, dizendo-lhes que é a vontade do céu que nenhum nativo da terra os guie à vitória, e que seu líder deve vir do outro lado do mar. Eles me ofereceram a coroa, mas estou muito velho para assumir assunto tão importante, e meu filho é nativo, o que o impede de ser escolhido. Você, igualmente por nascimento e tempo de vida, e fama em combate, apontado pelos deuses, tem apenas que aparecer para ser saudado imediatamente como seu líder. A você eu juntarei Palas, meu filho, minha única esperança e conforto. Com você, ele aprenderá a arte da guerra e se esforçará para emular suas grandes façanhas.

Então, o rei ordenou que cavalos fossem fornecidos para os líderes de Troia, e Enéas, com um grupo escolhido de seguidores e Palas acompanhando, montou e seguiu para a cidade etrusca,[25] tendo enviado de volta o restante dos homens nos navios. Enéas e seu grupo chegaram em segurança

---

25   O poeta aqui insere um famoso verso que se acredita imitar em seu som o galope dos cavalos. Pode ser traduzido assim: "Então bateu os cascos dos corcéis no chão com uma pisada de quatro pés".

ao acampamento etrusco e foram recebidos de braços abertos por Tarcão e seus compatriotas.

Niso e Euríalo

Nesse ínterim, Turno reuniu seus bandos e fez todos os preparativos necessários para a guerra. Juno enviou Íris até ele com uma mensagem incitando-o a aproveitar a ausência de Enéas e surpreender o acampamento troiano. Consequentemente, a tentativa foi efetuada, mas os troianos foram encontrados alertas e, tendo recebido ordens estritas de Enéas para não lutar em sua ausência, eles permaneceram em seus entrincheiramentos e resistiram a todos os esforços dos rútulos para atraí-los para o campo de batalha. Chegando a noite, o exército de Turno, animado com sua imaginária superioridade, festejou e se divertiu e finalmente estiraram-se no campo e dormiram em segurança.

No acampamento dos troianos, as coisas eram muito diferentes. Havia vigilância, ansiedade e impaciência pelo retorno de Enéas. Niso ficou de guarda na entrada do acampamento, e Euríalo, um jovem que se destacava acima de tudo no exército por sua beleza e excelentes qualidades, estava com ele. Esses dois eram amigos e irmãos de armas. Niso disse ao amigo:

— Você percebe o excesso de confiança e descuido que o inimigo demonstra? Suas luzes são poucas e fracas e os homens parecem sob o efeito do vinho ou do sono. Você sabe com que ansiedade nossos líderes desejam contatar Enéas e obter informações dele. Agora, estou fortemente motivado a abrir caminho através do acampamento do inimigo e ir em busca de nosso chefe. Se eu tiver sucesso, a glória do feito será recompensa suficiente para mim e se eles julgarem que o serviço merece qualquer coisa a mais, deixe-os pagar a você.

Euríalo, apaixonado pela aventura, respondeu:

— Você, então, Niso, se recusaria a compartilhar sua incursão comigo? E devo deixá-lo ir sozinho para esse perigo? Não foi assim que meu bravo pai me criou, nem foi isso que planejei para mim mesmo quando me juntei ao estandarte de Enéas e resolvi considerar minha vida nada em comparação com a honra.

— Não tenho dúvidas, meu amigo — respondeu Niso. — Mas você sabe quão incerto é o sucesso desta incursão e, independentemente do que possa acontecer comigo, desejo que fique seguro. Você é mais jovem do que eu e tem mais vida pela frente. Nem posso ser a causa de tanta tristeza para sua mãe, que escolheu permanecer aqui no acampamento com você em vez de ficar e viver em paz com as outras mães na cidade de Acestes.

— Não diga mais nada — respondeu Euríalo. — Em vão você busca argumentos para me dissuadir. Estou decidido a ir com você. Não percamos tempo.

Chamaram a guarda e, entregando-lhes a vigilância, procuraram a tenda do general. Eles encontraram os oficiais em reunião, deliberando sobre como deveriam enviar uma mensagem a Enéas sobre sua situação. A oferta dos dois amigos foi aceita de bom grado, eles próprios carregados de elogios; foram-lhes prometidas as recompensas mais generosas em caso de sucesso. Iulo dirigiu-se especialmente a Euríalo, garantindo-lhe sua amizade duradoura. Euríalo respondeu:

— Só tenho um favor a pedir. Minha mãe idosa está comigo no acampamento. Por mim, ela deixou o solo de Troia e não ficaria para trás com as outras mães na cidade de Acestes. Vou agora sem avisar a ela. Não poderia suportar suas lágrimas nem desprezar suas súplicas. Mas, peço-lhe, console-a em sua angústia. Prometa-me isso e enfrentarei com mais ousadia qualquer perigo que possa surgir.

Iulo e os outros chefes foram às lágrimas e prometeram atender a todos os seus pedidos.

— Sua mãe será a minha — disse Iulo —, e tudo o que eu prometi a você será entregue para ela, caso você não retorne para recebê-lo.

Os dois amigos deixaram o acampamento e logo encontravam-se entre os inimigos. Eles não encontraram guarda, nenhuma sentinela postada, mas havia por toda parte soldados adormecidos espalhados na grama e entre as carroças. As leis da guerra naquele primeiro dia não proibiam um homem valente de matar um inimigo adormecido e os dois troianos eliminaram, ao prosseguirem, tantos inimigos quanto puderam, sem causar alarme. Em uma tenda, Euríalo encontrou um elmo brilhante com ouro e plumas. Eles haviam passado pelas fileiras do inimigo sem serem descobertos, mas agora, de repente, surgia bem diante deles uma tropa, que, sob o comando de Volceno, seu líder, estava se aproximando do acampamento. O elmo cintilante de Euríalo chamou sua atenção, e Volceno saudou os dois e perguntou quem eram e de onde vinham. Eles não responderam, mas se embrenharam na floresta. Os cavaleiros se espalharam em todas as direções para interceptar sua fuga. Niso havia escapado da perseguição e estava fora de perigo, mas Euríalo não o acompanhou e ele voltou para procurá-lo. Ele tornou a entrar na floresta e logo chegou ao som de vozes. Olhando através do matagal, ele viu todo o grupo em torno de Euríalo fazendo perguntas barulhentas. O que ele deveria fazer? Como libertar o jovem, ou seria melhor morrer com ele?

Erguendo os olhos para a lua, que agora brilhava com clareza, ele disse:

— Deusa! Favoreça-me! — E, mirando sua lança em um dos líderes da tropa, atingiu-o nas costas e o estirou na planície com um golpe mortal. Em meio ao espanto, outra arma voou e outro membro do grupo caiu morto. Volceno, o líder, sem saber de onde vinham os dardos, avançou, com a espada na mão, sobre Euríalo.

— Você deve pagar a penalidade de ambos — disse ele, e teria mergulhado a espada em seu peito, quando Niso, que de seu esconderijo viu o perigo iminente que seu amigo corria, avançou exclamando:

— Fui eu, fui eu! Voltem suas espadas contra mim, rútulos, eu fiz isso; ele apenas me seguiu como um amigo.

Enquanto ele falava, a espada desceu e perfurou o peitoral de Euríalo. Sua cabeça caiu sobre o ombro, como uma flor cortada pelo arado. Niso avançou sobre Volceno e cravou a espada em seu corpo e foi morto ele próprio no mesmo instante por inúmeros golpes.

Mezêncio

Enéas, com seus aliados etruscos, chegou ao local de ação a tempo de resgatar seu acampamento sitiado; e agora com os dois exércitos quase equiparados em força, a guerra começou para valer. Não podemos encontrar espaço para todos os detalhes, mas devemos simplesmente registrar o destino dos personagens principais que apresentamos aos nossos leitores. O tirano Mezêncio, enfrentando seus súditos revoltos, enfureceu-se como uma fera. Ele matou todos os que ousaram opor-se a ele e colocava uma multidão em fuga por onde quer que aparecesse. Por fim, ele encontrou Enéas e os exércitos pararam para ver o confronto. Mezêncio arremessou sua lança, que acertou o escudo de Enéas e ricocheteou, acertando Antores. Ele era grego de nascimento, havia deixado Argos, sua cidade natal e seguido Evandro até a Itália.

O poeta fala dele com tanta emoção que tornou as palavras proverbiais: "Ele caiu, infeliz, por um golpe destinado a outro, olhou para o céu e, morrendo, lembrou da doce Argos". Enéas, por sua vez, arremessou sua lança. Perfurou o escudo de Mezêncio e o feriu na coxa. Lauso, seu filho, não suportou a visão e avançou, interpondo-se, enquanto os seguidores cercavam Mezêncio e o carregavam para longe. Enéas manteve a espada suspensa sobre Lauso e cessou o ataque, mas o jovem furioso o pressionou e ele foi forçado a desferir o golpe fatal. Lauso tombou e Enéas se curvou sobre ele com pena.

— Jovem infeliz — disse ele —, o que posso fazer por você que seja digno de seu valor? Mantenha estas armas que o levaram à glória e não tema, pois seu corpo será devolvido a seus amigos para que tenha as devidas honras fúnebres.

Assim dizendo, ele chamou os poucos seguidores e entregou o corpo em suas mãos.

Nesse ínterim, Mezêncio foi levado para a margem do rio e lavou seu ferimento. A notícia da morte de Lauso não tardou em chegar até ele e a raiva e o desespero renovaram suas forças. Ele montou em seu cavalo e partiu para o meio da batalha em busca de Enéas. Tendo-o encontrado, ele cavalgou ao redor do inimigo em um círculo, lançando um dardo após o outro, enquanto Enéas permanecia cercado, bloqueando com seu escudo em todos os sentidos. Por fim, depois de Mezêncio ter dado três voltas, Enéas jogou sua lança diretamente na cabeça do cavalo. Ela perfurou-lhe as têmporas e ele caiu, enquanto um grito de ambos os exércitos rasgou os céus. Mezêncio não pediu misericórdia, mas apenas que seu corpo fosse poupado dos insultos de seus súditos revoltosos e enterrado na mesma sepultura com seu filho. Ele recebeu o golpe fatal corajosamente e derramou sua vida e seu sangue ao mesmo tempo.

Turno

Enquanto essas coisas aconteciam em uma parte do campo de batalha, em outra, Turno encontrou o jovem Palas. A luta tão desequilibrada entre campeões não poderia ter terminado diferente. Palas aguentou bravamente, mas caiu pela lança de Turno. O vencedor quase cedeu ao ver o bravo jovem morto a seus pés e não se fez valer do privilégio do vencedor de ficar com todas as armas do derrotado. Apenas o cinto, adornado com tachas e entalhes de ouro, ele pegou e prendeu em volta do próprio corpo. O restante deixou aos amigos do morto.

Após a batalha, houve uma trégua por alguns dias para permitir que ambos os exércitos enterrassem seus mortos. Nesse intervalo, Enéas desafiou Turno a decidir a disputa em combate individual, mas Turno rejeitou o desafio. Seguiu-se outra batalha na qual Camila, a guerreira virgem, foi o principal destaque. Seus feitos de valor superaram os dos guerreiros mais bravos e muitos troianos e etruscos pereceram perfurados por seus dardos ou derrubados por seu machado. Por fim, um etrusco chamado Aruno, que a observara por muito tempo em busca de algum ponto fraco, viu-a perseguindo um inimigo em fuga cuja esplêndida armadura seria um prêmio tentador. Concentrada na perseguição, ela não percebeu o perigo em que se encontrava e o dardo de Aruno a atingiu, infligindo-lhe um ferimento mortal. Ela caiu e deu seu último suspiro nos braços de suas criadas. Mas Diana, que contemplou seu destino, não permitiu que seu massacre ficasse sem vingança. Aruno, ao fugir feliz, mas assustado, foi atingido por uma flecha misteriosa, lançada por uma das ninfas da comitiva de Diana, e morreu indignamente e desconhecido.

Por fim, ocorreu o confronto final entre Enéas e Turno. Turno havia evitado a disputa o máximo que pôde, mas, por fim, impelido pelo fracasso de seu exército e pelos murmúrios de seus seguidores, preparou-se para o combate. Não poderia haver dúvidas. Do lado de Enéas, estavam o decreto expresso do destino, a ajuda de sua deusa-mãe em todas as emergências e a armadura impenetrável fabricada por Vulcano (Hefesto), a pedido dela, para seu filho. Turno, por outro lado, foi abandonado por seus aliados celestiais, Juno (Hera) foi proibida por Júpiter (Zeus) de ajudá-lo novamente. Turno jogou sua lança, mas ela foi repelida, inofensiva, no escudo de Enéas. O herói troiano então lançou sua lança, que penetrou no escudo de Turno e perfurou sua coxa. Então, a coragem de Turno o abandonou e ele implorou por misericórdia; e Enéas teria lhe poupado a vida, mas no instante em que seus olhos pousaram no cinto de Palas, que Turno havia tirado do jovem morto, instantaneamente sua raiva reviveu e, o atravessando com sua espada, exclamou:

— É Palas que te imola com este golpe.

Aqui termina o poema da *Eneida* e resta-nos inferir que Enéas, tendo triunfado sobre seus inimigos, obteve Lavínia como sua noiva. A lenda acrescenta que ele fundou sua cidade e a chamou pelo nome dela, Lavinium. Seu filho Iulo fundou Alba Longa, que foi o local de nascimento de Rômulo e Remo e da própria Roma.

Há uma alusão a Camila naquelas conhecidas falas de Pope, nas quais, ilustrando a regra de que "o som deve ser um eco do sentido", ele diz:

> "Se Ajáx forceja por arrojar a vasta massa de algum rochedo,
> Mostre tão bem esforço o verso, e movam-se as palavras vagarosamente:
> Não assim quando a veloz Camila corta o campo,
> Voa por cima das espigas sem curvarem, e resvala pelas ondas."
> — *Ensaio sobre a Crítica*, tradução do Conde de Aguiar.

CAPÍTULO TRINTA E QUATRO

Pitágoras — Divindades egípcias — Oráculos

OS ENSINAMENTOS DE ANQUISES a Enéas a respeito da natureza da alma humana estavam em conformidade com as doutrinas dos pitagóricos. Pitágoras (nascido a 540 a.C.) era natural da ilha de Samos, mas passou a maior parte de sua vida em Crotona, na Itália. Ele é, portanto, às vezes chamado de "o samiano" e outras vezes de "o filósofo de Crotona". Quando jovem, ele viajou extensivamente e dizem que foi para o Egito, onde foi instruído pelos sacerdotes em todos os seus estudos e depois rumou para o Oriente e visitou os magos persas e caldeus e os brâmanes da Índia.

Em Crotona, onde finalmente se estabeleceu, suas qualidades extraordinárias reuniram à sua volta um grande número de discípulos. Os habitantes eram famosos pelo luxo e licenciosidade, mas os bons efeitos de sua influência logo se fizeram visíveis. A sobriedade e a temperança logo sucederam. Seiscentos habitantes se tornaram seus discípulos e se juntaram em um grupo para ajudar uns aos outros na busca por sabedoria, unindo suas posses em um estoque comum para o benefício de todos. Eles eram obrigados a praticar o celibato e simplicidade de costumes. A primeira lição que aprenderam foi *silêncio*; por um tempo, deveriam ser apenas ouvintes. "Ele [Pitágoras] assim o disse" (*Ipse dixit*), devia ser considerado por eles como suficiente, sem qualquer prova. Somente os alunos avançados, após anos de submissão paciente, podiam fazer perguntas e formular objeções.

Pitágoras considerava os *números* como a essência e o princípio de todas as coisas e atribuía-lhes uma existência real e distinta; de modo que, em sua opinião, eles eram os elementos com os quais o universo foi construído. Como ele concebeu esse processo, nunca foi explicado de forma satisfatória. Ele traçou as várias formas e fenômenos do mundo tendo os números como sua base e essência. Ele considerava a "mônada" ou *unidade* a fonte de todos os números. O número *Dois* era imperfeito e causa de aumento e divisão. *Três* era chamado de número completo, porque tinha começo, meio e fim. *Quatro*, representando o quadrado, é perfeito no mais alto grau; e *Dez*, visto que contém a soma dos quatro números primos, compreende todas as proporções musicais e aritméticas e denota o sistema do mundo.

Como os números procedem da mônada, ele considerava a essência pura e simples da Divindade como a fonte de todas as formas da natureza. Deuses, demônios e heróis são emanações do Supremo e há uma quarta emanação, a alma humana. Esta é imortal e, quando libertada dos grilhões do corpo, passa para a habitação dos mortos, onde permanece até que retorne ao mundo, para habitar em algum outro corpo humano ou animal e, por fim, quando suficientemente purificada, retorna à fonte da qual procedeu. Essa doutrina da transmigração das almas (metempsicose), que era originalmente egípcia e ligada à doutrina da recompensa e punição pelas ações humanas, era a principal causa pela qual os pitagóricos não matavam nenhum animal. Ovídio apresenta Pitágoras dirigindo-se aos seus discípulos com estas palavras: "As almas nunca morrem, mas sempre que saem de uma morada, passam a outra. Eu mesmo me lembro que na época da Guerra de Troia eu era Eufórbio, filho de Pantos, e caí pelo lança de Menelau. Estando recentemente no templo de Juno (Hera), em Argos, reconheci o meu escudo pendurado ali entre os troféus. Todas as coisas mudam, nada perece. A alma passa de um lado para outro, ocupando ora este corpo, ora aquele, passando de o corpo de uma besta no de um homem e daí em uma besta novamente. Assim como a cera é moldada em certas formas, então derretida e, em seguida, torna a ser moldada em outras, e continua sendo sempre a mesma cera, o mesmo acontece com a alma, sendo sempre a mesma e, ainda assim, usa, em momentos diferentes, formas diferentes. Portanto, se o amor ao próximo não está extinto em seus peitos, parem, eu lhes imploro, de violar a vida daqueles que podem ser seus próprios parentes".

Shakespeare, no *Mercador de Veneza*, faz Graciano aludir à metempsicose quando diz a Shylock:

"Você quase me faz vacilar na minha fé,
Para ter a mesma opinião de Pitágoras,
Que as almas dos animais se infundem
Nos corpos dos homens; teu espírito vulgar
Governou um lobo; que, enforcado por abater um humano,
Infundiu sua alma em ti; pois teus desejos
São lupinos, sangrentos, famintos e vorazes."

A relação das notas da escala musical com os números, em que a harmonia resulta de vibrações em tempos iguais e a dissonância do reverso, levou Pitágoras a aplicar a palavra "harmonia" à criação visível, significando com isso a justa adaptação das partes entre si. Esta é a ideia que Dryden expressa no início de seu poema "Canção para o Dia de Santa Cecília":

"Da harmonia, da celestial harmonia
Este quadro eterno começou;
De harmonia em harmonia
Através de todo o compasso das notas que passou,
O diapasão em cheio no Homem encerrou."

No centro do universo (ele ensinava), havia um fogo central, o princípio da vida. O fogo central estava cercado pela terra, a lua, o sol e os cinco planetas. As distâncias dos vários corpos celestes uns dos outros foram concebidas para corresponder às proporções da escala musical. Os corpos celestes, com os deuses que os habitavam, deveriam realizar uma dança sincronizada em volta do fogo central, "não desprovida de música". É a esta doutrina que Shakespeare alude quando faz Lorenzo ensinar astronomia a Jéssica desta forma:

"Olha, Jéssica, veja como o chão do céu
É espesso, incrustado com pátena de ouro cintilante!
Não há a menor orbe que contemplas
Que em seu movimento não cantes como um anjo,
Com os querubins de olhos jovens em coro;
Tal é a harmonia que reside nas almas imortais!
Mas enquanto estas vestes degradantes de barro
Grosseiramente a envolvem, não podemos ouvi-la."
— *O Mercador de Veneza.*

As esferas foram concebidas para serem cristalinas ou vítreas, dispostas umas sobre as outras como um ninho de tigelas invertidas. Na substância de cada esfera, um ou mais corpos celestes deveriam estar fixos, de modo a se mover com eles. Como as esferas são transparentes, olhamos através delas e vemos os corpos celestes que elas contêm e carregam consigo. Mas como essas esferas não podem se mover umas sobre as outras sem atrito, tem-se uma harmonia primorosa, sutil demais para ser percebida por ouvidos mortais. Milton, em seu "Hino à Natividade", faz alusão ao som produzido pelas esferas:

"Esferas de cristal, façam-se tocar!
Para nossos ouvidos humanos abençoar
(Se assim têm poder para que nossos sentidos encantem);
Permitam que seu prateado tilintar
Num tempo melodioso venha se derramar,
E que os tubos do órgão do Céu soprem;
E sua harmonia em nove partes entoem, afinal
Um concerto completo com a sinfonia angelical."

Dizem que Pitágoras inventou a lira. Nosso próprio Longfellow, no poema "Versos para uma criança", relata a história:

"Como na Antiguidade Pitágoras, genial,
Indo à casa do ferreiro, deteve-se no umbral
Ouvindo os martelos que golpeavam inclementes
As bigornas produzindo uma nota diferente,
Roubou dos variados tons que pairavam no ar
Ecoando de cada língua de ferro a vibrar
O segredo do fio metálico que ressoa,
E criou a lira de sete cordas, não à toa."
— Tradução de Guilherme Summa.

319

Veja também "Ocultação de Órion", do mesmo poeta:

"A grande lira eólica do samiano."

Síbaris e Crotona

Síbaris, uma cidade vizinha de Crotona, era tão conhecida pelo luxo e afeminamento como Crotona era celebrada pelo contrário. O nome se tornou proverbial. J. R. Lowell usa-o neste sentido em seu pequeno e charmoso poema "Ao dente-de-leão":

"Nem no auge, em meados de junho, a abelha dourada
Experimenta o verão com maior arrebatamento
No luxo da tenda do lírio, branca e arejada
(Síbaris conquistada), que eu, no primeiro momento
Em que avisto, em teu denso verde, explosões amareladas."

Uma guerra surgiu entre as duas cidades e Síbaris foi conquistada e destruída. Milo, o renomado atleta, comandou o exército de Crotona. Muitas histórias são contadas sobre a enorme força de Milo, como a de ele carregar uma novilha de quatro anos de idade em seus ombros e depois comê-la inteira em um dia. As circunstâncias de sua morte são assim relatadas: quando ele passava por uma floresta, viu o tronco de uma árvore que havia sido parcialmente rachado por lenhadores e tentou terminar de parti-lo, mas o tronco se fechou em sua mão e o prendeu; vítima de tal situação, ele foi atacado e devorado por lobos.

Byron, em seu poema "Ode a Napoleão Bonaparte", alude à história de Milo:

"Ele que antes o carvalho cindiria
Não considerou que um dia tudo muda;
Agora preso pelo tronco, quem diria?
Sozinho, como ele ao redor buscou ajuda!"
— Tradução de Guilherme Summa.

Divindades egípcias

Os egípcios reconheciam como sua divindade máxima Amon, depois chamado de Zeus ou Júpiter Amon. Amon manifestou-se por sua palavra ou vontade, o que criou Quenúbis e Hátor, de gêneros diferentes. De Quenúbis e Hátor procederam Osíris e Ísis. Osíris era venerado como o deus do sol, a fonte do calor, vida e abundância; ele era também considerado o deus do Nilo, que anualmente visitava sua esposa Ísis (a terra), na forma de uma inundação. Serápis ou Hermes é, às vezes, representado identicamente a Osíris e outras vezes como uma divindade distinta, o soberano do Tártaro e deus da medicina. Anúbis é o deus guardião, representado com uma cabeça de chacal, emblemático de seu caráter fiel e observador. Hórus, ou Harpócrates, era o filho de Osíris. Ele é representado sentado em posição de lótus com seu dedo nos lábios, como o deus do silêncio.

Em uma das "Melodias Irlandesas" de Moore, existe uma alusão a Harpócrates:

> "Tu mesmo, sob algum caramanchão rosado,
> Assenta-te em silêncio, dedo nos lábios;
> Assim como ele, o menino que nasceu
> No Nilo, entre flores de pétalas pontudas,
> Senta-se sempre assim — o único som seu
> Para todos, Terra e Céu: Caluda! Caluda!"
> — Tradução de Guilherme Summa.

O mito de Osíris e Ísis

Osíris e Ísis foram uma vez induzidos a descer à terra para conceder presentes e bênçãos a seus habitantes. Ísis mostrou-lhes primeiro o uso do trigo e cevada, enquanto Osíris confeccionou os instrumentos de agricultura e ensinou o homem o seu uso e também como atrelar os bois ao arado. Ele então deu aos homens as leis, a instituição do casamento, uma organização civil e lhes ensinou como venerar aos deuses. Depois de ter feito o vale do Nilo um lugar feliz com essas coisas, ele reuniu um grupo com o qual saiu para distribuir suas bênçãos para o restante do mundo. Ele conquistou nações por toda parte, mas não com armas; apenas com música e eloquência. Seu irmão Tifão viu isso e, cheio de inveja e malícia, procurou em sua ausência usurpar o trono. Mas Ísis, que segurava as rédeas do governo, frustrou seus planos.

Ainda mais amargurado, ele resolveu então matar seu irmão. Perpetrou tal ato da seguinte maneira: organizando um grupo conspirador de setenta e dois membros, foi com eles ao banquete celebrado em honra do retorno do rei. Ele então ordenou que uma caixa ou baú, construída para ser exatamente do tamanho de Osíris, fosse trazida, dizendo que entregaria aquele baú feito de madeira preciosa a qualquer um que conseguisse entrar nele. Todos tentaram em vão, mas Osíris coube perfeitamente em seu interior. Então, sem demora, Tifão e seus comparsas fecharam a tampa e atiraram o baú dentro do rio Nilo. Quando Ísis soube do assassinato cruel, ela chorou e lamentou; com os cabelos desgrenhados, vestida de preto e entregue ao desespero, ela procurou de forma diligente pelo corpo do marido. Nesta busca, foi auxiliada por Anúbis, filho de Osíris com Néftis. Eles procuraram por algum tempo, mas em vão, pois quando o baú foi levado pelas ondas para a costa de Biblos, ele se enroscou nos juncos que cresciam às margens da água. O poder divino que habitava o corpo de Osíris irradiou tamanha ao arbusto que ele se transformou em uma grande árvore, encerrando em seu tronco o caixão do deus. Esta árvore, com seu conteúdo sagrado, assim que caiu, foi levada e usada como coluna no palácio do rei da Fenícia. Mas, com o tempo, e a ajuda de Anúbis e dos pássaros sagrados, Ísis soube destes fatos e então partiu para a cidade real. Ali, ela se ofereceu no palácio como serva e, sendo aceita, dispensou seu disfarce e revelou-se como deusa, cercada por trovões e raios. Acertando a coluna com seu cajado, fez com que se partisse e expusesse o caixão sagrado. Ela pegou o caixão e retornou com ele, escondendo-o nas profundezas de uma floresta, mas Tifão o descobriu e, cortando o corpo de Osíris em catorze pedaços, os espalhou por todo lado. Depois de uma busca exaustiva, Ísis encontrou treze pedaços, mas os peixes do Nilo haviam comido o último. Este ela substituiu por uma réplica feita de madeira de figueira e enterrou o corpo em Fíloe, que, depois disto, tornou-se o grande local de sepultamento da nação e para onde peregrinações eram feitas de toda parte do país. Um templo de magnificência incomparável também foi erguido ali em honra ao deus e, em cada lugar onde um de seus pedaços foi encontrado, foram construídos templos menores e tumbas em respeito ao evento. Osíris tornou-se mais tarde a divindade protetora dos egípcios. Sua alma supostamente sempre habitava o corpo do touro Ápis e, com sua morte, se transferia para o corpo de seu sucessor.

Ápis, o touro de Mênfis, era cultuado com a maior reverência pelos egípcios. O animal que estava destinado a ser Ápis era reconhecido por alguns sinais. Era pré-requisito fundamental que ele fosse preto, tivesse uma marca quadrada branca na testa, outra em seu dorso, no formato de uma águia, e, debaixo de sua língua, um calombo que se assemelhasse em formato a um escaravelho ou besouro. Assim que um touro que preenchesse estas características fosse encontrado por aqueles enviados à sua procura, o animal era colocado em uma construção de frente para o leste e era alimentado com leite por quatro meses. Terminado este período, o sacerdote, durante a lua nova, com grande pompa, dirigia-se à habitação do touro e o consagrava como Ápis. Ele era colocado em uma embarcação decorada magnificamente e levado Nilo abaixo até Mênfis, onde um templo com duas capelas e espaço para exercícios era-lhe destinado. Sacrifícios eram feitos em seu nome e, uma vez por ano, próximo ao período que o Nilo começava a subir, um cálice dourado era jogado dentro do rio e um grande festival era realizado para celebrar seu aniversário. O povo acreditava que, durante esse festival, os crocodilos esqueciam sua ferocidade natural e se tornavam inofensivos. Havia, entretanto, um porém em sua vida feliz: não lhe era permitido viver além de certo período e, se ainda estivesse vivo ao completar vinte e cinco anos, os sacerdotes o afogavam nas cisternas sagradas e então o enterravam no templo de Serápis. Diante da morte deste touro, tendo ela ocorrida de forma natural ou violenta, toda a terra era preenchida de tristeza e lamentações, que durava até seu sucessor ser encontrado.

Deparamo-nos com o seguinte item em um dos jornais da época:

> "*A tumba de* Ápis. — A escavação que acontece em Mênfis leva a crer que aquela cidade soterrada é tão interessante quanto Pompeia. A monstruosa tumba de Ápis encontra-se agora aberta, depois de ter permanecida desconhecida por séculos."

Milton, em seu poema "Hino à Natividade", alude às divindades egípcias não como seres imaginários, mas como demônios reais, afugentados pela chegada de Cristo.

"O deus brutal do Nilo tão rápido,[26]
Ísis e Hórus e o chacal Anúbis se apressam.
Osíris não é visto
No jardim de Mênfis,
Calcando a grama sem chuva com altos urros;
Nem pode estar repousando
Dentro de seu sagrado esquife;
Nada além do inferno mais profundo pode ser sua mortalha.
Em vão com cantos sombrios acompanhados por adufe
Os feiticeiros cobertos de zibelina carregam sua venerada arca."[27]
— Tradução de Guilherme Summa.

Ísis foi representada em estátuas com a cabeça velada, um símbolo de mistério. É a isso que Tennyson alude em seu poema "Maud", IV, 8:

"Pois a corrente do Criador é escura, uma Ísis oculta pelo véu" etc.

Oráculos

Oráculo era o nome usado para denotar o lugar onde as respostas a respeito do futuro supostamente eram oferecidas por qualquer uma das divindades consultadas. A palavra também era usada para significar a resposta dada.

O mais antigo oráculo grego foi o de Júpiter (Zeus) em Dodona. Segundo um relato, sua criação ocorreu da seguinte maneira: duas pombas negras voaram de Tebas no Egito. Uma rumou para Dodona, em Épiro, e pousou em um bosque de carvalhos; ela proclamou na linguagem humana aos habitantes locais que eles deviam estabelecer ali um oráculo de Júpiter. A outra pomba alçou voo para o templo de Júpiter Amon no oásis da Líbia e deu uma ordem similar ali. Outra história diz que não eram pombas, mas sacerdotisas levadas de Tebas no Egito por fenícios e instaladas em oráculos no oásis e em Dodona. As respostas do oráculo eram fornecidas através das árvores, pelos galhos farfalhando ao vento, o som sendo interpretado pelas sacerdotisas.

---

26   Referência ao deus-crocodilo Sobek. (N. E.)

27   Não havendo chuva no Egito, a grama é "seca" e o país depende das inundações do Nilo para sua fertilidade. A arca mencionada na última linha é mostrada por pinturas que ainda permanecem nas paredes dos templos egípcios e que foram carregadas pelos sacerdotes em suas procissões religiosas. Provavelmente representava o baú em que Osíris foi colocado.

Porém o mais celebrado dos oráculos gregos foi o de Apolo, em Delfos, uma cidade construída nas encostas do Parnaso, na Fócida.

Observou-se desde muito cedo que as cabras que se alimentavam em Parnaso convulsionavam quando se aproximaram de uma fenda longa e profunda na encosta da montanha. Isso se devia a um vapor peculiar que era expelido da caverna e um dos pastores foi induzido a experimentar seus efeitos. Inalando o ar intoxicante, ele foi afetado de forma semelhante ao gado, e os habitantes das regiões vizinhas, incapazes de explicar as circunstâncias do ocorrido, julgaram que os delírios convulsivos proferidos por ele enquanto estava sob o domínio das exalações provinham de inspiração divina. O fato foi divulgado de forma ampla e rápida e um templo foi erguido no local. A influência profética foi inicialmente atribuída de várias maneiras à deusa Terra (Gaia), a Netuno (Poseidon), a Têmis e outros, mas foi finalmente atribuída a Apolo e somente a ele. Uma sacerdotisa cujo ofício era inalar o ar sagrado foi designada, e a ela foi dado o nome Pítia. Ela era preparada para este dever por ablução prévia na fonte de Castália e, sendo coroada com louro, era colocada sobre uma trípode adornada de forma semelhante, situada sobre o abismo de onde procedia a inspiração divina. Suas palavras inspiradas eram interpretadas pelos sacerdotes.

Oráculo de Trofônio

Além dos oráculos de Júpiter e Apolo em Dodona e Delfos, o de Trofônio, na Beócia, era tido em alta estima. Trofônio e Agamedes eram irmãos. Eles foram arquitetos ilustres e construíram o templo de Apolo em Delfos e um cofre para o rei Irieu. Na parede do cofre instalaram uma pedra de maneira que pudesse ser retirada e, dessa forma, de vez em quando, roubavam do tesouro. Isso deixou Irieu pasmo, pois seus cadeados e selos permaneciam intactos e, ainda assim, sua riqueza diminuía continuamente. Por fim, ele armou uma armadilha para o ladrão e Agamedes foi pego. Trofônio, incapaz de libertar o irmão e temendo que este, se encontrado, fosse obrigado pela tortura a revelar seu cúmplice, cortou-lhe a cabeça. Diz-se que o próprio Trofônio foi engolido pela terra logo depois.

O oráculo de Trofônio ficava em Lebadeia, na Beócia. Durante uma grande seca, dizem que os beócios foram orientados pelo deus em Delfos a buscar a ajuda de Trofônio em Lebadeia. Eles foram até lá, mas não encontraram nenhum oráculo. Um deles, porém, ao ver um enxame de abelhas, seguiu-as até um abismo na terra que revelou ser o local procurado.

Cerimônias peculiares deveriam ser realizadas pela pessoa que viesse consultar o oráculo. Após essas preliminares, ela descia para a caverna por uma passagem estreita. Este local só podia ser acessado à noite. A pessoa voltava da caverna pela mesma passagem estreita, mas caminhando de costas. Ele parecia melancólico e abandonado; e daí o provérbio que era aplicado a uma pessoa taciturna: "Ele consultou o oráculo do Trofônio".

Oráculo de Esculápio

Havia inúmeros oráculos de Esculápio, mas o mais celebrado ficava em Epidauro. Ali, o doente procurava respostas e a cura para sua doença dormindo no templo. Foi inferido pelas histórias que chegaram até nós que o tratamento dos doentes se assemelhava ao que hoje é chamado de Magnetismo Animal ou Mesmerismo.

Serpentes eram sagradas para Esculápio, provavelmente devido à superstição de que estes animais possuíam o poder de renovar sua juventude trocando de pele. O culto a Esculápio foi introduzido em Roma em um período de grande doença e um representante foi enviado ao templo de Epidauro para conseguir a ajuda do deus. Esculápio favoreceu o representante, acompanhando-o em seu retorno de navio assumindo a forma de uma serpente. Chegando no rio Tibre, a serpente deslizou para fora do barco e se apoderou de uma ilha no rio e um templo foi ali erguido em sua honra.

Oráculo de Ápis

Em Mênfis, Ápis, o touro sagrado, respondia àqueles que o consultavam rejeitando ou aceitando o que lhe era oferecido. Se o touro recusasse a comida que lhe era ofertada, este era considerado um sinal desfavorável, e o contrário era deduzido quando ele recebia a oferenda.

Vem sendo objeto de discussão se as respostas oraculares devem ser creditadas a meras manipulações humanas ou à ação de espíritos malignos. A última opinião tem sido mais frequente em anos passados. Uma terceira teoria vem ganhando força desde que o fenômeno do mesmerismo vem chamando atenção: a teoria consiste na suposição de que algo como um transe mesmérico era induzido na pitonisa, e alguma faculdade de clarividência era de fato ativada.

Outra questão é quando os oráculos pagãos pararam de dar respostas. Antigos escritores cristãos afirmam que eles passaram a fazer isso após o nascimento de Cristo e nunca mais foram ouvidos após esta data. Milton adota este ponto de vista em seu poema "Hino à Natividade" e em versos de solene e elevada beleza descreve a consternação dos ídolos pagãos com o surgimento do Salvador:

> "Todo oráculo está aturdido;
> Nem voz, nem zumbido
> Ressoa pelos tetos arqueados com palavras enganando.
> Apolo em seu santuário
> Está solitário,
> Com um guincho os declives de Delfos arfando.
> Nenhum transe noturno ou feitiço murmurado
> Inspira a sacerdotisa de olhos claros no templo profetizado."
> — Tradução de Rafael Bisoffi.

No poema de Cowper, "O Carvalho de Yardley", existem algumas belas alusões mitológicas. A primeira das duas a seguir se refere a Castor e Pólux; a última é mais apropriada ao nosso assunto atual. Falando sobre a noz, ele diz:

> "Tu caíste, madura; e, no torrão argiloso,
> Inflando com potente instinto vegetativo,
> Eclodiram de ti, como os famosos Gêmeos,
> Agora astros; dois lobos projetando-se, pareados com exatidão;
> Uma folha sucede a outra folha,
> E, se todos os elementos teu débil crescimento
> Fomentam, propícios, tu te tornas um galho.
> Quem viveu quando estavas assim? Se pudesses falar,
> Como em Dodona as árvores tuas parentes
> Lançavam oráculos, eu não perguntaria, curioso,
> Pelo futuro, melhor este que seja obscuro, mas de tua boca
> Inquisitiva, pediria sobre o passado, menos ambíguo."

Tennyson, em seu poema "Carvalho falante", faz alusão aos carvalhos de Dodona nestes versos:

"Eu cantarei a ti em prosa e verso
E assim te louvarei em ambos mais
Que bardo algum o fez com faia ou tília,
Ou aquela árvore da Tessália
Na qual a escura pomba empoleirada
Místicas sentenças pronunciava;" etc.
— Tradução de Guilherme Summa.

Byron faz alusão ao oráculo de Delfos quando, falando de Russeau, cujos escritos entende que tiveram muita influência na deflagração da Revolução Francesa, ele diz:

"Pois ele foi inspirado, e dele é obra,
Como da mística caverna pítia de outrora
Aqueles oráculos que o mundo incendiaram,
E até que os reinos tivessem cessado de existir de queimar não pararam."

CAPÍTULO TRINTA E CINCO

Origem da Mitologia — Estátuas de deuses e deusas — Poetas da Mitologia

Tendo chegado ao desfecho de nossa série de histórias da mitologia pagã, uma pergunta fica no ar: "De onde vieram essas histórias? Teriam elas algum fundamento ou seriam simples devaneios da imaginação?". Filósofos sugeriram várias teorias sobre o assunto:

1. A teoria bíblica: de acordo com ela, todas as lendas mitológicas são derivadas das narrativas das Escrituras, mas os fatos foram disfarçados e alterados. Assim, Deucalião é apenas outro nome para Noé; Hércules, para Sansão; Arião, para Jonas, e assim por diante. Sir Walter Raleigh, em seu livro *História do Mundo*, diz: "Jubal, Tubal e Tubal-Caim eram Mercúrio (Hermes), Vulcano (Hefesto) e Febo (Apolo), inventores, respectivamente, da pastagem, metalurgia e música. O dragão que guardava os pomos doura-dos era a serpente que ludibriou Eva. A torre de Nimrode foi o ataque dos

gigantes contra o céu". Existem, sem dúvida, muitas coincidências curiosas como estas, mas a teoria não pode explicar a maior parte das histórias sem se tornar extravagante.

2. A teoria histórica: de acordo com esta, todas as pessoas citadas na mitologia foram seres humanos reais e as lendas e contos fantásticos a eles relacionados são meras inclusões e extrapolações de tempos posteriores. Assim, a história de Éolo, o rei e deus dos ventos, supostamente surgiu do fato de que Éolo era o governante de alguma ilha no mar tirreno onde seu reinado foi justo e piedoso e também ensinou aos nativos o uso da vela para navegar e como efetuar previsões por meio dos sinais atmosféricos as mudanças no tempo e nos ventos. Cadmo, cuja lenda diz ter semeado a terra com dentes de dragão dos quais brotou uma plantação de homens armados, foi de fato um imigrante fenício e trouxe consigo para a Grécia o conhecimento das letras do alfabeto, as quais ensinou aos nativos. Desses aprendizados rudimentares floresceu a civilização, que os poetas sempre foram propensos a descrever como uma deterioração do primeiro estado do homem, a era dourada da inocência e simplicidade.

3. A teoria da alegoria: supõe que todos os mitos antigos eram alegóricos e simbólicos e continham alguma verdade moral, religiosa ou filosófica e também fatos históricos, mas sob a forma de alegoria, e que, com o tempo, vieram a ser entendidos literalmente. Assim, Saturno (Cronos para os gregos), que devora seus próprios filhos, é o mesmo poder que os gregos denominam de Cronos (Tempo), que pode-se dizer que destrói tudo que existe. A história de Io é interpretada de forma similar. Io é a lua, e Argos, o céu estrelado, que, como dizem, mantém-se acordado a vigiando. As fabulosas andanças de Io representam as revoluções contínuas da lua, que também sugeriu a Milton a mesma ideia.

> "Para observar a lua errante
> Vagar perto do seu apogeu
> Como alguém que se perdeu
> No largo e impreciso caminho do céu."
> — "Il Penseroso".

4. A teoria física: de acordo com ela, os elementos ar, fogo e água eram originalmente os objetos de adoração religiosa e as principais divindades eram personificações dos poderes da natureza. A transição de personificação de elemento para a noção de seres sobrenaturais regendo e governando sobre os diferentes objetos da natureza foi fácil. Os gregos, cuja imaginação era vívida, povoaram toda a natureza com seres invisíveis e supuseram que tudo, desde o sol até o mar, da menor fonte a um riacho, estava sob os cuidados de alguma divindade particular. Wordsworth, em seu poema "Excursão", tem um belo desenvolvimento deste ponto de vista da história grega:

"Naquele belo clima, o pastor solitário, estendido
Sobre a grama macia por meio dia de verão,
Com música acalentava seu repouso indolente;
E, num ataque de fadiga, se ele,
Quando sua própria respiração silenciava, ocasionava ouvir
Um toque mais doce do que os sons
Que sua parca habilidade conseguia produzir, sua imaginação buscava
Até da carruagem escaldante do Sol
Um jovem imberbe que tocava uma lira dourada,
E enchia os arvoredos iluminados de arrebatamento.
O caçador poderoso, levantando os olhos
Para a Lua crescente, com o coração agradecido
Invocava o adorável Andarilho que outorgava
Aquela luz oportuna para compartilhar seu alegre esporte;
E assim um deus sorridente com suas ninfas
Por todo o gramado e o arvoredo sombrio
(Não desacompanhada de notas musicais
Multiplicadas pelo eco da rocha ou da caverna)
Varrida na tempestade da caçada, enquanto a lua e as estrelas
Espiam rapidamente pelo paraíso nublado
Quando os ventos sopram forte. O viajante saciou
Sua sede num córrego ou fonte jorrante, e agradeceu
À náiade. Raios de sol sobre colinas distantes
Deslizando rapidamente com sombras em seu rastro,
Podem, com uma pequena ajuda da imaginação, ser transformados
Em tropas de oréades brincando visivelmente.
Aos Zéfiros, abanando as asas ao passar,
Não faltava amor pelos belos súditos a quem cortejavam
Com sussurros gentis. Galhos secos grotescos,
Despidos de suas folhas e ramos pela idade respeitável,

Espreitavam das profundezas secretas e desgrenhadas
No vale profundo, ou na íngreme face da montanha;
E às vezes, misturado com as cornetas agitadas
Do cervo vivo, ou da barba confiável do bode;
Esses eram os sátiros de atalaia, raça selvagem
De deidades travessas; ou o próprio Pã,
Aquele deus assombroso do pastor simples."

Todas as teorias mencionadas são verdadeiras até certo ponto. Seria, portanto, mais correto afirmar que a mitologia de uma nação nasce da combinação de todas essas fontes do que de uma em especial. Podemos acrescentar também que há muitos mitos que surgiram do desejo do homem de explicar fenômenos naturais que ele não consegue compreender; e não são poucos os que surgiram de um desejo similar de explicar nomes de lugares e pessoas.

Estátuas de deuses e deusas

Representar adequadamente aos olhos as ideias que se pretendia transmitir para a mente sob os vários nomes de divindades era uma tarefa que requeria a mais alta forma de genialidade e arte. Das muitas tentativas, *quatro* são as mais celebradas: as duas primeiras mais conhecidas para nós apenas pelas descrições dos antigos, e por cópias em pedras preciosas, que ainda são preservadas; as outras ainda existem e são obras-primas da escultura.

Júpiter em Olímpia

A estátua de Júpiter (Zeus) em Olímpia de Fídias era considerado o maior feito neste departamento da arte grega. Era de tamanho colossal e chamada pelos antigos de "criselefantina", isto é, produzida em marfim e ouro; as partes representando pele sendo entalhadas no marfim aplicado a uma base de madeira e pedra, enquanto as roupas e outros ornamentos eram feitos de ouro. A estátua tinha em torno de doze metros de altura em um pedestal de cerca de quatro metros. O deus era representado sentado em seu trono. Sua testa estava adornada com uma coroa de folhas de oliveira e ele segurava em sua mão direita um cetro, e na esquerda, a estátua da Vitória. O trono era esculpido em cedro, enfeitado com ouro e pedras preciosas.

A ideia que o artista procurou incorporar era a da divindade suprema da nação helênica (grega), no trono como um conquistador, em perfeita imponência e repouso e reinando seu mundo com um aceno. Fídias declarou que a ideia foi inspirada na representação dada por Homero no primeiro livro da *Ilíada*, na passagem assim traduzida por Pope:

> "Ele falou e curvou terrivelmente as sobrancelhas negras,
> Assentiu, balançando os cachos ambrosianos seus,
> A marca do destino e a sanção do deus.
> O alto céu com reverência o venerável gesto aquiesceu,
> E todo o Olimpo até o centro tremeu."

A versão de Cowper é menos elegante, mas mais fiel à original:

> "Ele parou e sob suas sobrancelhas escuras o aceno
> Concedeu confirmação. Por todo lado,
> Os cachos perpétuos cor de ambrosia o soberano
> Balançou e a enorme montanha vacilou."

Pode interessar aos nossos leitores ver como esta passagem aparece em outra famosa tradução, que foi lançada sob o nome de Tickell, contemporaneamente à tradução de Pope e que, sendo por muitos atribuída a Addison, levou à disputa de qual era melhor entre as traduções de Addison e Pope:

> "Dito isso, sua sobrancelha majestosa o senhor inclinou;
> Os grandes cachos negros caíram terrivelmente por trás,
> Mergulhando nas sombras a testa severa do deus;
> Com o poderoso aceno, o Olimpo estremeceu."

A Minerva do Partenon

Tratava-se também de uma obra de Fídias. Ela ficava no Partenon ou templo de Minerva (Atena), em Atenas. A deusa foi representada de pé. Em uma mão ela segura uma lança, na outra, a estátua da Vitória. Seu elmo, ricamente decorado, tem uma esfinge no topo. A estátua tinha mais de doze metros de altura e, assim como a de Júpiter, era feita de marfim e ouro. Os olhos eram de mármore e provavelmente pintados para representar a íris e a pupila. O Partenon, lar dessa estátua, também foi construído sob as instruções e supervisão de Fídias. Seu exterior foi guarnecido com esculturas, muitas delas feitas pelas mãos do próprio Fídias. Os mármores de Elgin, agora no museu britânico, estavam entre elas.

Tanto o Júpiter quanto a Minerva de Fídias estão perdidos para sempre, mas temos diversos motivos para acreditar que temos, em diversas estátuas e bustos, a concepção do artista da fisionomia de ambos. Eles são caracterizados por uma beleza séria e digna, e livre de qualquer expressão transiente, que na linguagem da arte é chamado de repouso.

A Vênus de Médici

A Vênus (Afrodite) de Médici é assim chamada por ter pertencido à princesa deste nome em Roma quando chamou atenção pela primeira vez, cerca de duzentos anos atrás. Uma inscrição na base a identifica como sendo da autoria de Cleômenes, um escultor ateniense de 200 a.C., mas a autenticidade da inscrição é duvidosa. Existe uma história de que o artista foi contratado por uma autoridade pública para esculpir uma estátua que exibisse a perfeição da beleza feminina e, para ajudá-lo em seu trabalho, as formas mais perfeitas que a cidade podia oferecer lhe foram entregues como modelos. É a isto que Thomson alude em seu poema "Verão":

"Assim fica a estátua que encanta o mundo;
Curvando-se tenta desvendar o orgulho incomparável,
As belezas misturadas da exultante Grécia."

Byron também alude a esta estátua. Falando do museu de Florença, ele escreve:

"Ali também, o amor da deusa petrificado, e preenche
O ar em volta com beleza;" etc.

E no verso a seguir:

"Sangue, pulso e peito confirma o prêmio do pastor de Dárdano."

Veja a última alusão explicada no Capítulo XXVII.

O Febo de Belvedere

A mais estimada entre as antigas estátuas remanescentes é a de Febo (Apolo), chamada de Belvedere, tirada do nome do aposento do palácio do papa em Roma onde foi colocada. O artista é desconhecido. Acredita-se que seja uma obra de arte romana, de cerca do primeiro século de nossa era. Uma execução vertical, em mármore, com mais de dois metros de altura, nua exceto pela capa que está amarrada em volta do pescoço e dependura-se sobre o braço esquerdo. Supostamente, representa o deus no momento em que atirou a flecha para matar o monstro Píton (veja o Capítulo Três). A vitoriosa divindade está dando um passo à frente. O braço esquerdo, que parece ter segurado o arco, está esticado, e a cabeça está virada na mesma direção. Em atitude e proporção, a majestosidade da escultura é incomparável. O efeito é complementado pelo semblante, onde na perfeição da jovem beleza divina reside a consciência do poder triunfante.

A Diana à la biche

A Diana (Ártemis) da Corça, no palácio do Louvre, pode ser considerada a contraparte do Febo de Belvedere. A atitude se assemelha muito à de Febo, as dimensões são correspondentes e também o estilo da execução. É um trabalho de grande valor, embora de forma alguma equivalente ao de Febo. A atitude é de movimento apressado e ávido, o rosto de uma caçadora na excitação da caçada. A mão esquerda está estendida sobre a testa da corça, que corre ao seu lado; o braço direito estica-se para trás por cima do ombro para retirar uma flecha da aljava.

Os poetas da Mitologia

Homero, de cujos poemas da *Ilíada* e da *Odisseia* extraímos a maior parte de nossos capítulos sobre a Guerra de Troia e o retorno dos gregos, é quase tão mítico quanto os personagens que o poeta celebra. A história tradicional é de que ele era um menestrel andarilho, cego e velho, que viajava de lugar em lugar cantando seus versos ao som de sua harpa, fosse na corte dos príncipes ou na cabana dos camponeses, e dependia das doações de seus espectadores para seu sustento. Byron o chama de "o velho cego da rochosa ilha de Sio", e um conhecido epigrama, referindo-se à incerteza da localidade de seu nascimento, diz:

"Reivindicam a morte de Homero sete ricas cidades,
Pelas quais em vida Homero implorou por caridade."

Uma versão mais antiga diz:

"Sete cidades guerrearam pela morte de Homero
Que, quando vivo, não viveu sob teto, assevero."

Estes versos são de Thomas Heywood; os outros são atribuídos a Thomas Seward.

As sete cidades eram Esmirna, Sio, Rodes, Colofão, Salamina, Argos e Atenas.

Estudiosos modernos duvidam que os poemas homéricos sejam obra de uma única mente. Isso surge da dificuldade de acreditar que poemas de tal extensão pudessem ser concebidos em um período tão antigo como aquele geralmente atribuído a eles, uma era anterior à data de quaisquer escrituras ou moedas e quando nenhum material capaz de comportar produções tão longas havia ainda sido introduzido ao uso. Por outro lado, questiona-se como poemas desta magnitude poderiam ter sido passados de geração para geração por meio tão somente da memória. Isto é rebatido pelo fato de que havia um grupo de profissionais, chamados rapsodos, que recitavam poemas para os outros e cujo negócio era decorar e interpretar as lendas nacionais e patrióticas mediante pagamento.

A opinião que prevalece, hoje, parece ser a de que o contexto e muito da estrutura pertence a Homero, mas existem muitas interpolações e acréscimos feitos por outras mãos.

Segundo Heródoto, Homero viveu em 850 a.C., mas deve-se atribuir um intervalo de dois ou três séculos para as inúmeras conjecturas dos críticos.

Virgílio

Virgílio, também chamado pelo seu sobrenome, Maro, de cujo poema *Eneida* tiramos a história de Enéas, foi um dos grandes poetas que fez o reinado do imperador romano Augusto tão celebrado, sob o nome de Era de Augusto. Virgílio nasceu em Mântua no ano 70 a.C. Seu poema épico ocupa posição de destaque junto às obras de Homero numa das elevadas categorias de composição poética, a Epopeia. Virgílio é muito inferior a Homero em originalidade e imaginação, mas superior a ele em precisão e elegância. Para os críticos de origem inglesa, Milton é o único entre os poetas modernos digno de ser alçado à mesma categoria destes ilustres antigos. Seu poema épico *Paraíso Perdido*, do qual tomamos emprestadas tantas descrições, é em muitos aspectos igual, em alguns até superior, a qualquer uma das grandes obras da Antiguidade. O seguinte epigrama de Dryden caracteriza os três poetas com tanta verdade quanto é usual encontrar em uma crítica tão contundente:

Sobre Milton
"Três poetas três épocas diferentes criaram,
Grécia, Itália e Inglaterra eles agraciaram.
O primeiro com altivez de alma incomparável,
O segundo com grandiosidade, e o último tinha ambos.
A força da natureza não poderia ir mais longe;
Para forjar um terceiro ela juntou os outros dois."

Do poema "Conversa de mesa" de Cowper:

"Eras se passaram antes da lanterna de Homero aparecer,
E eras se passaram antes do Cisne de Mântua ouvido ser.
Para levar a natureza a distâncias antes desconhecidas,
Para possibilitar a chegada de Milton, depois de muitas vidas.
Estes gênios de tempos em tempos surgem e vêm a se estabelecer,
E lançam em climas distantes o alvorecer,
Enobrecendo cada região que escolheu;
Ele mirrou na Grécia, na Itália floresceu,
E, após tediosos anos de escuridão pela frente,
Emergiu todo o esplendor em nossa ilha finalmente.
Assim, a adorável Alcíone volta à água se atirar,
Suas brilhantes plumas à distância novamente então mostrar."

Ovídio

Ovídio com frequência é citado nas poesias como Naso, seu outro nome. Nasceu no ano de 43 a.C. Ele foi educado para a vida pública e teve alguns trabalhos de considerável dignidade, mas a poesia era seu prazer e bem cedo ele resolveu se dedicar a ela. Assim, ele procurou a companhia dos poetas contemporâneos e conhecia Horácio e viu Virgílio, embora este último tenha falecido quando Ovídio era ainda muito jovem e sem distinções para ter formado uma amizade. Ovídio levou uma vida fácil em Roma, desfrutando de uma receita competente. Ele era íntimo da família de Augusto, o imperador, e se supõe que uma séria ofensa cometida a algum membro daquela família foi a causa de um acontecimento que reverteu as circunstâncias felizes do poeta e nublou toda a última parte de sua vida. Aos cinquenta anos, ele foi banido de Roma e recebeu ordens de se dirigir a Tomi, na fronteira com o Mar Negro. Ali, entre o povo bárbaro e em um clima severo, o poeta, acostumado a todos os prazeres e luxos da capital e à companhia de seus mais distintos contemporâneos, passou os últimos dez anos de sua vida, desgastado pela tristeza e ansiedade. Seu único consolo no exílio era escrever para sua esposa e amigos ausentes e suas cartas eram todas poéticas. Embora estes Poemas ("Os tristes" e "Cartas de Pontus") não evidenciem nenhum outro assunto senão a amargura do poeta, seu gosto exótico e inventividade o redimiram da pecha de ser tedioso e eles são lidos com prazer e até mesmo com empatia.

Os dois grandes trabalhos de Ovídio são suas "Metamorfoses" e os "Fastos". Ambos são poemas mitológicos e do primeiro tiramos a maioria de nossas histórias das mitologias grega e romana. Um escritor assim caracterizou tais poemas:

"A rica mitologia Grega abasteceu Ovídio como ainda abastece o poeta, o pintor e o escultor com material para sua arte. Com gosto exótico, simplicidade e *pathos*, ele narrou as fabulosas histórias de eras passadas e deu a elas aquele toque de realidade que só a mão de um mestre pode oferecer. Suas descrições da natureza são impressionantes e verdadeiras; ele seleciona com o cuidado que é apropriado; ele rejeita o supérfluo; e quando ele conclui seu trabalho, não há defeitos nem redundâncias. As Metamorfoses são lidas com prazer pelos jovens e relidas depois de alguns anos ainda com muito prazer. O poeta se aventura a prever que seus poemas viveriam mais que ele e seriam lidos onde quer que o nome de Roma fosse conhecido."

A previsão anterior alude ao conteúdo dos versos finais de "Metamorfoses", dos quais fornecemos uma tradução literal a seguir:

"E agora eu concluo minha obra, que nem a ira
De Júpiter, nem os dentes do tempo, nem a espada, nem o fogo
Deverão reduzir a nada. Venha quando vier o dia
Que sobre o corpo, não a mente, tem influência,
E arrebate o que de vida me reste:
A melhor parte de mim se elevará acima das estrelas,
E meu renome perdurará para sempre.
Onde quer que as armas e artes romanas se espalhem,
Lá meu livro será lido pelo povo;
E, se há algo de verdadeiro nas visões dos poetas,
Meu nome e fama são imortais."
— Tradução de Guilherme Summa.

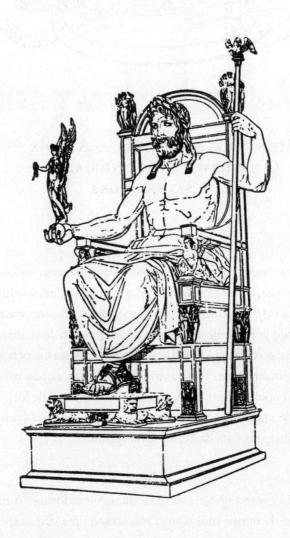

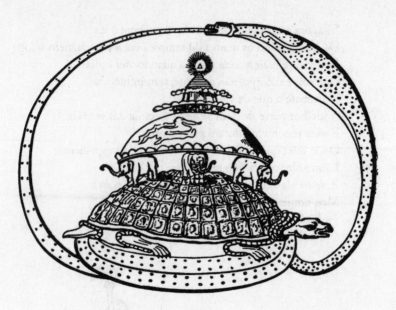

CAPÍTULO TRINTA E SEIS

Monstros modernos — A fênix — O basilisco — O unicórnio — A salamandra

EXISTE UM GRUPO DE seres imaginários que parecem ser os sucessores das górgonas, da hidra e da terrível quimera das lendas antigas e, não tendo conexão alguma com os falsos deuses do paganismo, continuaram a existir no credo popular mesmo depois do surgimento do cristianismo. Eles são citados vez ou outra por escritores clássicos, mas sua maior popularidade parece concentrar-se em tempos modernos. Procuramos suas menções nem tanto na poesia dos antigos, mas nos antigos livros de história natural e narrativa de viajantes. Os relatos que estamos prestes a oferecer foram retirados principalmente da Penny Cyclopedia.

A fênix

Ovídio conta a história da fênix da seguinte forma: "A maioria dos seres nascem de outros indivíduos; mas existe uma certa espécie que se autorreproduz. Os assírios a chamam de fênix. Ela não se alimenta de frutos e flores, mas de incenso e raízes aromáticas. Quando alcança a idade de quinhentos anos, constrói para si um ninho nos galhos de um carvalho ou no topo de uma palmeira. Então, acrescenta-lhe canela, nardo e mirra e de tais essências é feita a pira na qual se recolhe e morre, exalando seu último suspiro entre os perfumes. Do corpo da ave, uma jovem fênix surge, destinada a viver uma vida tão longa quanto a de sua predecessora. Quando esta cresce e tem força o suficiente, ela levanta seu ninho da árvore (seu berço e sepultura de seu progenitor) e a carrega para a cidade e Heliópolis, no Egito, e o deposita no templo do sol.

Tal é o relato dado pelo poeta. Agora, vejamos a versão de um historiador filosófico. Tácito diz: "No consulado de Paulo Fábio (34 d.C.), o milagroso pássaro conhecido pelo nome de fênix, após desaparecer por várias eras, revisitou o Egito. Vinha acompanhada em seu voo por um grupo de pássaros diversos, todos atraídos pela novidade, a contemplar tão nobre presença". Ele então oferece um relato da ave, que não varia substancialmente do de Ovídio, mas inclui alguns detalhes: "A primeira preocupação do jovem pássaro assim que ganha plumas e é capaz de bater suas asas é prestar as exéquias a seu pai. Mas esta tarefa não é executada de forma descuidada. Ele junta uma quantidade de mirra e, para testar sua forças, empreende voos frequentes carregando-a em suas costas. Quando adquire confiança suficiente em seu próprio vigor, ele levanta voo com o corpo de seu pai e o desloca até o altar do sol, onde o deixa para ser consumido em chamas perfumadas". Outros escritores adicionam algumas particularidades. A mirra é compactada em forma de um ovo, dentro do qual está contida a fênix morta. De seu corpo em decomposição, nasce um verme que, quando cresce, transforma-se em ave. Heródoto assim a descreve: "Não a vi eu mesmo senão em pintura. Parte de sua plumagem é da cor do ouro e parte, vermelho; já em relação a seu formato e tamanho, assemelha-se a uma águia."

O primeiro escritor a contestar a existência da fênix foi Sir Thomas Browne, em seu livro *Erros vulgares*, publicado em 1646. Suas dúvidas foram rechaçadas alguns anos depois por Alexander Ross, que, em resposta às objeções feitas quanto ao fato de serem tão raras as aparições da fênix, diz: "Seus instintos lhe ensinam a manter distância do tirano da criação, o homem, pois caso fosse apanhada, algum abastado glutão iria com certeza devorá-la, extinguindo logo assim a espécie."

Dryden, em um de seus primeiros poemas, faz esta alusão à fênix:

> "Assim, quando é primeiro vista a fênix renascida,
> Seus súditos emplumados veneram todos sua rainha,
> E enquanto avança pelo Leste enaltecida,
> Em cada bosque, sua numerosa comitiva se apinha;
> Canta sua glória cada poeta alado,
> À sua volta, batendo as asas, o público deleitado."

Milton, em *Paraíso Perdido*, Canto V, compara a fênix ao Anjo Rafael descendo à terra:

> "Dali se atira a voo quase a prumo,
> E, pelo vasto etéreo firmamento,
> Entre mundos e mundos corta o espaço,
> Batendo o dócil ar com asas firmes,
> Seja forte ou macio o dúbio vento.
> No alcance entrando das aéreas águias,
> Parece às aves todas uma fênix
> Como aquela que (a só na espécie sua)
> Voa direita à nobre, egípcia Tebas,
> Para depositar as próprias cinzas
> Do fulgurante Sol no templo augusto."
> — Tradução de António José de Lima Leitão.

O basilisco

Esta criatura era chamada de rei das serpentes e, como confirmação de sua realeza, diziam que possuía uma crista sobre sua cabeça, constituindo uma coroa. Basiliscos supostamente nasciam de ovos de galo chocados por sapos ou serpentes. Havia várias espécies deste animal. Uma delas queimava tudo o que se aproximava; outra, era um tipo de cabeça de medusa ambulante cuja aparência causava um horror tal que provocava morte instantânea. Na peça de Shakespeare, *Ricardo Terceiro*, Lady Anne, em resposta ao elogio de Ricardo aos seus olhos, diz:

— Fossem eles os do basilisco, para atingi-lo com a morte!

O basilisco era chamado de rei das serpentes porque todas as outras serpentes e cobras, comportando-se como bons súditos e sabiamente não desejando ser queimadas ou mortas, fugiam assim que ouviam o silvo distante de seu rei, ainda que estivessem se alimentando da presa mais deliciosa, tratavam logo de deixar o banquete para seu monarca monstruoso.

O naturalista romano Plínio descreve assim o basilisco: "Ele não rasteja seu corpo, como as demais serpentes, por múltiplas contrações musculares, mas avança nobre e ereto. Ele mata a vegetação não apenas pelo contato, mas respirando sobre ela, e parte as rochas, tamanho é o poder do mal nele contido". Acreditava-se que, se morto pela lança de um cavaleiro, o poder do veneno transportado pela lança não só mataria o cavaleiro, como também o cavalo. A isto Lucano alude nestas linhas:

"Apesar de o mouro o basilisco ter matado,
E à planície arenosa ter seu corpo abandonado
Pela lança o veneno sutil escala até a mão,
E o vitorioso assim morre em vão."

Tais feitos não podiam deixar de alcançar as lendas dos santos. Conta-se, assim, que certo homem santo, encaminhando-se para uma fonte no deserto, repentinamente viu-se diante de um basilisco. Ele imediatamente ergueu os olhos ao céu e, com um simples apelo à Divindade, fez com que o monstro morresse a seus pés.

Os poderes incríveis do basilisco são atestados por uma variedade de sábios, como Galeno, Aviceno, Scaliger e outros. Vez ou outra, alguém pode duvidar de uma parte do conto enquanto admite o restante. Jonston, um médico instruído, aponta com sensatez: "Não posso acreditar que ele mata com um olhar, pois quem haveria de tê-lo visto e vivido para contar?". Ao valoroso sábio não ocorreu que aqueles que se dispunham a caçar tal espécie de basilisco levavam consigo um espelho, que refletia o olhar fatal de volta e, por alguma justiça poética, matava a criatura com sua própria arma.

Mas quem seria capaz de atacar este terrível monstro do qual não era possível aproximar-se? Existe um velho ditado que diz: "tudo encontra seu oponente" — e o basilisco recua diante da doninha. O basilisco poderia parecer aterrorizante, mas a doninha não se importa, e avança corajosamente para a luta. Quando mordida, a doninha retrocedia por um momento para comer arruda, a única planta que o basilisco não suportava, retornava com forças renovadas, partia para o ataque e não parava até que deixasse o inimigo estendido e morto no chão. O monstro, como se tivesse consciência da forma irregular pela qual veio ao mundo, também guarda antipatia pelo galo; e, com razão, pois assim que ouve um galo cantar, morre.

O basilisco possuía certa utilidade depois de morto. Assim, lemos que sua carcaça era suspensa no templo de Apolo e, em residências, servia como um poderoso repelente contra aranhas; também era pendurado no templo de Diana, motivo pelo qual nenhuma andorinha ousava invadir o local sagrado.

O leitor deve estar, a esta altura, cheio dos absurdos, ainda assim, podemos imaginar sua ansiedade para saber como era o aspecto de um basilisco. Shelley, em seu poema "Ode a Nápoles", cheio de entusiasmo ao tomar conhecimento da proclamação de um governo constitucional naquela cidade, em 1820, assim faz uma alusão ao basilisco:

> "Mas o que anárquicos cimérios ousam blasfemar
> Contra ti e a liberdade? Um novo erro de Ácteon
> Deve ter sido o deles — por seus próprios cães devorados!
> Sejas tu como o basilisco imperial,
> Matando teu inimigo com ferimentos pelos olhos não captados!
> Contemple a opressão até que, sob esse risco colossal,
> Ela suma da terra com horror tal.
> Não tema, mas observe —— pois homens livres se fortalecem
> Ao observar seu inimigo, e escravos enfraquecem."

O unicórnio

Plínio, naturalista romano cuja descrição do unicórnio é a base da maioria das representações dos modernos, pinta-o como "uma besta muito feroz, similar a um cavalo no restante do corpo, com cabeça de cervo, patas de elefante, rabo de javali, bramido grave e um único chifre negro com noventa centímetros de comprimento, localizado no meio de sua testa". Ele acrescenta que "ele não pode ser capturado vivo" e esta possivelmente deveria ter sido a desculpa oferecida naqueles tempos para não se exibir um exemplar vivo do animal nas arenas dos anfiteatros.

O unicórnio parece ter sido um frustrante enigma para os caçadores, que não tinham ideia de como se aproximar de espécime tão valioso. Alguns descreviam o chifre como removível de acordo com a vontade do animal, um tipo de espada curta, em suma, que nenhum caçador que não fosse exímio esgrimista poderia enfrentar com sucesso. Outros defendiam que toda a força de tal criatura jazia em seu chifre e que, quando pressionado ou caçado, ele se lançaria do ponto mais alto dos rochedos com o chifre apontado para frente, de modo a se arremessar por cima dele, e então saía marchando sem nenhum ferimento, apesar da queda.

No entanto, parece que encontraram um jeito de enganar o pobre unicórnio no fim das contas: descobriram que ele amava pureza e inocência, então foram a campo com uma jovem *virgem*, que foi colocada no caminho do incauto admirador. Quando o unicórnio a viu, aproximou-se com toda a reverência, deitou-se ao seu lado e, repousando a cabeça em seu colo, adormeceu. A virgem traiçoeira então deu o sinal e os caçadores vieram e capturaram a criatura ingênua.

Zoólogos modernos, indignados como devem ficar com fábulas desse tipo, em geral não acreditam na existência do unicórnio. Entretanto, existem animais que possuem em suas cabeças uma protuberância óssea semelhante a um chifre, que podem ter dado origem à lenda. O chifre do rinoceronte, como é chamado esse animal, é uma protuberância assim, apesar de não exceder alguns centímetros de altura, e estar bem distante de combinar com as descrições do chifre do unicórnio. O mais próximo que há de um chifre no meio da testa pode ser encontrado na protuberância óssea na testa da girafa; mas esta também é curta e rombuda, e não é a única do animal, mas sim um terceiro chifre, localizado na frente dos outros dois. Em resumo, embora seja presunçoso negar a existência de outro quadrúpede com um único chifre além do rinoceronte, podemos declarar seguramente que a inserção de um chifre longo e sólido na testa de um animal semelhante ao cavalo ou ao cervo é quase tão impossível quanto se pode imaginar.

A salamandra

O trecho a seguir é extraído de *Vida de Benvenuto Cellini*, um artista italiano do século XVI, escrito por ele mesmo:

"Quando eu tinha mais ou menos cinco anos, meu pai, estando por acaso num pequeno aposento e onde havia um bom fogo de carvalho ardendo na lareira, olhou para as chamas e viu um animal-zinho que lembrava um lagarto, que conseguia viver na parte mais quente daquele elemento. Percebendo instantaneamente do que se tratava, ele chamou minha irmã e eu e, depois de nos mostrar a criatura, desferiu-me um tabefe na orelha com a mão em concha. Eu caí, chorando, enquanto ele me confortava e falava estas palavras:

— Meu filho querido, não lhe dei este tapa por algo que tenha feito, mas para que você possa se lembrar que aquela pequena criatura que está vendo no fogo é uma salamandra; que eu saiba, um bicho assim nunca foi visto antes.

Dizendo isso, ele me abraçou e me deu algum dinheiro."

Parece insensato duvidar de uma história da qual o senhor Cellini foi testemunha tanto visual quanto auricular. Somemos a isso a autoridade de vários filósofos sábios, entre os quais Aristóteles e Plínio, que afirmam esse poder da salamandra. Segundo eles, esse animal não apenas resiste ao fogo, como o extingue, e quando vê uma chama, a ataca como se fosse um inimigo que soubesse muito bem como derrotar.

Que a pele de um animal capaz de resistir à ação do fogo pudesse ser considerada à prova desse elemento não é de se espantar. Assim, não é de se admirar que um tecido feito da pele da salamandra (pois tal animal realmente existe, trata-se de fato de um tipo de lagarto) era incombustível, e demasiado valioso para embrulhar artigos que fossem preciosos demais para serem envolvidos em materiais menos confiáveis. Esses tecidos à prova de fogo foram mesmo produzidos, diziam-se feitos de pele de salamandra, embora os entendidos detectassem que a substância da qual eram compostos se tratava na verdade de amianto, um mineral cujos finos filamentos permitem tecer um pano flexível.

A base das fábulas relatadas antes supostamente reside no fato de que a salamandra realmente secreta de seus poros uma substância leitosa que, quando o animal está irritado, é capaz de produzir em quantidade considerável, e que, sem dúvida, por alguns momentos, protegeria seu corpo do fogo. Além disso, trata-se de um animal hibernante que, no inverno, recolhe-se para o interior de uma árvore oca ou outra cavidade qualquer, onde se enrola e permanece num estado de letargia até que a primavera retorne e o faça retomar as atividades. Existe a possibilidade, portanto, que venha com a lenha coletada e levada ao fogo, e desperte a tempo apenas de valer-se de suas faculdades defensivas. Seu suco viscoso entraria em ação, e todos que professam tê-lo visto reconhecem que o animal sai do fogo o mais rápido que suas pernas conseguem deslocá-lo; de fato, depressa demais para capturarem uma salamandra, exceto em um caso, e neste, as patas e algumas partes do corpo do bicho tinham sofrido graves queimaduras.

O dr. Young, em *Pensamentos noturnos,* com mais curiosidade do que bom gosto, compara o cético que consegue se manter inalterado na contemplação do céu estrelado com uma salamandra que não se aquece no fogo:

> "É louco o astrônomo não dedicado!
> (...)
> Ah, que gênio os céus há de explicar!
> E frio e inabalável o coração de salamandra de Lorenzo
> Em meio a esses fogos sagrados poderia estar?"

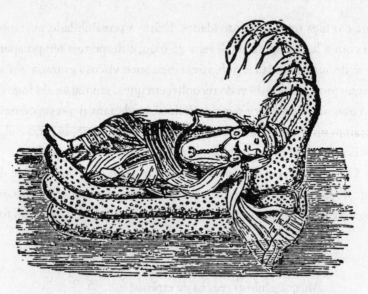

CAPÍTULO TRINTA E SETE

MITOLOGIA ORIENTAL: ZOROASTRO — MITOLOGIA HINDU: VISHNU — SHIVA — JAGANNATHA — CASTAS — BUDA — O DALAI LAMA — PRESTE JOÃO

NOSSO CONHECIMENTO DA RELIGIÃO dos persas antigos deriva-se principalmente do *Zendavesta*, ou o livro sagrado daquele povo. Zoroastro foi o fundador de sua religião, ou, melhor dizendo, quem reformou a religião que existia antes dele. O período em que viveu é duvidoso, mas é certo que seu sistema se tornou a religião dominante da Ásia Ocidental do tempo de Ciro (550 a.C.) até a conquista da Pérsia por Alexandre, o Grande. Durante a monarquia da Macedônia, as doutrinas de Zoroastro parecem ter sido consideravelmente corrompidas pela introdução de conceitos estrangeiros, mas eles recuperaram mais tarde sua ascendência.

Zoroastro ensinava a existência de um ser supremo, que, por sua vez, criou outros dois seres poderosos e os imbuiu de sua própria natureza com o que lhe parecia ser sensato. Destes, Ormuzd (chamado pelos gregos de

Oromasdes) permaneceu fiel ao seu criador e foi considerado a fonte de tudo que era bom, enquanto Arimã (Arimanes) rebelou-se e se tornou o causador de todos os males da terra. Ormuzd criou o homem e lhe forneceu tudo o que era preciso para ser feliz; mas Arimã maculou tal felicidade introduzindo o mal no mundo e criando feras selvagens, répteis e plantas venenosas. Como consequência, o bem e o mal estão agora misturados em cada parte do mundo e os seguidores do bem e do mal — os adeptos de Ormuzd e de Arimã — passaram a travar uma guerra incessante. Chegará o dia em que os adeptos de Ormuzd vencerão e Arimã e seus seguidores serão condenados eternamente às trevas.

Os ritos religiosos dos antigos persas eram extremamente simples. Eles não usavam templos, altares, nem estátuas, e executavam seus sacrifícios nos topos das montanhas. Adoravam o fogo e o sol como símbolos de Ormuzd, a fonte de toda luz e pureza, mas não os consideravam divindades independentes. Os ritos religiosos e cerimônias eram regidos pelos sacerdotes, denominados magos. O conhecimento dos magos estava relacionado com astrologia e encantamentos, e eles eram tão célebres que seus nomes eram aplicados em todo tipo de mágicos e feiticeiros.

Wordsworth assim alude ao culto dos persas:

> "(...) o Persa — zeloso em rejeitar
> Imagens e altares, as paredes e os tetos
> Dos templos construídos por mãos humanas —
> Ascendendo aos topos de seus montes,
> A simples coroa de mirta na fronte,
> Oferecia sacrifício à Lua e às Estrelas,
> E aos Ventos e aos Elementos
> E a todo o firmamento, para ele,
> Uma existência sensível e um Deus."

Em "A peregrinação de Childe Harold", Byron fala assim dos cultos persas:

> "Não era sem razão que o antigo persa tinha
> Nas mais alta montanhas seus altares

De mirar a terra embaixo assim advinha
Um templo adequado e desprovido de paredes
Ali buscando o Espírito em cuja honra indignos são,
Pelas mãos do homem qualquer construção
Permita-se comparar
Colunas e moradas de ídolos, góticas ou gregas,
Com o reino de adoração da Natureza, a terra e o ar,
Que suas preces à prisão não relegas."
— Canto III, Estrofe 91.

A religião de Zoroastro continuou a florescer mesmo depois da introdução do cristianismo e no século III era a religião predominante no Oriente, até a chegada da doutrina maometana e a conquista dos persas pelos árabes no século XVII, que compeliu grande parte dos persas a renunciarem sua antiga fé. Aqueles que se recusaram a abandonar a religião de seus ancestrais fugiram para o deserto de Querman e para o Hindustão, onde ainda existem sob o nome de parses, designação que advém de *pars*, antiga denominação da Pérsia. Os árabes referem-se a eles como guebros, que deriva de uma palavra árabe cujo significado é "infiel". Em Bombaim, os persas são até hoje uma classe bastante ativa, esclarecida e rica, e destacam-se pela pureza de sua vida, honestidade e posturas conciliatórias. Eles têm inúmeros templos para o Fogo, que adoram como símbolo da divindade.

A religião persa é tema do mais espetacular conto de Moore, *Lalla Rookh, os Adoradores do Fogo.* O chefe dos guebros diz:

"Sim! Daquela raça ímpia eu sou
Aqueles escravos do Fogo que lamentam
E até celebram o local da moradia de seu criador
Nas luzes vivas do paraíso que os cercam;
Sim! Sou daquele povo exilado
Ao Irã e à vingança devotado,
Que amaldiçoa a hora que seus árabes chegaram
Nossos santuários de chamas profanaram,
E juramos diante do flamejante olho de nosso Deus romper
As correntes de nosso país ou morrer."

MITOLOGIA HINDU

A religião dos hindus é declaradamente fundada pelos Vedas. A estes livros de suas escrituras, eles devotam a maior santidade e afirmam que o próprio Brahma as elaborou na criação. Mas a atual organização dos Vedas é atribuída ao sábio Viasa há cerca de mais ou menos cinco mil anos.

Os Vedas ensinam sem dúvida o credo em um deus supremo. O nome de tal divindade é Brahma. Seus atributos são representados pelos três poderes personificados da *criação*, *preservação* e *destruição* que, sob os respectivos nomes de Brahma, Vishnu e Shiva, formam o *Trimurte*, ou trindade, dos principais deuses hindus. Entre os deuses inferiores, os mais importantes são: Indra, deus dos céus, do trovão, do raio, da tempestade e da chuva; Agni, deus do fogo; Yama, deus das regiões infernais; Suria, deus do sol.

Brahma é o criador do universo e a origem de onde todas as divindades individuais nasceram e dentro da qual serão no fim absorvidas. "Como o leite muda para coalho e a água para gelo, assim são as várias transformações e diversificações de Brahma, sem ajuda alguma de agentes externos." A alma humana, de acordo com os Vedas, é uma porção do governante supremo, do mesmo modo que uma fagulha é uma parte do fogo.

Vishnu

Vishnu ocupa o segundo lugar na tríade dos hindus e é a personificação do princípio da preservação. Para proteger o mundo em várias épocas de perigo, Vishnu desce à terra em diferentes encarnações ou formas corporais, sendo estas chamadas avatares. São muito numerosos, mas dez deles são especificados com mais particularidade. O primeiro avatar foi o de Matsia, o Peixe; sob esta forma Vishnu preservou Manu, o ancestral da raça humana, durante um dilúvio universal. O segundo avatar era em forma de Tartaruga, cujo aspecto ele assumiu para dar suporte ao planeta quando os deuses estavam agitando os mares para obter a bebida da imortalidade, Amrita.

Omitiremos os outros avatares, que possuíam o mesmo caráter geral, ou seja, interposições para proteger os justos ou para punir os maus, e chegaremos ao nono e mais celebrado avatar de Vishnu, no qual ele aparece na forma humana de Krishna, um guerreiro invencível, que, com seus feitos, livrou a terra dos tiranos que a oprimiam.

Buda é visto pelos adeptos do bramanismo como uma encarnação enganosa de Vishnu, assumida por ele para induzir os Asuras, oponentes dos deuses, a abandonarem as sagradas ordenanças dos Vedas, o que lhes custou sua força e supremacia.

Kalki é o nome do décimo avatar, com o qual Vishnu se manifestará no fim da presente era do mundo para destruir todo vício e maldade e restaurar a humanidade à virtude e pureza.

Shiva

Shiva é a terceira entidade na trindade hindu. Trata-se da personificação do princípio da destruição. Apesar de figurar como o terceiro nome, quando se trata de número de seguidores e da extensão de seu culto, ele está em primeiro lugar. Nas Puranas (escrituras da religião hindu moderna), nenhuma alusão é feita ao poder original deste deus como destrutivo, estando tal poder impedido de ser exercido até que se passem doze milhões de anos ou quando o universo chegar ao fim; e Mahadeva (outro nome para Shiva) é mais a representação da regeneração do que da destruição.

Os adoradores de Vishnu e Shiva formam dois sectos, cada qual proclamando a superioridade de sua divindade favorita, negando as reivindicações do outro, enquanto que Brahma, o criador, tendo concluído seu trabalho, parece ser considerado como inativo e tem agora apenas um templo na Índia, enquanto Mahadeva e Vishnu têm vários. Os seguidores de Vishnu distinguem-se, em geral, por seu grande apreço pela vida e, consequentemente, abstinência de alimentos de origem animal, e ser um culto menos cruel do que dos sectários de Shiva.

Jagannatha

Os conhecedores divergem quanto a se os adoradores de Jagannatha devem ser reconhecidos entre os seguidores de Vishnu ou Shiva. O templo fica perto da costa do mar, a cerca de quinhentos quilômetros ao sudoeste de Calcutá. O ídolo é um bloco de madeira entalhado com um rosto horrendo pintado de preto e uma bocarra vermelho-sangue. Em dias de festival, o trono da imagem é disposto em uma torre de cerca de vinte metros de altura, movida por rodas. Nela, são afixadas seis longas cordas com as quais as pessoas puxam a construção. Os sacerdotes e seus assistentes ficam em torno do trono na torre e ocasionalmente se voltam para os adoradores com músicas e gestos. Enquanto a torre passa, vários devotos se jogam ao chão, para que sejam esmagados pelas rodas, e a multidão grita em aprovação ao ato, um agradável sacrifício ao ídolo. Todo ano, particularmente em dois grandes festivais em março e julho, peregrinos juntam-se no templo. Diz-se que não menos que setenta ou oitenta mil pessoas visitam o lugar em tais ocasiões, quando todas as castas se reúnem.

Castas

A divisão dos hindus em classes ou castas, com ocupações fixas, existe desde os primórdios. Alguns supõem ter sido algo estabelecido na época da conquista, sendo as três primeiras classes compostas por uma raça estrangeira, que subjugou os nativos do país e os reduziu a uma casta inferior. Outros atribuem ao desejo de perpetuar, descendendo de pai para filho, certos ofícios ou ocupações.

A tradição hindu oferece o seguinte relato da origem das várias castas: na criação, Brahma resolveu dar à terra habitantes que deveriam ser emanações diretas de seu próprio corpo. Desta forma, de sua boca saiu o mais velho, Brâmane (o sacerdote), a quem ele confiou os quatro Vedas; de seu braço direito, partiu Xatria (o guerreiro) e de seu braço esquerdo, a esposa do guerreiro. Suas coxas produziram Vaissias, homens e mulheres (agricultores e comerciantes) e, por último, de seus pés brotaram os Sudras (mecânicos e trabalhadores).

Os quatro filhos de Brahma, trazidos ao mundo de forma tão significativa, se tornaram os pais da raça humana e fundadores de suas respectivas castas. Ordenaram-lhes que considerassem o conteúdo dos quatro Vedas como a compilação de regras de sua fé e tudo o que era necessário para guiá-los em suas cerimônias religiosas. Era imprescindível, também, que permanecessem na casta de seu nascimento, os Brâmanes sendo superiores por terem surgido da cabeça de Brahma.

Existe uma forte linha demarcatória entre as três primeiras castas e os sudras. Aos primeiros é permitido receber instruções dos Vedas, o que não o é aos sudras. Os brâmanes gozam do privilégio de se instruírem nos Vedas e, nos primórdios, eles eram detentores de todo o conhecimento. Apesar de os soberanos do país serem escolhidos pelos xatrias, também conhecidos como

Rajputs, eram os brâmanes que de fato possuíam o poder real e eram os conselheiros reais, os juízes e magistrados do país; seus indivíduos e seus bens eram invioláveis; e mesmo que cometessem os piores crimes, podiam no máximo serem banidos do reino. Eles deveriam ser tratados pelos soberanos com grande deferência, pois "um brâmane, seja culto ou ignorante, é uma poderosa divindade".

Quando o brâmane chega à idade madura, torna-se seu dever contrair matrimônio. Ele deve ser sustentado por meio de contribuições dos abastados e não ser obrigado a obter sua subsistência através de função laboriosa ou produtiva. Entretanto, como todos os brâmanes não poderiam ser mantidos pela classe trabalhadora da comunidade, era necessário permitir que realizassem algum tipo de atividade produtiva.

Não precisamos falar muito das duas classes intermediárias cuja posição e privilégios podem ser deduzidas por suas ocupações. Os sudras, ou quarta classe, estão limitados a trabalhos servis às classes altas, especialmente os brâmanes, mas, às vezes, podem seguir a carreira de mecânicos ou das artes práticas, como pintor e escritor, ou se tornarem vendedores ou sacerdotes. Consequentemente, vez ou outra ficam ricos e não raramente também acontece de os brâmanes se tornarem pobres. Decorre deste fato que geralmente sudras ricos empregam brâmanes pobres em trabalhos servis.

Existe uma classe ainda mais inferior que a dos sudras, pois não se classifica como uma das classes puras originais, mas nasce da união não autorizada de indivíduos de diferentes castas. São os párias, que são empregados nos serviços mais baixos e tratados com a maior severidade. Eles são obrigados a fazer o que ninguém mais consegue fazer sem se contaminar. Não só são considerados impuros, como também maculam tudo o que tocam. Tais indivíduos são privados de todos os direitos civis e estigmatizados por leis particulares que regulam seu modo de vida, suas casas e seus móveis. Eles não são autorizados a entrar em pagodes ou templos das outras castas, mas têm seus próprios pagodes e práticas religiosas. Eles não podem entrar nas casas das outras castas; se isso acontecer, seja por descuido ou por necessidade, o lugar deve ser purificado por meio de uma cerimônia religiosa. Tampouco devem visitar mercados públicos e são confinados a usar poços particulares, que são obrigados a cercar com ossos de animais, para evitar que outros venham a usá-los. Eles moram em casebres miseráveis, distantes das cidades e vilarejos e não estão sob nenhuma restrição no que se refere à comida, que no fim não se trata de um privilégio, mas uma marca de ignomínia, como se já fossem tão degradados que nada mais pudesse poluí-los. As três classes superiores estão terminantemente proibidas de comer carne. À quarta se permite o consumo de todas as carnes, menos a de boi, mas apenas à mais baixa é permitido todo tipo de alimentos, sem restrições.

Buda

Os seguidores de Buda, que os Vedas representam como uma encarnação enganadora de Vishnu, dizem que ele foi um mortal sábio de nome Gautama, chamado também pelos epítetos complementares de Sakiamuni, o Leão, e Buda, o sábio.

Ele era filho de um rei; e quando foi, alguns dias depois de seu nascimento, segundo os costumes do país, apresentado diante do altar de uma divindade, dizem que a imagem curvou sua cabeça como presságio da futura grandiosidade do profeta recém-nascido. A criança logo desenvolveu habilidades de primeira ordem e se tornou igualmente distinta pela beleza incomum. Mal chegou à idade adulta e já começou a refletir profundamente sobre a depravação e miséria da humanidade e então concebeu a ideia de se retirar da sociedade e devotar-se à meditação. Seu pai opôs-se em vão a este desígnio. Buda escapou da vigilância de seus guardas e, tendo encontrado um esconderijo seguro, viveu imperturbado por seis anos em suas contemplações devotas. Concluído este período, ele partiu para Benares, onde passou a pregar a religião. A princípio, quem o ouvia duvidava de sua sanidade; mas suas doutrinas logo ganharam crédito e foram propagadas tão rapidamente que o próprio Buda viveu o suficiente para vê-las espalhadas por toda a Índia. Ele morreu com oitenta anos de idade.

Os budistas rejeitam totalmente a autoridade dos Vedas e as observações religiosas neles prescritas e seguidas pelos hindus. Eles também discordam da distinção entre castas e proíbem todo tipo de sacrifício de sangue e alimentos de origem animal. Seus sacerdotes são escolhidos independentemente de classe; devem obter seu sustento por meio de mendicância e doações e, entre outras funções, é também seu dever tirar proveito de coisas descartadas como inúteis pelos outros e explorar o poder medicinal das plantas. Entretanto, no

Ceilão, três ordens de sacerdotes são reconhecidas; aqueles de ordem mais elevada são geralmente homens bem-nascidos e instruídos que se encontram nos principais templos, tendo recebido vultuoso suporte financeiro pelos antigos monarcas do país.

Por vários séculos após o surgimento de Buda, seu secto aparentemente foi tolerado pelos brâmanes e o budismo se espalhou pela península do Hindustão, alcançando o Ceilão e a península asiática. Depois disto, contudo, teve de enfrentar um longo período de perseguição, que resultou em sua eliminação no país em que foi originado, porém, na ampla disseminação pelos países vizinhos. O budismo parece ter sido introduzido na China em torno do ano 65 d.C. De lá, propagou-se mais tarde para Coreia, Japão e Java.

O Dalai Lama

É uma doutrina comum entre os hindus brahmanistas e dos sectos budistas que o confinamento da alma humana, uma emanação do espírito divino, em um corpo humano, é um estado de sofrimento e uma consequência das fraquezas e pecados cometidos durante vidas passadas. Mas eles creem que alguns indivíduos vêm à existência neste planeta de tempos em tempos não pela necessidade de vida terrena em si, mas por terem descido voluntariamente à terra para promover o bem-estar da humanidade. Tais indivíduos assumiram aos poucos o caráter de reencarnações do próprio Buda e esta sucessão perdura até os dias atuais, com a aparição de vários Lamas do Tibete, China e outros países onde o budismo prevalece. Em consequência das vitórias de Gengis Khan e seus sucessores, o Lama residente no Tibete foi elevado ao cargo de principal pontífice do secto. Uma diferente província lhe era designada como seu próprio território e, além da sua dignidade espiritual, ele se tornou, em certa medida, um monarca temporário. Ele é chamado o Dalai Lama.

Os primeiros missionários cristãos que visitaram o Tibete se surpreenderam ao descobrir ali no coração da Ásia uma corte pontifícia e várias outras instituições eclesiásticas que se assemelhavam às da igreja católica romana. Eles encontraram conventos para padres e freiras, além de procissões e formas de adoração religiosa, frequentadas com muita pompa e esplendor, e muitos foram induzidos por estas similaridades a considerar o lamaísmo um tipo de cristianismo degenerado. Não é improvável que os Lamas derivem algumas destas práticas dos cristãos nestorianos, que haviam se estabelecido na Tartárea quando o budismo foi introduzido no Tibete.

Preste João

Um registro antigo, transmitido provavelmente por mercadores viajantes, de um Lama ou chefe espiritual entres os Tártaros, parece ter ocasionalmente feito surgir na Europa a informação da existência de um presbítero ou Preste João, um pontífice cristão residente na Ásia. O Papa enviou uma missão à sua procura, como fez também Luís IX da França, alguns anos depois, mas ambas as missões foram malsucedidas, embora as pequenas comunidades de cristãos nestorianos que encontraram terem servido para manter viva na Europa a crença de que tal personagem de fato existia em algum lugar do Oriente. Por fim, no século XV, um viajante português, Pêro de Covilhã, ficou sabendo por acaso que havia um príncipe cristão no país dos abissínios (Abissínia), próximo ao Mar Vermelho, e concluiu que este poderia ser o verdadeiro Preste João. Ele então para lá se dirigiu e se infiltrou na corte do rei, a quem ele chamou de Négus. Milton alude a ele em *Paraíso Perdido*, Canto XI, descrevendo a visão de Adão de seus descendentes em suas várias nações e cidades, espalhadas pelo planeta, ao dizer:

> "(...) Nem seus olhos deixaram de vislumbrar
> O império de Négus, a seu porto mais distante
> Ercoco, e os reinos menos próximos do mar,
> Como Mombaça e Quiloa e Melinde."

CAPÍTULO TRINTA E OITO

MITOLOGIA NÓRDICA

AS HISTÓRIAS QUE PRENDERAM nossa atenção até então eram relativas à mitologia das regiões meridionais. Mas existe outro ramo de antigas superstições que não devem ser totalmente ignoradas, ainda mais porque pertencem às nações das quais nós, através de nossos ancestrais ingleses, nos originamos. É a mitologia dos povos nórdicos, chamados escandinavos, onde ficam os países hoje conhecidos como Suécia, Dinamarca, Noruega e Islândia. Estes registros mitológicos estão contidos em duas coleções chamadas de *Eddas*, das quais a mais antiga é composta de versos e data do ano de 1056, e a mais moderna, ou *Edda em prosa*, de 1640.

De acordo com as *Eddas*, houve um tempo que não existia nem céu nem terra, e sim, apenas um abismo e um mundo de névoa do qual vertia uma fonte. Dela, nasceram doze rios e, quando eles haviam fluido para longe de sua origem, congelaram-se e, com o acúmulo de camadas umas sobre as outras, o grande abismo foi preenchido.

Mais ao sul do mundo de névoa, encontrava-se o mundo de luz, a partir do qual soprou um vento morno sobre o gelo e o derreteu. Os vapores subiram no ar e formaram as nuvens, de onde nasceu Ymir, o gigante do gelo, e sua prole, e a vaca Audumbla, cujo leite fornecia o sustento do gigante. A vaca alimentava-se lambendo o gelo de onde tirava sal. Um dia, enquanto estava lambendo as pedras de sal, ali apareceu a princípio os cabelos de um homem; no segundo dia, a cabeça inteira; e no terceiro, a forma toda surgiu com beleza, agilidade e poder. Este novo ser era um deus, e dele e de sua esposa, uma filha da raça dos gigantes, nasceram três irmãos: Odin, Vili e Ve. Eles assassinaram o gigante Ymir e de seu corpo formaram a terra, de seu sangue os mares, de seus ossos as montanhas, de seu cabelo as árvores, de seu crânio o céu e de seu cérebro as nuvens, carregadas de granizo e neve. Das sobrancelhas de Ymir, os deuses formaram Midgard (terra do meio), destinada a se tornar a morada dos homens.

Odin então determinou os períodos do dia e da noite e as estações, colocando no céu o sol e a lua e indicando-lhes seus respectivos cursos. Assim que o sol começou a lançar seus raios na terra, a vegetação do mundo começou a germinar e brotar. Pouco depois de terem criado o mundo, os deuses andaram junto ao mar, satisfeitos com seu novo trabalho, mas acharam que ele ainda estava incompleto, pois não era povoado por seres humanos. Eles, então, pegaram um freixo e dele criaram o homem e, de um sabugueiro, a mulher, e chamaram o homem de Aske, e a mulher, de Embla. Odin conferiu-lhes, em seguida, vida e alma, Vili razão e movimento, e Ve os sentidos, fisionomia expressiva e a fala. Receberam, por fim, Midgard como morada e eles se tornaram os progenitores da raça humana.

Acreditava-se que o poderoso freixo Ygdrasill, brotado do corpo de Ymir, sustentava todo o universo. Possuía três imensas raízes imensas, uma estendida em Asgard (a morada dos deuses), a outra em Jotunhein (a morada dos gigantes) e a terceira em Niflheim (as regiões de escuridão e frio). Ao lado de cada uma delas, havia uma fonte, que lhe fornece água. A raiz que se estende por Asgard é tratada com muito cuidado pelas três Nornas, deusas consideradas as senhoras do destino. Tratam-se de Urdur (o passado), Verdandi (o presente) e Skuld (o futuro). A fonte do lado de Jotunheim é o poço de Ymir, onde a sabedoria e astúcia permanecem ocultas, mas a do lado de Niflheim alimentava a víbora Nidhogge (escuridão), que mastiga perpetuamente a raíz. Quatro corações correm pelos galhos da árvore e se alimentam dos brotos; eles representam os quatro ventos. Sob a árvore está Ymir e, quando ele tenta se livrar de seu fardo, a terra treme.

Asgard é o nome da morada dos deuses; a entrada só é possível através da ponte Bifrost (o arco-íris). Asgard consiste de palácios de ouro e prata, onde habitam os deuses, mas a mais bela é Valhalla, a residência de Odin. Quando sentado em seu trono, ele observa todo o céu e a terra. Sob os seus ombros estão os corvos Hugin e Munin, que voam todo dia por todo mundo e em seu retorno reportam a Odin tudo o que viram e ouviram. Aos seus pés, ficam seus dois lobos, Geri e Freki, a quem Odin dá toda a carne que está à sua frente, pois ele mesmo não precisa de comida. Hidromel é para ele tanto comida como bebida. Ele inventou os caracteres rúnicos e é de responsabilidade das Nornas entalharem as runas do destino em um escudo de metal.

Odin é frequentemente chamado de Alfadur (pai de todos), mas este nome é, às vezes, usado de uma forma que mostra que os escandinavos têm uma ideia de uma entidade superior a Odin, não criada e eterna.

Das alegrias de Valhalla

Valhalla é a grande sala de Odin, onde ele se banqueteia com seus guerreiros escolhidos: todos aqueles que pereceram bravamente em batalha, pois todos que tiveram uma morte pacífica não entram em Valhalla. A carne do javali Schrimnir lhes é servida em abundância. Mesmo que este javali seja assado toda manhã, ele se torna inteiro novamente toda noite. Para beber, os heróis são servidos de hidromel direto da cabra Heidrum. Quando os heróis não estão se banqueteando, eles se divertem lutando. Todo dia, eles se dirigem ao pátio ou ao campo e lutam até que tenham se despedaçado. É assim que passam o tempo; entretanto, quando chega a hora de comer, eles se recuperam de seus ferimentos e retornam para o banquete em Valhalla.

As valquírias

As valquírias são virgens guerreiras, montadas em cavalos e munidas de elmos e lanças. Odin, que almeja juntar a maior quantidade possível de heróis em Valhala para ser capaz de enfrentar os gigantes quando a batalha final acontecer, as envia para todo campo de batalha para escolher aqueles que devem ser mortos. As valquírias são suas mensageiras e seu nome significa "as que escolhem os mortos". Quando cavalgam para sua tarefa, sua armadura derrama uma estranha luz bruxuleante, que reluz nos céus do norte, produzindo o que os homens chamam de "Aurora Boreal" ou "Luzes do Norte".[28]

Sobre Thor e os outros deuses

Thor, deus do trovão e filho mais velho de Odin, é o mais forte dos deuses e homens e possui três coisas muito preciosas. A primeira é um martelo, que tanto os gigantes do gelo quanto os da montanha conhecem bem, quando o veem sendo lançado em sua direção, pois ele partiu muitos crânios de seus pais e familiares. Quando é arremessado, ele retorna para a mão de Thor por vontade própria. O segundo item raro que ele possui é chamado de cinto da força; quando ele o utiliza, seu poder divino redobra. O terceiro, também inestimável, são suas luvas de ferro, que ele coloca sempre que vai usar o martelo com eficiência.

Frei é um dos deuses mais célebres, responsável pelas chuvas, a luz do sol e todos os frutos da terra. Sua irmã, Freia, é a mais propícia das deusas. Ela ama música, primavera e flores, e gosta particularmente de elfos (fadas). Ela gosta muito de cantigas de amor e todos os amantes se dão bem ao invocá-la.

Bragi é o deus da poesia e sua música relembra os feitos dos guerreiros. Sua esposa Iduna guarda em uma caixa as maçãs que os deuses, quando sentem a velhice chegar, só precisam dar uma mordida para se tornarem jovens novamente.

Heimdall é o guardião dos deuses, ficando, portanto, postado nas fronteiras do céu para prevenir que os gigantes invadam pela Bifrost. Ele precisa de menos sono do que um pássaro e enxerga no escuro tão bem quanto de dia a duzentos quilômetros ao seu redor. Sua audição é tão apurada que nenhum som passa despercebido, pois ele pode ouvir até a grama crescendo e a lã no dorso de uma ovelha.

Sobre Loki e seus descendentes

Há também uma outra divindade, que é descrita como caluniador dos deuses e inventor de toda trapaça e malícia. Seu nome é Loki. Ele é belo e bem-feito de corpo, mas com um humor volátil e um temperamento dos

---

28   "As irmãs fatais", uma ode de Gray, é fundada nessa superstição.

piores. Ele é da raça dos gigantes, mas se forçou a conviver com os deuses e parece ter prazer em colocá-los em dificuldades e tirá-los do perigo pela sua astúcia, sagacidade e habilidade. Loki tem três filhos. O primeiro é o lobo Fenrir, o segundo, a serpente de Midgard, e a terceira é Hela (morte). Os deuses não ignoravam que esses monstros estavam crescendo e que algum dia trariam muitos perigos para deuses e homens. Então, Odin achou prudente mandar alguém trazê-los até ele. Quando chegaram, ele lançou a serpente nas profundezas do oceano pelo qual a terra é cercada. Mas o monstro cresceu tanto que, segurando sua cauda na boca, ele deu a volta em todo planeta. Ele expulsou Hela para Nifelheim, dando-lhe poder sobre os nove mundos ou reinos, nos quais ela distribuía aqueles que eram mandados para ela; ou seja, todos aqueles que morrem de doença ou velhice. Seu palácio é chamado Elvdner. A fome é sua mesa; inanição, sua faca; Demora, seu marido; Vagareza, sua criada; Precipício, sua porta; Preocupação, sua cama; e o Sofrimento compõe as paredes de seus aposentos. Ela podia ser facilmente reconhecida, pois seu corpo era metade cor de pele e metade azul e tinha uma fisionomia horrível e ameaçadora. O lobo Fenrir deu bastante trabalho aos deuses antes que eles conseguissem acorrentá-lo. Ele quebrava os mais resistentes grilhões como se estes fossem feitos de teias de aranha. Por fim, os deuses mandaram um mensageiro para os espíritos das montanhas, que fizeram para eles a corrente chamada Gleipnir. Ela era feita de seis materiais: o barulho feito pelo pisar de um gato, as barbas de mulheres, as raízes de pedras, o hálito dos peixes, a sensibilidade dos ursos e o cuspe dos pássaros. Quando terminada, a corrente ficou tão macia e suave quanto um fio de seda. Mas quando os deuses pediram para que o lobo se entregasse para que fosse amarrado com esta fita aparentemente delicada, ele suspeitou de suas intenções, temendo que fosse feita de algum tipo de encantamento. Ele, portanto, consente em ser amarrado com ela, mas apenas sob a condição de que um dos deuses colocasse a mão em sua boca (a de Fenrir) como garantia que a fita seria removida novamente. Apenas Tyr (o deus das batalhas) teve coragem suficiente para fazer isso. Mas, quando o lobo descobriu que não conseguia se desvencilhar de seus grilhões e que os deuses não tinham intenção de libertá-lo, ele arrancou a mão de Tyr, que permaneceu com apenas uma mão desde então.

Como Thor pagava aos gigantes da montanha seus salários

Na época em que os deuses estavam construindo suas casas e já haviam terminado Midgard e Valhala, um certo artesão veio e se ofereceu para construir-lhes uma moradia tão reforçada que eles poderiam ficar perfeitamente a salvo das incursões dos gigantes de gelo e dos gigantes da montanha. Mas ele exigiu como recompensa a deusa Freia, com a lua e o sol. Os deuses aceitaram os seus termos, contanto que ele terminasse todo trabalho ele mesmo, sem a ajuda de ninguém e tudo no espaço de um inverno. Mas se qualquer coisa permanecesse incompleta até o primeiro dia do verão ele deveria desistir da recompensa combinada. Ao ser informado destes termos, o artesão estipulou que a ele deveria ser permitido o uso de seu cavalo Svadilfari e isto, pelo conselho de Loki, foi permitido. Ele então começou a trabalhar no primeiro dia de inverno e durante a noite deixou que seu cavalo trouxesse pedras para a construção. O tamanho enorme das pedras deixou os deuses espantados e perceberam que o cavalo executava mais da metade do trabalho de seu mestre. A barganha, de qualquer forma, havia sido concluída e confirmada por juramentos solenes, pois sem estas precauções um gigante não se sentiria seguro entre os deuses, especialmente enquanto Thor estava prestes a voltar de uma expedição que fez contra os demônios malignos.

Enquanto o inverno chegava ao fim, a construção estava mais que avançada e os baluartes estavam altos e massivos o suficiente para tornar o lugar impenetrável. Resumindo, quando faltavam apenas três dias para o começo do verão, a única parte inacabada era o portão. Então, os deuses se sentaram em seus assentos de justiça e entraram em reunião, perguntando uns aos outros quem entre eles teria aconselhado entregar Freia ou mergulhar o céu em trevas permitindo que o gigante levasse embora o sol e a lua.

Todos eles concordaram que ninguém menos que Loki, o autor de tantas más ações, poderia ter dado conselho tão ruim e que ele deveria ser morto de forma cruel se não descobrisse algum jeito de impedir que o artesão completasse sua tarefa e obtivesse a recompensa estipulada. Eles então se juntaram a Loki, que, assustado, prometeu sob juramento que, custe o que custasse, ele daria um jeito de fazer com que o homem perdesse sua recompensa. Naquela mesma noite, quando o homem saiu com Svadilfari para pegar pedras para a construção, uma égua saiu repentinamente da floresta e começou a relinchar. O cavalo então se soltou e foi atrás da égua para dentro da floresta, o que obrigou o homem a correr atrás de seu cavalo e assim, entre uma coisa ou outra, a noite foi perdida, fazendo com que o trabalho não rendesse o de costume. O homem, vendo que falharia em completar sua tarefa, assumiu sua verdadeira estatura gigante e os deuses agora claramente perceberam que era, na verdade, um gigante da montanha que estava entre eles. Não sentindo mais a obrigação de cumprir a promessa, eles chamaram Thor, que correu imediatamente para ajudá-los e, levantando seu martelo, pagou ao gigante seu salário, não com o sol e a lua e nem mesmo mandando-o de volta a Jotunheim, pois com um golpe ele arrebentou o crânio do gigante e o atirou de cabeça em Nifelheim.

A recuperação do martelo

Certa vez, o martelo de Thor caiu nas mãos do gigante Thrym, que o enterrou a quinze metros de profundidade nas rochas de Jotunheim. Thor enviou Loki para negociar com Thrym, mas o máximo que conseguiu foi fazer o gigante prometer que devolveria o martelo se Freia aceitasse se tornar sua esposa. Loki retornou e contou os resultados de sua missão, mas a deusa do amor ficou horrorizada com a ideia de entregar seus charmes para o rei dos gigantes de gelo. Nesta emergência, Loki persuadiu Thor a se vestir com as roupas de Freia e acompanhá-lo até Jotunheim. Thrym recebeu sua noiva de grinalda com a cortesia devida, mas ficou muito surpreso ao vê-la comer no jantar oito salmões e um boi adulto inteiro, além de outras delícias, mandando tudo isso goela abaixo com três rodadas de hidromel. Loki, no entanto, assegurou-lhe que ela não comia nada há oito noites, tão grande era sua vontade de se encontrar com seu amor, o renomado governante de Jotunheim. Thrym então ficou curioso para espiar por debaixo do véu de sua noiva, mas recuou, assustado, perguntando porque os olhos de Freia cintilavam com chamas. Loki repetiu a mesma desculpa e o gigante ficou satisfeito. Ele ordenou que o martelo fosse trazido e o colocou no colo da donzela. Então, Thor tirou seu disfarce, agarrou seu martelo recuperado e matou a Thrym e todos os seus seguidores.

Frei também possuía uma arma maravilhosa, uma espada que poderia sozinha espalhar carnificina pelo campo de batalha sempre que o dono assim o ordenasse. Frei separou-se de sua espada, mas teve menos sorte que Thor e nunca a recuperou. Aconteceu assim: Frei, uma vez, subiu no trono de Odin, de onde era possível ver por todo universo e, espiando ali de cima, viu no reino dos gigantes uma bela donzela, a visão pela qual foi afetado repentinamente com profunda tristeza, tanto que daquele momento em diante ele não conseguia nem dormir, nem beber, nem falar. Enfim, Skirnir, seu mensageiro, arrancou-lhe este segredo e se comprometeu a trazer a donzela para se casar com Frei, contanto que ele desse sua espada como recompensa. Frei aceitou e lhe entregou a espada, e Skirnir partiu em sua jornada e conseguiu com que a donzela prometesse que, dentro de nove noites, iria a determinado local e lá se casaria com Frei. Frei exclamou quando Skirnir reportou o sucesso de sua missão:

— Longa é uma noite, longas são duas noites, mas como poderei suportar três? Meses pareceram mais curtos para mim do que metade deste tempo de espera.

Então, Frei obteve Gerda, a mais bela de todas as mulheres, como sua esposa, mas perdeu sua espada.

Esta história intitulada "Skirnir For" e a que imediatamente a precede, "Trym's Quida", serão encontradas poeticamente contadas no livro *Poetas e Poesia da Europa*, de Longfellow.

CAPÍTULO TRINTA E NOVE

VISITA DE THOR A JOTUNHEIM, O PAÍS DOS GIGANTES

Um dia, o deus do trovão, com seu servo Thialfi e acompanhado por Loki, partiu em uma jornada ao país dos gigantes. Thialfi era de todos os homens o mais ágil com os pés. Ele trouxe o alforje de Thor com suas provisões. Quando anoiteceu, eles se encontravam em uma imensa floresta e procuraram por todos os lados um lugar onde pudessem passar a noite e enfim chegaram em um grande salão, com uma entrada que ocupava um lado todo da construção. Ali, eles deitaram para dormir, mas próximo da meia-noite foram alarmados por um terremoto que estremeceu todo o edifício. Thor, levantando-se, chamou seus companheiros para procurar com ele um lugar seguro. À direita, encontraram uma câmara adjacente onde os outros entraram, mas Thor permaneceu na entrada, segurando seu martelo, preparado para se defender do que quer que ocorresse. Um gemido terrível foi ouvido durante a noite e, ao amanhecer, Thor saiu e encontrou deitado perto dele um gigante, que dormia e roncava na direção do que os havia alarmado. Dizem que, pela primeira vez, Thor ficou com medo de usar seu martelo, e assim que o gigante se levantou, Thor se contentou em apenas perguntar seu nome.

— Meu nome é Skrymir — disse o gigante —, mas eu não preciso perguntar teu nome, pois eu sei que tu és o deus Thor. Mas o que aconteceu com minha luva?

Thor então percebeu que o que ele pensara ser um salão era, na verdade, a luva do gigante, e a câmara onde seus dois companheiros procuraram refúgio, o polegar. Skrymir então sugeriu que eles deveriam viajar juntos e, com a concordância de Thor, eles sentaram para tomar o café. Quando terminaram, Skrymir guardou todas as provisões em um alforje, jogou por cima do ombro e caminhou à frente deles, dando passos tão largos que foi difícil para eles acompanhá-lo. Então, eles viajaram o dia todo e, ao anoitecer, Skrymir escolheu um lugar para eles passarem a noite debaixo de um grande carvalho. Skrymir informou-lhes então que se deitaria para dormir.

— Mas peguem o alforje — acrescentou ele — e preparem seu jantar.

Skrymir logo adormeceu e começou a roncar alto; mas quando Thor tentou abrir o alforje, descobriu que o gigante o havia amarrado tão apertado que ele não conseguia desatar um simples nó. Por fim, Thor ficou irritado e, agarrando seu martelo com ambas as mãos, acertou um golpe furioso na cabeça do gigante. Skrymir, acordando, simplesmente perguntou se uma folha havia caído em sua cabeça e se eles já havia ceiado e estavam prontos para dormir. Thor respondeu que eles estavam indo dormir e, dizendo isso, saiu e se deitou embaixo de outra árvore. Mas o sono não veio naquela noite para Thor e, quando mais uma vez Skrymir roncou tão alto que a floresta ecoou com o barulho, ele se levantou e, agarrando seu martelo, o lançou com tanta força na cabeça do gigante que provocou-lhe uma pequena depressão. Skrymir, despertando, gritou:

— Qual o problema? Há algum pássaro empoleirado nessa árvore? Senti algum musgo dos galhos cair em minha cabeça. O que aconteceu, Thor?

Mas Thor saiu apressadamente, dizendo que havia acabado de acordar e como ainda era apenas meia-noite ainda havia tempo para dormir. Ele, todavia, resolveu que se tivesse uma oportunidade de acertar um terceiro golpe, isto deveria resolver todos os problemas entre eles. Um pouco antes do amanhecer, percebendo que Skrymir tornara a cair em um sono profundo e mais uma vez agarrando seu martelo, ele novamente o golpeou com tanta violência que o martelo entrou na cabeça do gigante até o cabo. Mas Skrymir sentou-se e esfregando sua bochecha disse:

— Uma bolota caiu em minha cabeça. O quê? Estás acordado, Thor? Eu acho que é hora de nos levantarmos e nos vestirmos, mas não estamos muito longe de uma cidade chamada Utgard. Tenho ouvido vocês cochichando uns para os outros que eu não sou um homem de dimensões pequenas; mas se vierem a Utgard, verão ali homens muito mais altos do que eu. Portanto, eu lhes aviso: quando chegarem lá, não se achem demais, pois os seguidores de Utgard-Loki não tolerarão pequeninos como vocês se perfazendo por lá. Vocês devem pegar a estrada que leva para o leste, a minha leva para o norte, portanto, aqui nos separamos.

Neste ponto, ele jogou seu alforje em seu ombro e seguiu para longe deles em direção à floresta, e Thor não tinha nenhuma vontade de fazê-lo parar ou para pedir que ficasse mais.

Thor e seus companheiros prosseguiram em seu caminho e perto do meio-dia avistaram uma cidade no centro de uma planície. Era tão alta que eles foram obrigados e curvarem seus pescoços para trás para conseguirem ver seu topo. Ao chegar, eles entraram na cidade e, vendo um grande palácio à sua frente com as portas escancaradas, eles entraram e encontraram vários homens de estatura prodigiosa sentados em bancos no salão. Seguindo em frente, chegaram até o rei, Utgard-Loki, a quem eles saudaram com grande respeito. O rei, referindo-se a eles com um sorriso de desprezo, disse:

— Se eu não me engano, aquele jovem ali deve ser o deus Thor. — Então, dirigindo-se a Thor, disse: — Talvez seja mais do que aparenta ser. Quais as façanhas em que tu e teus camaradas se consideram habilidosos? Pois não é permitido permanecer aqui aquele que em alguma habilidade ou outra não se destaque mais que os outros homens.

— Minha habilidade — disse Loki — é comer mais rápido do que qualquer outro e nisso estou pronto para dar provas contra qualquer um aqui que escolha competir comigo.

— Isto realmente será uma façanha — disse Utgard-Loki —, se realizares o que prometestes. Serás testado imediatamente.

Ele então ordenou que um de seus homens que estava sentado no lado mais afastado do banco e cujo nome era Logi viesse à frente e testasse sua habilidade com Loki. Tendo uma gamela preenchida com carne sido depositada no chão do salão, Loki se colocou em um lado e Logi do outro, e cada um deles começou a comer o mais rápido que pôde, até que se encontraram no meio da gamela. Mas perceberam que Loki havia comido apenas a carne, enquanto o adversário engoliu carne, ossos e a própria gamela. Todos os presentes, portanto, concordaram que Loki havia sido derrotado.

Utgard-Loki então perguntou ao jovem que acompanhava Thor que façanha ele poderia realizar. Thialfi respondeu que ele poderia disputar uma corrida com qualquer um que fosse colocado contra ele. O rei observou que a habilidade de correr era algo de se gabar, mas se o jovem quisesse ganhar o desafio, teria que mostrar grande agilidade. Ele então se levantou e saiu com todos que estavam presentes para uma planície onde havia um bom terreno para correr e, chamando um jovem de nome Hugi, ordenou que corresse contra Thialfi. Na primeira volta, Hugi disparou tanto na frente de seu competidor que ele olhou para trás e o viu não muito longe da linha de largada. Então, eles correram uma segunda e terceira vez, mas Thialfi não teve mais sucesso do que na primeira.

Utgard-Loki então perguntou a Thor em quais habilidades ele escolheria provar o talento pelo qual era tão famoso. Thor respondeu que disputaria uma prova de bebida com qualquer um. Utgard-Loki ordenou que seu copeiro trouxesse o chifre grande que seus súditos eram obrigados a esvaziar quando haviam transgredido de alguma forma a lei do banquete. Quando o copeiro entregou o chifre a Thor, Utgard-Loki disse:

— Qualquer pessoa que seja um bom bebedor esvaziará este chifre em um gole só, apesar que a maioria dos homens tomam em dois, mas até o mais fraco dos beberrões pode beber em três.

Thor olhou o chifre, que não parecia ser de um tamanho extraordinário apesar de um tanto longo; contudo, como estava com muita sede, levou o chifre aos lábios e, sem tomar fôlego, deu o gole mais longo e profundo que pôde, para que não precisasse de um segundo; porém, quando abaixou o chifre e olhou dentro dele, mal podia perceber que o líquido havia diminuído.

Depois de tomar fôlego, Thor voltou a beber com todas as suas forças, mas quando tirou o chifre da boca, parecia-lhe que havia bebido ainda menos que da primeira vez, apesar de o chifre agora poder ser carregado sem transbordar.

— E então, Thor? — disse Utgard-Loki. — Não deves te poupar; se queres esgotar o chifre no terceiro gole, deves beber com tudo e devo dizer que não serás considerado um homem tão poderoso aqui como talvez sejas considerado em casa, se não mostrares maior talento em outras façanhas do que acho que estás a mostrar aqui.

Thor, cheio de ira, novamente levou o chifre aos lábios e fez o seu melhor para esvaziá-lo; mas, ao olhar o chifre, viu que o líquido estava só um pouco mais baixo, então resolveu não fazer mais tentativas e entregou o chifre para o copeiro.

— Agora já vi o suficiente — disse Utgard-Loki. — Tu não és tão forte quanto pensávamos: mas tenta qualquer outra façanha, apesar que acho que não levarás nenhum prêmio daqui contigo.

— Que nova prova tens tu para propor? — disse Thor.

— Temos um jogo bastante trivial aqui — respondeu Utgard-Loki — que apenas as crianças jogam. Consiste em simplesmente levantar meu gato do chão; jamais ousaria mencionar tal façanha para o grande Thor se já não houvesse observado que tu não és de forma alguma o que achávamos.

Assim que terminou de falar, um grande gato cinza brotou no chão do salão. Thor colocou suas mãos embaixo da barriga do gato e fez o seu máximo para levantá-lo do chão, mas o gato, dobrando suas costas, tornou inútil todos os esforços de Thor, apenas uma de suas patas se levantou; vendo isso, Thor não fez outra tentativa.

— Este desafio terminou — disse Utgard-Loki — exatamente como imaginei. O gato é grande, mas Thor é pequeno em comparação a nossos homens.

— Pequeno como me chamas — respondeu Thor —, vejamos quem dentre vocês virá aqui agora que estou furioso e lutará comigo.

— Não vejo ninguém aqui — disse Utgard-Loki, olhando para os homens sentados nos bancos —, que não ache indigno de si lutar contigo; deixarei alguém, entretanto, chamar aqui minha velha ama de leite Elli e Thor lutará com ela se ele quiser. Ela já jogou no chão muitos homens mais fortes do que ele.

Uma senhora desdentada então entrou no salão e recebeu ordens de Utgard-Loki para que enfrentasse Thor. A história é curta: quanto mais Thor apertasse a velha, mais firme ela ficava. Com o tempo, depois de um esforço violento, Thor começou a se desequilibrar e foi finalmente derrubado em um joelho. Utgard-Loki então disse para que parassem, acrescentando que Thor agora não tinha direito de pedir a mais ninguém no salão para lutar com ele e também estava ficando tarde, então ele levou Thor e seus companheiros a seus aposentos e eles passaram a noite ali de bom humor.

Na manhã seguinte, ao nascer do dia, Thor e seus companheiros se vestiram e se prepararam para partir. Utgard-Loki ordenou que lhes fosse posta uma mesa na qual não faltavam alimentos e bebidas. Depois de comer, Utgard-Loki os conduziu aos portões da cidade e, ao se separarem, perguntou a Thor o que tinha achado de sua jornada e se havia encontrado com um homem mais forte do que ele próprio. Thor confessou-lhe que não poderia negar que se envergonhava de si mesmo.

— E o que me deixa mais triste — acrescentou —, é que você vai me chamar de uma pessoa de pouco valor.

— Não — disse Utgard-Loki —, cabe a mim dizer a verdade, agora que estás fora da cidade, que enquanto eu viver e ela estiver sob meu comando, tu não entrarás novamente. E te prometo que, se soubesse que tinhas tanta força e que poderia me colocar tão perto de uma desgraça, eu não deixaria que entrasses nem desta vez. Sabe então que estive todo este tempo te enganando com minhas ilusões; primeiro na floresta, onde eu amarrei com arame de ferro o alforje para que não pudesses desatá-lo. Depois disso, deste-me três golpes com teu martelo; o primeiro, apesar de mais fraco, teria posto fim em meus dias se tivesse me acertado, mas este desviou e seu golpe atingiu a montanha onde você encontrará três vales, um particularmente profundo. Estas são as concavidades provocadas pelo martelo. Fiz o uso de ilusões similares em sua disputa com meus seguidores. No primeiro, Loki, como a própria fome, devorou tudo o que foi colocado à sua frente, mas Logi não era ninguém mais que o fogo e, portanto, não só devorou a carne como também a gamela que a continha. Hugi, com quem Thialfi disputou a corrida, era o pensamento e era impossível para Thialfi acompanhá-lo. Quando tu, na tua vez, tentaste esvaziar o chifre, conseguiste, juro, um feito tão maravilhoso que se não tivesse visto com meus próprios olhos, eu nunca teria acreditado. Pois no final daquele chifre estava no oceano, o que tu não sabias, mas quando chegares à costa vais perceber o quanto o oceano abaixou pelos teus goles. Tu executaste uma façanha não menos maravilhosa ao levantar o gato; para dizer a verdade, quando vimos que uma de suas patas estava acima do chão ficamos todos aterrorizados, pois o que tu achaste ser um gato na verdade era a serpente de Midgard que envolve o planeta, e ela estava tão esticada por ti que mal conseguiu segurar a cauda na boca. Tua luta com Elli foi também um feito dos mais extraordinários, pois ainda não existiu um homem, nem vai existir, que não se curve à velhice, que era quem Elli era, na verdade. Mas agora que vamos nos separar, deixe-me dizer que será melhor para nós dois que tu nunca mais chegues perto de mim novamente, pois se o fizeres, deverei novamente me defender com outras ilusões, assim sendo só vais desperdiçar tuas forças e não conquistarás fama alguma me desafiando.

Ao ouvir estas palavras, Thor, enfurecido, segurou seu martelo e o teria lançado nele, mas Utgard-Loki havia desaparecido e, quando Thor retornou à cidade para destruí-la, não encontrou nada a não ser uma planície verdejante.

CAPÍTULO QUARENTA

A MORTE DE BALDUR — OS ELFOS — RUNAS — OS ESCALDOS — ISLÂNDIA — MITOLOGIA TEUTÔNICA — *A CANÇÃO DOS NIBELUNGOS*

BALDUR, O BOM, TENDO sido atormentado com sonhos terríveis que prenunciavam que sua vida estava em perigo, contou sobre eles aos deuses reunidos, que resolveram conjurar tudo que era possível para afastar dele o risco ameaçador. Então, Frigga, esposa de Odin, exigiu um juramento do fogo e da água, do ferro e dos outros metais, das pedras, árvores, doenças, feras, pássaros, venenos e criaturas rastejantes que nenhum deles fariam mal algum a Baldur. Odin, não satisfeito com tudo isso e se sentindo alarmado pelo destino de seu filho, determinou que consultasse a profetisa Angerbode, uma giganta, mãe de Fenrir, Hela e da serpente de Midgard. Ela estava morta e Odin foi forçado a procurá-la nos domínios de Hela. A Descida de Odin é o tema de uma bela ode de Gray, que assim começa:

> "O rei dos homens rápido se levantou
> E seu corcel negro como carvão selou."

Mas os outros deuses, achando que o que Frigga fizera era suficiente, divertiram-se usando Baldur como alvo, uns jogando dardos nele, alguns atirando-lhe pedras, enquanto outros o golpeavam com suas espadas e machados; não importava o que fizessem, nenhum deles conseguia feri-lo. E isto se tornou de seus passatempos favoritos e foi considerado uma honra mostrada a Baldur. Mas quando Loki viu a cena, ficou bastante incomodado por Baldur não poder se machucar. Assumindo, então, a forma de uma mulher, ele foi até Fensalir, a mansão de Frigga. A deusa, ao ver a pretensa mulher, perguntou-lhe se ela sabia o que os deuses estavam fazendo em suas reuniões. Ela respondeu, dizendo que estavam lançando dardos e pedras em Baldur, sem poderem machucá-lo.

— Sim — disse Frigga —, nem pedras, nem madeira, nem qualquer outra coisa pode ferir Baldur, pois eu exigi um juramento de todos eles.

— O quê? — exclamou a mulher. — Todas as coisas prometeram poupar Baldur?

— Todas as coisas — confirmou Frigga —, com exceção de um pequeno arbusto que cresce no lado leste de Valhalla e é chamado de visco; achei que ele era muito jovem e frágil para exigir-lhe um juramento.

Assim que Loki ouviu isso ele foi embora e, retornando à sua forma natural, cortou o visco e voltou para o lugar onde os deuses estavam reunidos. Ali, ele encontrou Hodur de pé, afastado, sem tomar parte das brincadeiras, por causa de sua cegueira, e indo até ele, disse-lhe:

— Por que você também não joga alguma coisa em Baldur?

— Porque eu sou cego — respondeu Hodur — e não vejo onde Baldur está. Além do mais, não tenho o que jogar.

— Venha, então — disse Loki. — Faça como os outros, e honre Baldur jogando este graveto nele e eu guiarei seu braço em direção ao lugar que ele está.

Hodur então apanhou o visco e, sobre a orientação de Loki, o atirou em Baldur que, tendo o corpo atravessado pelo graveto, caiu sem vida. Obviamente, nunca havia sido presenciado, entre deuses e homens, um ato tão atroz quanto este. Quando Baldur tombou, os deuses calaram-se, horrorizados, e então olharam uns para os outros e todos pensaram em colocar as mãos naquele que havia cometido tal barbaridade, mas eles foram obrigados a adiar sua vingança por respeito ao lugar sagrado em que estavam reunidos.

Eles desabafaram sua tristeza, lamentando alto. Quando os deuses voltaram a si, Frigga perguntou quem dentre eles gostaria de angariar todo seu amor e boa vontade.

— Para isso — disse ela —, ele deverá dirigir-se até Hel e oferecer a Hela um resgate, se ela deixar Baldur retornar a Asgard.

Ao que Hermod, apelidado de o Ágil, o filho de Odin, ofereceu-se para empreender a jornada. Sleipnir, o cavalo de Odin, que tinha oito pernas e era capaz de ultrapassar o vento, foi então trazido e nele Hermod montou e galopou rumo à sua missão. Pelo período de nove dias e o mesmo número de noites, ele trotou por vales profundos tão escuros que não conseguia discernir nada, até que chegou no rio Gyoll, que cruzou por uma ponte coberta de ouro. A donzela que guardava a ponte perguntou o seu nome e linhagem, contando-lhe que na noite anterior cinco grupos de pessoas mortas cavalgaram por cima da ponte e ela não balançara tanto como o fazia agora apenas com ele.

— Mas — acrescentou ela — você não tem a cor da morte; então, por que cavalgas a caminho de Hel?

— Cavalgo para Hel — Hermod respondeu — para procurar Baldur. Você por acaso não o teria visto passando por aqui?

— Baldur atravessou a ponte sobre o Gyoll — respondeu ela — e por ali fica o caminho que ele tomou para as moradas da morte.

Hermod seguiu em sua jornada até que chegou aos portões fechados de Hel. Ali ele apeou, apertou ainda mais a fivela de sua sela e, montando novamente, golpeou duas vezes com as esporas seu cavalo, que transpôs o portão com um tremendo salto sem nem sequer esbarrar. Hermod então galopou até o palácio, onde encontrou seu irmão ocupando o lugar mais distinto do salão e passou a noite em sua companhia. Na manhã seguinte, ele implorou a Hela para que deixasse Baldur retornar para casa com ele, assegurando-lhe que outra coisa senão lamentações seriam ouvidas entre os deuses. Hela respondeu que deveria ser testado agora se Baldur era realmente tão amado como diziam que era.

— Se, então — acrescentou ela —, todas as coisas do mundo, viventes ou não, chorarem por ele, ele retornará à vida; mas se uma coisa que seja falar contra ele ou se recusar a chorar, ele deverá permanecer em Hel.

Hermod então cavalgou de volta para Asgard e contou tudo o que ouviu e presenciou.

Os deuses, de posse tais informações, despacharam mensageiros por todo o mundo para implorar a todas as coisas para que chorassem, de modo que Baldur pudesse ser resgatado de Hel. Todas as coisas concordaram de boa vontade com esse pedido, e tanto os homens quanto todos os demais seres vivos, além de terras e pedras, e árvores e metais, choraram como vemos acontecer quando levados de um lugar frio para um quente. Conforme os mensageiros foram retornando, eles encontraram uma velha chamada Thaukt sentada em uma caverna e imploraram para que ela chorasse a fim de que Baldur pudesse sair de Hel. Mas ela respondeu:

— Thaukt irá chorar com lágrimas secas o funeral de Baldur. Que Hela o guarde.

Houve muitas suspeitas de que a velha era ninguém menos que o próprio Loki, que nunca parou de fazer o mal entre deuses e homens. Então, Baldur foi impedido de voltar para Asgard.[29]

O funeral de Baldur

Os deuses pegaram o corpo e o levaram para a costa, onde ficava Hringham, o navio de Baldur, que era tido como o maior do mundo. O corpo de Baldur foi posto na pira funerária, a bordo do navio, e sua esposa, Nanna, estava tão triste com a visão que seu coração de despedaçou e seu corpo foi queimado na mesma pira que o de seu marido. Uma grande multidão que reunia vários tipos de pessoas estava presente no funeral de Baldur. Primeiro veio Odin acompanhado por Frigga, as valquírias e seus corvos; então, Frei em sua carruagem puxada por Gullinbursti, o javali; Heimdall trotava em seu cavalo Gulltopp e Freia conduzia sua carruagem puxada por gatos. Estavam lá também muitos gigantes do gelo e gigantes das montanhas. O cavalo de Baldur foi levado à pira totalmente aparamentado e foi consumido pelas mesmas chamas que seu mestre.

Mas Loki não escapou de sua merecida punição. Quando viu quão furiosos estavam os deuses, ele fugiu para a montanha e ali construiu para si uma cabana com quatro portas, para que assim pudesse ver qualquer perigo que se aproximasse. Ele inventou uma rede para pegar peixes, como as que

---

29   Em Longfellow será encontrado um poema chamado "Tegne's Drapa", que fala sobre a morte de Baldur.

os pescadores usam até os dias de hoje. Mas Odin descobriu seu esconderijo e os deuses se reuniram para capturá-lo. Ele, vendo isto, transformou-se em um salmão e escondeu-se entre as pedras do riacho. Mas os deuses apanharam sua rede e a arrastaram pelo riacho, e Loki, achando que poderia ser capturado, tentou pular por cima da rede; mas Thor o pegou pela cauda e a apertou, então os salmões desde então têm a calda notavelmente fina. Eles o prenderam com correntes e suspenderam uma serpente sobre sua cabeça, cujo veneno caía em seu rosto gota a gota. Sua esposa, Siguna, senta-se ao seu lado e coleta as gotas em uma taça assim que caem; mas quando ela leva a taça para esvaziar, o veneno é derramado sobre Loki, o que o faz uivar horrorizado e contorcer seu corpo tão violentamente que todo o planeta treme e isto produz o que os homens chamam de terremoto.

Os elfos

As *Eddas* mencionam outra classe de seres, inferiores aos deuses, mas, ainda assim, possuidores de grande poder; eles eram chamados de elfos. Os espíritos brancos, ou elfos de luz, eram extremamente belos, mais radiantes que o sol e vestidos em roupas de uma textura delicada e transparente. Eles amavam a luz, tinham uma disposição bondosa em relação aos homens e geralmente assemelhavam-se a crianças belas e adoráveis. Sua terra era chamada de Alfheim e era o domínio de Freir, o deus do sol, sob a luz do qual estavam sempre se divertindo.

Os escuros ou elfos da noite eram um tipo diferente de criaturas. Feias, anões narigudos de uma coloração amarronzada, eles apareciam somente à noite, pois evitavam o sol como seu mais temido inimigo, porque sempre que seus raios projetavam-se sobre algum deles, eles se transformavam imediatamente em pedra. Sua linguagem era o eco das solidões, e o lugar que habitavam, cavernas e fissuras. Supostamente, vieram ao mundo como vermes produzidos pelo corpo putrefato de Ymir e foram depois dotados pelos deuses com a forma humana e grande racionalidade. Eles se distinguiam particularmente por um conhecimento dos misteriosos poderes da natureza e pelas runas que esculpiam e explicavam. Eles eram os mais habilidosos artesões entre todos os seres já criados e trabalhavam com metal e madeira. Entre os seus mais notáveis trabalhos estão o martelo de Thor e o navio Skidbladnir, que eles deram a Freir e que era tão grande que poderia comportar todas as divindades com seus implementos de guerra, mas era tão habilmente projetado que, quando dobrado, podia ser colocado em um bolso.

Ragnarok, o Crepúsculo dos Deuses

Era uma crença muito forte entre as nações do norte de que chegaria um dia quando todas as criações visíveis, os deuses de Valhala e Niffleheim, os habitantes de Jotunheim, Alfheim e Midgard, com suas moradas, seriam destruídos. O temível dia da destruição, no entanto, não acontecerá sem preliminares. Primeiro, virá um inverno triplo, durante o qual neve cairá dos quatro cantos dos céus, o frio será muito severo, o vento perfurante, o clima tempestuoso e o sol não concederá nenhuma alegria. Três invernos assim passarão sem serem interrompidos por nenhum verão. Outros três invernos similares então seguirão, onde guerra e discórdia se espalharão pelo universo. O próprio planeta ficará assustado e começará a tremer, o mar deixará sua bacia, céu se rasgará em pedaços e os homens morrerão em grande número e as águias se banquetearão com seus corpos ainda palpitantes. O lobo Fenrir se soltará de sua corrente, a serpente de Midgard se levantará de seu leito no oceano e Loki, libertado de suas amarras, se juntará aos inimigos dos deuses. Em meio à devastação geral, os filhos de Muspelheim avançarão sob a liderança de Surtur, adiante e depois do qual se romperão chamas. Marcharão adiante pela Bifrost, a ponte arco-íris, que se parte sob os cascos dos cavalos. Mas eles, desconsiderando a queda da ponte, direcionarão seu curso para o campo de batalha chamado Vigrid. Para lá também vão o lobo Fenrir, a serpente de Midgard, Loki com todos os seguidores de Hela e os gigantes de gelo.

Heimdall levanta-se e soa o Giallar para reunir os deuses e heróis para o combate. Os deuses avançam, liderados por Odin, que enfrenta o lobo Fenrir, mas perece pelas garras do monstro, que é, contudo, morto por Vidar, filho de Odin. Thor torna-se célebre por matar a serpente de Midgard, mas se encolhe e cai morto, sufocado pelo veneno que a criatura agonizante expeliu sobre ele. Loki e Heimdall se encontram e lutam até que os dois sejam mortos. Os deuses e seus inimigos tendo caído em batalha, Surtur, que matou Freir, lança fogo e chamas sobre o mundo e todo o universo queima. O sol começa a perder o brilho, a terra afunda no oceano, as estrelas desabam do céu e o tempo já não existe mais.

Depois disso, Alfadur (O Onipotente) fará com que um novo céu e uma nova terra surjam do oceano. A nova terra cheia de suprimentos abundantes vai espontaneamente produzir seus frutos sem trabalho ou cuidados. Maldade e miséria não serão mais conhecidas, mas os deuses e homens viverão felizes juntos.

Runas

Não é preciso ir muito longe na Dinamarca, Noruega ou Suécia para encontrar grandes pedras de diferentes formatos, gravadas com caracteres denominados runas, que parecem à primeira vista bem diferentes de tudo que conhecemos. As letras consistem quase invariavelmente de linhas retas, na forma de pequenos palitos ou sozinhos ou agrupados. Tais palitos foram em tempos remotos usados pelas nações do norte para o propósito de determinar certos eventos. Os palitos eram agitados e, pelas figuras que formavam, um tipo de previsão resultava.

Os caracteres rúnicos eram de vários tipos. Eles eram usados principalmente para fins mágicos. As nocivas, ou, como eram chamadas, as runas amargas, eram usadas para trazer vários males para seus inimigos; as favoráveis evitavam os infortúnios. Algumas eram medicinais, outras empregadas para obter amor etc. Em tempos posteriores, as runas foram frequentemente empregadas para inscrições, das quais mais duas mil foram encontradas. A linguagem é um dialeto do gótico chamado Norse, ainda em uso na Islândia. As inscrições podem, portanto, ser lidas; no entanto, foram encontradas pouquíssimas que lançassem alguma luz à História. Elas consistem em grande parte de epitáfios em lápides.

A ode de Gray em "Descendente de Odin" contém uma alusão ao uso de letras rúnicas para encantamentos:

> "Ao clima do Norte se voltou,
> Três vezes versos rúnicos traçou
> Três vezes os pronunciou, em tons temerosos,
> O arrepiante poema que desperta os mortos,
> Até que, do chão oco, lentamente
> Soprou um ruído insolente."

Os escaldos

Os escaldos eram os bardos e poetas da nação, uma classe muito importante de homens em todas as comunidades em um estágio primitivo da civilização. Eles são os depositários de toda narrativa histórica que existe e é seu trabalho misturar algo de intelectual com os rudes banquetes dos guerreiros, rememorando, por meio da poesia e da música, no limite de sua habilidade, os feitos de seus heróis vivos ou mortos. As composições dos escaldos eram chamadas de sagas, muitas das quais chegaram até nós e contêm material histórico de valor e uma descrição fiel do estado da sociedade na época em que é relatada.

Islândia

As *Eddas* e Sagas chegaram até nós pela Islândia. O excerto a seguir, da obra de Carlyle, "Heróis e o Culto ao Herói", fornece um relato animado da região onde as histórias estranhas que temos lido tiveram sua origem. Deixemos que o leitor o compare por um momento com a Grécia, os pais da mitologia clássica:

> "Naquela estranha ilha, Islândia — compelida, segundo os geólogos, pelo fogo do fundo do oceano, uma terra selvagem de aridez e lava, engolida por muitos meses ao ano por tempestades escuras e ainda assim com uma beleza selvagem e cintilante no verão, erguendo-se imponente e sombria no oceano norte, com suas montanhas de neve, gêiseres estrondosos, piscinas de enxofre e horríveis fendas vulcânicas, como um desolado e caótico campo de batalha de fogo e gelo — onde, de todos os lugares, é o último que procuraríamos por literatura ou memórias escritas —, o registro destas coisas foram escritos. Na costa desta terra selvagem há uma faixa de campos verdejantes, onde o gado pode subsistir e também o homem por meio dele e do que o mar oferece; e aparentemente foram estes homens poéticos, homens que tinham pensamentos profundos e os expressavam musicalmente. Muito seria perdido se a Islândia não tivesse surgido do mar, não sido descoberta pelos homens do norte!"

Mitologia teutônica

Na mitologia da Alemanha, o nome de Odin aparece como Wotan; Freia e Frigga são consideradas a mesma divindade e os deuses são representados com uma disposição menos bélica que os dos mitos escandinavos. No geral, contudo, a mitologia teutônica é quase idêntica à mitologia dos países nórdicos. A divergência mais notável é devido às mudanças nas lendas por motivos de diferenças nas condições climáticas. A condição social mais avançada da Alemanha também aparece na mitologia deles.

A Canção dos Nibelungos

Um dos mitos mais antigos da raça teutônica é encontrado no grande poema épico nacional *A Canção dos Nibelungos*, que data da era pré-histórica quando Wotan, Frigga, Thor, Loki e os outros deuses e deusas eram cultuados nas florestas alemãs. O épico é dividido em duas partes: a primeira conta como Siegfried, o mais novo dos reis da Holanda, foi até Worms para pedir a mão de Cremilda, irmã de Gunter, rei da Borgonha, em casamento. Enquanto estava com Gunter, Siegfried ajudou o rei da Borgonha a conseguir como sua esposa Brunilda, rainha de Island. Brunilda anunciou publicamente que só poderia se tornar seu marido quem a vencesse no lançamento de dardo, no arremesso de rochas e em salto. Siegfried, que possuía um manto da invisibilidade, ajudou Gunter nestas três provas e Brunilda se tornou sua esposa. Em retribuição por estes serviços, Gunter casou sua irmã Cremilda com Siegfried.

Depois de algum tempo, Siegfried e Cremilda foram visitar Gunter, quando as duas mulheres começaram uma disputa sobre os méritos de seus maridos. Cremilda, para exaltar Siegfried, contou que era a ele que Gunter devia suas vitórias e sua esposa. Brunilda, furiosa, incumbiu Hagan, vassalo de Gunter, de assassinar Siegfried. No épico, Hagan é descrito da seguinte forma:

> "Bem crescido e parrudo era o convidado temido;
> Longas eram suas pernas e musculosas, seu peito largo e definido;
> Seus cabelos, que outrora foram negros, ultimamente o grisalho estava a salpicar;
> Seu semblante era terrível e nobre era seu caminhar."
> — *A Canção dos Nibelungos*, Estrofe 1.789.

Este Aquiles do romance germânico apunhalou Siegfried entre os ombros, enquanto o infeliz rei da Holanda curvava-se para beber de um riacho durante uma caçada.

A segunda parte do épico conta como, treze anos depois, Cremilda casou-se com Etzel, rei dos hunos. Depois de um tempo, ela convidou o rei da Borgonha, com Hagan e muitos outros para a corte de seu marido. Uma terrível discussão foi iniciada no salão de banquetes, que culminou no assassinato de todos os convidados menos Gunter e Hagan. Estes dois foram feitos prisioneiros e entregues a Cremilda, que, com as próprias mãos, cortou a cabeça de ambos. Por este ato sangrento de vingança, Cremilda foi morta por Hidelbrando, um mago e campeão, que na mitologia alemã pode ser comparado, guardada as devidas proporções, ao Nestor da mitologia grega.

O tesouro dos Nibelungos

Tratava-se de uma quantidade mítica de ouro e pedras preciosas que Siegfried obteve dos nibelungos, o povo do norte que ele conquistou e cujo país tornou tributário ao seu próprio reino a Holanda. Pela ocasião de seu casamento, Siegfried ofereceu o tesouro a Cremilda como dote. Depois do assassinato de Siegfried, Hagan o subtraiu e o enterrou secretamente debaixo do Reno em Lochham, pretendendo retornar para recuperá-lo mais tarde. O tesouro foi perdido para sempre quando Hagan foi morto por Cremilda. Suas maravilhas são narradas assim no poema:

> "Foi o que por quatro dias e quatro noites doze carroças
> Conseguiram do alto da montanha para a baía do mar salgado carregar com força;
> E para cima e para baixo viajou três vezes por dia cada, que acossa.
> (...)
> Não era composto de outra coisa senão ouro e pedras preciosas;
> Se o mundo todo comprasse dele, e baixasse seu valor de forma espantosa,
> Não faria nenhuma diferença visível no monte que havia ali, acredito."
> — *A Canção dos Nibelungos*, Canto XIX.

Quem quer que possuísse o tesouro era chamado de Nibelungo. Desta forma, certo povo da Noruega foi uma vez assim chamado. Quando Siegfried estava de posse do tesouro, ele recebeu o título de rei dos Nibelungos.

O *Anel do Nibelungo* de Wagner

Apesar de a composição de Richard Wagner guardar alguma semelhança com o antigo épico alemão, é uma composição inteiramente independente e oriunda de vários outros cantos e sagas, que o compositor teceu em uma espetacular e harmoniosa história. A principal fonte foi a *Saga dos Volsungos*, enquanto trechos menores foram extraídos da antiga *Edda* e da *Canção dos Nibelungos*, da *Elfenlied* e de outros folclores teutônicos.

No drama, existem, a princípio, apenas quatro raças distintas — os deuses, os gigantes, os anões e as ninfas. Posteriormente, a partir de uma criação especial, vieram as valquírias e os heróis. Os deuses são os mais nobres e a raça superior, e habitam primeiro os campos montanhosos e mais tarde o palácio em Valhala. Os gigantes são uma raça grande e forte, mas lhes falta sabedoria; eles odeiam o que é nobre e são inimigos dos deuses; eles moram em cavernas próximas à superfície da terra. Os anões, ou *nibelungos*, são pigmeus negros e grosseiros, odeiam o bem, odeiam os deuses; eles são engenhosos e astutos e moram nas entranhas da terra. As ninfas são puras e inocentes criaturas das águas. As valquírias são filhas dos deuses, mas misturadas com uma linhagem mortal; elas coletam heróis mortos dos campos de batalhas e os levam para Valhala. Os heróis são filhos dos deuses, mas também mesclados a uma linhagem mortal; eles estão destinados a, no fim, se tornarem a maior raça de todas e a sucederem os deuses no comando do planeta.

Os deuses principais são Wotan, Loki, Donner e Froh. Os principais gigantes são os irmãos Fafner e Falsot. Os principais anões são os irmãos Alberich e Mime e, posteriormente, Hagan, filho de Alberich. As ninfas principais são as filhas do Reno Flossilda, Woglinda e Wellgunda. Existem nove valquírias, das quais Brunilda é a líder.

A história do *Anel* de Wagner pode ser resumida assim:

Existe um acúmulo de ouro nas profundezas do Reno, guardado pelas inocentes donzelas do Reno. Alberich, o anão, renega o amor para obter este ouro. Ele transforma o ouro em um anel mágico. Ele lhe concede todo o poder e, por meio dele, acumula uma vasta quantidade de tesouros.

Enquanto isso, Wotan, líder dos deuses, mobilizou os gigantes para lhe construir um nobre castelo, Valhalla, do qual possa reinar sobre o mundo, prometendo como pagamento Freia, deusa da beleza e do amor. Mas os deuses perceberam que não podiam ficar sem Freia, pois dependiam dela para conseguir a juventude imortal. Loki, convocado para que encontrasse uma substituta, conta do anel mágico de Alberich e os outros tesouros. Wotan acompanha Loki, e eles roubam o anel e os tesouros de Alberich, que amaldiçoa o anel e qualquer um que o possua dali em diante. Os deuses deram o anel e o tesouro para os gigantes no lugar de Freia. A maldição enfim tem início. Um gigante, Fafner, mata seu irmão para ficar com tudo, e se transforma em um dragão para guardar sua riqueza. Os deuses entram em Valhala pela ponte arco-íris. Isto conclui a primeira parte do drama chamado O Ouro de Reno.

A segunda parte, As Valquírias, narra como Wotan ainda deseja o anel. Mas não pode ele próprio pegá-lo, pois deu sua palavra aos gigantes. Ele permanece fiel ou cai por seu juramento. Então, ele trama um plano para conseguir o anel. Ele pegará alguém da raça dos heróis para trabalhar para ele e recuperar o anel e o tesouro. Siegmund e Sieglinda são crianças gêmeas desta nova raça. Sieglinda é levada quando criança e forçada a casar-se com Hunding. Siegmund, sem saber, quebra as leis do casamento, mas ganha Nothung, a grande espada, e uma noiva. Brunilda, líder das valquírias, é incumbida por Wotan em nome de Fricka, deusa do casamento, a assassinar Siegmund por seu pecado. Ela desobedece e tenta salvá-lo, mas Hunding, ajudado por Wotan, o mata. Sieglinda, entretanto, prestes a se tornar a mãe do herói livre, que se chamará Siegfried, é salva por Brunilda e escondida em uma floresta. Brunilda é punida sendo transformada em uma mulher mortal. Ela é deixada dormindo nas montanhas dentro de uma roda de fogo que apenas um herói poderia penetrar.

O drama continua com a história de Siegfried, que começa com uma cena entre Mime, o anão, e Siegfried em uma forja. Mime está forjando uma espada e Siegfried faz pouco caso dele. Mime diz a ele algo sobre sua mãe, Sieglinda, e lhe mostra os pedaços da espada quebrada de seu pai. Wotan aparece e diz que apenas alguém que não tem medo poderia reforjar a espada. Siegfried não sabe o que é medo e logo reforja a espada Nothung. Wotan e Alberich vão até onde o dragão Fafner está guardando o anel. Os dois o desejam, mas nenhum pode pegá-lo. Logo Mime aparece trazendo Siegfried com a poderosa espada. Fafner se revela, mas Siegfried o mata. Tocando por acaso seus lábios com o sangue do dragão, ele começa a entender a linguagem dos pássaros. Eles contam a Siegfried sobre o anel. Ele vai e o pega. Siegfried agora está de posse do anel, mas este não traz nenhuma felicidade a Siegfried, apenas o mal. Ele amaldiçoa o amor e, por fim, leva à morte. Os pássaros contam também da traição de Mime. Ele mata Mime. Ele quer alguém para amar. Os pássaros contam a ele sobre a adormecida Brunilda, que ele encontra e com quem se casa.

O Crepúsculo dos Deuses retrata na abertura as três nornas ou moiras tecendo e medindo o fio do destino. É o começo do fim. O par perfeito, Siegfried e Brunilda, aparecem no ápice de suas vidas, ideais esplêndidos de masculinidade e feminilidade. Mas Siegfried sai pelo mundo em busca de proezas. Ele entrega a ela o anel do Nibelungo para que guarde como uma promessa de seu amor até que ele volte. Enquanto isso, Alberich também havia gerado um filho, Hagan, para conseguir-lhe o anel. Ele é parte da raça dos Gibichung e trabalha através de Gunter e Gutrune, seu meio-irmão e meia-irmã. Eles atraem Siegfried até eles, lhe dão uma poção mágica que o faz esquecer Brunilda e se apaixonar por Gutrune. Sob este mesmo encanto, ele se oferece para trazer Brunilda para que se case com Gunter. Agora, Valhala está cheia de tristeza e desespero. Os deuses temem o fim. Wotan murmura:

— Ó, que ela entregue o anel de volta para o Reno.

Mas Brunilda não vai entregar o anel — ele é agora sua promessa de amor. Siegfried aparece, pega o anel e Brunilda agora é levada para o castelo dos Gibichungos em Reno; porém, Siegfried, sob os efeitos do encantamento, não a ama. Ela se casará com Gunter. Ela se levanta, furiosa, e critica Siegfried. Mas em um banquete pós-caçada dão a Siegfried outra poção mágica, fazendo com que se lembre de tudo, e ele é morto por Hagan com um golpe nas costas enquanto chama apaixonado por Brunilda. Então, vem o desfecho. O corpo de Siegfried é queimado em uma pira, uma grande marcha fúnebre é ouvida, e Brunilda cavalga para as chamas e se sacrifica em nome do amor; o anel retorna para as filhas do Reno; e o velho mundo — o dos deuses de Valhala, da paixão e do pecado — é consumido pelas chamas, pois os deuses quebraram leis morais e privilegiaram o poder em vez do amor, o ouro em vez da verdade, portanto, devem perecer. Eles morrem e uma nova era, o reinado do amor e da verdade, tem início.

Aqueles que desejam estudar as diferenças nas lendas da *Canção dos Nibelungos* e do *Anel dos Nibelungos* e a forma como Wagner usou este antigo material devem buscar o livro do professor W. C. Sawyer intitulado *Lendas Teutônicas na Canção dos Nibelungos e no Anel dos Nibelungos*, no qual o assunto é tratado detalhadamente. Para uma análise completa e minuciosa do anel como a de Wagner, com um estudo dos temas musicais, provavelmente nada é melhor para o leitor médio que o livro *Os Sons Épicos*, de Freda Winworth. O trabalho mais acadêmico do professor Lavignac é indispensável para os estudantes dos dramas de Wagner. Existem muitos comentários esclarecedores nas fontes e matérias do livro *Lendas do Drama de Wagner*, de J. L. Weston.

CAPÍTULO QUARENTA E UM

Os druidas — Iona

Os **DRUIDAS ERAM SACERDOTES** ou ministros da religião entre as antigas nações Celtas da Gália, Bretanha e Alemanha. Nossas informações a respeito deles são emprestadas de escritores gregos e romanos, comparadas com o que ainda resta de poesia gaélica.

Os druidas combinavam as funções de padre, juiz, erudito e médico. Eram para o povo das tribos celtas o equivalente ao que se colocam para as pessoas que reverenciam os brâmanes na Índia, os magos na Pérsia e os sacerdotes dos egípcios.

Os druidas ensinam a existência de um deus único, a quem deram o nome de "Be'Al", cujo significado, de acordo com os versados na cultura celta, seria "a vida de todos" ou "a fonte de todos os seres," e que parece ter afinidade com o Baal dos fenícios. O que torna tal afinidade mais marcante é que os druidas, assim como os fenícios, identificavam sua respectiva divindade suprema com o sol. O fogo era considerado um símbolo de divindade. Escritores latinos afirmam que os druidas também cultuavam inúmeros deuses menores. Eles não usavam imagens para representar o objeto de sua adoração e nem se reuniam em templos ou construções de qualquer que fosse o tipo para a execução de seus atos sagrados. Um círculo de pedra (cada qual geralmente enorme) abrangendo uma área de seis a trinta metros de diâmetro constituía seu santuário. O mais famoso deles permanece até hoje sendo o Stonehenge, na planície de Salisburg, Inglaterra.

Estes locais sagrados eram geralmente situados em algum lugar perto de água corrente ou sob a sombra de um bosque ou grande carvalho. No centro do círculo, situava-se o cromeleque, ou altar, que era uma pedra grande deitada sobre outras duas em suas extremidades, formando uma espécie de mesa. Os druidas também cultuavam monumentos megalíticos em lugares elevados: grandes pedras ou pilhas de pedras no topo de colinas. Eram chamadas de dólmens e usadas para o culto da divindade sob o símbolo do sol.

É fato consumado que os druidas ofereciam sacrifícios a suas divindades. Mas existem dúvidas sobre o que era oferecido em sacrifício e sabemos muito pouco das cerimônias relacionadas a seus serviços religiosos. Os escritores clássicos (romanos) afirmam que eles ofertavam sacrifícios humanos em grandes ocasiões, como em caso de vitórias em guerra ou cura para doenças perigosas. César forneceu uma descrição detalhada da forma como isto era realizado: "Eles têm estátuas de tamanho colossal, cujas pernas, feitas de galhos trançados, formam gaiolas e são abarrotadas com pessoas vivas. Eles então ateiam fogo nessas imagens e as pessoas presas em seu interior são consumidas pelas chamas". Muitos escritores celtas tentaram desmentir o testemunho dos historiadores romanos quanto a este assunto, mas sem sucesso.

Os druidas celebram dois festivais a cada ano. O primeiro acontece no começo de maio e é chamado Beltane ou "fogo de deus". Nesta ocasião, é montada uma grande fogueira em um local alto, e honra ao sol, tal é a comemoração de seu benevolente retorno depois de um sombrio e desolador inverno. Resquícios deste costume permanecem até hoje em partes da Escócia sob o título de "Whitsunday". Sir Walter Scott usa a palavra na "Canção do Barco" em *A dama do lago*:

> "A nossa não é uma muda, o acaso semeado pela fonte,
> Florescendo em Beltane no inverno para desaparecer" etc.

O outro grande festival dos druidas era denominado "Samhaim", ou "fogo da paz", e era celebrado em "Hallow-eve" (1º. de novembro), designação que se conserva até hoje nas Highlands da Escócia. Nesta ocasião, os druidas congregavam-se em evento solene na parte mais central do distrito para desempenhar as funções judiciais de sua ordem. Todas as questões, fossem públicas ou privadas, e todos os crimes contra o cidadão ou propriedade eram-lhe, então, apresentados para serem julgados. Tais atos judiciais eram combinados com algumas superstições, como o ato de acender o fogo sagrado, quando todas as fogueiras do distrito, que antes haviam sido cuidadosamente apagadas, devem tornar a ser ateadas. Esse uso de fogueiras no Hallow-eve perdurou nas ilhas britânicas até depois do estabelecimento do cristianismo.

Conjuntamente a estes dois grandes festivais anuais, os druidas tinham o hábito de celebrar a lua cheia e, em especial, o sexto dia da lua. Neste último, eles buscavam visco, que crescia em seu carvalho favorito e ao qual, assim como o próprio carvalho, eles atribuíam virtudes particulares e santidade. Sua descoberta era uma ocasião de alegria e adoração solene.

"Eles a chamam", diz Plínio, "por uma palavra cujo significado é 'cura tudo' e, após realizar as preparações solenes para o banquete e sacrifícios sob a árvore, eles levam para lá dois bois totalmente brancos, cujos chifres são amarrados pela primeira vez. O sacerdote, então, vestido de branco, sobe a árvore e corta o visco com uma faca dourada. Ele é coletado em um tecido branco e, em seguida, as vítimas são mortas, efetuando-se ao mesmo tempo as preces para que o deus agracie prosperamente aqueles que fizeram a oferenda". Eles bebem a água na qual o visco foi infundido e acreditam que é um remédio para todas as doenças. O visco é uma planta parasitária e não é comum e nem frequente no carvalho, então, quando é encontrado, torna-se ainda mais precioso.

Os druidas eram os professores da moralidade assim como da religião. Dos seus ensinamentos éticos, um exemplo valioso é preservado na Tríade dos Bardos Gaélicos e disto podemos entender que suas visões de moral e retidão eram no geral justas e que eles mantinham e ensinavam princípios nobres e valiosos de conduta. Eles eram também homens da ciência e sábios de sua época e do seu povo. Se eles conheciam ou não a escrita é tema de discussão, apesar de a probabilidade ser grande de conhecerem, até certo ponto. Mas é certo que não deixaram registro algum de sua doutrina, sua história ou de sua poesia. Seu método de ensino era oral e sua literatura (se é que tal palavra pode ser usada neste caso) foi preservada apenas pela tradição. Mas os escritores romanos admitem que "prezavam muito pela observância à ordem e às leis da natureza e investigavam e ensinavam aos jovens sob seus cuidados muitas coisas a respeito das estrelas e seus movimentos, o tamanho do planeta e das terras, e a respeito do poder dos deuses imortais".

A história deles consiste de contos tradicionais, nos quais os feitos heroicos de seus ancestrais eram celebrados. Isto era feito aparentemente em versos e assim constitui parte da poesia e também da história dos druidas. Nos poemas de Ossian, temos, se não a legítima produção dos tempos dos druidas, o que pode ser considerado uma fiel reprodução das canções dos bardos.

Os bardos eram parte essencial da hierarquia dos druidas. Um autor, Pennant, diz, "os bardos supostamente eram dotados de poderes semelhantes à inspiração. Eles eram os historiadores orais de todas as transações passadas, públicas e privadas. Eles eram também bons genealogistas" etc.

Pennant fornece uma descrição minuciosa das Eisteddfods, ou apresentações dos bardos e menestréis, que durante muitos séculos tiveram como palco o País de Gales, bem depois que já haviam sido extintos os outros departamentos do sacerdócio druida. Nestes encontros, apenas ao bardo era permitido ensaiar suas peças, e ao menestrel de talento, apresentar-se. Juízes eram escolhidos para julgar suas habilidades e notas adequadas eram conferidas. Em períodos mais antigos, a função de julgador era nomeada pelos príncipes do país e, após a conquista de Gales, por uma comissão de reis da Inglaterra. Ainda assim, conta a tradição que Eduardo I, por vingança pela influência dos bardos na resistência do povo a seu domínio, os perseguiu com grande crueldade. Esta história forneceu ao poeta Gray o assunto de sua celebrada ode, "O bardo".

Ainda existem reuniões ocasionais dos amantes da poesia gaélica, conservando seu antigo nome. Entre os poemas da senhora Heman, há um escrito para um Eisteddfod, ou encontro de bardos gaélicos, ocorrido em Londres na data de 22 de maio de 1822. Ele começa com uma descrição do antigo encontro, do qual compõem um trecho os versos a seguir:

> "(...) Em meio aos despenhadeiros eternos, cuja força desafiou
> Em seu momento de orgulho o romano;

E onde o antigo cromeleque do druida azedou,
E exalavam murmúrios misteriosos os carvalhos todo ano,
Aglomeravam-se ali os inspirados de outrora, fosse montanha ou colina
À luz do sol, sob o olho que ilumina,
E cada nobre cabeça aos céus a desnudar,
Postavam-se no círculo, onde ninguém mais podia pisar."

O sistema druídico estava em seu ápice no tempo das invasões romanas sob o comando de Júlio César. Contra os druidas, como seus inimigos principais, estes conquistadores do mundo direcionaram sua fúria impiedosa. Os druidas, perseguidos em todos os lugares do continente, refugiaram-se em Anglesey e Iona, onde por algum tempo encontraram abrigo e deram continuidade aos seus ritos, agora proibidos.

Os druidas conservaram sua predominância em Iona e sobre as ilhas adjacentes e no continente até que foram suplantados, e suas superstições, derrubadas pela chegada de São Columba, o apóstolo das Highlands da Escócia por quem seus habitantes foram convertidos ao cristianismo.

Iona

Uma das menores das ilhas britânicas, situada perto de uma costa acidentada e estéril, cercada por mares perigosos e possuidora de riquezas internas, Iona conquistou um incorruptível lugar na História como centro da civilização e religião em um tempo em que as trevas do paganismo pairavam por quase todo norte da Europa. Iona ou Icolmkill está situada na extremidade da ilha de Mull, da qual é separada por um estreito de cerca de oitocentos metros de largura, sua distância para a Escócia sendo de cinquenta e oito quilômetros.

Columba era um nativo da Irlanda e conectado por nascimento com os príncipes da terra. Irlanda era naquela época uma terra iluminada pelo evangelho, enquanto as partes oeste e norte da Escócia ainda estavam imersas na escuridão do paganismo. Columba e mais doze amigos desembarcaram na ilha de Iona no ano de 563, tendo feito a travessia em um barco de vime coberto com peles. Os druidas que ocupavam a ilha tentaram evitar que eles se estabelecessem ali e as nações selvagens das costas adjacentes o importunaram com sua hostilidade e, em várias oportunidades, colocaram sua vida em risco com seus ataques. Ainda assim, por sua perseverança e zelo, ele superou toda oposição, pediu ao rei que a ilha lhe fosse dada como presente e estabeleceu ali um monastério do qual se tornou o abade. Era incansável em seu trabalho de disseminar os conhecimentos das Escrituras por toda Escócia e ilhas adjacentes, e tamanha era a reverência a ele conferida que mesmo não sendo um bispo, mas meramente um presbítero e monge, a província inteira com seus bispos sujeitavam-se a ele e a seus sucessores. O monarca dos Pictos ficou tão impressionado com sua sabedoria e valor que lhe garantiu a mais alta honra, e os chefes vizinhos e príncipes procuravam seus conselhos e levavam em consideração seu julgamento para resolver suas disputas.

Quando Columba chegou em Iona, estava acompanhado de doze seguidores que ele transformou em um corpo religioso do qual ele era o líder. A este, conforme a ocasião, outros foram de tempos em tempos acrescentados, para que então o número original fosse sempre conservado. Esse sistema foi chamado de monastério, seu superior denominado abade, mas ele guardava pouca semelhança com as instituições monásticas de tempos futuros. Aqueles que se submetiam às regras eram conhecidos como Culdees, nome provavelmente derivado do latim *cultores dei* — cultuadores de deus. Tratava-se de um grupo de pessoas religiosas ligadas pelo propósito comum de ajudar uns aos outros no trabalho de espalhar a palavra e ensinar os jovens, assim como preservar neles próprios o fervor da devoção por meio de exercícios de adoração em grupo. Ao entrar na ordem, certos votos eram realizados, mas não eram os mesmos geralmente impostos pela ordem monástica, que são três — celibato, pobreza e obediência —, sendo os culdees obrigados somente ao terceiro. Com a pobreza não se comprometiam; ao contrário, parecem ter trabalhado diligentemente para conseguir para si e para seus dependentes os confortos da vida. Casamento também era permitido e muitos deles parecem ter sido casados. Suas esposas não tinham autorização para morar com eles na instituição, é verdade, mas tinham uma residência que lhes era destinada em uma localidade próxima. Perto de Iona, existe uma ilha que ainda carrega o nome de "Eileen nam bam", ilha das mulheres, onde seus maridos parecem ter morado com elas, exceto quando o dever exigia sua presença na escola ou santuário.

Campbell, em seu poema "Reullura", alude aos monges casados de Iona:

> "... Os puros Culdees
> Em Albyn foram os primeiros sacerdotes de Deus,
> Antes mesmo que uma ilha de seus mares
> Fosse visitada por pés de monges saxões,
> Muito antes que seus religiosos, por fanatismo
> Fossem proibidos de contrair o sagrado matrimônio.
> Foi então que Aodh, cuja fama ia longe,
> Em Iona pregou a palavra com vigor,
> E Reullura, estrela de beleza,
> Foi a parceira de sua habitação."

Em uma de suas "Melodias Irlandesas", Moore conta a lenda de São Senanus e a donzela que procurou abrigo na ilha, mas foi expulsa:

> "Ó ímpia embarcação, parte desta santa ilha agora
> Antes mesmo do sorriso da manhã que não demora,
> Pois em teu convés, a despeito do escuro e sem luneta,
> Consigo divisar uma feminina silhueta.
> E faz muito tempo que jurei: esta relva sagrada
> De jeito algum por pés de mulher deverá ser pisada."
> — Tradução de Guilherme Summa.

Nestes aspectos e em outros, os culdees se afastavam das regras estabelecidas pela igreja romana e consequentemente foram considerados hereges. Como resultado, à medida que o poder da igreja romana aumentava os culdees diminuíam. Contudo, foi somente no século XIII que as comunidades de culdees foram suprimidas, e seus membros, dispersos. Eles continuaram a trabalhar de forma individual e resistiram aos avanços da intromissão papal o melhor que puderam até que a luz da Reforma iluminou o mundo.

Iona, por sua posição nos mares ocidentais, ficava exposta aos ataques de noruegueses e dinamarqueses, que assolavam aquela região, e por eles foi repetidamente saqueada, suas moradias queimadas e seus pacíficos moradores mortos pela espada. Essas circunstâncias desfavoráveis levaram ao seu gradual declínio, que foi acelerado pela dispersão dos culdees por toda Escócia. Sob o reinado do papado, a ilha se tornou local de um convento, cujas ruínas ainda podem ser vistas. Durante a Reforma, as freiras foram autorizadas a ficar, vivendo na comunidade, quando a abadia foi desmantelada.

Iona é agora procurada pelos viajantes principalmente pelos inúmeros resquícios eclesiásticos e sepulcrais que nela são encontrados. O principal deles é a catedral ou abadia e a capela do convento. Além destes vestígios eclesiásticos, há alguns que datam de um período anterior e indicam a existência ali na ilha de cultos e crenças diferentes dos do Cristianismo. São os dólmens circulares encontrados em várias partes e que parecem ser de origem druídica. É em referência a todos esses resquícios de religiões antigas que Johnson exclama: "É digno de pouca inveja aquele cujo patriotismo não ganha força nas planícies de Maratona ou cuja fé não cresça entre as ruínas de Iona".

No poema "Senhor das Ilhas", Scott contrasta belamente a igreja de Iona com as cavernas de Staffa, em frente:

"Uma catedral a natureza quis criar
Ao que parece, para o seu Criador louvar!
Suas arcadas e colunas tão majestosas
Não o seriam por função menos gloriosa;
Nem de tema menos solene se ocuparia
A poderosa onda cuja rebeldia
Faz a alta abóboda inda reverberar
Nas pausas terríveis entre os avanços do mar
Num tom variado, tão prolongado e elevado
Que deixa o som do órgão humilhado
Nem se ergue em vão sua entrada
Para honrar de Iona a igreja sagrada;
Que a voz da Natureza parece falar:
Tu, delicada cria de barro, és de admirar.
Teus poderes humildes a este templo consagrado
Sustentam alto e forte – que fique testemunhado!"

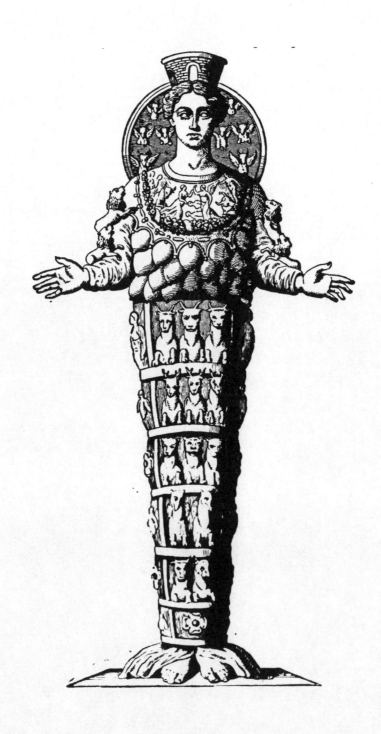

Créditos das imagens

The Age of fable; or Stories of Gods and Monsters, terceira edição
Publicada pela Bazin & Ellsworth (1855).
Ilustrações das páginas: 5, 36, 56, 64, 71, 81, 88, 96, 113, 154, 163, 203, 211 e 264.

The Age of Fable or Beauties of Mythology
Publicada pela S. W. TIlton & Co. Editora (1881).
Ilustrações das páginas: 17, 25, 28, 46, 101, 120, 130, 221, 231, 239, 255, 275, 286, 294, 329, 358, 366, 373 e 387.

The Age of Fable or Beauties of Mythology
Publicada pela David McKay editora (1898).
Ilustrações das páginas: 95, 100, 139, 156, 169, 176, 185, 191, 192, 219, 254, 304, 316, 339, 340, 348 e 395.

SIGA NAS REDES SOCIAIS:

@editoraexcelsior

@editoraexcelsior

@edexcelsior

@editoraexcelsior

editoraexcelsior.com.br